U0613400

燧人氏
—— SUI REN SHI ——

为你钻取
智慧之火
Get the fire of wisdom for you

广州美术学院学术著作出版基金资助出版

燧人氏
SUI REN SHI

从剧本到舞台

曹禺《雷雨》戏剧艺术研究

吴 彦 咸立强——著

SPM 南方传媒 广东人民出版社

·广州·

图书在版编目（CIP）数据

从剧本到舞台 ：曹禺《雷雨》戏剧艺术研究 / 吴彦，
咸立强著. -- 广州 ：广东人民出版社，2024. 12.

ISBN 978-7-218-18499-9

Ⅰ . I207.34

中国国家版本馆 CIP 数据核字第 20252KP998 号

CONG JUBEN DAO WUTAI：CAO YU《LEIYU》XIJU YISHU YANJIU

从剧本到舞台：曹禺《雷雨》戏剧艺术研究

吴 彦 咸立强 著

出 版 人：肖风华

选题策划：尚册文化
责任编辑：汪 泉 李幼萍
责任技编：吴彦斌
封面设计：奔流文化
排版制作：萨福书衣坊

出版发行：广东人民出版社
地　　址：广州市越秀区大沙头四马路 10 号（邮政编码：510199）
电　　话：（020）85716809（总编室）
传　　真：（020）83289585
网　　址：http://www.gdpph.com
印　　刷：佛山市迎高彩印有限公司
开　　本：787 毫米 ×1092 毫米　1/16
印　　张：20　　**字　数**：270 千
版　　次：2024 年 12 月第 1 版
印　　次：2024 年 12 月第 1 次印刷
定　　价：58.00 元

如发现印装质量问题，影响阅读，请与出版社（020-85716849）联系调换。
售书热线：（020）87716172

目 录

第一章

说不尽的《雷雨》

曹禺是罕见的戏剧大师。大师之谓，既指地位高，更指成就大。

新加坡艺术家郭宝昆说："北京人民艺术剧院号称'郭老曹剧院'，这里含有很大的政治色彩和中国人的谦让性格，因为郭沫若地位高，因为曹禺自己是人艺的院长。实际上，能以大戏剧家身份传世的只有曹禺。郭沫若的历史剧当时在中国能以风行，出于他那具有时代意义的借古喻今的历史思考和他的诗化语言，从戏剧艺术上说，成就并不大。老舍的剧作中，能在国际剧坛挺立的只有《茶馆》；而根据史料看来，虽然语言上那都是最精华的老舍珠玑，但是在戏剧结构上却是经过总导演焦菊隐等一大批表演艺术家的搓捏揉塑才有最后的成就。相反的，曹禺的作品不只都是自己的完整创造，而且他远在新中国成立前就完成了他的全部重大作品。更何况，曹禺作为北京人民艺术剧院院长，一直都是剧院的真正艺术指导，在戏剧流派、经典分析、演绎风格上，始终都体现了一位戏剧大师博大精深的素养。"[1]

朱栋霖这样对比郭沫若与曹禺的戏剧创作活动："郭沫若的创作过程也是富有激情的，他在抗战时期创作历史剧，首先是以历史学家的渊博知识从事创作准备，自觉地运用历史唯物主义观点重新评价历史人物和借古讽今，然后怀着奔涌的革命激情，以一个剧作

---

① [新加坡]郭宝昆：《突然截断的奇伟山峰》，载刘勇、李春雨编《曹禺评说七十年》，文化艺术出版社，2007，第85页。

诗人从事创作。曹禺形象思维的直觉性特点则与他们不同，他以满腔愤懑的激情、被压抑的苦闷去感受生活，逼人的困惑、神秘的憧憬和苦苦追索使审美情感活动显出探索的紧张，他虽然对一些事物难以作出纯理性的分析，然而当他用激情、凭直觉去感受生活时，却连血带肉地一起裹挟进对生活的格外深刻的感受，甚至采撷了一般凭理性认识无法获得的果实。"①朱栋霖虽然没有明确评价郭沫若与曹禺创作活动的高低优劣，但是在文字叙述中明显对曹禺更为偏爱。首先，郭沫若自觉运用历史唯物主义的创作尚不被看好，根据政治教条进行的版本修订，结果便是损害了那些"凭理性认识无法获得的果实"。其次，当朱栋霖说郭沫若是"以一个剧作诗人从事创作"的时候，"诗人"一词本身并无褒贬，但是讨论剧作家及其剧作时，强调一个是以诗人的身份创作戏剧，另一个却是以剧作家的身份进行创作，无形中也就表现出了叙述者自身的价值倾向。诗，是对一切艺术最高层次的评判。但是诗人只是身份标识，不带有价值评判色彩，除非有特定的语境。

文学史的重要功能就是排座次。1956年2月27日，周扬在中国作协第二次理事会会议上说："鲁迅的创作开创了整个新文学的历史，他留给我们的遗产是一切文学遗产中对我最亲切的，也是最宝贵的和最有价值的。郭沫若的《女神》开辟了一个新诗的时代。作家茅盾、老舍、巴金、曹禺、赵树理都是当代语言艺术的大师。"②中华人民共和国成立后，逐渐形成了中国现代文学从六大家的共识：鲁郭茅巴老曹。现代文学六大家的说法流传开来后，自然也引来无数质疑。无论拥护者还是质疑者，往往都是从六大家之间的比较开始谈起，郭宝昆、朱栋霖皆是如此。偶有将曹禺与自己作比的，如李健吾，"《这不过是春天》是一个泡沫，而《雷雨》却是一片汪洋。它有深，有厚，有力"。又说，"《这不过是春天》

---

① 朱栋霖：《曹禺：心灵的艺术》，北京大学出版社，2010，第46页。

② 周扬：《建设社会主义文学的任务》，《文艺报》1956年第5、6期合刊号。

好比琉璃，《雷雨》却是璞玉，琉璃的光莹是借来的，而璞玉的明澄是本生的。"① 这是君子之比，还是在给作品排座次。无论怎么排，人们都承认话剧创作成就最高的就是曹禺。

---

① 李健吾：《时当二三月》，载《李健吾文集》第 6 卷，北岳文艺出版社，2016，第 113 页。原载《文汇报》世纪风副刊 1939 年 3 月 22 日。

第一节　当年海上惊雷雨

1933年，"二十三岁的清华大学应届本科毕业生万家宝，也就是后来著名的戏剧家曹禺，写出了他的处女作《雷雨》，创作地点就是在清华大学图书馆"。[①] 稿子完成后，曹禺交给了时任《文学季刊》编辑的好友靳以。靳以将剧本拿给主编郑振铎看，郑振铎认为"有点乱"。这"有点乱"的批评信息源自巴金："巴金信中说的那个批评《雷雨》'写得乱'的朋友就是郑振铎。我曾读过巴金先生这封信的原件，就是写了郑振铎的名字，大约是公开出版时才改成'另一个朋友'。"[②]"乱"这个字可作多种解释。陈西滢批评曹禺的话剧《家》时说："看了曹禺的《家》。里面的角色太多了，线索也太多了。又是旧式婚姻，又是三角恋爱，又是死人后不可在家生产的风俗，又是假道学人的禽兽行为，又是革命宣传，又是大家庭制度。所以并不成为好剧本。不过曹禺写的人物，有些很不差，对话也常很好。"[③] 陈西滢谈的虽是剧本《家》，这些情况多少也适用于《雷雨》；以陈西滢所说的"太多"理解郑振铎的"有点乱"，也是一解。署名"君君"的评论就持此种观点。

---

① 何玉：《他在这里写下〈雷雨〉》，载鲍国之主编《〈雷雨〉与曹禺》，天津古籍出版社，2014，第7页。

② 陈思和：《关于巴金发现〈雷雨〉》，载《谈虎谈兔》，广西师范大学出版社，2001，第320—323页。

③ 陈西滢著，傅光明编注：《陈西滢日记书信选集》（下），东方出版中心，2022，第706页。

"在我读完了《雷雨》这本剧本后，只觉得情绪昏昏而复杂。"①无论如何，郑振铎觉得"有点乱"，自然不宜发表，《雷雨》的手稿便静静地躺在了靳以的抽屉里。1934年，从上海来到北京的巴金住在靳以家中，见到《雷雨》的稿子后，一口气读完，激动得热泪盈眶。在巴金的强烈推荐下，《雷雨》在1934年7月《文学季刊》第1卷第3期刊登了出来。

一、中国话剧成熟的标志

对于《雷雨》一剧的发表，曹禺在回忆里特别感激地提到了巴金的作用："巴金是个宽厚长者，他胸怀坦荡，貌如其心，是我的一个好朋友。正是他，把我和我的第一部作品介绍给人民群众。"②"靳以也许觉得我和他太接近了，为了避嫌，把我的这个剧本暂时放在抽屉里。过了一段时间，他偶尔对巴金谈起，巴金从抽屉中翻出这个剧本，看完之后，主张马上发表，靳以当然欣然同意……我记得《雷雨》的稿子就是巴金亲自校对的。我知道靳以也做了极好的编辑工作。"③曹禺的上述回忆皆在"文革"后，李健吾在1939年就曾回忆说，靳以请他审阅剧本："戏是有一出的，就是早已压在靳以手边的《雷雨》……他承认家宝有一部创作留在他的抽屉。不过，家宝没有决心发表，打算先给人家看看，再作道理。同时，靳以和巴金都说，他们被感动了，有些小毛病，然而被感动了，像被杰作感动一样。靳以说：'你先拿去看看。'我说：'不，不登出来我不看。'"④李健吾当时是负责审读剧本的编

---

① 君君：《〈雷雨〉的人物与性格》，《明明》1938年第2卷第4期。

② 徐开垒：《访曹禺》，《文汇报》1979年9月18日。

③ 曹禺：《简谈〈雷雨〉》，《收获》1979年第2期。

④ 李健吾：《时当二三月》，载《李健吾文集》第6卷，北岳文艺出版社，2016，第113页。原载《文汇报》世纪风副刊1939年3月22日。

委，"不登出来我不看"这句话究竟是对剧作的否定还是肯定，值得商榷。时至今日，《雷雨》的发表过程，已经成了一桩说不清理还乱的公案，研究者刘艳撰有长文《〈雷雨〉公案与作家人品》，专门梳理了相关问题。

1935年3月，东京帝国商科大学中国留学生邢振铎邀杜宣等为他们导演《雷雨》。为应付东京警视厅的审查，邢振铎将《雷雨》译成日文。4月27日，中华话剧同好会（留日学生戏剧团体）在东京的神田一桥讲堂演《雷雨》，演出时删去了序幕和尾声。《雷雨》在日本东京上演时，避难于日本的郭沫若观看了演出，并撰写了题为《关于曹禺的〈雷雨〉》的评论。文章开篇赞曰："《雷雨》的确是一篇难得的优秀的力作。作者于全剧的构造、剧情的进行、宾白的运用、电影手法之向舞台艺术的输入，的确是费了莫大的苦心，而都很自然紧凑，没有现出十分苦心的痕迹。"郭沫若的评论是最早对曹禺《雷雨》给予充分肯定的文章，郭沫若还从优生学等角度指出，《雷雨》的"悲剧情调"有点"古风"，因为"象近亲相爱那种悲剧之必然性，是已经十分稀薄化了"，郭沫若举了达尔文家族"累代实行从兄弟结婚而屡有异才出现"作为例证，并乐观地认为"人生已可成为黑暗的运命之主人了"。[①] 郭沫若的乐观主义虽建立在他对科学发展的认知之上，但这种观念还是不能被一般国人所接受。郭沫若从伦理的角度谈论古今悲剧情调的差异，即便是放在当下社会看依然非常前卫，可惜郭沫若秉承的科学的"五四"传统并没有引起足够的重视，普通人从《雷雨》中看到的大都是乱伦的悲剧。郭沫若谈的是舞台上的《雷雨》，未见他阅读剧本的心得体会。剧本《雷雨》与舞台《雷雨》不分，都被笼统地视为曹禺的《雷雨》，混同谈论，这在《雷雨》接受史上也是常见之事。

从剧本到舞台

---

① 郭沫若：《关于曹禺的〈雷雨〉》，载《郭沫若全集》（文学编）第16卷，人民文学出版社，1989，第183—184页。

自从《雷雨》在日本东京舞台上演之后，国内一些戏剧团体经过一番斗争，也开始演出《雷雨》。随即一发不可收，华夏神州，大江南北，一时之间到处都在上演《雷雨》。茅盾回忆说"当年海上惊雷雨"，①说的就是曹禺的《雷雨》。《雷雨》的巨大影响，使得1935年被称为"《雷雨》年"，"从戏剧史上看，应该说是进入《雷雨》的时代"。②1936年，《良友》杂志报道了中国旅行剧团在上海卡尔登公演的情况及剧照，最后一段文字中说："几个剧本当中最受人热烈欢迎的当推《雷雨》，不只剧本的编排动人，即每个演员也有极好的成绩。""作家用笔墨来创造人物，演员用身心来创造人物。"③《雷雨》的成功离不开演员们的舞台再创造。《雷雨》演出的各种好评潮涌而至，正如徐应翔所说："《雷雨》是一本好的剧本，曹禺因而成名。"④日本的土居治撰文说："处女作《雷雨》使曹禺一举获得了剧作家的稳固地位，他的作品在中国受到了高度称赞，已在日本翻译出版。"⑤李健吾说："曹禺便即万家宝先生，《雷雨》是一个内行人的制作，虽说是处女作，勿怪立即抓住一般人的注意。《雷雨》现在可以说做甚嚣尘上。"⑥齐同的小说《新生代》中，1935年正读高中二年级的谷静开始涉猎新文学作品，"早已出版的《子夜》他不能完全看懂，阿Q的行径也只能令他发笑。但《雷雨》这剧本确曾感动了他，他亲

① 转引自田本相《曹禺传》，北京十月文艺出版社，1988，第168页。

② 曹聚仁：《戏剧的新阶段》，载《文坛五十年续编》，新文化出版社，1976，第288页。

③ 郭沫若：《郭沫若书信、往来信函》，载赵笑洁主编《郭沫若研究年鉴·2019》，中国社会科学出版社，2021，第35页。

④ 徐应翔：《〈雷雨〉观感》，《浙赣月刊》1941年1月第2卷第1期。

⑤ [日]土居治：《曹禺论》，日本《中国文学月报》1937年1月第22期。

⑥ 刘西渭（李健吾）：《〈雷雨〉——曹禺先生作》，载王兴平、刘思久、陆文璧编《中国当代文学研究资料·曹禺研究专集》，海峡文艺出版社，1985，第538页。

自对人说，他曾为这剧本落过几次泪！'为什么竟有这样残酷的命运呢？——把所有的人类各自引进了悲惨的路，终至毁去了他们的生命！难道世界上都是这样的么？'他想把这部书撕成粉碎，却又连连不住地吻着它！"[1]

《雷雨》是一部经典的现代戏剧，这部戏的经典性何在？意大利作家卡尔维诺在《为什么读经典》一书开篇给经典下了一些定义：

一、经典是那些你经常听人家说"我正在重读……"而不是"我正在读……"的书。

二、经典作品是这样一些书，它们对读过并喜爱它们的人构成一种宝贵的经验；但是对那些保留这个机会，等到享受它们的最佳状态来临时才阅读它们的人，它们也仍然是一种丰富的经验。

三、经典作品是一些产生某种特殊影响的书，它们要么本身以难忘的方式给我们的想象力打下印记，要么乔装成个人或集体的无意识隐藏在深层记忆中。

四、一部经典作品是一本每次重读都像初读那样带来发现的书。

五、一部经典作品是一本即使我们初读也好像是在重温的书。

六、一部经典作品是一本永不会耗尽它要向读者说的一切东西的书。[2]

还有第七到第十四条，在此不必一一罗列。仅就上述所列六条而言，《雷雨》全都符合。《雷雨》剧本值得一读再读，舞台演出更是长久不衰，吸引人们一看再看，这样的经典自然在文学史上也会占据比较重要的位置。中国现代文学史给《雷雨》很高的评价，

① 齐同：《新生代》，人民文学出版社，1957，第246页。

② [意大利] 卡尔维诺著，黄灿然、李桂蜜译：《为什么读经典》，译林出版社，2012，第1—4页。

中国话剧史更是给《雷雨》非常高的评价。《中国现代文学三十年》评价说："《雷雨》是曹禺的第一个戏剧生命，也是现代话剧成熟的标志。"[①] 陈思和教授说："文学的标准只能有两种，第一，是对人性刻画的深度和人性所展示的丰富性。世界一流的文学，人性展示一定是丰富的，而不是单调的；第二，衡量一部文学作品的优秀与否，主要是看它表达这样一个主题的时候对于自己民族的语言运用得好不好，能不能将本民族的语言达到最大限度的丰富性与包含性。有很多好的主题，可是它语言用得疙疙瘩瘩的，这样的作品就很难评价它好。所以，我想，人性的深度和丰富性，以及语言的包容量和丰富，这是衡量文学的主要标准。那么，在这两个要求下，我认为，曹禺先生当时23岁时候写的《雷雨》，完全能够达到一个世界一流的水平。"[②]

成为现代话剧经典的《雷雨》，随后也就成了判断中国话剧发展情况的标尺。董健谈到新时期以来的戏剧发展时说："'新时期'以来，戏剧文学日趋衰微，20多年间没有出现像《雷雨》《北京人》《名优之死》《关汉卿》那样表现着一个历史时期人的精神状况的经典之作。由于启蒙意识的消解与理想价值退位，一出戏不知道自己要说什么。如高行健的《野人》一类戏，其舞台空间十分开阔，戏剧表演的艺术手段空前地丰富多彩，但是对不起，它们没有核心精神，恰如书法之泼墨多多而无'骨'，是谓'墨猪'之戏。"[③]

对于《雷雨》，一直也存在不怎么认可的声音。最早的如郑振铎、李健吾等。日本的冈崎俊夫指出："《雷雨》的成功似乎不一

[①] 钱理群、温儒敏、吴福辉：《中国现代文学三十年》（修订本），北京大学出版社，2016，第318页。

[②] 陈思和：《细读〈雷雨〉》，《南方文坛》2003年第5期。

[③] 董健：《中国戏剧现代化的艰难历程——二十世纪中国戏剧回顾》，《文学评论》1998年第1期。

定是戏剧的成功。如果仔细看这部戏剧，人物的活动方式实在是乏味而不自然，看起来似乎没有破绽，很巧妙地作了修饰，却给人做作之感，这是一部只靠偶然组合的戏剧。"①同时引用曹禺自己的说法加以证实。"我很讨厌它的结构，我觉出有些'太像戏'了。技巧上，我用的过分。仿佛我只顾贪婪地使用着那简陋的'招数'，不想胃里有点装不下，过后我每读一遍《雷雨》便有点要作呕的感觉。"②曹禺的"自我批评"成为后来研究者们据以论述的依据，而曹禺对《雷雨》的上述看法除了说出了自身真实感受外，似乎也受到了左翼文学批评的某些影响。

　　1936年6月，张庚在《悲剧的发展——评〈雷雨〉》一文中写道："是的，作者并没有想要批判什么，可是为了他忠实于他的人物，爱他的人物，他的笔下到底忍不住发挥了痛快的暴露。因此他底剧作竟部分地有了反封建的客观意义。这难道是作者自己所预想的？不，这是他的人物典型——他的环境所给他的。还有他的现实主义给他的。"③从典型论的角度分析《雷雨》的成功之处，批评的同时也是想要引导作家的创作。事实上，《雷雨》之后出现的《日出》强化了现实主义的特质，对典型环境的塑造也更加自觉了。凤子回忆说，同学们找她想要筹组一个业余剧社，"正巧曹禺新作《日出》发表了，吴铁翼、孔包时、杨守文、颜泽菱等几位找我研究，决定成立'戏剧工作社'，首演《日出》，请欧阳予倩先生导演。"欧阳予倩答应了，在给他们讲戏的时候说："（《日出》）这个戏我认为比《雷雨》进步，《雷雨》究竟命运悲剧的色彩非常重，《日出》对于命运的解释已不与《雷雨》相同，它直接对着当前的社会，毫不犹豫地给以无情的暴露和批判，而且暗

　　① [日]冈崎俊夫：《曹禺的戏剧》，日本《剧作》1948年11月第17号。

　　② 曹禺：《日出·跋》，载《曹禺全集》第2卷，北京十月文艺出版社，2023，第294页。

　　③ 张庚：《悲剧的发展——评〈雷雨〉》，《光明》1936年第1卷第1期。

示着正有一群在无限的希望中浴着阳光奋斗着的人们是多么雄伟啊！"[1]在欧阳予倩看来，《雷雨》是命运悲剧，《日出》则是社会悲剧。就艺术本身而言，社会悲剧并不就比命运悲剧好，但是就马克思主义文艺批评来说，命运悲剧意味着前马克思主义认识，马克思主义思想要求的悲剧一定是社会悲剧。茅盾就是从社会悲剧的角度剖析《日出》的："《日出》所有主要次要各人物的思想意识，主要次要各动作的发展，都有机的围绕于一个中心轴——就是金钱势力，而这'势力'的线是由买办兼流氓式的投机家操纵着。这是半殖民地金融资本的缩影。将这样的社会题材搬上舞台，以我所见，《日出》是第一回。"[2]茅盾是最早将马克思主义运用于文学创作和文学批评的人。在茅盾的眼里，《日出》显然是一出社会悲剧。命运悲剧常常笼罩着宿命论的色彩，命由天定，一切都是命！《雷雨》中的侍萍就是宿命论者。作为社会悲剧，《日出》揭示了悲剧的根源是不良的社会，将命运悲剧转变为社会悲剧。社会悲剧一般都侧重揭示人的悲剧之根源就是社会，简言之即：病态的人根源于病态的社会。当人的主观要求与社会现实之间出现错位的时候，悲剧也就产生了。在共产主义社会里，一个没有阶级没有压迫的社会里，自然也就没有了悲剧的社会根源，悲剧也就不存在了。所以，悲剧的避免，要么尽快实现共产主义社会，要么降低自己的欲望，尽量使得自己的主观要求与社会的客观现实相符合。然而，卢梭认为一切本能的都是美的、善的，压抑就必然带来人性的扭曲，于是造成新的悲剧。因此，在不健全的社会里，悲剧也就难以避免。透过《日出》反观《雷雨》，一些容易疏忽然而耐人寻味的细节就会呈现其特有的价值和意义。从《雷雨》到《日出》再到《原野》，曹禺的悲剧观念及其对悲剧根源的思考一直在变。

　　《雷雨》在日本的影响似乎也并不如人们所想象的那般大。

---

① 凤子：《人间海市》，上海文艺出版社，1998，第321—322页。

② 茅盾：《渴望早早排演》，《大公报》1936年12月27日。

佐藤一郎说："对于中国现代文学，人们也许只记得鲁迅的《阿Q正传》。或者也有不少读者知道老舍的《骆驼祥子》、巴金的《家》、林语堂的《京华烟云》，以及新近推出的黄谷柳的《虾球传》等小说，然而号称'中国现代戏剧之父'的曹禺的作品，却只受到少数专业读者的密切关注，虽说曹禺的处女作《雷雨》以及第四部作品《北京人》已经被翻译过来，但阅读群体也主要限于这个小范围内。"[①]然而，这也很正常。卡尔维诺在《为什么读经典》中谈到：如果在意大利调查巴尔扎克的受欢迎程度，排名恐怕会很低，而狄更斯在意大利的崇拜者只是一小撮精英。[②]经典能突破时空的限制，却又不能不受到时空带来的限制。

二、《雷雨》的版本

《雷雨》自问世以来，已出现了各种版本。研究《雷雨》，就不能不注意版本问题。自《雷雨》发表至今，较有代表性的有以下十种版本：

1934年7月《文学季刊》第1卷第3期首刊本；

1936年1月文化生活出版社《雷雨》初版本；

1951年8月开明书店《曹禺选集》版本；

1954年6月人民文学出版社《曹禺剧本选》版本；

1959年9月中国戏剧出版社《雷雨》单行本；

1961年5月人民文学出版社《曹禺选集》版本；

1984年12月四川人民出版社《雷雨》单行本；

1988年12月中国戏剧出版社《曹禺文集》版本；

1996年7月花山文艺出版社《曹禺全集》版本；

2023年6月北京十月文艺出版社《曹禺全集》版本。

上述十种版本，并不都具有校对价值。在各种版本中，修改力度最大的当属解放初期出版的几个版本。中华人民共和国成立后，曾集中出版过一些现代著名作家的文集，为了迎合政治上的需要，许多作家都对自己的旧作大加修订，强化了作品的政治性。曹禺谈到《雷雨》时说："旧本《雷雨》的序幕和尾声写得不好，周朴园衰老了，后悔了，挺可怜的，进了天主教堂了。其他人物，有的疯了，有的痴了，这样，把周朴园也写得不坏了。这种写法是抄了外国的坏东西。"①站在新的政治立场，迎合国家权力话语的需要，批判曾经的创作追求，修订旧作，这股风潮下诞生的修订本，艺术方面的表现差强人意，进入新时期以后，基本就成了历史文献资料，只有在研究者们考辨作家与政治间关系的时候才会被提及。对于本书的研究来说，需要重视的是《雷雨》的首刊本与初版本。需要从版本的角度确定作者的意图时，往往就需要回到《雷雨》首刊本或初版本。

剧中出场的八个人物，连同序幕中的两兄妹，都有明确的年龄设定。从首刊本到后来的修订版，鲁大海的身份与年龄设定出现了较大的变动。

《雷雨》首刊本中，出场人物的年龄分别是：姊姊十五岁，弟弟十二岁，周朴园五十五岁，周繁漪三十五岁，周萍二十八岁，周冲十七岁，鲁贵四十八岁，鲁侍萍四十七岁，鲁大海二十岁，鲁四凤十八岁。上海的文化生活出版社1936年版本中，鲁大海的年龄改为了二十七岁。此后，鲁大海的年龄便定格在二十七岁，而首刊本中鲁大海的年龄一般被认为是笔误或排印错误，因剧中鲁侍萍向周朴园承认鲁大海是他的二儿子，故鲁大海绝不可能是二十岁。首刊本与初版本中，鲁大海的身份都是"煤矿工头"，后来则改为

---

① 曹禺：《曹禺自传》，江苏文艺出版社，1996，第18页。

"煤矿工人"。

在首刊本中，大海有这样一句台词："用不着给我看，我不认识字！"初版本则修改为："用不着给我看，我——没有工夫！"不识字是事实，自然用不着看。没工夫明显是借口，则是自己主动选择不看。首刊本的鲁大海，显得心直口快，比较老实，初版本中的台词，则比较强调斗争性，根本不愿意接受资本家提出的妥协条件。有学生表演《雷雨》片段，结束之后，有同学指出鲁大海的扮演者在音高和音色上都显得太正能量了，洪亮的声音，很有底气的话语表达，让人觉得比周朴园还要威风。这种感觉很有意思。在不同时代的舞台演出里，鲁大海这个人物形象的舞台表现也大不相同。在资本占据话语权的时代里，鲁大海要么显得鲁莽，要么显得幼稚，与周朴园的沉稳和老谋深算构成对比；鲁大海对生父、继父态度都很粗暴恶劣，对生母侍萍则温顺恭敬。这是一个反抗权力的强项人物，同时又延续了某些传统美德。或许可以说，他的粗暴恶劣都是社会逼迫的，对侍萍的温顺恭敬实则以另一种方式表明了鲁大海内在的品性及价值选择。在工人阶级占据话语主导权的时代，周朴园就让人觉得暮气沉沉，鲁大海则生机勃勃，威风凛凛。周而复在小说《上海的早晨》中，叙述中华人民共和国成立后工人翻身得解放，"三反""五反"运动中资本家战战兢兢，只能从办公室窗帘缝隙中偷窥外面工人们的活动。正大光明的是工人们，鬼鬼祟祟、偷偷摸摸的是资本家，在这样的社会环境中演出《雷雨》，鲁大海的形象就应该是"高大上"的，这才契合人们的心意。

鲁大海以一个新人的形象出现在舞台上，他与周萍两个亲兄弟之间的对比非常具有戏剧性，很容易让人想到殷夫的诗《别了，哥哥》。当然，鲁大海和殷夫不同，殷夫知道那个做官的是自己的哥哥，鲁大海则并不知道打自己的青年就是自己的亲哥哥。两兄弟不仅不知道相互间的血缘关系，见面后也没有觉得对方长得与自己相像。有研究者对比了"36年文化版"与"59年戏剧版"《雷雨》后指出，"鲁大海由一个粗陋、带有原始野人气息的相貌，转变为坚毅、果敢，一表人才。鲁大海已被转换为通行的'工人阶级'肖像"，这样的改变主要是为了迎合新时代的审美风范，此外也是为了弥合剧本内在的逻辑。"按照《雷雨》的逻辑，鲁大海是周朴园与鲁侍萍所生，但从'36年文化版'描写中，他与周朴园、周萍等没有相貌上的相似之处，反而与鲁贵神似，令人心生疑窦。'59年戏剧版'的改动，将这一作品'疑点'做了纠正。"①此处"疑点"加了双引号，不是引用，而是表示并不一定就是真的疑点。鲁大海与周萍的差异，早就被人指出，且作为同父母的孩子因成长教育背景不同而人生道路、思想等迥然不同的典型。此外，"相貌上的相似"与"神似"混杂在一起谈论，标准不同，并不构成非此即彼的关系。真正值得注意的是鲁大海相貌描述上出现的相貌正义化倾向。所谓相貌正义化，就是英雄人物塑造的"高大全"倾向。结果便是鲁大海这样的工人形象越来越有威严，相貌堂堂，与周朴园的风范越来越相似，而与小人鲁贵谄媚的样貌越来越远。

无论如何，鲁大海和周萍在剧中被作家有意识地处理成两种不同类型的青年人：周萍已经失掉了活力，鲁大海才是时代呼唤的青年类型。舞台上三个青年的形象：周萍、鲁大海和周冲，性格各异，这自然就表现在他们的言语行动上。有一个中学语文教师，想让学生续写《雷雨》，用了第一幕周朴园和侍萍相见的场景，然后假设："他们的对话恰巧被周萍听见了，周萍冲进了房间……"这位教师还向学生特别强调：一个人的性格一旦被固化，是不会因为时间地点或者说话的对象而发生改变。文本理解的偏差就这么出现了。一方面强调性格自身的逻辑，不会随便发生变化，另一方面却说"周萍冲进了房间"，"冲"这个字，已经改变了周萍的性格，将周萍鲁大海化了。这是一个预设的理解，只要让周萍进房，就意味着对周萍这个人物性格的叙述有了导向性的规定，至于周萍进房的方式（冲、走、撞、挪）以及

---

① 刘卫东：《〈雷雨〉三个版本中的"工人运动"》，《齐鲁学刊》2021年第4期。

进房后如何开口，则是导向性之内的选择。

李初梨等后期创造社新锐批判郁达夫，其中一个主要原因就在于他们想要新的思想、新的青年，而郁达夫贡献的青年形象，都像这个时候的周萍。新人的形象塑造起来比较困难，冯乃超、郭沫若等创作的新人形象，都和鲁大海差不多，换言之，鲁大海形象的简单化，其实也是时代使然，因为这简单化同时也就是纯化，纯化既是削减，也是提纯，一个纯化的无产阶级战士的形象才符合中华人民共和国对于新文学重新经典化的诉求。当读者或研究者们指出鲁大海这个形象的塑造/修订不饱满/扁平化时，恰恰点出了《雷雨》作为时代文本特有的真实性，以及这个文本在新时代里最有生长力的新的阐释的立足点。

鲁大海的变化不仅表现在剧本的修订上，舞台演出中导演的处理变化也很大。日本学者大芝孝谈到新版《雷雨》的演出时说："以前这个角色并不怎么被重视。他的性格粗暴且有些无赖，是一个为泄私愤而一心想着报仇的个人主义者。但在新版《雷雨》的演出中，他是一个淳朴、诚实且具有正义感的煤矿工人，是一个重要的正面人物。故事发生在1923年，那时中国共产党已经成立了，因此，工人阶级已不再是进行原始斗争的群众。在这一点上，新的处理方法是和历史事实相符的。"[①] 中华人民共和国成立后，曹禺对《雷雨》剧本做了修订，"使原来剧本中不甚明显或隐晦的积极社会意义得到鲜明突出的艺术表现"。[②] 在政治的层面上谈论剧本的积极因素与消极因素，这种修改使得《雷雨》的演出能够迎合某些时代特定的需要。所谓需要，某种程度上也可以理解为无产阶级斗争过程中对不切实际的幻想的抛弃，正如恩格斯所说："现在也还有不少人，站在不偏不倚的高高在上的立场向工人鼓吹一种凌

① ［日］大芝孝：《新旧版〈雷雨〉的比较研究》，日本《神户外大论丛》1956年6月第7卷第1号。

② 安冈：《谈〈雷雨〉的新演出》，《戏剧报》1954年第8期。

驾于一切阶级对立和阶级斗争之上的社会主义，这些人如果不是还需要多多学习的新手，就是工人的最凶恶的敌人，是披着羊皮的豺狼。"① 新手、敌人和豺狼等清除之后，剩下来的自然就是纯化了的无产阶级工人的形象。但是，事过境迁之后，这方面的修改往往备受质疑，尤其是当周朴园那样的人重新成为各类豪华公馆的主人，成为社会的中流砥柱，而新时代的鲁大海却遭受着被无情地开除或下岗的命运。穿透历史的迷雾，一些读者像侍萍一样感受到了宿命般的历史循环，也看到了文本修改中透露出来的虚伪与谄媚，几十年间工人形象的纯化与神化最终都化为一场梦，真实而又朦胧。

初版本《雷雨》中，鲁大海对周冲说："她（四凤）不过是一个没有定性平平常常的女孩子，也是想穿丝袜子，想坐汽车的。……你们有钱人的世界，她多看一眼，她就得多一番烦恼。你们的汽车，你们的跳舞，你们闲在的日子，这两年已经把她的眼睛看迷了，她忘了她是从哪里来的。"这段话曾一度被作者删掉，目的便是为了让四凤这个人物形象符合无产阶级应有的性格，保持一种淳朴善良的本性。曹禺最初想要塑造的，是一个鲁大海眼里的普通的女孩，有颗善良的心，也有向往美好的爱情与生活的权利。在阳光灿烂的周冲与阴郁痛苦的周萍之间，四凤为何选择了周萍？除了一些偶然的因素外，善良的四凤如同《理查三世》中的安夫人。"妇人的欢心，一般像幸福一样，是一件自愿的赠品，人们接受了它，但不知道是怎样接受的，也不知道为什么要接受。然而，有些人却懂得以铁的意志从命运手中去夺取它，他们之所以能达到目的，或者是通过谄媚，或者是对妇女进行恐吓，或者是激起她们的同情，或者是为她们提供自我牺牲的机会……最后一种，即牺牲自己，正是女人乐于扮演的角色。这将使她们在观众面前显得美丽，并使她们在孤寂中享受一番泪流满面的哀愁。……不幸的凶手已经受到良心的谴责，表示了后悔，而一个善良的女人也许能够将他引上正道，如果她

① 《马克思恩格斯文集》第1卷，人民出版社，2009，第371页。

肯为他牺牲的话……于是，安决意来当英格兰的王后。"①

一般来说，版本的修改，是作家不断精益求精的过程，所以修订版总是比先前的版本要好。但是，也存在例外，如《雷雨》在中华人民共和国成立后的修订，是为了迎合政治的需要，而对《雷雨》大加删改，使其显得更为进步。祝宇红谈到1951年"开明版"《雷雨》的修订时说："'开明版'《雷雨》完全重写的第四幕，使剧作成为一个纯粹的'社会问题剧'，体现了鲜明的阶级意识：剧中增加了'省政府乔议员'这一人物，周朴园与深夜来访的乔议员商议如何勾结警察局镇压工人罢工，如何对出资方英国人唯命是从，'有奶便是娘'；周萍形象变得非常恶劣，他先是虚伪地向繁漪示好，在繁漪好意让他带走四凤时，他假意同意，转身又让周冲陪着四凤，自己试图悄悄溜走；同时，结尾删去了四凤怀孕、四凤与周冲触电身亡、周萍自杀的内容，改为侍萍带四凤愤然离开周家，而此时乔议员给周朴园带来了工潮扩大、势不可挡的消息。"②曹禺在《我对今后创作的初步认识》中说："《雷雨》中的周朴园自然是当作一个万恶的封建势力代表人物而出现的，我也着力描写那些被他压迫的人们。当时我认为这种看法是'大致不差'的。但在写作中，我把一些离奇的亲子关系纠缠一道，串上我从书本上得来的命运观念，于是悲天悯人的思想歪曲了真实，使一个可能有些社会意义的戏变了质，成为一个有落后倾向的剧本。这里没有阶级观点，看不见当时新兴的革命力量；一个很差的道理支持全剧的思想，《雷雨》的宿命观点，它模糊了周朴园所代表的阶级的必然的毁灭。"③曹禺的自我批判，迎合了政治的需要，由此

① [德]海因里希·海涅著，绿原译：《莎士比亚的少女和妇人》，上海文艺出版社，2007，第106页。

② 祝宇红：《版本叙录》，载《曹禺全集》第1卷，北京十月文艺出版社，2023，第2—3页。

③ 曹禺：《我对今后创作的初步认识》，《文艺报》1950年10月第3卷第1期。

进行的《雷雨》版本修订，却在某种程度上损伤了剧作的艺术性和丰富性。

哪一种《雷雨》的版本最好？除了中华人民共和国成立后特定历史条件下出现的修订版，对于《雷雨》各种版本（如首刊本与初版本）的好恶，往往见仁见智。就笔者而言，较为喜欢的是初版本。与首刊本相比，初版本中作家的修订使其更加精美，同时也最大程度地保存着作家最初创作时的精气神。

三、《雷雨》的舞台演出

话剧是综合性的舞台艺术，其真正的艺术生命力在舞台表演。陈思和教授说："舞台与小说不太一样，后者是靠文字表达的，文字语言本身的魅力是小说美学的一个重要组成部分；话剧则是舞台艺术，是作品、演员与观众三者交流的过程，唯在一个极自然的气氛中三者才能沟通起来，否则，任意地突出某一部分，都会造成顾此失彼，破坏这交流过程的内在和谐。"[1]郭沫若谈到自己的剧作《武则天》时说："戏剧本来是形象化的综合艺术。剧本的产生，往往要经过演出，才能定型。舞台的限制是应该尽可能严格遵守的。这个剧本的改定，得力于北京人民艺术剧院帮助很大，特别是导演焦菊隐同志费了很大的苦心。"[2]剧本在表演中完成，经过演出"定型"。所谓"定型"，绝非陈陈相因，因为每次舞台演出都会有种种的不同，不同剧组对同一场景的处理常常也是差异甚大。以《雷雨》第三幕蘩漪在窗外窥视周萍与四凤约会一幕为例，不同剧组的演出中人物的位置及其反应等方面的处理就很不一样。中国

---

① 陈思和：《舞台下的外行话》，载《陈思和文集·营造精神之塔》，广东人民出版社，2018，第475页。

② 郭沫若：《〈武则天〉序》，载《郭沫若全集》（文学编）第8卷，人民文学出版社，1987，第125页。

旅行剧团中的四凤似乎看到了繁漪，上海复旦剧社中的四凤和周萍都在看繁漪。从下面两张舞台演出剧照来看，周萍和四凤的位置都在窗户右侧。

中国旅行剧团公演剧照　　　　　　上海复旦剧社演出剧照

北京人民艺术剧院（简称"北京人艺"）的舞台设计[1]中，四凤和周萍最后都站在窗户的左边，且都没有看到繁漪，符合原著。

袁国兴指出："演戏和阅读不一样，阅读只要一个人拿本书，找个地方就可以慢慢咀嚼、品评；演戏不行，它要有一定的公共空间，即所谓剧场和戏园是也，因此戏园的数量和规模在一定程度上也反映了演戏的繁荣程度和演出规模。"[2]一部话剧在舞台上演出的情况，也就是这部剧作价值和意义的体现。在舞台上演出的历史，便是一部《雷雨》接受史。下面是《雷雨》在国内演出的一些简况：

1934年12月2日，景金城、胡玉堂等人发起，在浙江上虞春晖中学演《雷雨》。

1935年4月，留日学生戏剧团体中华话剧同好会在日本东京神田一桥讲堂演《雷雨》。杜宣、吴天、刘汝醴任导演，贾秉文饰周朴园，陈倩君饰繁漪，邢振铎饰周萍，吴玉良饰鲁大海。

① 刘章春主编：《〈雷雨〉的舞台艺术》，中国戏剧出版社，2007，第105页。

② 袁国兴：《非文本中心叙事——京剧的"述演"研究》，广东人民出版社，2013，第2页。

1935年8月17日，天津市立师范学校孤松剧团在学校大礼堂演出《雷雨》。导演吕仰平，陶一饰周朴园，严如饰蘩漪，李琳饰鲁侍萍，伲菩饰四凤，蓝天饰周萍，高朋饰周冲。

1935年10月12日，中国旅行剧团在天津新新影戏院公演《雷雨》。导演唐槐秋，戴涯饰演周朴园，唐若青饰演鲁侍萍，赵慧深饰演蘩漪，姜明饰演鲁贵，章曼萍饰演四凤，曹藻饰演鲁大海，谭汶饰演周冲，陶金饰演周萍。

1935年9月22日，洪深向拜访他的复旦剧社同学推荐《雷雨》，复旦剧社于当年12月13至15日在宁波同乡会公演《雷雨》。欧阳予倩导演，凤子、李丽莲、吴铁翼等主演。这次演出时，胡山源曾请曹禺题字。"曹禺因为自己的字写得不好，便请复旦的老同学靳以（章方叙）来冒名顶替"，"本剧的女主角凤子曾写过一篇《读〈雷雨〉》的短文，拿它来与希腊悲剧《阿迭帕斯王》对比，我觉得这比拟是聪明而且恰当的。"[①]

1936年8月8日、9日，津电剧团公演《雷雨》，庄英饰演鲁妈，刘玉英饰演四凤，张铁生饰演鲁贵，潘一扬饰演周朴园，邵世荣饰演鲁大海，王寿僧饰演周萍，罗天聪饰演蘩漪，洪度饰演周冲。

1938年，上海新华影业公司拍摄《雷雨》。

1939年2月11日、12日，上海益友社在黄金大戏院上演《雷雨》。导演吴仞之，吴静饰演蘩漪，章杰饰演周萍，以礼饰演周朴园，庄华饰演鲁妈，陈钟饰演鲁贵，曼燕饰演四凤，振威饰演鲁大海，也鲁饰演周冲。

在此期间，中国第一个职业话剧团体"中国旅行剧团"先后在天津、上海和南京演出《雷雨》。艾影在《妇女文化》第2卷第1期发表评论："《雷雨》最近可算是轰动一时了，在上海，中国旅行剧团的公演，差不多就以这部《雷雨》的错综的爱的性格悲剧

---

① 赵景深：《记曹禺》，载《我与文坛》，上海古籍出版社，1999，第207—208页。

而维持他们不为不悠长的公演日期与卖座力。同样，中国旅行剧团在南京、北平好几次不停地上演，并打破了任何一部宏伟剧作，如《复活》《茶花女》等的号召力，以公演时的轰动，卖座的不衰看起来，我们很可以想见《雷雨》的动人了。"①

1941年，西北战地服务团演出《雷雨》。5月，旅沪潮人创办的贫儿教养院成立二十周年庆祝活动演出《雷雨》。雷驾白担任总干事，并扮演周朴园，马锡坤反串蘩漪，黄金客串周萍，许鹤鸣演周冲，邹依萍演四凤，陈坚客串鲁妈，王宏德演鲁大海，秦炜客串鲁贵。②

1944年12月11日至15日，上海兰心大戏院演出《雷雨》。石挥饰演鲁贵，黄河饰演周萍，唐槐秋饰演周朴园，唐若青饰演侍萍。

1946年4月，上海兰心大戏院演出《雷雨》。石挥饰演鲁贵，张曼萍饰演四凤，史原饰演周冲，罗兰饰演蘩漪，陶金饰演鲁大海，唐槐秋饰演周朴园，唐若青饰演侍萍。

1947年，台湾观众演出公司在台北演出《雷雨》。

1954年2月，上海电影制片厂演员剧团公演《雷雨》。导演赵丹，演员有王丹凤、汪漪等。

1954年6月30日，北京人民艺术剧院公演《雷雨》。导演夏淳，副导演柏森，郑榕饰演周朴园，朱琳饰演侍萍，吕恩饰演蘩漪，胡宗温饰演四凤，于是之饰演周萍，李翔饰演鲁大海，董行佶饰演周冲，沈默饰演鲁贵。

1956年，新加坡艺术剧场公演《雷雨》，导演林晨。

1959年，北京人民艺术剧院第二次排演《雷雨》。导演夏淳，苏民饰演周萍，狄辛饰演蘩漪，李大千饰演鲁贵。

1959年11月，新加坡艺联剧团公演《雷雨》。

---

① 艾影：《雷雨》，《妇女文化》1947年第2卷第1期。

② 陈振鸿、李森华总主编，陈向阳执行主编：《百年潮人在上海（1）》，文汇出版社，2015，第81—82页。

1979年2月，北京人民艺术剧院第三次排演《雷雨》。导演夏淳，英若诚饰演鲁贵，张馨饰演四凤，谢延宁饰演繁漪，林东升饰演侍萍。

1981年，上海芭蕾舞团将《雷雨》改编成芭蕾舞剧上演。

1984年，上海电影制片厂再拍《雷雨》，孙道临导演，演员有顾永菲、秦怡等。

1988年2月，新加坡实践话剧团演出《雷雨》，导演夏淳。

1989年10月，北京人民艺术剧院第四次排演《雷雨》。导演夏淳，顾威饰演周朴园，郑天玮饰演四凤，龚丽君饰演繁漪，周铁贞饰演侍萍，濮存昕饰演周萍，高东平饰演周冲，韩善续饰演鲁贵。

1993年，王晓鹰执导《雷雨》，一改阶级论的视角，得到曹禺的鼓励。

1997年，为了纪念曹禺先生逝世一周年，北京人民艺术剧院复排上演了曹禺的《雷雨》，导演夏淳。

2000年9月，为了纪念曹禺诞辰九十周年，北京人民艺术剧院重排上演了《雷雨》，导演夏淳。

2003年，为了庆祝中国戏剧梅花奖创办二十周年，徐晓钟导演了"梅花版"《雷雨》。

2004年，北京人民艺术剧院第三版《雷雨》，导演顾威，杨立新饰演周朴园，龚丽君饰演繁漪，夏立言饰演鲁侍萍，王斑饰演周萍，白荟饰演四凤，王大年饰演鲁贵。

2006年1月，上海戏剧学院排演《雷雨》，导演王延松。这次演出恢复了剧本原有的序言和尾声。

四、当下课堂里的《雷雨》

《雷雨》接受的多样化是不容否认的事实。经典一旦成为经典，恶搞式的接受和反差性的接受自然也会出现。1944年4月，上海《杂志》第13卷第1期刊登了张爱玲的散文《走！到楼上去》，文章开篇写道："我编了一出戏，里面有个人拖儿带女去投亲，和亲戚闹翻了，他愤然跳起来道：'我受不了这个。走！我们走！'他的妻哀恳道：'走到哪儿去呢？'他把妻儿聚在一起，道：'走！走到楼上去！'——开饭的时候，一声招呼，他们就会走下来的。"张爱玲在文中还说自己编好了剧本拿去给柯灵看，说是结构太散了，末一幕完全不能用，反复修改后又觉得茫然。"据说现在闹着严重的剧本荒。也许的确是缺乏剧本——缺乏曹禺来不及写的剧本，无名者的作品恐怕还是多余的。"张爱玲觉得自己编的剧本是无名者的作品，张爱玲的这部剧作不知是否也受到了曹禺《雷雨》的影响，就"到楼上去"的情节来说，《雷雨》第二幕周朴园对着蘩漪说："站住！你上哪儿去？"剧本用括号标示"大声喊"。蘩漪则不在意地回答说："到楼上去。"[①]"到楼上去"这个情节/意象反复出现在《雷雨》一剧中，和张爱玲表达的意思很相似。对于进入语文教材的经典文本来说，接受课堂教育的学生们成为《雷雨》接受最庞大的群体。《雷雨》向来是中学语文必选篇目，这就意味着每一个读中学的孩子都会接触《雷雨》。如果选择了大学中文系，或者在大学里选修中文系的课程，大概率还要学习《雷雨》。可以说，课堂里的《雷雨》构成了国人《雷雨》接受的基石。

2014年8月14日，肖复兴在文章中写道："曹禺就是在那个年代受到奥尼尔的影响，写作了《原野》。在我看来，在曹禺的剧作中，这是最好的一部。最近，他的《雷雨》重新演出，遭到年轻人的哄笑，但若是《原野》重演，应该不会出现这样由时代造成的隔膜而引发的笑声。因为《原野》中的背景不仅仅是时代，更是人类共同生存的窘境，而这恰恰是'原野'的象征意义。"[②]肖复兴

① 曹禺：《雷雨》，载《曹禺全集》第1卷，北京十月文艺出版社，2023，第147页。

② 肖复兴：《荒原记忆》，载《肖复兴散文》，浙江文艺出版社，2015，第197页。

所说的"年轻人的哄笑",徐晓钟谈北京人民艺术剧院《雷雨》第
三版的演出时也提到过,"时代变了,观众变了。剧场中出现了新
的观众的反应,他们对演出的反应是热情的,有些年轻观众常常对
台词和动作发出窃窃的笑声",随后列举了《雷雨》演出中观众发
笑的四处台词,并做了富有智慧的剖析,而后指出,"问题只能这
样提出:可能反映出我们的演出中,深沉地震撼观众心灵的东西浅
了"。[①]时代在变,观众在变,变是常态,能在变的浪潮中屹然站
在舞台上的才是真正的话剧经典。《雷雨》舞台演出中引发的笑,
我认为主要原因应该是"深沉地震撼观众心灵的东西浅了",这是
演的问题,而不应简单地归因于时代隔膜。笔者在高校、高中教话
剧时,年轻学子们最喜欢演的仍是《雷雨》。笔者借鉴相声《八扇
屏》的形式,让同学们选择《雷雨》中的一个人物,写一段文字概
括一个人,如以"鲁莽人"概括鲁大海,以"素心人"概括周冲,
一位同学写周冲的文字如下:

> 《雷雨》里有位"素心人",姓周,名冲,乃周公馆二公子。年
方十七,生得眉清目秀,唇红齿白,望之令人脱俗。周冲有理想,有
同情心,他处处都愿意为别人着想。他怕爸爸,爱妈妈,敬哥哥,喜
欢家里的女佣人四凤。他想将自己的学费分出一半来供四凤上学,他
想和煤矿工人鲁大海做好朋友,他想要和一切人都友好相处。可是,
他错了,错在他就是一个天真的大孩子。爸爸批评他有的不过是半瓶
子醋的社会主义思想,妈妈嫌他没用骂他是头猪,四凤说他还是个孩
子到处躲着他,鲁大海不愿意和他交朋友直接让他滚!周冲有的是一
颗单纯的心,仁者爱人的赤子之心!他对谁都带着笑容,不哭不闹也
不怨,他只是想要帮助人,而不是麻烦人,他想要给人带来快乐,而
不是制造痛苦。最后,为了救四凤,周冲触了电,被电死了。周冲从

---

① 徐晓钟:《〈雷雨〉正在走向新时代》,载刘章春主编《〈雷雨〉的
舞台艺术》,中国戏剧出版社,2007,第352—353页。

没犯过任何错，身边的人却都觉得他不靠谱，每次受到责备周冲都觉得是自己的错。一部《雷雨》，九个角色八个人，唯有周冲真是一位"素心人"！

为了某些缘故，我到华南师范大学附属中学教了一年的高一语文。这是一座被坊间誉为"神学院"的中学，我教的又是大学先修班，学生普遍读书比较多，水平自然是高的。有一位同学叫沈夏宁，无论提到托尔斯泰、陀思妥耶夫斯基，还是莎士比亚、巴尔扎克、卢梭，她似乎都读过，而且知道的还不是一点两点，使我惊讶不已，课后的交流觉得比和研究生们交谈还要流畅惬意。课程进行到戏剧单元时，我只对同学们提出一个要求：自己在戏剧单元三篇课文《窦娥冤》《雷雨》《哈姆雷特》中选择一个片段，排练后在课堂上进行表演。当时，我只是简单地让学生按照学习小组分为六个表演小组，此外并无任何要求。我知道同学们的课业很重，当时的打算是：若有排的小组就变成演出课，没有排的就是传统的讲授课；机会给同学们了，最后的课堂模样由他们自己"决定"。按照教学计划正式上戏剧单元课的时候，恰逢吉林省实验中学的老师们前来学习，附中领导在上课的前一天晚上通知说第二天早上前两节课他们要观摩我的课堂。当时我顿感头大，因为我根本不知道同学们有没有排戏，如果排了，排的又是哪一部戏。我只是临时在附中上一年语文课，晚上没有办法联系到同学们，终于联系到班主任，说是午休的时候曾看到同学们在排练《雷雨》，于是心中大定。晨读时我叫来语文课代表，课代表告诉我有三个小组可以进行表演，而且排的都是《雷雨》。上课前几分钟，我让同学们把桌椅靠边放，教室中间清出一块场地进行表演，后面还坐了一排听课的老师，空间着实小得可怜。第一个小组演得一塌糊涂，场面混乱，看着手中的纸读台词。我心中哀鸣，却没做任何干预。第二组上台，演得超乎想象地精彩！第二组刚演完，就到了下课时间。送走了听课的老师们，第二堂课我点评了两个组的表演，第三个组没有表演，后来也没有时间进行表演了。课后，看到吉林省实验中学的老师们还在和附中的老师们进行交流，我就过去了一下。吉林省实验中学的老师说第二堂课他又跑去我教室外面听了。随后，大家交流了一下高中学习不得不面对的应试问题，以及应试教育下人文课堂建构的可能性及其途径。我在附中上的《雷雨》课就这样匆匆结束了，没有时间更深入地讲解，因为有太多教学任务要完成了。转眼之间，这帮学生升入高二，我也不再担任他们的语文老师。忽然有一天，一个小说写得很好、语文成绩却总是不尽如人意的同学发过来一篇短文，打开一看，写的是《雷雨》，读后很是喜欢，不敢说是我粗糙的课堂让学生喜欢上了曹禺的这部剧，但是这位同学愿意和我分享她的读剧感悟，却让我觉得自己所有的付出都值得。我之所以讲述自己的这段并不怎么出色的授课经历，只是想说：不要轻易地判断学生们不喜欢《雷雨》。我没有施加任何影响，同学们自由的选择表明戏剧单元中他们最喜欢的还是《雷雨》。

然而，我知道个人的经验有时候并不很有说服力，即便是同为华南师范大学附中的孩子，他们的选择也各不相同。我家大女儿在华南师范大学附属中学读书，高一下学期就有戏剧单元的学习。高二后，有一次一起吃晚饭，她满是憧憬地谈到她们班级要搞的课本剧活动，说是希望能够演《套子里的人》或《党费》，最不希望演的就是《红楼梦》，而她们班同学投票选的结果是《红楼梦》排第一。然后谈到同学们选择的其他一些篇目，我问为什么没有人选《雷雨》，孩子回答说也有一些人选，她不喜欢，觉得剧本是现成的，没有多少发挥空间，而且内容也不怎么好。随后谈到她们高一下学期语文戏剧单元的学习，她抱怨说其他班都演了，只有她们班稀里糊涂就过去了，没演也没有学。我就问她老师怎么教的，随后谈到了我讲授《窦娥冤》的一些角度，其中涉及一些字词的准确理解和同类词的区别问题，孩子说这些都没有什么意思。这次对话深深地触动了我，让我反思了孩子的教育问题，同时也再次印证了语文教师对孩子文学兴趣可能会产生的巨大影响力，而孩子们其实都喜欢学习，尤其喜欢主动性的学习。戏剧单元讲不好，不能让孩子喜欢《雷雨》，这绝对是老师的责任。清华教授认为物理对学生来说太难了，马斯克则说是你们的教学方法不对。马斯克的话未必对，但语文的教学方法的确存在大问题。这些我以为不应该简单地归罪于应试教育。

刘心武在《缅怀曹禺 追寻大海》（《上海文学》2023年第1期）中谈到当下大学生的《雷雨》接受时，说有些大学生觉得周萍和四凤生活在一起没啥，只要"丁克"，不要孩子就好了。刘心武自己则想要续写《雷雨》，想象鲁大海继承了周朴园的事业。侍萍也同意周萍和四凤生活在一起。当代大学生和鲁侍萍都同意了周萍和四凤一起走，但是这"同意"其实大不同。鲁侍萍是承认既定事实，自己扛起悲剧，而当代大学生们则是颠覆了传统思想，在新的社会伦理层面讨论此事。《花子与安妮》（花子とアン）是由柳川强、松浦善之助、安达绳执导，中园美保编剧，吉高由里子主演的长篇历史电视连续剧。其中的莲子出身贵族，寡居后又嫁给了日本煤炭大王，最后从爱她的丈夫那里离家出走，与无产阶级青年龙一私奔。不理解爱情的伟大，自然就不能理解侍萍、繁漪与四凤。

第二节 《雷雨》思想主题的文学史叙述

《雷雨》自问世以来，迅速成为中国现代话剧史上划时代的经典名著，成为现代文学史书写不可逾越的存在。各种中国现代文学史著作对《雷雨》的持续书写，呈现了《雷雨》不断被经典化的历史进程以及其中所出现的诸多问题。文学史家评述出来的《雷雨》，是文学史家眼里的《雷雨》。虽然各个文学史家评述的都是曹禺所写的《雷雨》，但是一千个读者就有一千个哈姆雷特，众多文学史家站在各自的阅读感受上讲述《雷雨》，因此所呈现出来的《雷雨》的面相也就有种种的不同。所有的文学史家在讲述《雷雨》时，首先要叙述的便是《雷雨》讲述了什么。对于这样一个问题的叙述，同样也最为鲜明地呈现出了各文学史专家之间的差异。梳理文学史著作对《雷雨》内容的概括，从这一小小的视角透视《雷雨》在各文学史著作中呈现出来的种种面相的一角侧影，也可以由此一窥《雷雨》的接受情况。在众多的研究论著中，笔者以现代文学史著作为主进行梳理，是因为文学史著作大多用于学校教学，在《雷雨》的研究论著中传播影响最为深远。

1951年，王瑶的《中国新文学史稿》由开明书店出版发行，宣告了第一部中国现代文学史著作的问世。这部文学史是这样介绍《雷雨》一剧的："《雷雨》通过两个家庭之间错综复杂的纠葛写出了不合理的社会关系所造成的罪恶和悲剧。剧情主要写的是属于资产阶级的周家，但无论从经济上或人格上，直接受到掠夺和侮辱的却是社会地位低下的鲁家。这里不只深刻地暴露了资产阶级的罪恶和他们卑劣的精神面貌，而且也说明了不幸的承担者往往是无辜的劳动人民，这就表现出《雷雨》这一名剧的深刻的思想意义。"① 作为中华人民共和国成立后最早出现的现代文学史著作，受到社会大环境的影响，王瑶不可能不强调《雷雨》的社会意义，还特别点明周家是"资产阶级"，鲁家代表的则是"劳动人民"，两个家庭关系的叙述也就构成了对阶级斗争关系的揭示。

与王瑶文学史同时期出现的丁易的《中国现代文学史略》，将曹禺与洪深并述——"洪深和曹禺的戏剧"，叙及曹禺时先谈一二·九运动就在作家身边发生，"但这些对于作者似乎都没有起着什么作用"，从作者与现代革命的关系入手进行论述，遵循的自然是"政治标准第一"的原则，而后谈到《雷雨》，指出这出戏是"'暴露大家庭罪恶'的一个社会剧"，剧中的积极意义"也还是有一定限度的，由于作者的思想限制，他只能暴露这社会的罪恶，却不能指出如何去消灭这些罪恶，相反地，他却陷入了宿命论的泥淖中"，并认为唯心的宿命论观点"大大减少了主题的积极意义"。② 对于丁易这样的批评，曹禺显然不能认可："有人说《雷雨》表现了作家宿命论的思想，这是不对的。"③曹禺这句话里的"有人"未必只指丁易，但是驳斥的肯定是以丁易为代表的类似的评述。王瑶和丁易等人的文学史对《雷雨》所叙悲剧之根源的追索及评述，显示了那一时代新旧社会不同的评价模式。

刘绶松的《中国新文学史初稿》用了整整一页的篇幅引用了曹禺《雷雨·序》里的两段文字，认为《雷雨》一剧的"现实的意义及其神秘的意义"都蕴含在这两段文字中，"尽管作者说他无意于'暴露大家庭的罪恶'，然而每一个人作为'社会人'的观众或读者，却依然首先在剧本中接触到了它的社会的意义，而他们在剧本中所得到的满足或感动首先也就在这一方面。我们作为一个读者和

① 王瑶:《中国新文学史稿》上册，新文艺出版社，1953，第314—315页。
② 丁易:《中国现代文学史略》，作家出版社，1955，第282—283页。
③ 曹禺:《曹禺自传》，江苏文艺出版社，1996，第18页。

观众，关于剧本还可以替作者下更多的'注释'；因为我们不仅在剧本中看见了一个'大家庭'的隐秘的罪恶，而且还分明地看见了在剧本中表现出来的复杂尖锐的阶级对立的关系。（例如周朴园和鲁大海，尽管他们是父子，但他们不得不成为仇人；使得周朴园对于侍萍'始乱终弃'的，阻碍周冲和四凤的相爱的，归根结底，也还是那个贫贵悬殊的阶级对立关系。）在这里，我们首先就要肯定：《雷雨》这个剧本在一定程度内反映了社会生活中某些重要的真实的东西，而且以此教育了它的观众和读者。"①如何从政治正确性的角度评价《雷雨》，这是王瑶和刘绶松这两部文学史著作共同面对的问题。与王瑶相比，刘绶松的论述辩证地剖析了《雷雨》的社会意义，强化了对曹禺《雷雨·序》的解读。阶级性与政治正确性的解读，有时候未免有些不周延，譬如刘绶松认为"阻碍周冲和四凤的相爱的"是阶级对立，但是周萍和四凤之间却发生了乱伦之恋，阶级对立并没有能阻碍他们。

1936年，《雷雨》出版单行本时，曹禺撰写了一篇序言，其中谈到《雷雨》的主题时说："累次有人问我《雷雨》是怎样写的，或者《雷雨》是为什么写的，这一类的问题。老实说，关于第一个，连我自己也莫明其妙；第二个呢，有些人已经替我下了注释，这些注释有的我可以追认——譬如'暴露大家庭的罪恶'——但是很奇怪，现在回忆起三年前提笔的光景，我以为我不应该用欺骗来炫耀自己的见地，我并没有显明地意识着我是要匡正，讽刺或攻击些什么。"②《雷雨》问世后，批评家与作者围绕"暴露大家庭的罪恶"等问题就展开了持续性的对话，这个对话常常是以隔空错位的形式展开的。此后的文学史著作，大多都省略了这个过程，直接以断言的方式谈论《雷雨》的思想主题。就审美而言，不同的

---

① 刘绶松：《中国新文学史初稿》，作家出版社，1957，第393—394页。

② 曹禺：《雷雨·序》，载《曹禺全集》第1卷，北京十月文艺出版社，2023，第5页。

审美取向和追求之间并不存在高低之分，然而因受文学史书写者自身及背后特定政治语境的影响，文学史的书写有时并不能真正客观地呈现文本阐释的丰富的向度。

《雷雨》描述的究竟是怎样的社会？在这一点上，各家的认识又有不同。刘绶松《中国新文学史初稿》中这样写道："四幕话剧《雷雨》以二十年代前后的中国社会为背景，描写一个资产阶级化的封建家庭的悲剧。戏剧集中于一天时间（上午到午夜两点钟），两个舞台背景（周家客厅、鲁家住房），从周朴园家庭内外各成员之间前后三十年的错综纠葛深入进去，写出了封建家庭不合理关系所造成的罪恶和悲剧，通过封建家庭的残忍与腐败，透露出整个黑暗社会必然崩溃的信息。"[①]"家庭"与"阶级"是阐释悲剧的关键词；"资产阶级化的封建家庭的悲剧"这个判断显示了对《雷雨》悲剧认识的综合化趋向。辛宪锡做了进一步的解析："《雷雨》的主题至少应该包含三个因素：资产阶级的罪恶，这是前提；人们的觉醒与斗争，这是条件；资产阶级的必然灭亡，这是结果。"[②]辛宪锡的这段简洁的文字，也奠定了后来各种现代文学史叙述《雷雨》"三一律"特征的基本模式，即时间、地点、情节三个方面的设置都吻合"三一律"。曹禺剧作中对"三一律"的运用无疑是成功的，不仅有利于塑造人物形象，推动戏剧冲突的发展，也强化了戏剧的主题。歌德认为剧作家使用"三一律"的根由就在于便于理解："'三一律'只有在便于理解时才是好的，如果'三一律'妨碍理解，而人们却把它奉为法律来服从，那就不可理解了。"[③]从工人与资本家的斗争这个角度理解《雷雨》，

从剧本到舞台

---

① 陈白尘、董健主编：《中国现代戏剧史稿（1899—1949）》，中国戏剧出版社，2008，第258页。

② 辛宪锡：《曹禺的戏剧艺术》，上海文艺出版社，1984，第19页。

③ [德]艾克曼著，洪天富译：《歌德谈话录》，译林出版社，2002，第58页、第360页。

就需要注意《雷雨》与高尔斯华绥的剧作Strife（郭沫若译为《争斗》）的关系。曹禺在南开新剧团时曾译Strife为《争强》，强调"我们不能拿剧中某人的议论当作著者个人的见解，也不应以全剧收尾的结构——工人复工，劳资妥协——看为作者对这个问题的答案。因为作者写的是'戏'，他在剧内尽管对现代社会制度不满，对下层阶级表深切的同情，他在观众面前并不负解答他所提出的问题的责任的。"[1]曹禺将《争强》看成"戏"，这自然是正确的，高尔斯华绥写的本来就是戏剧。但是曹禺这里所说的"戏"，其实是"诗"的意思。对于"诗"，曹禺似乎总是情有独钟。南开新剧团译Strife为《争强》，与郭沫若所译《争斗》题名相近。"强"与"斗"相互依存：在"斗"的过程中才能显示"强"，"强"则需要"斗"来实现。然而，郭沫若看重的是作为弱者的工人们的"争斗"，即便是作为工人领袖的罗伯池（David Roberts），在资本家面前也是弱者。曹禺眼里看到的不是个人资产、社会地位等造成的强弱差异，而是从个人意志的角度将资本家代表安东尼（John Anthony）和工人代表罗伯池（David Roberts）视为"一对强项的人物"，并认为"全剧兴趣就系在这一双强悍意志的争执上"。两个人物都"保持不妥协的精神"，"为了自己的理想，肯抛开一切个人的计算的"。于是，悲剧就发生在两个强大意志的碰撞上。最后两个人都没有能够实现自己的意志，曹禺将其归结为"造化环境的播弄"，而当两个敌对者最后相遇的时候，他们说着自己都是受伤的人，相互凝视而终于相互敬服，曹禺则认为剧尾的"这段描写的确是这篇悲剧最庄严的地方"。[2]何为"强项"？郭琴石《忍冬书屋诗集》中有咏叩头虫诗，云："如豆形骸

① 曹禺：《争强·序》，载《曹禺全集》第7卷，北京十月文艺出版社，2023，第47—48页。

② 曹禺：《争强·序》，载《曹禺全集》第7卷，北京十月文艺出版社，2023，第48—49页。

不自休，黑衣未脱便包修。有生直合为强项，此豸缘何但叩头？只要眼前容请放，焉知皮里蓄阳秋！倘教拒斧能相识，一怒真应嫉若雠！"① "强"的繁体字是"弘+虫"，争强需要有强悍的意志，而曹禺特别强调的则是"自己的理想"。曹禺的戏剧最引人注意的便是他笔下的人物都是执着于理想的人物。窦娥揭示的现实生活的真相是："有德的受贫穷命更短，造恶的享富贵又寿延。"②鲁迅的哲学是反抗绝望，他并不觉得革命成就能到达理想的黄金世界。鲁迅在《影的告别》里又说："有我所不乐意的在地狱里，我不愿去；有我所不乐意的在你们将来的黄金世界里，我不愿去。然而你就是我所不乐意的。"③《论语·卫灵公篇》：在陈绝粮，从者病，莫能兴。子路愠见曰："君子亦有穷乎？"子曰："君子固穷，小人穷斯滥矣。"④什么意思？就是子路觉得世界不公平，于是发牢骚。而孔子毕竟是孔子，不怨天不尤人。信奉马克思主义思想的郭沫若从阶级对立的角度理解社会不公，故而强调工人要争斗。

　　曹禺和郭沫若不同，既不站在资本家一边，也不站在工人一边，似乎更认同中国传统君子小人的思想，故而他在《争强·序》中阐述的是两个强者的惺惺相惜，子曰："君子无所争，必也射乎！揖让而升，下而饮，其争也君子。"（《论语·八佾》）争还是要争的，但是这争也君子。我觉得君子，或者说传统的修身齐家就是曹禺理想的人性追求。在曹禺编译的《争强》中，资本家和工人之间的矛盾不再是强者对弱者的压迫与剥削，而是两位强者间意志的对抗。罗伯池（David Roberts）的妻子本来是工厂经理家的女佣（Maid），可是在曹禺修改本中却成了经理家的家庭教

---

　　① 郭家声：《忍冬书屋诗集》叁，柒，1930 年铅印本。

　　② 关汉卿：《感天动地窦娥冤》，载蓝立蓂校注《汇校详注关汉卿集》，中华书局，2006，第 1101 页。

　　③ 鲁迅：《影的告别》，载《鲁迅全集》第 2 卷，人民文学出版社，2005，第 169 页。

　　④ 程树德撰：《论语集释·下》，中华书局，2013，第 1205 页。

师。女教师和女佣人，在中国的文化语境中有着太大的差异，这样一改，阶级对立的成分被极大地削弱了。田汉直言："我不十分赞成把Strife译成《争强》。我们知道，劳资斗争是近代特有的一种十分惨烈的生活斗争，而不是单纯的性格上的争强斗胜。译为《争强》，容易把一个社会问题当作个人问题来理解……拿《争强》的翻译者与导演者万家宝先生说，他在《雷雨》中所写的人物和事件，不难从《争强》中找出他们的原型，如安敦一父子到《雷雨》中成了周朴园和其第二个儿子。罗大为成了鲁大海。这当然没有什么不可。但颇为遗憾的是《雷雨》中的社会观许多也是《争强》中高斯倭绥的观念论的重复。"①

1982年12月，《中国新文学大系1927—1937》启动了第二个十年的编纂出版工作。于伶在戏剧卷《序》中这样介绍《雷雨》："多幕剧《雷雨》和《日出》鞭挞了不公平的世界和'荒淫无耻、丢弃了太阳的人们'。这种鞭挞不是表面的简单化的，而是通过深刻揭示错综复杂的矛盾冲突、准确刻画复杂而又个性鲜明的典型性格、令人信服地展开典型性的戏剧情节进行的。它们引导读者深深思考造成罪恶和悲剧的社会根源。这种鞭挞是深沉的，是本质的。"②于伶的叙述表现了淡化"封建"与"阶级"等悲剧因素的努力。"文革"结束后，人们反思"文革"悲剧的根源时，大多都将其归因为"五四"启蒙的任务没有完成，思想里的封建遗毒再次爆发。巴金反思"文革"时说："我前天写成的《〈爝火集〉序》里有这样一段话：今天要实现四个现代化，就必须大反封建。去年八月我写了《家》的重印《后记》，我说这部小说已经完成了它的'历史任务'。现在我知道我错了。明明到处都有高老太爷的鬼

---

① 田汉：《关于写作态度——〈国民公敌〉与〈争强〉》，南京《新民报》1937年2月5日至8日。

② 于伶：《戏剧集·序》，载《中国新文学大系1927-1937》，上海文艺出版社，1985，第16页。

魂出现，我却视而不见，不能不承认自己的无知。"①巴金在"文革"结束后反复强调要完成反封建的历史任务，再启蒙与反封建一度成为文学作品分析的重中之重，但是在《雷雨》等文学作品的解读方面，与"文革"前相比，对于"封建"方面的关注明显有了弱化的趋势。

唐弢主编的《中国现代文学史》介绍《雷雨》说："剧本反映了中国半封建半殖民地都市上层社会生活的腐烂与罪恶。作者以卓越的艺术才能深刻地描绘了旧制度必然崩溃的图景，对于走向没落和死亡的阶级给予了有力的揭露和抨击。四幕剧《雷雨》在一天的时间（上午到午夜两点钟）、两个舞台背景（周家的客厅和鲁家的住房）内集中地表现出两个家庭和它们的成员之间前后三十年的错综复杂的纠葛，写出了那种不合理的关系所造成的罪恶和悲剧。它写的主要是属于资产阶级的周家，同时又写了直接受到掠夺和侮辱的鲁家。"②著者将周家视为"主要是属于资产阶级"，与刘绶松"资产阶级化的封建家庭"的评语相比，"封建"在该著中变成了周家隐含的背景，"资产阶级"取代"封建"成了对周公馆"家庭"性质的主要概括词语。对周家社会性质的判断，与对悲剧根源的认知密切相关。家的叙事，被当成了社会的寓言；家庭里发生的悲剧，是整个社会悲剧的隐喻。对社会性质的判断，也就成了对家庭悲剧的探因。

现代文学史书写中普遍存在着的这种悲剧归因法与中华人民共和国成立后对文学作品分析话语的规范化有关。在规范化的分析话语中，被拣选出来的现代文学经典，对于造成悲剧的原因分析，一般都是将黑暗的社会视为最根本的原因，其次才是剧中人物自身的

① 巴金：《〈家〉法译本序》，载《讲真话的书》，四川人民出版社，1995，第 141 页。

② 唐弢主编：《中国现代文学史（二）》，人民文学出版社，1979，第183页。

主观因素。

对《雷雨》悲剧根源的分析，在社会性质的体认和归因方面，各文学史著作大同小异；对剧中人物主观因素的分析，各文学史著作的具体表述则各不相同。魏绍馨主编的《现代中国文学发展史》中写道："剧本反映了五四运动之后，中国共产党诞生之前的一段社会生活。那阴森黑暗的周公馆，正是半封建半殖民地旧中国腐烂肌体上的一个细胞。曹禺用犀利的笔锋剖析了这个细胞，使人窥斑见豹，看到了半封建半殖民地这个垃圾堆正在发霉变臭，认清这个社会惊人的黑暗和腐朽及其必然崩溃的趋势。一个阔少爷在三十年前引诱占有了公馆里的女佣人，又抛弃了她，如今他的儿子不仅重复着同样的丑剧，而且走得更远。不同的是他的儿子在与继母发生了乱伦关系后，所勾引的女佣人竟是同母异父的胞妹。剧本就从各个人物之间所展开的夫妻、父子、父女、母子、兄弟、兄妹、主仆的冲突组成了一幅纵横交错的故事网。"①

魏绍馨主编的《现代中国文学发展史》认为《雷雨》所写的故事发生在"五四运动之后，中国共产党诞生之前"，大体上指的就是1919年到1921年期间，这与刘绶松判断的"二十年代前后"比较一致。唐槐秋导演《雷雨》时，认为周朴园穿着"二十年前的新装"，指的就是"1904年或光绪三十年，周朴园刚从德国留学回来踌躇满志地办矿时穿的新装"。②若是从1904年开始算，后推二十年，应该是1924年前后，恰好是顾正红事件前后，中国共产党早已成立。魏绍馨主编的文学史为何要强调是中国共产党成立之前的事情？估计是为了阐释鲁大海代表的工人斗争的不成熟问题？《现代中国文学发展史》谈到周朴园和侍萍三十年前的关系时，著

---

① 魏绍馨主编：《现代中国文学发展史》，延边大学出版社，1990，第399页。

② 张殷、牛根富编著：《中国话剧艺术剧场演出史（1934—1937）》第4卷，文化艺术出版社，2021，第94页。

者用的词语是"引诱占有"。"引诱占有"这样的评述不能说不对，但是无疑地带有过多研究者的主观色彩，这种带有引导性质的语词，很容易使读者将当初周朴园和侍萍的关系视为不正常的、没有多少真爱的两性关系。或者说，在阶级论的观念导引下，否定了不同阶级间真正爱情发生的可能性。不是"引诱占有"，就是"勾引"，周家两代人的情感，统统都被否定，被置于道德的审判台上进行批判。

与内地文学史著作相比，香港司马长风撰写的《中国新文学史》，对《雷雨》故事内容的叙述相对来说政治化的因素淡薄许多："写一个富豪之家的伦理大悲剧。富豪子弟周朴园与青年女佣周侍萍私通生了两个儿子，后因与名门闺秀结婚，便把周侍萍赶出了公馆，周侍萍抱幼子投河自尽，竟得救未死，后嫁给鲁贵为妻生了一个女儿，周朴园娶的夫人蘩漪生了一个儿子，悲剧就发生在同父异母和异母同父四姊妹和二男二女八人之间。"①概述中轻轻撇过了阶级问题，将《雷雨》视为"富豪之家的伦理大悲剧"。以"私通"一词概括周朴园和侍萍的关系，这种概括与剧本的叙述不甚相符。因为私通重在"私"，也就是偷偷摸摸不为人知的意思。《雷雨》中，周朴园与侍萍生了两个孩子，居处皆公开，不能称之为"私通"。"私通"显示的是司马长风对《雷雨》悲剧性的某种认识，虽然未必正确，但是"私通"却也点出了周朴园与侍萍两个人之间的关系是双向的，即并非简单的占有勾引，而是两情相悦。既然是两情相悦，为何后来又分离？司马长风的解释是"因与名门闺秀结婚，便把周侍萍赶出了公馆"。门当户对、嫌贫爱富，这便是司马长风对周朴园和侍萍爱情悲剧叙述的内在思想倾向。

郭志刚、孙中田主编的《中国现代文学史》中写道："《雷雨》写的是一个发生在带有浓厚封建色彩的资产阶级家庭里的悲

----

① 司马长风：《中国新文学史》中卷，昭明出版社有限公司，1978，第297页。

剧。周朴园，这个大家庭里的霸主，30年前与贫民女子侍萍生下两个儿子之后，为与另外一位小姐结婚，便逼使侍萍出走。30年后，他的大儿子周萍与继母蘩漪发生不正当关系，同时又与同母异父的下女四凤恋爱。在一个大雷雨的夜晚，人物之间的关系与事实真相被彻底揭开，被牵扯到这一纠葛中的人们，经受了最严峻的灵魂拷打，一幕人间悲剧降下了帷幕。"[1]书中叙及侍萍时，著者称她为"贫民女子"，虽然侍萍的确是"贫民女子"，但是"贫民女子"不等同于女佣。强调富家公子与贫民女子的离合，突出的是周朴园的负心汉形象。从阶级、家庭出发剖析《雷雨》的悲剧主题，表现出唯物主义的分析方法。

作为此类分析的代表，钱理群、温儒敏、吴福辉合著的《中国现代文学三十年》中写道："剧本在一天的时间（上午到午夜两点钟）、两个场景（周家客厅和鲁家住房）内集中展开了周鲁两家前后三十年复杂的矛盾纠葛，全剧交织着'过去的戏剧'（周朴园与侍萍始乱终弃的故事，作为后母的蘩漪与周家长子周萍恋爱的故事）与'现在的戏剧'（蘩漪与周朴园的冲撞，蘩漪、周萍、四凤、周冲之间的情感纠葛，周朴园与侍萍的相逢，周朴园与鲁大海的冲突），同时展现着下层妇女（侍萍）被离弃的悲剧，上层妇女（蘩漪）个性受压抑的悲剧，青年男女（周萍、四凤）得不到正常的爱情的悲剧，青春幻梦（周冲）破灭的悲剧，以及劳动者（大海）反抗失败的悲剧，血缘的关系与阶级的矛盾相互纠缠，所有的悲剧最后归结于'罪恶的渊薮'——作为具有浓厚封建色彩的资产阶级家长象征的周朴园。"[2]将周朴园和侍萍的关系界定为"始乱终弃"。"乱"一般指淫乱，即不正当的男女关系。元稹的《莺

① 郭志刚、孙中田主编：《中国现代文学史》，高等教育出版社，1999，第434页。

② 钱理群、温儒敏、吴福辉：《中国现代文学三十年》（修订本），北京大学出版社，2016，第355页。

莺传》中的张生就被视为"始乱终弃",张生和莺莺最初便是"私通",两情相悦却在不被认可的情况下发生两性关系,便是淫乱。繁漪与周萍之间的关系,便可以说是"始乱终弃",始之以乱而终之以弃。但周朴园和侍萍之间,恐怕不能轻易认定是始之以乱。周朴园和侍萍两人生活在一起,生下了两个孩子,虽然没有经过堂堂正正的婚嫁迎娶,却也不是偷偷摸摸发生的两性关系,因此不应将两个人最初的交往判定为"乱"。"始乱终弃"虽然更有利于说明周朴园的罪恶,却与事实并不十分吻合,也不能与繁漪和周萍间的恋爱相区别。而认为所有的悲剧"最后都归结于"周朴园,其对悲剧主题的分析延续的仍然是中华人民共和国成立后的主流分析模式。

随着社会时代的发展,对于曹禺早就提出来的命运悲剧问题,现代文学史著作也给予了相当的重视。程光炜、刘勇、吴晓东等合著的《中国现代文学史》中写道:"剧作不仅在特定的家庭关系中,写出了人物各自的社会因素,进而很自然地由暴露大家庭的罪恶引出社会的罪恶,由大家庭的毁灭揭示出社会制度的不合理及其崩溃的趋向,更为重要的是,剧本在展示家庭悲剧和社会悲剧的同时,还写出了一种更为复杂、更为深刻的命运的悲剧,即人对命运的抗争与命运对人的主宰这一对难以调和的巨大矛盾。"[1]著者将悲剧根源归结为不可知的命运,与崇奉无神论的社会主义文化不兼容。长期以来,悲剧中的命运问题常被视为宿命论,归入封建落后思想的行列。曹禺曾在自传中明确提出要区分作家与作品中人物的思想,原因自然就在于宿命论被看成落后陈腐的思想。曹禺还谈到宿命论源于人逃避不了的生死问题,"生死问题,唯物论者,共产党人能够得到正确解决,越是到了晚年,越是拼命抓紧工作"。[2]明确将宿命论与共产党人的信仰相对照,弃前者而取后者。现在,

----

① 程光炜、刘勇、吴晓东等:《中国现代文学史》(第三版),北京大学出版社,2011,第144页。

② 曹禺:《曹禺自传》,江苏文艺出版社,1996,第18页。

重新肯定《雷雨》中的"命运悲剧"，且将"命运的悲剧"看成是"更为复杂、更为深刻"的悲剧，也就意味着对于不可知的"命运"的看法，已经有了转变，不再简单化地视之为封建落后的思想的表现，同时也表明"拼命抓紧工作"并不能够真正解决生死问题，且从阶级属性方面简单化地剖析《雷雨》，不能令人感到满意。

叔本华从主体性的角度剖析了人的宿命问题。"主体性是与生俱来的一种神妙权利，主体性是不变的，是不可让予的，这对人的命运来说是注定不变的。一个人的命运自出生开始就不能改变，只能在注定的生命活动里开展自己，我们的生命像行星一样，什么样的位置就在什么样的位置。"侍萍生而为周公馆女佣人的女儿，这就是她的位置，侍萍的女儿四凤也是一样，这是没法改变的事实。人所能做的，就是依靠个人的意志，尽力发挥个人特质，"寻求一种完满性，承认可以使我们完满的事物和避免那些使我们不能完满的事物"。[①]

对于曹禺说的第九个角色，无论是中国传统的宿命论思想，还是希腊的命运观，我觉得阐释都过于神秘化而在现代社会失掉了应有的一些力量。加拿大作家玛格丽特·阿特伍德的著作《女巫的子孙》重述莎士比亚戏剧故事，她在小说中讨论了《暴风雨》中的"第九个牢笼"的问题。小说主人公菲利克斯说："《暴风雨》是关于一个人制造了一出戏的戏，一部源于他自身灵感和'幻想'的戏。因此，他需要被原谅的错误或许就是这部戏本身。"在《暴风雨》的结尾，普洛斯彼罗希望观众为他祈祷，让他得到自由，《女巫的子孙》对此写道："如果不是失去了自由，你是不会说'还我自由'的。普洛斯彼罗是他自己制造的这出戏里的囚徒。这下懂了

[①] ［德］叔本华著，张尚德译：《人生的智慧》，哈尔滨出版社，2016，第 10 页。

吧——第九个牢笼就是这出戏本身。"① "第九个牢笼"与"第九个角色"的表述本质上有相通之处，我们也可以借用这句话，认为《雷雨》里的第九个角色就是戏本身。

---

① [加]玛格丽特·阿特伍德著，沈希译：《女巫的子孙》，北京联合出版公司，2017，第235页。

第三节 《雷雨》里的人物关系网络

《雷雨》中出场的一共有八个人物：周朴园、侍萍、蘩漪、鲁贵、周萍、周冲、鲁大海、鲁四凤。八个角色，按家庭是周家、鲁家，论辈分是四老四少，以性别分是五男三女，讲爱情则是五组三角关系。从不同的角度，《雷雨》里的八个人物形象可以分出不同的类别，按类别探究人物的行动，往往会有新的启示。

《雷雨》开场，舞台上展现给观众的便是围绕着八个人物展开的周、鲁两家两代人之间的爱恨情仇。三十年前发生的一对恋人由恋爱而同居再到分开的故事是一条暗线；三十年后，两人各自重组了家庭，重逢时发生的故事是明线。暗线是富家少爷与佣人女儿之间的情感纠葛，明线则在周、鲁两个家庭的矛盾纠葛中织进了工人与资本家之间的斗争。当我们说《雷雨》表现的是周、鲁两个家庭两代人之间的爱恨情仇时，这里的"鲁"字代表的是鲁侍萍，而不是鲁贵。只有鲁侍萍贯穿了三十年前后两个家庭两代人。按照侍萍自己的说法，三十年前的她姓梅，而不姓鲁。若是较真的话，就应该说《雷雨》表现的是周、梅、鲁三个家庭两代人之间的爱恨情仇。但是，剧中梅家出现的只有侍萍，侍萍后来的全名叫鲁侍萍。为了简省起见，将全剧故事情节概括为周、鲁两家两代人之间发生的恩怨情仇，只能说是差强人意。

当我们说这是两个家庭两代人之间的爱恨情仇时，强调的主要是一种宿命论似的故事情节发展模式，侍萍最初所知道的是自己当年伺候人，自己生下来的女儿继续走自己的老路伺候人，其实侍萍没有说的就是自己也继续了她母亲的路。侍萍的母亲、侍萍、四凤，在周公馆里做女佣人，一做就是三代，世事变迁，伺候人的命运却循环不变。后来，侍萍才知道更可怕的命运循环还在等着她去发现。侍萍当年（十八岁）与周公馆少爷周朴园相爱，三十年后则是自己的女儿鲁四凤（十八岁）与周公馆少爷周萍相爱。十八岁仅指《雷雨》开幕后四凤的年龄。十八岁就是十八年，"十八年"也是蘩漪诉苦时提到的数字。曹禺似乎很喜欢"十八"这个数字，他回忆《雷雨》的创作时说："我十八岁就酝酿写《雷雨》，构思了五年，花了半年时间，五易其稿，到二十三岁才把它写成，交给了一个同学，那个同学把它搁在抽屉里，搁了一个时期，有个人发现了这篇稿件，读了一遍，就拿去发表了。"[1]按照剧情发展，鲁四凤可能十七岁时就与周萍相爱了。鲁侍萍十七岁时也与周朴园相爱了。强调侍萍母女爱情发生的年龄，目的是揭示剧作很有可能借此暗示一种宿命论思想，这种宿命论思想也深深植根于侍萍的思想里。

　　年龄是很值得注意的一件事情，作者对人物的年龄也是相当注意，所以《雷雨》首刊本、初版本开篇都列出了剧中人物的具体年龄。后来，各种选本多了，不知什么缘故，有些本子就删掉了罗列剧中人物年龄的文字，如中国现代文学馆编的《中国现代文学百家·曹禺》（华夏出版社1997年版）就是如此。读这种版本的《雷雨》，又或者观看《雷雨》的舞台演出或视频，剧中人物的年龄就成问题，需要仔细算过才能知道，从而明白人物年龄设置背后隐藏着的奥妙。首先需要明确的是剧首的人物年龄是确切的，而人物出场介绍及正文里的人物年龄则多为约数，两者不太一致。周朴园"约莫有五六十岁"，鲁妈"年纪约有四十七岁的光景"，鲁贵"约莫有四十多岁的样子"，周萍"约莫有二十八九"，一概都是"约莫"，如果没有剧首明确的人物年龄表，细心的读者根据出场人物介绍和正文里的对话，大概也能"约莫"猜出剧中人物

----

① 徐开垒：《访曹禺》，《文汇报》1979年9月18日。

的年龄。《雷雨》第一幕中，一开始鲁贵敲诈四凤，说出"闹鬼"的真相时，曾说过"你忘了，大少爷比太太只小六七岁"。若周萍年龄为二十八，蘩漪的年龄则加六是三十四，加七是三十五；若年龄为二十九，加六是三十五，加七是三十六。取其中间数，则为三十五。侍萍和周朴园相见时，谈及周萍，侍萍说，"他（周萍）大概是二十八了吧？我记得他比大海只大一岁"。侍萍说周萍是二十八岁，出场介绍中则说是二十八九，取其同者，为二十八岁。

从剧中人物形象的年龄可知，鲁贵和侍萍年龄是相当接近的。四凤和周萍、侍萍和周朴园，相互之间正好差了大约十岁。侍萍二十七年前离开周公馆，那时她刚生下鲁大海，大海比周萍小一岁。此时周萍一岁，十月怀胎，算来应该是在二十九年前就与周朴园待在一起了。侍萍与周朴园相见时，已是四十七岁，那么，侍萍与周朴园热恋时当为十八岁，即怀上第一个孩子的时候。蘩漪在开幕时是三十五岁，自己说来到周公馆已十八年，嫁给周朴园时应该也是十八岁。很有意思的对照是，剧中四凤也是十八岁，且正与周萍热恋。三个女子，皆是十八岁时与男方在一起，她们当时对象的年龄，分别是周朴园二十八岁，周朴园三十七岁，周萍二十八岁。侍萍再嫁鲁贵，生了四凤，四凤此时十八岁，从四凤的年龄推算，当时侍萍应该是二十八岁，鲁贵是二十九岁。这些男女的爱情婚嫁，基本上都是男方比女方大十岁左右，只有侍萍和鲁贵年龄相当，只差了一岁。蘩漪和周萍的乱伦关系发生时，应该是蘩漪三十三岁，周萍二十五岁，两人相差八岁。如果从年龄差上看，我们可以发现一个很有趣的现象，凡是男女年龄相差在十岁左右的，不论现在如何，都是曾经有过真感情的。有趣的是，张爱玲家族和她自己的婚姻大都是男子比女性大十岁以上，而谈到"标准丈夫的条件"时，张爱玲明确地提出"男子的年龄应当大十岁或十岁以上"。[①]张爱玲的

---

① 《苏青、张爱玲对谈记——关于妇女、家庭、婚姻诸问题》，《杂志》月刊1945年3月第14卷第6号。

父亲张志沂和母亲黄逸梵年龄相当、知识水平相当，生活却极不和谐。侍萍和鲁贵年龄相当，他们之间似乎没有动过情。在侍萍看来，她之所以要嫁给鲁贵，是"为着她自己的孩子"，对鲁贵并无什么感情。除了这一对年龄相当的夫妇外，还有一对未成功的恋人，年龄也很相当，就是四凤和周冲，两个人也只相差一岁，四凤偏偏对周冲也没有什么感觉。抛开人物的身份性格，只从年龄的角度看，母女两人的选择很有些相似之处，这是否与遗传有关？当然，这并非是侍萍不喜欢鲁贵，或四凤不爱周冲的重要原因。剧中年龄相差较大的男女走到一起，也就是人们通常所说的"大小配"。这样的婚姻并不一定幸福，比如侍萍、蘩漪和周朴园，蘩漪和周萍，四凤和周萍，结局都不太好。但是，恐怕谁都不能否认，他们曾经拥有过幸福的时光，虽然那幸福的时光短暂，痛苦却要伴随终生，但年龄相仿的却又没有感觉，或待在一起也不幸福。这种设置到底有什么好处呢？用意何在？或者说剧作家本是无意为之，却显露出了某些有意思的东西？

张文江认为鲁迅的小说集《故事新编》"如果从象数文化结构的角度观之，八篇小说的互相耦合，似有八卦之象，而《补天》上出之，犹乾象焉"。[1]张文江的分析给我们以启发，《雷雨》里出现的八个人物形象，似乎也可以从易理的角度给予审视，将这些人物形象放入后天九宫八卦图中，如下图所示。

巽（长女） 四凤	离（中女） 蘩漪	坤（母） 鲁侍萍
震（长男） 周萍		兑（少女） 鲁贵
艮（少男） 周冲	坎（中男） 鲁大海	乾（父） 周朴园

① 张文江：《论〈故事新编〉的象数文化结构及其在鲁迅创作中的意义》，《社会科学》1993年第10期。

周朴园为父为乾，鲁侍萍为母为坤。乾坤定位，坤道柔顺，鲁侍萍的性情就是坤道的体现。周萍、鲁大海、周冲分别是周朴园的长男、中男、少男，四凤是鲁侍萍的长女。曹禺说蘩漪"有火炽的热情"，"热情原是一片浇不熄的火"。[1]蘩漪就像一团火，代表火的离卦与蘩漪最相契合。蘩漪是周朴园的妻子，可是蘩漪在剧中反复说自己不是周朴园的妻子，又说妻子不像妻子。为人母做人妻的蘩漪本应处在坤卦之位，在上图中却处于离位，离下坤上是为明夷，占卜中表示对方不接受自己的爱，难以成功。鲁贵为父为乾，在上图中却处于兑位，兑下乾上是为天泽履卦，"《象》曰：履，柔履刚也"[2]，意思就是说卦象显示的是：柔弱遇刚强，形势难且危。婚姻生活中，如果双方安贫乐道，生活就能和睦，若有一人向往富贵，就会带来不幸。兑，说也，悦也。鲁贵好发牢骚，话多，聒噪，一副小人嘴脸，总是想要取悦地位高于自己的人。天泽履之险，可以礼解之，身为小人，鲁贵多的是谄媚，缺的是真正的礼。套用易经分析《雷雨》人物，只是粗浅的尝试，上面所示九宫图，也只是推断，至于是否恰当，有兴趣者可继续探索。孔子谈《易》，特别推崇"玩"字，上述分析不过是试图从新的角度玩味《雷雨》人物，也希冀从中发掘《雷雨》中可能隐含着的一些有趣的中国传统文化因子。

周朴园的生命中，先后有三个女人：鲁侍萍、阔家小姐、周蘩漪。鲁侍萍的生命中，先后有三个男人：周朴园、不知名的男性、鲁贵。周朴园身边的女性换来换去，却都归了"周"家。侍萍未嫁之前从母姓梅，嫁给鲁贵后又被称呼为鲁侍萍，此间是否还曾被冠以其他姓，不知。道生一，一生二，二生三，三生万物。周朴园与侍萍的生命中都有过三个异性，"三"意味着多。周朴园在诸多变故中依然故我，侍萍在诸多变故中却如水中浮萍，漂到哪里算哪

---

① 曹禺：《雷雨·序》，载《曹禺全集》第1卷，北京十月文艺出版社，2023，第9—10页。

② 王弼：《周易注》，中华书局，2020，第54页。

里。蒲苇韧如丝，磐石无转移。周朴园就像无转移的磐石，侍萍也算得上是韧如丝，这"韧"指的不是从一而终，而是生命的坚韧。《雷雨》开场，周公馆四个主人：周朴园、周萍、周冲、周蘩漪，三男一女，从性别上来说，周朴园父子三人是一个群体；鲁家四个人：鲁贵、鲁侍萍、鲁大海、鲁四凤，两男两女，从家庭情感上来说，鲁大海和鲁四凤都和鲁侍萍亲，鲁侍萍母子三人是一个群体。四口之家，可以分成三与一。《雷雨》四幕戏，三幕发生在周公馆，一幕发生在鲁家，也被分成了三与一。《雷雨》中塑造的八个人物形象，与"三"这个数字似乎有非常密切的关系，这个数字更存在于贯穿全剧的人物三角关系中。从三角恋的角度梳理《雷雨》人物关系图，我们将剧中涉及三角恋的男性列为一行，女性列为一行，为了方便起见，我们选择将四个男性放在底下一行，三个女性置于上面一行，并制作图示如下：

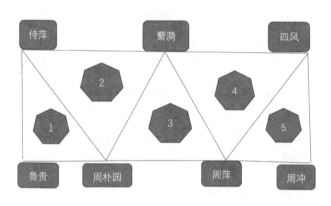

图一

人物图示能够清晰地表明以下几点：（1）剧中角色都有谁？（2）角色间的关系如何？（3）三角关系与戏剧冲突之间有什么关系？（4）确定戏剧的主角与配角。

鲁大海不在图一中，表明鲁大海不属于三角关系中的人物。三角形本来具有稳定性，但是三角关系除外。所有关系中，三角关系最不稳定，不仅因为三角关系没有合法性，还因为三角关系其实象征的是对旧关系的破坏与对新关系的诉求。鲁大海虽然有些鲁莽，却是一个纯净的人，乱七八糟的三角关系与他无关。从三角关系的角度审视《雷雨》，一共可以找出五组三角关系：（1）周朴园、鲁侍萍、鲁贵；（2）周朴园、鲁侍萍、周蘩漪；（3）周朴园、周蘩漪、周萍；（4）周蘩漪、周萍、四凤；（5）周萍、四凤、周冲。五组三角关系中，第1和第5这两组三角关系对戏剧矛盾冲突的影响最弱，原因就是第1组中的鲁贵直到大毁灭的结局来临时才知道这层关系，第5组中的周冲知道哥哥周萍也爱四凤时马上表示自己爱的可能不是四凤。确定第1和第5这两组三角关系的虚实，至少可以在以下两个方面帮助我们理解《雷雨》：

第一，有助于我们理解《雷雨》各幕矛盾冲突高潮的设计。第一幕矛盾冲突高潮的到来对应的是第3组三角关系，第二幕矛盾冲突高潮的到来对应的是第2组三角关系，第三幕矛盾冲突高潮的到来对应的是第4组三角关系，当第2、第3、第4组三角关系全都堆积到一块儿爆发出来的时候，也就构成了《雷雨》第四幕戏剧冲突的高潮。有趣的是，第2、第3、第4组三角关系不仅在剧中呈现出先后相继的关系，在事实上也呈现出循环论的色彩，即发生在周公馆里的故事，似乎总是重来，人物总是在宿命的圆圈内打转。周朴园为什么娶蘩漪？周朴园娶的时候，似乎怀着对侍萍的愧疚，且已堕落成追逐实利的资本家，而蘩漪却是青春靓丽、怀抱美好理想的女中学生，当属阳光女孩。如果说周朴园爱过蘩漪，我认为不是因为蘩漪给周朴园生了周冲，应该是周朴园喜欢她的阳光纯真。十年婚姻下来，蘩漪为爱失望，同时她也变成了不再阳光纯真的阴郁女性。这时候，从乡下来的充满阳光、带着野性的周萍来到了周公馆，蘩漪喜欢上了周萍。两年后，周萍被这段乱伦之恋折磨成了病态的人，对自己的人生感到失望的周萍喜欢上了来到周公馆做事的女佣四凤，一个阳光活泼的年轻女孩。对自己的人生感到失望的人，阴郁消沉且人性变得复杂，却都喜欢阳光纯真的年轻些的异性。反过来似乎也成立。蘩漪嫁给周朴园，周萍与蘩漪乱伦，四凤喜欢周萍，似乎并非因为对方的强迫，主要还是当事人愿意。《雷雨》似乎写了人难以遏制的性情变化，变化了的人似乎总是想方设法寻找自己身上失去了的东西，也就是和现在的自己相反的异性，这里的"相反"不是指性别上的，而是指性情、情绪等方面的。第2、第3、第4组三角关系在上述情节的表现上，构成了一种循环或者说重复。

第二，有助于我们确定《雷雨》一剧的主角。如果说《雷雨》一定有一个主角，且这个主角不是未出场的第九个角色"命运"，那么，在出场的八个人物形象中，以图一标示的人物关系线条而言，连接了四条线三组三角关系的有周朴园、周蘩漪和周萍。这三个人都可以是《雷雨》的主角。在这三个人中，如果再进行挑选，我认为主角是蘩漪。蘩漪搅动了最为核心的三角关系，她触动的每一组三角关系都是致命的，不能靠理性解决的。事实上，蘩漪就像船锚，牢牢地锚定了《雷雨》一剧中最为核心的几组三角关系。每当她锚定的三角关系出现解构的迹象，使得三角关系有可能走向无形的时候，蘩漪的言语行动就会推动戏剧矛盾冲突向前发展，使得隐藏着的三角关系有暴露的危险，戏剧里的"发现"与"突转"随着三角关系的隐显而呈现出来。

从三角关系审视《雷雨》，名为三角关系，事实上却表现为彼、此两方，也就是说，无论在剧本里还是舞台上，三角关系并不具有三角形的稳定性，反而表现出彼、此两方的失衡。所谓彼、此两方的失衡，就是三角关系中的两个人总是站在一起，无论是在人物关系的亲密度上，还是舞台空间占位上，都是如此。这样一来就构成了一对二的失衡感。当然，这种失衡感也会因人物的位置、性格等表现出游移不定的特点，如周朴园、周蘩漪、周萍这个三角，当周蘩漪和周萍站在一起反抗周朴园的时候，周朴园就被孤立了，孤立的周朴园就像雨夜独自坐沙发时候表现出来的样子，虽然表面上在周公馆里占尽上风，实际上却被摒弃在众人关系之外。然而，当周萍厌倦了乱伦关系，想要摆脱这种不正常的三角关系时，他能借助的只有父亲的力量，于是靠向了周朴园，当周朴园让周萍劝周繁漪喝药时，周萍没有丝毫反抗。从弗洛伊德提出的俄狄浦斯情结来看，周萍最初的乱伦行为，乃是弑父娶母秘密愿望的表现，这是一场人生的试炼，能够通过这场试炼的人就会把父亲的形象整合进自身，构建出超我。周萍向着周朴园靠拢，亦可以看成是周萍想要通过俄狄浦斯情结试炼的一次努力。周朴园、周萍、周繁漪构成的三角关系，此时就像一个倒立的三角形，周繁漪所在的顶点在最下的位置，承受着整个三角形所有的分量，这个时候的繁漪最痛苦。

依据图一所呈现的《雷雨》中人物间的三角关系，我们似乎可以确定周繁漪是《雷雨》一剧的主角。然而，这不过是从人物三角关系制作的一个图示而已，不能代表全部的人际关系，仅凭这一个图示就确定唯一的主角，且将其作为定论，并不妥当。图是死的，人是活的；图示的制作是为了更清晰地呈现人物之间的关系，但是真正的关系并不是一条线段就能表达清楚的。虚/隐含的三角关系在戏剧的发展、矛盾冲突的制造等方面产生的影响，未必就弱。太执着于图，则不如无图。以图来看，周繁漪固然重要，然而周朴园、鲁侍萍，乃至于周萍、四凤，又何尝不重要？日本学者大芝孝分析《雷雨》成功的原因有三："其一，话剧结构所拥有的高超的艺术水准；其二，中国观众更倾向接受其社会性而不是神秘性；其三，《雷雨》中出场的主要人物性格被细致地形象化为各类人的典型，各个角色的描写都很细致周到，以至于让人无法区分哪个是主角哪个是配角，结果激发演员竞相付出极大的热情来演出，这也是其演出成功不容忽视的原因。观众一方面在步步紧逼而来的冷酷的命运悲剧面前战栗，一方面却坚定了与家长专制、男女不平等及其背后的封建礼教思想进行斗争的决心。"[①]大芝孝将无主角（或者说让人无法区分出主角）视为《雷雨》成功的重要原因之一。

习惯了故事有主角的人们总是想要确定《雷雨》的主角。一般

---

① ［日］大芝孝：《新旧版〈雷雨〉的比较研究》，日本《神户外大论丛》1956 年 6 月第 7 卷第 1 号。

来说，人们都倾向于在周朴园、鲁侍萍、周蘩漪三者中确认自己中意的主角，罗列自己的理由。钱谷融认为周蘩漪是《雷雨》里的主角，理由是她有"雷雨般"的性格，"她操纵着全剧，她是整个剧本的动力"。针对曹禺自言写《雷雨》时把剧中的一个最主要的人物漏掉了的说法，钱谷融认为并非如此："我认为他并没有漏掉，还是写进去了。那个人就是蘩漪……只有蘩漪，才能够全面地揭露周家的罪恶，才能够把周朴园的冷酷、自私、专横和伪善的本质充分地揭露出来。"①当然，也有不谈理由径直认定某人是主角者，如何平滚、林虹《虚伪与真诚交织 兽性与人性杂糅——重新认识话剧〈雷雨〉中的主角周朴园》②，通篇并无一字谈到为何周朴园是主角。许多人都是在先验的层面上谈论《雷雨》剧中的主角。段金龙在《试谈眉户剧〈雷雨〉的改编》中谈到2012年9月山西临汾市眉户剧团推出的"眉户版"《雷雨》，直接说"此剧中，蘩漪是主角"，③并没有提及自己认定周蘩漪是主角的任何理由。演员张莉回忆说，自己在2000年8月"接到了上海歌剧院的通知，为了选拔歌剧《雷雨》第一主角：蘩漪，要我回国参加声乐考试"。④这是歌剧《雷雨》，不能等同于话剧《雷雨》。"第一主角"这个说法，似乎暗示剧组并非将蘩漪视为唯一主角，但是文章副标题却又直写"饰演歌剧《雷雨》主角蘩漪"，可见整体上还是倾向于将周蘩漪视为剧作主角的。

侍萍在《雷雨》一剧中的重要性，早已为学者们指出。辛宪锡认为在侍萍和周朴园的矛盾中，侍萍处于主导地位，如果《雷雨》

----

① 钱谷融：《〈雷雨〉人物谈》，《文学评论》1962年第1期。

② 何平滚、林虹：《虚伪与真诚交织 兽性与人性杂糅——重新认识话剧〈雷雨〉中的主角周朴园》，《语文学刊》2010年第24期。

③ 段金龙：《试谈眉户剧〈雷雨〉的改编》，载余迎胜编《曹禺剧作改编研究资料》，长江出版社、上海科学技术文献出版社，2021，第203页。

④ 张莉：《人间天上泪难收——我对饰演歌剧〈雷雨〉主角蘩漪的体验》，《音乐探索》2001年第4期。

的主题是暴露大家庭罪恶，那么侍萍是最有力量的一个人物，并指出《雷雨》一剧的主角和主线索都是侍萍："《雷雨》的戏剧冲突是以侍萍的命运悲剧作为贯串线索组织起来的。"①辛宪锡谈到《雷雨》的主题时，指出曹禺自己提出过三种意见，其中第一种就是"我的主角是鲁妈"。第二种意见是"我这个戏是八仙过海"，即八个人每个人都是主角。第三种意见是"我常纳闷何以我每次写戏总把主要的人物漏掉。《雷雨》里原有第九个角色，而且是最重要的，我没有写进去，那就是称为'雷雨'的一名好汉"。在辛宪锡的引文里，错将"那就是称为'雷雨'的一名好汉"引成了"那就是称为《雷雨》里的一名好汉"，②句子变得不通了。辛宪锡列举了曹禺的三种意见，却只在第三种意见后面加了注释，注明来自曹禺的《我怎样写〈日出〉》。其实，三种意见，只有最后一种意见出自《我怎样写〈日出〉》。有些学者看到了辛宪锡的文章，误以为三种意见都来自同一篇文章，于是将"我的主角是鲁妈"的出处也注为《我怎样写〈日出〉》。有些老实的学者，很可能查阅了《我怎样写〈日出〉》，发现没有这个意见，于是注明转引自辛宪锡的文章。据笔者所见，前两种意见并置的叙述，来自魏淑娴的《最后的遗篇——朱端钧先生导演的最后一个戏〈雷雨〉》："我们戏文系一位教师曾问过曹禺先生《雷雨》中谁是主角。曹禺先生说侍萍是主角。这次我们排《雷雨》，我去北京请教过曹禺先生谁是主角。曹禺先生笑着说：'我这个戏是八仙过海！'意思是八个主角，很有意思。"③曹禺说的话在记录转述过程中有无错讹？此事已难俱考。在可以证伪之前，不妨认为曹禺有过将侍萍当作《雷

---

① 辛宪锡：《〈雷雨〉若干分歧问题探讨》，《中国现代文学研究丛刊》1981年第1期。

② 辛宪锡：《曹禺的戏剧艺术》，上海文艺出版社，1984，第8页。

③ 魏淑娴：《最后的遗篇——朱端钧先生导演的最后一个戏〈雷雨〉》，载上海戏剧学院朱端钧研究组编《沥血求真美：朱端钧戏剧艺术论》，百家出版社，1998，第362页。

雨》主角的意见。然而，曹禺将侍萍当作《雷雨》主角的时期正与他充分肯定《雷雨》反封建主题的时期相一致，而强调《雷雨》有"八个主角"的时期则与重谈《雷雨》是诗的时期相一致。我倾向于认同无主角或"八个主角"（即人人都是主角）的观点。

《雷雨》中人物所关联着的家庭全都是不幸的家庭。不幸的家庭虽然各有各的不幸，但是都与现行的婚姻制度相关：《少年维特之烦恼》中的少年维特所烦恼的是夏绿蒂已经和阿尔伯特订婚，一个女的不能同时嫁给两个男子，于是悲剧得以发生。《雷雨》中的周朴园要娶阔家小姐，而侍萍只是佣人的女儿，门当户对的婚姻观念带来了悲剧；繁漪和周萍之间是后母与继儿的关系，两人的乱伦带来了无尽的痛苦；四凤和周萍则是同母异父，他们之间的乱伦造成了更大的悲剧。婚姻的本质是什么？费孝通认为："婚姻是人为的确立双系抚育的手段。"婚姻的本质不是为了爱的实现，除非我们将孩子视为爱情的本质与核心。"抚育既是不可避免，所以人类的问题是怎样可以最有效地抚育。婚姻的方式就依这标准来决定的……在目前社会事业发达，集体责任的假象，私有财产制的消蚀，很可能改变抚育的有效方式。那时候婚姻是否需要也成了问题，至少它的性质会发生极大的变化。"[1]对家庭、恋爱、婚姻本质的思考应该是《雷雨》的重要主题。

上述这个人物关系图中，没有鲁大海的位置，鲁大海似乎是一个多余的人。有人说，《雷雨》这出戏里，鲁大海是一个闯入者的角色，是曹禺为了迎合阶级斗争的情趣添加进去的一个人物。我做了大学教师后，第一次给学生们讲《雷雨》，就是从闯入者的角度讲解了鲁大海，有学生将课堂上的简单观点进行了演绎，提交了一篇三千多字的课程论文，题目就是《鲁大海：〈雷雨〉中的闯入者》。鲁大海和鲁侍萍一样，自身天然地就串联起周、鲁两个家庭，但是他却和这两个家庭里的任何人都不一样。鲁大海带给这出

① 费孝通：《生育制度》，北京联合出版公司，2021，第117—118页。

戏一股阶级斗争的狂风，虽然显得鲁莽、粗线条，却是一股奇异的风，总是在特别的时间刮过舞台。第二幕、第三幕戏剧冲突高潮前后都有鲁大海的戏，高潮前出场的鲁大海仿佛就是穿插交代，高潮后出场的鲁大海使整出戏在刚才的高潮还没有落地时便又进入了另一个高潮，就像一个连续波峰，峰虽有大小之别，却一样的起伏跌宕，令人荡气回肠。如果从象征的角度来说，鲁大海就像《日出》结尾处出现的打夯的工人，象征着一个新的时代的来临，隐喻了周、鲁两家满是三角关系的时代的结束。

按照人物之间的三角关系列出的人物关系图没有鲁大海的位置，有学者认为这反映了鲁大海在剧中的真实位置，即作家为了迎合阶级斗争审美情趣添加进去的一个人物。实则不然。我们前面所画的图一中，没有鲁大海的位置，但是这并不就意味着那张图容不下鲁大海，找不到可以安排鲁大海的位置。如果图表不能涵纳一部经典剧作中所有人物形象，最大的可能是所制作的图表存在问题，还有就是制图者自身视野受限，只看到了自己想要看到的东西，比如在人物三角关系之外忽略了其他可能性。换言之，上面所列出的人物关系图，本身也存在一个如何"看"图的问题。我们将图一以三角形的方式重新排列一下，就可以发现其实存在一个更完美的图，相比较之下，图一其实只是不完整的人物图示。

依据人物之间的三角关系制作出来的图一，底下一层有四个人物，上面一层是三个人物，如果每个人物在图表空间中占据的大小相同，所呈现出来的图形外圈就是一个梯形。梯形的两条腰延长后必然相交，而后梯形就变成了一个大的三角形。这样，我们就制作出了能够涵纳鲁大海这个人物形象的图二：

图二

1.鲁贵 2.周朴园 3.周萍 4.周冲 5.鲁侍萍 6.周繁漪 7.鲁四凤 8.鲁大海

图二所示这个大的三角形的顶端，并非空白，应该也是一个角色的位置。如果像上图所示，这个三角形是一个正立三角形，三角形顶点位置我们可以放入《雷雨》里的第八个人物角色鲁大海，也可以放入《雷雨》里的第九个角色"命运"。从人物三角关系的角度梳理《雷雨》中的人物/角色，将其放入一个大的三角形中无疑更为合适，既象征着三角无处不在，而三角形的稳定性又可以隐喻"命运"的难以抗拒。

　　鲁大海与"命运"叠合是否合适？如果从曹禺的剧作《日出》反观《雷雨》，则将鲁大海与"命运"两个角色的位置叠合起来并无问题。人类理想的社会是共产主义社会，而共产主义的领导阶级是无产阶级。在这层意义上理解作为工人代表的鲁大海与"命运"位置的叠合，我们以为并无不妥。王兆胜认为："鲁大海是作者树起的一个灯塔，它将周朴园这个罪恶之家，将鲁贵这个卑微之家照亮了。从审美效果上说，由于鲁大海的形象，整个《雷雨》的浓郁悲剧色彩得以冲淡。就如同在黑暗的天幕上有一颗星星在闪亮。"[1]曹禺自言《雷雨》受到了郭沫若《凤凰涅槃》的启发，"《凤凰涅槃》给他的启示，就是要破坏"。[2]辛宪锡认为鲁大海就是《雷雨》一剧中的破坏力量："《雷雨》里的一股摧毁性力量是鲁大海。"[3]或许，这也就是王兆胜将鲁大海视为"灯塔""星星"的重要原因。作为"灯塔""星星"似的鲁大海，占据正立三角形顶端的位置也很合适。就此而言，鲁大海代表着光明的力量，与周朴园代表的僵化的、阴暗的社会力量构成了审美平衡。《雷雨》里有两组审美平衡（光明与阴暗）的力量，一组是鲁大海与周朴园，另一组则是周冲与周繁漪，前者代表的是社会，后者代表的则是人性。

---

① 王兆胜：《解读〈雷雨〉》，京华出版社，2001，第 144 页。

② 胡受昌：《就〈雷雨〉访曹禺同志》，《破与立》1978 年第 5 期。

③ 辛宪锡：《曹禺的戏剧艺术》，上海文艺出版社，1984，第 13 页。

　　"命运"作为不在场的角色，不仅隐含在鲁大海角色的背后，也隐藏在每一个角色的背后。如果我们想要以可视化的图表将"命运"这个角色呈现出来，最好的办法就是将正立的三角形复制出一个倒立的三角形。再将这两个三角形叠合在一起，构成一个菱形。菱形的顶角（即原正立的三角形的顶点）就是第九个角色"命运"所在的位置。"命运"高高在上，笼罩一切，主宰一切。以此种可视化的方式呈现"命运"这个角色，我觉得很恰当。菱形最下面的一个角就是鲁大海所在的位置。如此一来，《雷雨》中所有在场、不在场的角色全都能够被纳入图中，且无违和之感。因此，我们可以将图二变换一下，得到图三：

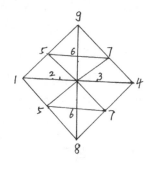

图三

1.鲁贵　2.周朴园　3.周萍　4.周冲　5.鲁侍萍　6.周蘩漪　7.鲁四凤　8.鲁大海
9.命运

　　深不可测的命运高高在上，笼罩一切，鲁大海处在最下方，仿佛地火在运行。当然，鲁大海和命运两个点的位置也可以相互交换。命运在最下方，就像张开着"巨大的口"的"千万仞的深渊"，"宇宙正像一口残酷的井，落在里面，怎样呼号也难逃脱这黑暗的坑"。[①]鲁侍萍、周蘩漪、鲁四凤三个女性角色重复出现，就像水中倒影，照出另一个自己。这是图三给我们的另一个启示。

---

　　① 曹禺：《雷雨·序》，载《曹禺全集》第1卷，北京十月文艺出版社，2023，第7页。

《雷雨》中的三个女性，似乎都比男性来得复杂，性情中都有相互对立的两面，不协调却又在同一个人身上表现出来。抗拒命运的鲁侍萍也最有宿命论思想，追求个性解放的周蘩漪为了能和周萍一起离开周公馆什么都能答应。如果我们将鲁大海视为剧中的灯塔，在鲁大海这一边的三角形里，三个女性都自尊自爱，光彩照人，而在命运那一边的三角形里，三个女性都没了自我。

有人指出，"曹禺擅长刻画女性形象，这是人所共知的"。[①]与周朴园、鲁贵相比，侍萍、蘩漪既有勇气又有担当，动人至深。与女性形象相比，男性角色未免显得有些灰色，有点儿猥琐。这是为何？这可能与曹禺自身的成长和演戏经历有关。曹禺在南开中学时，登台演戏就演女角。1931年，曹禺在清华大学演出《娜拉》，扮演剧中的娜拉，"可能是最后一次男扮女的演出"，[②]女性角色扮演的体验，也可能强化了曹禺对女性精神世界的认知。从《雷雨》到《王昭君》，曹禺戏剧创作中的女性形象似乎总比男性更让人惊艳。曹禺说："给我印象最深的，还是那些受苦受难、秉性高贵、引我同情的妇女。所以我愿用最美好的言辞来描写最美好的妇女。"[③]何为"受苦受难、秉性高贵"？所谓"受苦受难"，指的大概便是人生不如意。人生不如意者十有八九，至于深以何者为"苦"，颇觉什么为"难"，则因人而异、因事而异，各不相同。蘩漪、侍萍、陈白露、花金子这些女性都是"受苦受难"者……曹禺塑造出来的女性形象，大多都是"陷阱"中挣扎的"受苦受难"者；既然是在人性的"陷阱"里挣扎，如何能够不"苦"？曹禺笔下的女性形象，几乎可说无一不苦。秉性即本性，

---

① 夏志厚：《曹禺笔下的蘩漪、白露和金子》，《电视与戏剧》1988年第6期。

② 李健吾：《"五四"期间北京学生话剧运动一斑》，载《李健吾文集》第6卷，北岳文艺出版社，2016，第411页。

③ 曹禺：《我的生活和创作道路》，载王兴平、刘思久、陆文璧编《中国当代文学研究资料·曹禺研究专集》，海峡文艺出版社，1985，第115页。

也就是天性，natural instincts, natural character。秉性是一出生就具备的，先天生成而非养成的。因此，所谓"秉性高贵"就是指这些女性先天就具有的高贵品质，也就是可宝贵的天性（本性）。曹禺愿用"最美好的言辞"去描写那些"最美好的妇女"，就是那些"受苦受难"且"秉性高贵"者。曹禺笔下的女性形象，都有哪些属于"受苦受难、秉性高贵"的行列？

从《雷雨》到《王昭君》，曹禺剧中刻画的重要的女性角色，绝大部分似乎都可归入"受苦受难、秉性高贵"的行列。如果说周冲是《雷雨》里的一束阳光，那么美好的女性形象就是拯救者，就像歌德的《浮士德》中所吟唱的那样，"永恒之女性/领导我们走"。[1]关于美好的女性充当人生的引领者，还可以追溯到但丁的《神曲》[2]。曹禺戏剧创作中出现的美好的女性形象，在某种程度上也可以视为这一女性形象塑造传统的现代延续。

自从新文化运动以来，为了推翻传统，改造国民性并最终实现富国强民的志愿，一批有志之士抛头颅、洒热血，结果就是像鲁迅那样碰了钉子，感觉到自己身处"铁屋子"之中。为了毁坏这"铁屋子"，他们需要的不是四平八稳的理性改良，而是唤醒民众，激发起人们改造现状的激情。在追求这些目标的时候，那一时代的知识分子们不约而同地呼唤着人性中"原始性"的"魔"性。鲁迅一度偏激地说他的任务就是捣乱，与这黑暗的世界捣乱，因为只有毁坏了这铁的牢笼，才能有新的希望出现，实际上就是自居于恶魔性人物的地位，要做撒旦的工作。与那个时代激进的青年知识分子一样，曹禺也同样充满了对于"没有破坏就没有建设"的欲望。在恶魔般的言行中，恰恰见出了人性真正的光辉，正如曹禺谈到蘩漪时所说的，"情热烧疯了她的心，然而不是更值得人的怜悯与尊敬

---

① ［德］歌德著，郭沫若译：《浮士德》，群益出版社，1947，第365页。

② 华林：《歌德百年纪念》，载陈淡如编《歌德论》，上海乐华图书公司，1933，第3页。

么？这总比阉鸡似的男子们为着凡庸的生活怯弱地度着一天一天的日子更值得人佩服罢"。这种"佩服"在《雷雨》构思中的直接体现便是："在《雷雨》里的八个人物，我最早想出的，并且也较觉真切的是周蘩漪，其次是周冲。"[1]蘩漪和周冲是曹禺最先想到的两个人物，这两个人物放在一起最合适，他们都不愿意"为着凡庸的生活怯弱地度着"，在他们的身上闪烁着本质相同而表现迥异的人性之光。同时，这两个人物也构成了《雷雨》审美的两极。被情热烧疯了的蘩漪，伤害最深的便是纯洁无辜的周冲。周冲是生活在理想中的人物："青年人多半好空想，但决没有生存在空想中的人。要有，除非是《雷雨》里的周冲。"[2]"全剧中最使人爱的是周冲，他的心纯洁得像一张白纸，蹦蹦跳跳的，是一个有生气的孩子，全剧的空气要是没有他，将会沉闷得不堪设想。"[3]在谈到周冲这个人物形象时，曹禺先后列举了周朴园、鲁大海、蘩漪对他造成的伤害，这个顺序不能颠倒，因为母亲是周冲这个天使般的人物梦碎的最后也是最重要的一道关口。"待到连母亲——那是十七岁的孩子的梦里幻化得最聪慧而慈祥的母亲，也这样丑恶地为着情爱痉挛地喊叫，他才彻头彻尾地感觉到现实的粗恶。"[4]周冲的美好，被蘩漪表现出来的恶冲击得稀里哗啦，对于恶的深度认识是现代文明的基本特征之一。

大的三角形人物关系图（见图二）画出来之后，以"鲁大海"作为三角形的顶点，并非为图而图。图的结构也给我们显示出一些很有趣的东西。首先，像"灯塔""星星"的鲁大海象征的是光明

---

① 曹禺：《雷雨·序》，载《曹禺全集》第1卷，北京十月文艺出版社，2023，第9—10页。

② 徐运元：《从〈雷雨〉说到〈日出〉》，《文艺月刊》1937年第10卷第4、5期。

③ 徐应翔：《〈雷雨〉观感》，《浙赣月刊》1941年1月第2卷第1期。

④ 曹禺：《雷雨·序》，载《曹禺全集》第1卷，北京十月文艺出版社，2023，第12页。

与希望，鲁贵象征的则是鄙俗，周冲象征的则是纯洁与理想。这三个人分别占据了三角形的三个顶点，寄寓着剧作者对社会和人性问题的思考。其次，鲁大海、鲁侍萍、鲁贵作为三角形的一条斜边，既显示了家人关系，又隐藏着一个从自私到无私的人性变化。鲁大海、四凤、周冲构成三角形的另外一条斜边，这是剧中最纯洁的一组年轻人。鲁贵、周朴园、周萍、周冲构成了三角形的底边，这是一个男性的世界。唯独蘩漪一个人孤零零地占据了三角形的中心，她与所有三条边代表的力量都构成对立。鲁贵代表的鲁家，仿佛《寄生虫》里处于社会最底层的那一家人，他们对蘩漪所在的社会上层家庭构成了侵蚀，而蘩漪自身就切实地感受到了这种侵蚀的威胁。对于鲁贵、周朴园、周萍、周冲构成的男性世界，蘩漪曾经抱有希望，最终收获的无不是失望。鲁大海、四凤、周冲构成的年轻而纯洁的世界，是蘩漪渴求的有光的世界，却又是蘩漪害怕的对象，因为她早已走向了与光的世界相对立的世界。处在三角形正中位置的蘩漪，也可以理解为人性最阴暗力量的代表，因此与三角形三条边上串联起来的其他七个人物区隔开来。

美国斯坦福大学教授科恩（Magaret Cohen）有感于几何级数增长的文本而提出了"伟大未读作品"（great unread）的概念，同为斯坦福大学教授的弗兰克·莫莱蒂（Franco Moretti）则在《世界文学的猜想》一文中提出了远读（distant reading）的概念，"试图以抽象、统计和图示的方式，替代'传统'的阅读"，弥补经典新批评派"细读"（close reading）的方法缺陷。[1]有研究者认为"《远读》中的'远读'概念是指一种牺牲细节信息、获取宏观观察视野的考察方法，至于牺牲细节的方式则是

---

① 宋炳辉：《新文科时代如何文学？——兼及莫莱蒂的"远读"理论》，《燕山大学学报（哲学社会科学版）》2022年第2期。

各异的"①。我们上面所列《雷雨》剧中人物关系图，算是最为简单的"远读"实践。剧情、人物等通过图表以视觉化的形式直观地呈现出来，很有启发性。

---

① 向帆、何依朗：《"远读"的原意：基于〈远读〉的引文和原文的观察》，《图书馆论坛》2018年第11期。

第二章

————

《雷雨》人物论

在《雷雨》接受史上，中华人民共和国的成立是一道清晰的分界线。1954年，《北京日报》刊发了于是之、吕恩、朱琳等演员谈自己所饰演的《雷雨》角色的文章，掀起了中华人民共和国成立后谈论《雷雨》的热潮。从阶级性的角度重新审视《雷雨》中的人物形象，这是演员和评论家们共同的选择。刘念渠的《旧中国资产阶级人物面影——试谈〈雷雨〉中周朴园和周萍两个人物的描绘》（刊发于1954年7月10日《光明日报》）以及潘培元的《从〈雷雨〉看剥削阶级的丑恶》（刊发于1955年3月8日《中国青年报》）等文章可为代表。一时间，集中地从阶级性的角度审视《雷雨》中的人物成了时代"共名"[①]。《雷雨》人物论的阶级性价值取向说明剧作本身能够容纳此种阐释，这保证了《雷雨》成为超越时代性局限的经典作品。1955年5月19日，《新民报晚刊》刊发陈丁沙的文章《〈雷雨〉为什么一直受到欢迎——"五四"以来优秀剧目札记》就是对这一问题的回答。

《雷雨》中的人物形象自然都免不了带有阶级性，但在阶级性之外，还有普遍的人性。《文学评论》1962年第1期发表了钱谷融的长篇论文《〈雷雨〉人物谈》，在某种程度上就是不满意人们专从阶级性角度谈《雷雨》人物，回到文学从人学的基本立场分析周朴园、周繁漪等人物形象。钱谷融先生的《雷雨》人物研究背后蕴含着的是他"文学是人学"的人文情怀，这为中华人民共和国成立后《雷雨》人物形象研究打开了一扇窗口。1980年，钱谷融出版专著《〈雷雨〉人物谈》，这是中华人民共和国成立后第一部

---

① 陈思和：《共名与无名》，载《陈思和自选集》，广西师范大学出版社，1997，第139页。

《雷雨》研究专著。杨忻葆的《寻觅独特意蕴，开掘艺术深度——从《〈《雷雨》人物谈〉看评论的目标》、夏康达的《〈雷雨〉与〈《雷雨》人物谈〉》等，都对钱谷融先生的《雷雨》研究给予高度评价。

　　高山仰止，景行行止。本章学习钱谷融先生的"人物谈"，剖析《雷雨》中老一辈四个角色：周蘩漪、鲁侍萍、周朴园、鲁贵。钱谷融先生的"人物谈"是大家之谈，本书所用"人物论"，只是小家之论。现行学术体制下，善谈能"谈"者除了路人，就是大家，作为一名普通的学术研究者，只能老老实实地按照学术规范写"人物论"。"论"并不比"谈"高明。只是教学相长，在课堂上搬演大方之家的解读妙方时，也免不了渗入自己的些许思考。这些思考落实在《雷雨》中的人物形象上，便是本章的四篇人物论。初衷是每人一论，写足八篇，后来发现写多了未免有些重复，且也没有想象中的那么多话要说。此外，便是觉得剧中八个人物，四老四少，老少之间似乎存在互为影子的关系，老一辈（作为父母的上一代）与下一代之间存在着某种命运上的循环。与充满朝气、清纯有活力的下一代相比，老一辈人物饱经风霜，思想情感更为内敛复杂，剖析完剧中出现的四位老一辈角色，下一代四个角色的写作计划也就搁浅了，因为写的过程中总是不自觉地进行对照，再写就会产生重复之感。在没有把握写出新意之前，四个年轻一代的人物形象不如暂且放一放，等孕育成熟后再行动笔。

第一节 魔和鬼的炼成：蘩漪论

为什么这一节的题名定为《魔和鬼的炼成：蘩漪论》，而不是《魔鬼的炼成：蘩漪论》？一个简单的原因，就是"魔鬼"作为一个合成词，偏重鬼。"魔和鬼的炼成"强调魔和鬼不同，是两种事物，分别炼成，且有先后顺序。具体地来说，便是蘩漪这个女性人物形象的炼成，先是被生活逼得入了魔，而后变成了"鬼"。这才导致了她的双重悲剧命运。这里所说的"鬼"，指的是人物（包括灵魂）的扭曲和异化，而不是平常所说心中有鬼的"鬼"。鲁贵所说的周公馆闹过鬼，后来又说自己知道了闹鬼的真相，宗教迷信中的鬼与现实中的人相交织，这也不是本节所要谈论的鬼。至于有学者将"矿上死的工人"视为周朴园心里的"鬼"，[①]更不在本节讨论的范围。

蘩漪是曹禺最喜爱的人物，他在《雷雨·序》中说，"我欢喜看蘩漪这样的女人"，"对于蘩漪我仿佛是个很熟的朋友"，因为"她是一个最'雷雨的'性格"。[②]《雷雨》中的蘩漪散发出特别迷人的光辉，被众多文学史著作视为《雷雨》一剧刻画最为成功的人物。郭志刚、孙中田主编的《中国现代文学史》评价说："蘩漪是《雷雨》中最令人难以把握但又刻画得最成功的人物。"[③]魏绍

---

① 唐伟：《那一代人的"怕"与"爱"——论〈雷雨〉的情感伦理》，《中国文学研究》2015年第3期。

② 曹禺：《雷雨·序》，载《曹禺全集》第1卷，北京十月文艺出版社，2023，第8—9页。

③ 郭志刚、孙中田主编：《中国现代文学史》，高等教育出版社，1999，第434页。

馨主编的《现代中国文学发展史》评价说："蘩漪是《雷雨》中塑造得最成功的人物。"[1]曹禺和研究者们为何偏爱蘩漪？作为一个有些扭曲变态的反抗女性，人们喜爱的是她身上表现出来的对"人性"和"尊严"的追求、对于爱与幸福的执着追求。

蘩漪是曹禺塑造的最迷人的女性形象之一。在蘩漪的身上，有许多难解的谜题，比如为何蘩漪的反抗独独以近乎疯狂的乱伦方式表现出来？反抗的蘩漪为何不离开周公馆？即便是周萍不带蘩漪离家出走，蘩漪完全也可以自己走出家门，而且在当时中国的环境下，自己出走总是比跟作为情夫的儿子一起出走来得容易，这样一个显而易见的道理，为什么蘩漪偏偏没有考虑到？蘩漪无疑从周萍那里得到了慰藉和动力，但是这种动力是指向主体的个性解放还是原欲的苏醒？我们或许可以将蘩漪视为像子君那样的女子，虽然喊出"我是我自己的，他们谁也没有干涉我的权利！"[2]，但那所谓的"觉醒"终究只是表面的觉醒，一旦与真正的社会现实相接触，顿时就破灭了？当我们这样追问原作的时候，首先要意识到《雷雨》是一部剧作、一件艺术品，蘩漪的这种人生选择及其状态给我们呈现了这样的一部悲剧，如果她能够做出另外的选择，那么蘩漪也就不再是《雷雨》中的蘩漪了。其次，时代的剧烈变化，使得百年前人物的某些言行，对于现在的人们而言难以理解。沈从文在《从文自传》中写过小时候的一件事，与蘩漪不离开周公馆的事颇可以相互印证；所谓的印证，指的就是人离不开自己的家，似乎就是想不到离开，而不是没有办法离开。喜欢下河游泳的沈从文，时不时会被哥哥捉住，押回家受惩罚。后来，年龄不大的沈从文又学会了赌博，有一次，又被哥哥捉住了。"既然捉定了，不必回头，我就明白我被谁捉到，且

① 魏绍馨主编：《现代中国文学发展史》，延边大学出版社，1990，第401页。

② 鲁迅：《伤逝》，载《鲁迅全集》第2卷，人民文学出版社，2005，第115页。

不必猜想，我就知道我回家去应受些什么款待。于是提了菜篮让这个仿佛生下来给我作对的人把我揪回去。这样过街可真无脸面，因此不是请求他放和平点抓着我一只手，总是趁他不注意的情形下，忽然挣脱，先行跑回家去，准备他回来时受罚。"①觉得丢脸的沈从文，从来没有想到跑到外面去，而是跑回家，在家里等着挨罚！这就是千百年来家族观念对国人的束缚。泰勒指出，"独立态度所涉及的东西是由文化规定的，在持续的谈话中年轻人被引入其中"，"人们期望美国的年轻人独立于他们的长辈，甚至这本身就是长辈们所要求的"。美国代表的现代文化，与中国传统的家族制文化不同，当现代的中国人觉得百年前蘩漪的思想有些难以理解，乃是因为现代的中国人慢慢接受了现代思想的熏陶，传统家族文化渐趋消退，"从任何一种模式看，另一种看上去都是奇怪的和低级的"。②家是温馨的港湾，也是惩戒之地，"撇家舍业"形容的恰恰是创业，而不是不负责任地离家而去。蘩漪是一个受到新思潮影响的女性，她接受的新思想并没有让她走向现代女性的独立自主。蘩漪对周萍最大的要求是爱的独占，最低的要求是带上自己，唯独没有女性独立方面的要求。蘩漪本质上认同的还是传统女性依附男性的思想，身上带着旧社会精神奴役的创伤，离开周公馆对她来说绝不是一件容易的事。

在《雷雨》里面，蘩漪表达过自己的受压抑和被束缚，可是在和周萍的关系上，除了燃烧着的性爱之火外，我们看到的更多的是一种依附和寄托终身似的情景，与主体的觉醒和个性解放的追求不一致，却与弗洛伊德对爱欲的分析一致，"社会性的情感就在于将原先怀有恶意的情感转变为某种正面依附，后者的本质是认同所有的个人都希望彼此平等，但同时他们也希望自己被同一个人所

① 沈从文：《从文自传》，载《沈从文文集》第9卷，花城出版社，1984，第138页。

② [加] 查尔斯·泰勒著，韩震等译：《自我的根源：现代认同的形成》，译林出版社，2012，第58—59页。

统治。"①对于蘩漪的种种行为及其内在的根由，我们不可能按照现实理性私下揣度，即便是曹禺自己也不可能给我们一个清晰的答案，人物形象一旦产生，就会按自身的轨道运行，而对于他们的解读，也只能从文本的具体表现以及形象产生的历史情景中考察。面对有些疯狂的蘩漪，有的研究者从生理和心理的角度考证蘩漪的"病态"②（实际上，反常正是恶魔性因素的表现，如果从周朴园的角度来讲，蘩漪自然是病态的，但是这种病态从某种角度讲恰好是清醒的表现，而周朴园这些表现正常的人恰好是"病态"的和不正常的），这恰好会将我们对蘩漪"雷雨的"性格的认识引入歧途；我们不应纠缠在蘩漪是否真的有"病"，不能仅仅从一个读者的角度出发，见出"我"眼里的蘩漪，而是更应该将注意力放在《雷雨》的文本，从文本细读中挖掘蘩漪的真实面貌。犹如《狂人日记》中的"狂人"一般，蘩漪也处于文本中其他人的视线之下，其他人是如何看待蘩漪的？为何如此看待？作为文本的隐含叙事者，又是如何看待蘩漪的？作家本人，又是如何看待蘩漪的？从文本自身解读蘩漪，远比凭空臆测要坚实可靠得多。

通过蘩漪的出场介绍，曹禺向我们描绘了这样的一个"女人"："她一望就知道是个果敢阴鸷的女人，她的脸色苍白，只有嘴唇微红，她的大而灰暗的眼睛同高鼻子令人觉得有些可怕。但是眉目间看出来她是忧郁的，在那静静的长的睫毛的底下，有时为心中的郁积的火燃烧着，她的眼光便会充满了一个年青妇人失望后的痛苦与怨望。她的嘴角向后略弯，显出一个受抑制的女人在管制着自己。她那雪白细长的手，时常在她轻轻咳嗽的时候，按着自己瘦弱的胸。直等自己喘出一口气来，她才摸摸自己涨得红红的面颊。她是一个中国旧式女人，有她的文弱，她的哀静，她的明慧——她

① 转引自[美]亨利·艾伦伯格著，刘絜恺等译：《弗洛伊德与荣格：发现无意识之浪漫主义》，世界图书出版公司，2015，第189页。

② 裴仁伟：《蘩漪的病及其病因》，《广西教育学院学报》2000年第6期。

对诗文的爱好，但是她也有更原始的一点野性，在她的心，她的胆量，她的狂热的思想，在她莫明其妙的决断时忽然来的力量。整个地来看她，她似乎是一个水晶，只能给男人精神的安慰，她的明亮的前额表现出深沉的理智，像只是可以供清谈的；但是当她陷于情感的冥想中，就能忽然愉快地笑着；当她见着她所爱的，红晕的颜色为快乐散布在脸上，一对笑涡在心里深深的一笑之后显露出来的时节，你才觉得出她是能被人爱的，应当被人爱的，你才知道她到底是一个女人，跟一切年青的女人一样。她会来爱你如一只饿了三天的恶狗咬着它最喜欢的骨头，不喜欢你，便恨起你来也会像只恶狗狺狺地狂吠着一个陌生人。不，她就会不声不响地恨恨地吃了你的。然而她的外形是沉静的，忧郁的，她会如秋天傍晚的树叶轻轻落在你的身旁，她觉得自己的夏天已经过去，自己是只残萎的玫瑰在秋风里摇落了，西天的晚霞暗下来了。"①

蘩漪的眼睛是"灰暗的"，四凤的眼睛则是"水凌凌的"②，陈白露的眼睛"明媚动人"③，花金子"一对明亮亮的黑眼睛里面蓄满魅惑和强悍"④。蘩漪让周萍感到恐惧，四凤、陈白露、花金子分别被周萍、方达生、仇虎视为药或光明。在某种意义上，人物形象的眼睛不同描述也标识出了曹禺笔下女性的不同类型。罗伯特·约翰逊在《与梦对话》中谈到了一个名为"目光明亮的女孩"的释梦案例。这个"目光明亮的女孩"是"一个灵魂人物，是阿尼玛的显化"，显示了"我的灵魂渴望一种不同的生活"，"与这

---

① 曹禺：《雷雨》，1934年7月《文学季刊》第1卷第3期。

② 曹禺：《雷雨》，载《曹禺全集》第1卷，北京十月文艺出版社，2023，第67页、第39页。

③ 曹禺：《日出》，载《曹禺全集》第2卷，北京十月文艺出版社，2023，第11页。

④ 曹禺：《原野》，载《曹禺全集》第3卷，北京十月文艺出版社，2023，第22页。

个特殊人物的相遇、与她关系的开始,这与做梦者决定通过梦走进内心世界、恢复自己的内在生活是相一致的。"[1]中国传统文化里,人的双眼代表着日月,明媚动人的眼睛带有光的启蒙功能。solificatio在炼金术中指受到太阳光辉的指引,荣格在分析蒙面女人的幻象时,将其脸庞上散发出的光芒视为solificatio的象征,"'solificatio'在阿尼玛身上得到了完美的体现。这个过程似乎相当于精神启示(illuminatio)或启蒙"。[2]蘩漪的眼睛是"灰暗的",失掉了日月的光泽,不能给自己喜欢的男性带来光明,反而带来无尽的黑暗。曹禺的人物肖像描写带着浓郁的象征意蕴。

这段出场介绍文字呈现了蘩漪的很多信息。就好的一方面来说,"文弱""明慧""可以供清谈"诸如此类的词语,在剧本细节中都不同程度地得到了体现。剧本第一幕,逼蘩漪吃药之前,周朴园和家人有一段对话。其中,当周朴园对周冲沉重地说:"谁告诉你的?我不在的时候,你常来问你母亲的病么?"蘩漪怕周朴园开庭教训周冲,就故意岔开话头,对周朴园说:"朴园,你的样子像有点瘦了似的。——矿上的罢工究竟怎么样?"这是做母亲的不忍心看丈夫教训孩子,在她看来孩子并没有做错什么,这种故意岔开话头解围的方式,既表现了蘩漪的母爱,同时也表现了她女性的聪慧。过了一会儿,周朴园看到了四凤,于是问四凤:"叫你跟太太煎的药呢?"四凤只是看着蘩漪,并不回答。此时的四凤很为难,因为她知道自己煎的药端来后,被蘩漪吩咐倒掉了。但是守着蘩漪,聪明的四凤并没有直接说出是蘩漪让她倒掉了,无论她怎么解释事情的经过都不好;面对周公馆里的两个主子,作为不是办法的办法,四凤保持沉默。这个时候,又是蘩漪接过了话头,对周

① [美]罗伯特·约翰逊著,杨惠译:《与梦对话:荣格的释梦法与积极想象》,世界图书出版公司,2021,第127—128页。

② [瑞士]C.G.荣格著,杨韶刚译:《炼金术之梦》,译林出版社,2019,第23页。

朴园说："她刚才跟我倒来了，我没有喝。"从而让四凤得到了解脱。这时候，蘩漪早已经知道四凤是自己的情敌，特地将侍萍叫来周公馆，目的就是要让四凤离开周公馆。但是，即便是在这种情形下，蘩漪依然在四凤为难的关头插话了。如果说前面的插话是出于对周冲的母爱，是做母亲的天性，那么在四凤为难的情形下插话，表现出来的就是蘩漪的一颗爱心。第一幕通过蘩漪的两次插话，将一个有爱心的、"明慧""可以供清谈"的女性呈现在观众们的面前。

将蘩漪的插话视为对四凤怀有爱心，或许有人会不以为然。剧中处处针锋相对的两个女人，怎么又会惺惺相惜起来。我想要说的当然不是两个女性的惺惺相惜，而是蘩漪这个人物形象的复杂性。她执着，阴鸷，却并不缺乏担当。她固然恨四凤夺走了周萍，却不会因此就对四凤落井下石。除此之外，戏剧中让蘩漪插话，也是强化了这个人物形象的反抗性，将舞台的戏剧性充分调动到一个顶点。"答话不必一定直答所问，或旁引，或反诘，都能使谈话略有变化。心中有事的人往往所答非所问，急于道出自己的忧虑，或不及说完一语而为感情所阻断。总之，对话须力求像日常谈话，于谈话中露出感情，不可一问一答，平板如文明戏的对口。"[1]蘩漪的插话也是造成戏剧性的需要。

郑秀回忆曹禺在清华大学创作《雷雨》的情况时说："他对另一个重要人物——蘩漪则寄予无限同情，说他最喜欢蘩漪的性格，说他给她起名叫蘩漪，是为了体现她坚强、刚毅而复杂的性格，深邃而美好的内心世界；说她诚实，绝不虚伪；她懂得恨，更懂得爱，她发誓要生活在充满爱的世界里，和她挚爱的人永远永远生活在一起……他说自己写着写着，不觉迷上了她。"[2]郑秀的这段话

---

[1] 老舍：《言语与风格》，载《老舍全集》第16卷，人民文学出版社，2008，第231页。

[2] 郑秀：《〈雷雨〉在这里诞生》，载鲍国之主编《〈雷雨〉与曹禺》，天津古籍出版社，2014，第4页。

里，很值得注意的两个词是"诚实"与"懂得"，这两个词所代表的内容都是《雷雨》中人物执着追求的东西。繁漪"懂得"的，既有"恨"，更有"爱"。"无论恨的动机或诉求恨的无价值行为多么复杂多样，一种规律性却贯穿一切仇恨。这规律即为：任何恨的行为皆以一种爱的行为为基础，没有后者前者就失去了意义。"舍勒认为，我们不能说"谁不能恨，也就不能爱"，应该反过来说，"谁不能爱，也就不能恨"，"一切如此被'爱'的东西只是作为另一种曾经被恨的东西的对立面被爱"。[①]

周萍对鲁大海说自己恨繁漪那样的女性，"她叫我恨一切受过好教育，外面都装得很正经的女人"。"装"这个字表明周萍认为繁漪不诚实。然而，曹禺一边让周萍说繁漪不诚实，自己却又对郑秀强调繁漪是诚实的，这里面就出现了一个矛盾。然而，至诚是天道，人道并不如此。曹禺在《日出》一剧中引用经典上的话讲天道人道，可能已经察觉到了这里面的奥妙。"诚实"并不一定有助于人际关系的和谐。周冲是诚实的，鲁大海也是诚实的，两个诚实的人说不了几句话就都受到了伤害。奥斯丁的小说《傲慢与偏见》中，达西第一次向伊丽莎白求婚，结果遭到了拒绝，他自以为诚实地说出了自己的感受，这应该是最宝贵的，可是伊丽莎白恰恰从达西的诚实中感觉到了侮辱。诚实为仁，顺自己的性，能成己，却不能成物，曲才能成万物，因为曲就是顺他者之性。周冲向母亲说自己喜欢四凤，一个重要的原因便是："她懂得我。"[②]繁漪迷恋周萍，侍萍不能忘情于周朴园，四凤喜欢周萍，皆是因为对方"懂得我"。然而，事实上我们知道周萍并不懂得繁漪，而四凤也并不懂周冲，这里面也存在矛盾。"懂得"和熟悉、知道不同，"懂得"

① [德]舍勒著，孙周兴等译：《爱的秩序》，北京师范大学出版社，2014，第122—124页。

② 曹禺：《雷雨》，载《曹禺全集》第1卷，北京十月文艺出版社，2023，第266页、第81页。

以同情作为底色，而熟悉和知道带来的情感却可能是厌恶，如蘩漪之于周朴园便是如此。蘩漪是聪慧的、可爱的，这是蘩漪的底色。正是因为有这样的蘩漪作为底色，疯狂、偏执，带有恶魔性因素的蘩漪才成其为"能被人爱"的女性。

周朴园"为了要赶紧娶那位有钱有门第的小姐"，逼着侍萍离开了"周家的门"。但是"那位有钱有门第的小姐"并不是蘩漪。解放前，《雷雨》在清华大学公演后，罗山在《清华周刊》上发表评论《〈雷雨〉的故事思想人物》，文中谈到周朴园和侍萍、蘩漪间的关系时说："和家里使女侍萍发生关系。这对当时社会制度，自然是一种侮辱，因为这种事，在两下的身份地位上着想，都不会容许。所以，一到和一个明媒正娶的姑娘蘩漪，放在一支天秤里，待他选择的时候，侍萍不够重，就被辞退了。"①罗山就是错将蘩漪视为了"那位有钱有门第的小姐"。这种误解，无益于蘩漪形象的正确理解。复旦大学陈思和教授解读《雷雨》时特别指出"那位有钱有门第的小姐"对于全剧的价值和意义，认为在侍萍之后进入周公馆的"那位有钱有门第的小姐"，在《雷雨》中悄无声息地死去了，"我们完全可以推理，这个女人，在这个剧本里，就好像《简·爱》（Jane Eyre）中阁楼里的疯女人一样，是一个空白，而这个空白正是表达了中国妇女的最悲惨的命运，这个人连声音都没有，在历史上就好像不存在。"②悄无声息地消失了的"那位有钱有门第的小姐"，其实并没有消失，而是像幽灵一般笼罩着周公馆，同时也成为了蘩漪悲剧命运的底色。

有钱有门第的小姐对于《雷雨》人物的影响，主要表现在两个地方：首先，便是门第观念，没有门第观念的侍萍与有门第观念的蘩漪，事实上都陷于门第的泥淖而走向悲剧的结局。其次，则是钱

---

① 罗山：《〈雷雨〉的故事思想人物》，《清华周刊》1936年第44卷第7期。

② 陈思和：《中国现当代文学名篇十五讲（第三版）》，北京大学出版社，2003，第189页。

财，没有钱的侍萍与有钱的蘩漪，都因为钱的问题而与周公馆纠缠不清，直到最后一起走向崩溃。

在蘩漪的出场介绍中，值得特别所注意的，是剧作家对蘩漪所下的断语。出场介绍使用了六个"……女人"，"女人"这个词在和"男人"的对照中获得自身的含义，这就仿佛蘩漪的一生，她的失落、痛苦等都和身边的男性相关。随着剧情的展开，剧中其他人物对蘩漪的指称（断语）就各有不同了。"疯子""魔"等称谓屡见不鲜，甚或有时候她也以此自称。在中国，疯与魔一般并称。对曹禺《雷雨》等剧作中的"疯"，石明圆曾专门著文论述，所指出的一个重要的方面其实就是"恶魔性因素"。[1] 蘩漪的出场介绍中，所使用的修饰性词汇并没有明显的情感色彩，而在其后的剧本中，一些带有情感色彩的形容词如"病态""不正常"等开始被周朴园、周萍等人用在蘩漪身上。在出场介绍和剧本正文之间，似乎存在某种缝隙，这道缝隙彰显了剧作者和剧中人物视角和态度的差异。

出场介绍中，隐含叙事者在蘩漪身上并没有赋予某种断定性的词汇，但是在《雷雨·序》里，曹禺却以"魔"来指称蘩漪这类女性，认为"这类女人总有她的'魔'，是个'魔'便有它的尖锐性"。语词的意义来自于相互间的差异。想要弄明白曹禺为什么以"魔"指称蘩漪，意味着什么，就需要清楚曹禺在别的人物身上使用了什么指称词。谈到周朴园和周公馆的时候，曹禺使用的词语是"鬼""魔"："我不能断定《雷雨》的推动是由于神鬼"，"一种抓牢我心灵的魔"。[2] 说到方达生等人的时候是："在《日出》那一堆'鬼'里就找不着他们。""第一幕的黎明，正是那些'鬼'们要睡的时刻，陈白露，方达生，小东西等可以在破晓介绍出来，

① 石明圆：《曹禺戏剧中"疯子"群像及其原型流变》，《北华大学学报（社会科学版）》2001年第2期。

② 曹禺：《雷雨·序》，载《曹禺全集》第1卷，北京十月文艺出版社，2023，第6页、第10页。

从剧本到舞台

但把胡四，李石清和其他那许多‘到了晚上才活动起来的’‘鬼’们也陆续引出台前，那真是不可能的事情。"①在《日出》《原野》等剧本及其序言当中也有类似的称谓，那些反抗性的人物大多是被称为"魔"，而像金八、焦阎王等人则是被称为"鬼"。

在中国传统文化中，"魔""鬼"虽然并称，所指却并不相同。中国现代文学中，随着人们反传统意识的增强，对于传统的魔鬼都赋予了新的含义，"人称魔死称鬼"的区别让位给西方近代文化以来对于恶魔性的张扬，比如在鲁迅那里，女吊等这样的鬼魂都被赋予了新的抗争和向上的意义。应用"鬼"的概念时传统的含义仍然有流行，对恶与坏的东西，也还在使用这样的概念，两种情况并存不悖，需要仔细分析。在西方，同是恶魔（demonic），也同样具有两种不同的含义。"关于恶魔性这个词，在希腊语里是daimon，在英语里既可以拼作demonic，也可以拼作daimonic，这两个词的意义可以互相替代使用。但是细微的差别仍然存在的，demonic的含义有两种：一种是指恶魔性的、魔鬼似的、邪恶的、残忍的；第二种是指力量和智慧超人的，像一种内在的力量、精神或本性那样激烈的、有强大和不可抗拒的效果和作用的，非凡的天才等。"②词义近似的区分，表明人性的相同性，在对人性的发掘和表现方面自然也有共同之处。作为同一词义的延伸，"恶魔性"因素的两种含义如影随形，突显其中的一个侧面，并不意味着另一词义的消隐，这在我们对于"雷雨的"性格的具体论述中都会不同程度地涉及。就蘩漪这个形象来说，显然应该首先在第二个意义上来使用这个概念，同时考虑第一种因素潜在的影响和表现。综合蘩漪的种种表现，我们应该将其视为社会转型时期出现的一个

---

① 曹禺：《日出·跋》，载《曹禺全集》第 2 卷，北京十月文艺出版社，2023，第 291 页、第 298 页。

② 陈思和：《欲望：时代与人性的另一面——试论张炜小说中的恶魔性因素》，《文学评论》2002 年第 6 期。

富有"恶魔性"因素的人物形象，其反抗性和超越常规的行为皆是"恶魔性"因素的具体表现。

我们用"恶魔性"因素来框定蘩漪这个人物形象，就是想透视这个人物形象身上特有的反抗性以及这种反抗性所具有的"非常态"因素。在曹禺的戏剧创作当中，像周蘩漪那样具有恶魔性因素的人物形象，我们还可以举出陈白露、花金子等，她们共同组成了一个人物系列，有着内在性质上的一致性，同时也说明了这种人物形象的塑造在曹禺那里并非一时心血来潮的产物，而是长久地活跃在曹禺的心中并噬食着他魂灵的审美产物。话剧是纯粹西化的产物，而"恶魔性"也是西方文化中才具有的东西，在南开大学和清华大学浸淫于西方戏剧和文化的曹禺在多大程度上汲取了西方文化的精粹，我们在这里没有必要细致地加以考证，但是蘩漪身上体现出来的"最雷雨的"性格通过"恶魔性"恰好与西方文化贯通起来，却是不争的事实。在西方文化里，恶魔性从它诞生的那一刻起似乎就与性爱紧密连接在一起，柏拉图第一次论证了Daimon与性爱的关系，认为其中包含了性的冲动和原始的生命力。而到了近代，"恶魔性"的概念更是被赋予了积极性的创造性因素，20世纪初的鲁迅曾经借鉴西方对于恶魔性的有关观念而系统地阐发了他对于恶魔性的看法。与此相适应，文学创作抛弃了传统温柔敦厚的诗教，转而崇扬力量和粗犷之美，对于狰狞凄厉的欣赏提高到了空前的高度，而这一切又都从那场关于"大团圆"结局的讨论中表现出来，对于大团圆的厌恶以及对于悲剧（已经不是西方意义上的悲剧，不是悲而壮，却是悲而惨，尤其侧重的是惨）的无限向往，已经表明了"恶魔性"因素在生长。我们追溯"恶魔性"的渊源以及20世纪初其在中国的接受语境，是因为"恶魔性"是一个不断运动着的概念，而蘩漪集性爱、反抗性以及破坏性，还有真理的代言人于一身，是比较复杂的综合体，需要从不同的方面细致地给予解析。

原始人性之"恶魔性因素"的吸引力，应该来自于两个方面——生理的和社会的。蘩漪身上的"魔性"首先就表现为人类原始的"性爱"。在繁漪和周萍之间发生的乱伦，就是来自于性欲的恶魔性因素。在曹禺的另一部戏剧《原野》当中，我们也看到性爱所具有的这种能量。花金子对仇虎说："野鬼？我的丑八怪，这十天你可害苦了我……现在我才知道我是活着。"①仇虎带给花金子的是性爱，而性爱唤醒了花金子内心沉睡的原始生命力，这种原始生命力来源于那种魔性。我们可以看到，在繁漪和周萍这两个最具"魔性"人物的身上，性爱之火同样燃烧得最盛。抓住了性爱这根救命稻草的繁漪紧紧将自己缠绕在周萍身上，以至于使得周萍也感觉到了恐怖而称她为"鬼"。周萍这样对鲁大海说，"她看见我就跟我发生感情"，"她是个鬼，她什么都不顾忌"。②此处周萍称周繁漪"是个鬼"，主要原因就是周繁漪"什么都不顾忌"，所谓什么都不顾忌，自然包括周萍在内。"就'鬼'字的字形来讲，上面是鬼头，下面有脚和一个钩，钩代表私心。为什么很多人还没有死就被人骂作鬼，就是因为私心太重。"③周萍称呼周繁漪是鬼，觉得对方可怕，一个重要的原因也就在于此。爱得过于自私，沉溺在爱里的繁漪没有让人觉得像天使，而是越来越像"鬼"。

繁漪这个人物形象最大的魅力所在，不在于她自身让人感到恐怖的恶的因素，而是其惊心动魄的人性活力的大爆发，这个过程中展现出来的一种力量的美。繁漪的疯狂恰是因为与周萍的"性爱"引发了她自身的生命力的复活，没有性爱这一载体就不会有恶魔性的爆发。用繁漪自己的话来说："她是见着周萍又活了的女人，（不顾一切地）她也是要一个男人真爱她，要真真活着的女

① 曹禺：《原野》，载《曹禺全集》第3卷，北京十月文艺出版社，2023，第52页。

② 曹禺：《雷雨》，载《曹禺全集》第1卷，北京十月文艺出版社，2023，第266页。

③ 吴怡：《人与经典·易经系辞传》，花山文艺出版社，2022，第67页。

人！"①曹禺在《雷雨·序》中就反复提到了繁漪身上的这种力，"她满蓄着受着抑压的'力'，这阴鸷性的'力'怕是造成这个朋友着迷的缘故"。②因此，繁漪身上的"恶魔性因素"，恰好就是体现在性的冲动或者说是通过性的冲动表现出来的原始生命力。繁漪抓住了周萍这个对象，执着的性爱正是生命力复活醒来的象征和体现，但是在"正常"的社会里，这种"力"必然被判定为"阴鸷的""非正常的"，也就是恶魔性的。对平常人来说激情总是要复归平静，只有恶魔性的人物才会保持激情至死方休，因而繁漪让周萍感到恐怖。

在一个变态的社会中，循规蹈矩只能说明自身已被阉割，反倒是偏离了"常规"的人身上尚存"真性情"。在这种社会环境下，"最正常的人也就是病得最厉害的人，而病得最厉害的人也就是最健康的人"。③繁漪是不正常社会中出现的不正常的灵魂，她的意义就在于以自身的不安分和被扭曲乃至毁灭的悲剧宣告了传统社会已被异化了的人际关系的崩溃，所以曹禺这样评说繁漪："虽然依旧落在火坑里，情热烧疯了她的心，然而不是更值得人的怜悯与尊敬么？这总比阉鸡似的男子们为着凡庸的生活怯弱地度着一天一天的日子更值得人佩服罢。"④世人喜欢伟大的作品中描述出来的激情人生，是因为其中涌动着的生命的强力正是人类冲破庸俗琐屑的社会藩篱不断取得发展进步的根源。所以，尽管安娜·卡列尼娜抛弃了妻母的责任，却得到了世人的普遍同情和喜爱，而循规

① 曹禺：《雷雨》，载《曹禺全集》第 1 卷，北京十月文艺出版社，2023，第 288 页。

② 曹禺：《雷雨·序》，载《曹禺全集》第 1 卷，北京十月文艺出版社，2023，第 10 页。

③ [美] 弗洛姆：《病人是最健康的人》，载《弗洛姆文集》，改革出版社，1997，第 567 页。

④ 曹禺：《雷雨·序》，载《曹禺全集》第 1 卷，北京十月文艺出版社，2023，第 10 页。

蹈矩又万事委曲求全的卡列宁却永远只能是一个灰色的可怜虫；同样，欧里庇得斯笔下的美狄亚、哈代小说中的尤苔莎都是世界文学史上永难磨灭的典型女性形象。周作人在一篇文章里谈到美狄亚的时候说："譬如美狄亚（Medea）因其夫他娶，用法术谋害新妇，又杀了自己的子女，驾飞龙车逃去；又法特拉（Phaidia）爱前妻之子，被他拒绝，便诬陷他致死，随后她也悔恨自杀。这两个人，在平常的眼光看来都是恶妇了；但欧立比台斯知道'爱情如死之坚强，嫉恨如阴间之残忍'，共同的人性到处存在，只因机缘凑合，不幸便发生悲剧，正如星星的火都有燎原的可能性，不过有的不曾遇风，所以无事罢了。"[①]艾略特谈到卢梭时候的一些说法，给我们理解蘩漪这类人物提供了新的视角。"卢梭曾经怎样对待他妻子的五个婴儿？完全无视他妻子的哭泣和祈求，他把他们一个接一个地送到了那种孤儿院里，尽管他知道以当时弃婴院的环境，孩子们的唯一结果只能是死亡。然而我们仍然坐在这里，听着对那个卑鄙残忍之徒的溢美之词。对着同一个人的两种不同评价又都是公正的，对此我们应该如何解释呢？我们只能说，他将自己智力生活的主要工作都与人类自由的伟大思想联系了起来，而为自由服务必然会掩盖个人的许多罪恶。希望大家所有的工作都是为了自由与人性而服务，同时没有需要掩盖的罪恶。"[②]蘩漪为了自己的自由的努力也带来了需要掩盖的罪恶。当周朴园想要成为模范家庭的模范家长，同时要求蘩漪也是如此的时候，这样一种责任和义务，对于她来说便成为不可忍受的事情。蘩漪要的不是优渥的生活，而是真正的爱情。王蒙笔下的倪吾诚，就是男性版蘩漪。"缺德的是他还要什么真正的爱情！这样他就只能是自找罪受、自找苦吃、永世没

① 周作人：《欧洲古代文学上的妇女观》，载《周作人自编文集·自己的园地》，河北教育出版社，2002，第85页。

② 转引自 [美] 欧文·白璧德著，张沛、张源译：《文学与美国的大学》，北京大学出版社，2004，第34页。

有顺心的时辰！”蘩漪对周朴园的反抗，家庭生活里的冲突，也可以用王蒙小说里的话来解释一二。“倪吾诚没有权利也没有资格教导她、管理她。他不配把自己的意志加于她身，令她按吾诚的意愿重生再造。她一看到倪吾诚那副视人如草芥的目光，那个狂妄地噘起来的下唇和下巴，那一双皱起来的眉头，还有那一副腔调，她就怒火中烧。在她的身上，立刻就是粗野代替了未尝不能的温柔，仇恨代替了未尝没有的情意，麻木代替了素日不乏的灵活，疙里疙瘩代替了心清气爽的流畅。”①冲突的结果便是在追求个人自由的时候，也带来了扭曲和自觉不自觉的一些罪恶。然而，蘩漪正是在和周萍乱伦的恋爱中，在和周朴园的对抗中，在破除社会观念束缚的过程中，渐渐激发出了她人性中最为可贵的秉性！激发出了她的勇气，对于爱与自由的渴望！

作为原欲的性爱以及其中深蕴的强有力的生命意志都不能够用善与恶的概念来囿定，它让蘩漪感到自己是一个真正活过的人，却并不一定就意味着灵魂的提升或者个性自我的觉醒，或者说能够肯定的只不过是肉欲或者生理本能意义上的觉醒。《原野》里面，等到了第三幕第一景，在花金子和仇虎两个人逃往黑树林的时候，曹禺才特别点出“花氏在这半夜的磨折里由对仇虎肉体的爱恋而升华为灵性的”。②在与周萍的性爱中重新活过来的蘩漪，她的身上有几分肉欲，几分灵性？福柯曾经说过，人类的解放往往是以性的解放为前提的，在性爱与灵的自主追求中，或许本来就是纠缠在一起的。人类文明将原欲看成魔，从而远离它的诱惑，却只不过像弗洛伊德所说的那样，以人类文明发展的自我和超我将这种野蛮的“原始”本我压抑下去而已，它在被压抑之后形成了人的潜意识，保存在我们平时看不到也感觉不到的地方，但是它却真实地存在

① 王蒙：《活动变人形》，人民文学出版社，1987，第 97 页、第 99 页。

② 曹禺：《原野》，载《曹禺全集》第 3 卷，北京十月文艺出版社，2023，第 180 页。

着，并且因为被压抑和被贬斥为恶魔性，反而对人有着特别的诱惑的力量。曹禺曾经以自己小时候好听鬼故事比喻人对于这种诱惑的向往，恐惧本身成了一种难以抗拒的诱惑，而以性爱为基础的原欲对人的诱惑力还要比这大许多，而且始终在等待合适的时机迸发出来。按照弗洛伊德的观点，也就是人的本我冲决了自我的监督并进而破坏掉超我的规范，这一行为无论从什么角度来说，都带有反抗和解放的色彩。将蘩漪的行为归结到原始的性爱上，以原欲阐释蘩漪的个性行为，是戏剧人物形象自身呈现出来的结果，同时也可以从曹禺那里得到理论的支撑，曹禺曾经说过他在剧中表现的是潜藏在宇宙万物矛盾关系背后的主宰，"这主宰，希伯来的先知们赞它为'上帝'，希腊的戏剧家们称它为'命运'，近代的人撒弃了这些迷离恍惚的观念，直截了当地叫它为'自然的法则'"。①那么，这主导人行动的所谓的"自然法则"，不就是蘩漪表现出来的性爱这种无意识或者说潜意识驱动的结构吗？承认了主导蘩漪的"自然法则"是"原欲"而不是来自理性基础上的个性解放，那么理解蘩漪性格上表现出来的其他问题也就迎刃而解。

作为原欲的性爱可以将人引向个性解放，同样也可以将人引向罪恶的深渊。活过来的蘩漪生活在与周萍的性爱当中，却从来没有从中真正地反思自身，她自身已经被引发出来的原欲所主导，从某种程度上来说，已经为此而失去了理性，而个性解放和自我的觉醒却都是以理性为根基的。重新活过来的蘩漪除了将自己挂靠在周萍身上之外，并没有采取其他行动解救自己。最让人难以理解的就是，当两年前周萍就厌倦了她时，蘩漪的反应却只有将自己更加封闭地锁在楼上，时时刻刻注意着要重新抓住周萍而避免和周朴园见面。谈到蘩漪时，四凤说："老爷一回家，太太向来是这样。"如果说四凤的话也不一定很可靠，不妨再连同以下细节作考虑——

---

① 曹禺：《雷雨·序》，载《曹禺全集》第1卷，北京十月文艺出版社，2023，第6页。

四凤和鲁贵谈话的时候说："妈前年离开我的时候，她嘱咐过您，好好地看着我，不许您送我到公馆帮人。"随后，周冲和母亲谈话的时候也说："您不知道这房子闹鬼么？前年秋天，半夜里，我像是听见什么似的。"周冲让鲁贵过去看看，鲁贵才发现了"闹鬼"的秘密。蘩漪自己也说："他在外头一去就是两年不回家。"①剧本很多细节都透露出，四凤进周公馆帮佣也就是话剧开幕前三年内的事情。剧本的出场介绍中指出，周朴园"在外头一去就是两年不回家"，既然周朴园已经有两年时间不回家了，那么，四凤所说的"向来"之语，就很有值得思量的地方。若言"向来"指的是三年内的事情，周朴园两三年不回家了，"向来"之说便没有什么意思；若言"向来"时间指得更久些，那么此语就只能是听别人说起。鲁贵只比四凤早来周公馆几个月而已，凭他的精明能干，打探到这些消息不足为奇。只是四凤的口气非常肯定，就像在陈述一个自己知晓的事实一般，而非转述道听途说来的内幕消息。这些细节方面的问题，穷究可能并无准确答案。剧本之所以多处叙述这一事实，表明其对于戏剧情节的进行有着重要的意义，从各方面表明蘩漪与周朴园关系不睦，矛盾已久。

反抗有理性的反抗，有非理性的反抗。理性的反抗会考虑自己反抗行为的成本、成功的可能性等等，而非理性的反抗则可能只是跟着自己的感觉走，反抗的过程中，可能连自己为什么反抗都全然忘却，至于说反抗能不能成功或反抗的成本这样的问题更是不在考虑之中。蘩漪的反抗便是非理性的反抗。聪慧的蘩漪并没有理性地规划自身的反抗行为，她只是遵循着本能欲望的推动做出反抗的努力。被称为"活蘩漪"的吕恩谈到自己扮演的蘩漪时说："在四幕以前几个回合中，她都是欲发又止，始终不愿意和周萍决裂，用了各种手段企图唤起周萍对自己的感情，直到这一切都绝望了，蘩漪

① 曹禺：《雷雨》，载《曹禺全集》第 1 卷，北京十月文艺出版社，2023，第 65—66 页、第 77 页。

才像飞蛾扑火一样，把自己和别人一起推向毁灭的深渊，积郁在她心头的一切，此时此刻像火山爆发一般喷涌而出，使蘩漪这个人物的感情，也使整个戏剧场面推向高潮。"①当她得知周萍要去矿上的时候，想要摆脱周公馆的蘩漪心中剩下的就只有被抛弃的感觉，而并没有顾虑到同样受着周公馆沉闷气息压抑的周萍也需要解脱。正是为自己原始的欲望所蒙蔽，使得蘩漪想要用一切可能的方式阻止周萍走出周公馆：开始为儿子周冲可能会爱上四凤而不安的蘩漪在一天的时间里为留住周萍而放弃了自己的顾虑，驱使周冲和自己的哥哥争夺四凤，当这一招棋不管用的时候，她就又去搬出了自己向来一见就发神经的冤家对头周朴园。蘩漪的行为已经如周萍所说的那样超越了所有人可能接受的限度，而她的疯狂所能够给她自己带来的最好的结果是什么呢？那就是将周萍留在家里，继续在阴暗里做客厅里的"鬼"；如果蘩漪想要得到的只是这些东西，那么她的解放和抗争的意义就要大打折扣；即便是最后无可挽回的情况下，蘩漪向周萍提出的建议也是毁灭性的，而完全没有个性解放之类的东西。

绝望的蘩漪最后提出：允许周萍和四凤生活在一起，只要带着她走。这种要求的实质正如前面我们所说的：走出周公馆不再是通向实现个性自我的路，而是保证能和周萍在一起。如果我们仍然可以将其称作为爱疯狂，那么这种爱已经将个性解放的目标蒙蔽掉了。或者说，这正是蘩漪作为旧式女子的特征之一。一个穿戴整齐的男人在大街上打自己的女人，旁观的人对挨打的女人说："送他到巡捕房里去。"女人哭道："我不要他到巡捕房去，我要他回家去呀！"又向男人哀求道："回去吧——回去打我吧！"张爱玲述叙完这个故事后感慨地写道："听了真叫人生气，又拿它没奈何。"②

① 孙葳、郭美春：《吕恩和她的表演艺术》，载吕恩《回首：我的艺术人生》，中国戏剧出版社，2006，第332页。

② 张爱玲：《气短情长及其他》，载《张看》，经济日报出版社，2002，第103页。

繁漪从来不是以离开周公馆为目标，周朴园不在家的日子里，她尽可以离开周公馆而没有人敢于束缚她。可是她没有，正如她自己所说，那时候的她已经"死"了。她需要的首先是"活"过来，而不是离开！程乃珊记叙上海大富豪吴同文的大太太，当丈夫和姨太太在一起甜蜜地生活时，她只有默默地吞下婚姻的苦果。程乃珊写道："我常常想，好婆（吴同文的大太太）当初如果下个决心，跨出绿房子，一定也能适应绿房子外的生活，只是当时，她缺乏一股促成她出走的动力罢了。"[①] 为什么会如此？归因于这些女性思想中的传统因素固然没错，却也并不完全准确，因为传统是复杂多样的，传统社会里也有勇于反抗敢于追求个人幸福的女性。周朴园到矿上一去就是两三年，其间并没有安排人在家里监视繁漪，繁漪来去自由。周朴园不在家的日子，周公馆里换了一位管家，就是鲁贵，这样的人事更换，主事人应该是繁漪，而不是有些讨厌鲁贵的周朴园。此外，繁漪询问周冲是否需要零花钱，如果缺少，就去账上支取。周朴园待在矿上的日子里，繁漪在周公馆不仅拥有人事权，也拥有自由权和经济权，她若想要离开周公馆，自然无外在障碍。若有障碍，便是自身，是她给自己的思想所设置的藩篱。所谓自身思想的藩篱，我以为首先便是门第观念。

《雷雨》中，起码有两个地方明确地表现出繁漪思想中的门第观念：首先便是听到周冲说他爱四凤的时候，毫不犹豫地表示不同意，认为四凤配不上自己的儿子；其次便是周萍带四凤离开周公馆时，繁漪眼见自己无法阻拦，便叫来周朴园，她认为周朴园肯定不会同意自己的儿子娶一位老妈子的女儿。这表明繁漪对周朴园的理解其实很肤浅，虽然她比周萍更了解周朴园，却也只是了解周朴园的某些侧面。繁漪误以为周朴园对侍萍的抛弃是囿于门第观念而为，就是因为她对周朴园所知有限。繁漪以为周朴园肯定会阻止周萍爱四凤，从而达到拆散两个青年人的目的。曹禺在剧作中两次明

---

① 程乃珊：《上海 Color》，生活·读书·新知三联书店，2018，第 21 页。

确呈现蘩漪的门第观念，绝非闲笔，我以为这便是暗示了蘩漪作为旧式女性不能走出周公馆的重要原因，而这原因与陈白露不能也不愿走出旅馆相似。带有门第观念的旧式女性，看不到外界有更好的生活空间，她们不是不愿意走出去，而是在门第、等级观念的视野里，她们看到的是某些"走"还不如不走：不走，她们生活得心如死灰；若是走出去，很有可能便是出了枯井转身就踏进了火坑，那时候连死灰般的心也保存不住。

门第观念是周蘩漪作为旧式女子难以摆脱的思想藩篱。一方面，蘩漪接受了新思想的熏陶，追求个性，追求爱情，渴望打破家庭专制的束缚；另一方面，她又遵循那个社会的分层规则，不自觉中又维护或借用她要打破的那个社会的游戏规则。当蘩漪发现自己抓不住周萍的时候，"她又对周萍说出了'是你引诱我的'、'你欠了我一笔债，你对我负着责任；你不能看见了新的世界，就一个人跑'的话。很显然传统道德观念中的某些东西又成了她行为的依据"。[1]蘩漪身上表现出来的传统思想，曹禺在人物出场介绍中就有说明，学者们也都注意到了这一点。其实，无论人物思想是新是旧，生活在人世间，总会被一些社会规则所约束，在束缚与自由之间，思想复杂的人总会摇摆，负累（尤其是亲情）越多，摇摆越厉害。越是摇摆，对于自由便越珍惜，越是渴求。

沈从文曾说过这样一段话："可是目前问题呢，我仿佛正在从各种努力上将自己生命缩小，似乎必如此方能发现自己，得到自己，认识自己。'吾丧我'，我恰如在找寻中。生命或灵魂，都已破破碎碎，得重新用一种带胶性观念把它黏合起来，或用别一种人格的光和热照耀烘炙，方能有一个新生的我。"[2]这段话用在蘩漪的身上，非常恰切。蘩漪靠着从乡下来的周萍的"人格的光和

---

① 刘宁主编：《话剧语言训练教程》，文化艺术出版社，2014，第198页。

② 沈从文：《烛虚》，载《沈从文文集》第11卷，花城出版社，1984，第278页。

热"活了过来，从此想要开始追逐"一个新生的我"。这个"我"因周萍而生，自然无法离开周萍。谁能照亮自己？谁能使失掉了的"我"重新恢复转来？能够照亮自己的、使自己重新活过来的，未必是纯洁善良的人。至于蘩漪，既然已经是"吾丧我"，她又怎能主导自己？蘩漪让人想起《第十二夜》中薇奥拉的话："一个漂亮又靠不住的男人，多么容易占据了女人家柔弱的心！唉！这都是我们生性脆弱的缘故，不是我们自身的错处；因为上天造下我们是哪样的人，我们就是哪样的人。"[①] 蘩漪身上的恶魔性，她能为之负责吗？她能不为之负责吗？这是个问题。

因此，从总体上来看，蘩漪是一个恶魔性的人物，她性格的主导面是破坏性的而非建设性的。蘩漪身上另一个值得让人注意的悲剧性矛盾是，她与周萍原初的情感的发生是以抛却了周围所有的社会既定规则为前提的，是在阴暗中进行的，而当后来周萍改变主意要结束这种"不自然"的关系的时候，蘩漪所使用的武器却只有原先被抛弃的社会规则，在风雨之夜将周萍关在四凤房中，后来又搬出周冲和周朴园，期冀的就是以社会规则的力量将周萍留在自己身边，使用不自然的社会规则实现人性自然生命意志的欲望。失去了理性，或者说不能理性地控制自身的反抗行为，蘩漪也就变得让所有人都难以忍受，逐渐由"魔"向着"鬼"的方向滑去。

在文明社会，尤其是在封建宗法制的中国，以性爱为基础的原始生命力的冲动早已经是不在被允许之列，更何况蘩漪的性爱冲动是在乱伦的旋涡中进行的，以非常态的方式表现出来，这就注定了蘩漪被唤醒了的生命力受拘囿和羁绊。对这种生理本能进行压制的，就是将它以"魔"或"原始"的名义打入冷宫的文明社会的社会规则。曹禺自己解释说："人们常不由己地，更归回原始的野蛮的路，流着血，不是恨便是爱，不是爱便是恨；一切都走向极端，

———————
① [英]莎士比亚著，朱生豪译：《第十二夜》，载《莎士比亚全集》第2卷，人民文学出版社，2020，第483页。

要如电如雷地轰轰地烧一场，中间不容易有一条折中的路。"所谓"原始的野蛮的路"以及"走向极端"，对于蘩漪的这些解释实际都是从社会中人们共同接受的观念来说的，正是从这样的一个群体的角度看去，蘩漪的行为才显得不是我们平常的人们所能够具有的，她的冲动与激情被解释成"原始的"，一方面是托词，另一方面说明了在封建男权话语中，作为女性的蘩漪，她的形象注定了要充当一个传统观念的破坏者。在《雷雨·序》当中，曹禺说，"这类的女人许多有着美丽的心灵，然为着不正常的发展，和环境的窒息，她们变为乖戾，成为人所不能了解的。……明白蘩漪的人始能把握着她的魅惑，不然，就只会觉得她阴鸷可怖。平心讲，这类女人总有她的'魔'，是个'魔'便有它的尖锐性"。[①]我们看，所谓的"魔"和"原始性"，都只是曹禺在将蘩漪的性格与所谓正常人的性格作比较之后得出来的，曹禺郑重提出要"明白"蘩漪和周萍，其实也就是充分理解他们身上体现出来的"魔"和"原始性"的问题，关键的就是不再将性爱视为丑陋的，给人的本能欲望正名，这在当时的中国是真正有革命意义的，其实也正是人们批判传统虚伪的哲学根基，只有也只能从这个意义上来理解，曹禺笔下出现的蘩漪这个人物形象所具有的个性解放的内涵才是真实的。

《雷雨》人物中，能够给予蘩漪大的触动的人物是周朴园和周萍。周冲这个做着美梦的天使般的人物，却没有占据什么重要位置。蘩漪不但近乎忘却了周冲的生日，还斥责周冲表现出来的怯懦无用。在和四凤以及鲁大海等人的关系上碰壁的时候，周冲没有执着如厉鬼般挣扎与冲突，他的退却并非仅仅是真觉悟到自己的不爱或原先梦想的天真，蘩漪对他的斥责实际上说明了一个问题：在《雷雨》中，周冲是最没有生命力的一个人物，这里所说的没有生命力，不仅是指人物形象塑造方面表现出来的单薄，还指他除了纯

---

① 曹禺：《雷雨·序》，载《曹禺全集》第1卷，北京十月文艺出版社，2023，第9—10页。

洁之外，没有像其他人物那样拥有一种执着的强有力的生命意志。

周朴园造就了蘩漪这个恶魔性人物，他本人也是"恶魔"的承载者，代表的是"恶魔"的另一面。如果说蘩漪和周萍身上的恶魔性侧重在"魔"，是积极性的，那么周朴园身上侧重的则是"鬼"，体现出来的恶魔性就是消极性的，而且正是周朴园这种意义上的"恶魔"的存在，才造就了蘩漪这样的恶魔性人物。保罗·蒂利希在《系统神学》中讨论上帝的"三位一体"时说："没有这第二项（指圣子）原则，第一项原则（圣父）就会是混沌的，是燃烧着的火，却不会是创造性的基础。没有这第二项原则，上帝就成了恶魔性的。就会以绝对的隔绝为特征，就会成为'赤裸的绝对'。"[1] 如果将周朴园的性格特征细细加以分析，我们就可以发现，在他的身上，恰好是过度地强调突出了第一个原则而遗忘或者说忽视了第二个原则，对于自己的儿子乃至妻子，周朴园强调的从来就只有一条，那就是服从，为了树立自己的权威，他不惜在一碗药上做文章。"当了母亲的人，处处应当替孩子着想，就是自己不保重身体，也应当替孩子做个服从的榜样。"[2]周朴园这样要求自己的妻子，却从来没有要求她给孩子树立一个慈爱的榜样，而所谓的"服从"，无非就是听从周朴园的话而已。

《〈雷雨〉的舞台艺术》中说："蘩漪对'应当'这样的字眼，反应很敏锐。自从她嫁到周家这十八年来，事事都要顺从周朴园。这对于她这个自认为应该具有独立的人格，应该有人的尊严，追求个性解放的女子来说，是莫大的精神痛苦。多年来她与周朴园之间只是维系着夫妻之间的礼仪，这样的生活是蘩漪不甘心，也无法忍受的。而周朴园关心蘩漪的病，注意她的健康，自以为夫妻

---

① 转引自陈思和：《试论阎连科的〈坚硬如水〉中的恶魔性因素》，《当代作家评论》2002 年第 4 期。

② 曹禺：《雷雨》，载《曹禺全集》第 1 卷，北京十月文艺出版社，2023，第 98 页。

之间应该做的他都做到了，但是他却始终洞察不到蘩漪心灵上的痛苦。这是周朴园和蘩漪之间产生矛盾的根本原因。"[1] 然而，周朴园和蘩漪间的关系不好，仅仅因为周朴园爱的是侍萍，而不是蘩漪？若是像陈思和教授所说，周朴园也曾经爱过蘩漪一段时间，他们的关系有过几年的美好时光。那么，问题的关键便出来了。这个具体的时间关节点在哪里？我们不能随意猜测，从文本来说，蘩漪曾提到过一个因由："他厌恶我，你的父亲；他知道我明白他的底细，他怕我。"[2] 无论如何，从文本的叙述我们大体可以知道，不仅蘩漪厌恶周朴园，周朴园也对蘩漪很不满意；另外就是双方都清楚地知道对方对待自己的态度，只是蘩漪不愿意为这种隔阂披上遮羞布，而周朴园却非要弄上一层温情脉脉的装饰。

周朴园为什么要告诉别人侍萍是一个小姐，而不是一个下等的女佣人？这些都表明了周朴园的虚伪。为了虚伪而造假，就必然需要为了这个虚假的事实而捏造更多的不真实的东西，或者采取强力维护那个假象。遮蔽了自己真实生命的周朴园，也就变得虚伪，为了掩饰自己的虚伪而一定要对冲撞自己的人加以惩罚。这使得周朴园和自己的家人之间形成了深深的裂痕，难以真正沟通。雷雨之夜，周朴园感到疲惫而想和家人尤其是儿子亲近的时候，却发现儿子像躲避恶魔一样在逃避着自己。在他人甚至自己孩子的眼里，周朴园已经成为恶魔式（指的是残忍的、冷酷的、意义上偏重于"鬼"的恶魔性）的存在。周朴园营造出来的专制冷酷的家庭环境，使得那些有生机和不想毁灭的人只能走向反抗的道路，且只能够采取这种极端的方式。然而，对于迷茫的反抗者们来说，想要的得不到，得到的又总不是想要的，疯狂的反抗除了搅动一池死水的涟漪，丝毫没有实现原先想要达到的意愿。由"原始性"和"魔"

---

[1] 刘章春主编：《〈雷雨〉的舞台艺术》，中国戏剧出版社，2007，第89页。

[2] 曹禺：《雷雨》，载《曹禺全集》第1卷，北京十月文艺出版社，2023，第250页。

所推动的反抗，其中具有的破坏性和毁灭性因素是非常明显的，曹禺自己也以具有这种性格的人物自身的毁灭以及他毁真实地表现出了这一可怕的后果。

文明始自夏娃和亚当吞食智慧果，这一行为最直接的结果就是人能够分辨善与恶，而善与恶的具体化就是上帝与恶魔撒旦的对立。而文明也就是上帝代表的善不断地压抑撒旦代表的恶的进程，弗洛伊德的学说在某种程度上来说也正是这样来看待人类文明的发展的。因此，恶魔性因素实际就构成了对文明既定秩序的挑战，对于已经存在的规则来说，是一个破坏性的力量，这种力量来自内在生命的驱动力，而不是什么有关解放之类的学说的外部输灌。由于这种力量来自人类本能，所以它的冲击力也就愈发难以抵挡。蘩漪与周萍之间，就恶魔性因素来说，是相互诱发的，这种诱发又是以压抑为前提的。

蘩漪这样诉说她身上"恶魔性因素"的出现："十几年来像刚才一样的凶横，把我渐渐地磨成了石头样的死人。你突然从家乡出来，是你，是你把我引到一条母亲不像母亲，情妇不像情妇的路上去。是你引诱的我！"[1]看到了魔的破坏性，但是这种破坏性却被归结给了"天命"，至于表现出恶魔性因素的诸人，曹禺一再强调他们都"无过"，"在论及《雷雨》人物的悲剧时，曹禺特别重视'无过'这个词。蘩漪、侍萍、四凤等都'无过'，甚至周萍也无甚'大过'，而周冲尤其'无过'，'他最无辜而他与四凤同样遭受了残酷的结果'。"[2]立足人性这一自然的法则，超越了善恶的界限来看待人物形象的恶魔性因素，曹禺是深得为他所向往的希腊神话和悲剧之精髓的。

① 曹禺：《雷雨》，载《曹禺全集》第1卷，北京十月文艺出版社，2023，第120页。

② 刘勇：《在命运的探幽与把握之间——试论曹禺剧作"对宇宙间神秘事物不可言喻的憧憬"》，《北京师范大学学报（社会科学版）》1997年第5期。

主动地呼唤"魔"的出现并赋予其以积极的意义，是启蒙运动以来出现的具有世界性的一个现象。以魔鬼来表现自己对于社会人生的观念，也是近代以来戏剧发展的一个重要表现手法，曹禺浸淫最多的易卜生的《群鬼》和奥尼尔的《琼斯皇》，都是表现带恶魔性因素的伟大作品。根据古希腊的传说，幽灵（Daimon）常选择一个人，住在他身内，发号施令，支配这个人的行为。柏拉图在自己的"迷狂说"当中，将天才解释为神灵附体。

歌德在《诗与真》第四部分最后一章写道："他相信在有生的与无生的、有灵的与无灵的自然里发现一种东西，只在矛盾里呈现出来，因此不能被包括在一个概念里，更不能在一个字里。这东西不是神圣的，因为它像是非理性的；也不是人性的，因为它没有理智；也不是魔鬼的，因为它是善意的；也不是天使的，因为它常常又似乎幸灾乐祸……凡是限制我们的，对于它都是可以突破的；它像是只喜欢不可能，而鄙弃可能，这个本性我称为幽灵的。"[1]恶魔性具有创造性和破坏性，破坏性占据主导地位。曹禺说："一丝的光明的希望能够保存下来，也还占了那有夜猫子——就是枭，瞥见它，人便主有灾难的恶鸟——眼睛的人的便宜。"这是恶魔性因素天性所具有的两面性，曹禺表现出了这两面性，出于他的天才，他自己是从当时文艺政策来解释的："他们也许当时正在过《日出》里某一类人的生活，忘记了有一种用了钱必须在'鸡蛋里挑骨头'的工作，不然连这一点点的希望都不容许呈现到我们眼前的。"[2]在枭的眼睛里透出光明，正像恶魔的行为中显露新生的希望，曹禺对于其间的辩证关系是有独到见解的。对于人性当中恶魔性因素的这种洞察使得曹禺与世界戏剧大师站在同一地平线上，创作出了具有永恒的审

---

[1] 转引自冯至：《论歌德》，上海文艺出版社，1986，第8页。

[2] 曹禺《日出·跋》，载《曹禺全集》第2卷，北京十月文艺出版社，2023，第289页。

美魅力的崭新的人物典型——蘩漪，并使恶魔性的这一世界性因素的创作现象在中国语境下得到了尽可能的丰富。"在人世多少王公之中，为什么单单我要关在匣子里面像一个神物？我年轻，也还算美。"[1]蘩漪代表的曹禺笔下的女性，如花金子、陈白露等，都和约翰·韦伯斯特笔下的这位马费（Malfi）公爵夫人相似，自觉到生命的美丽和身体的年轻，不能忍受被关在狭小无聊的匣子里，于是也就出现了主体的追求与客观环境碰撞的悲剧。

我将蘩漪视为中国文化传统中一种类型女性的代表，可命名为"被压抑的缪斯"。她们美丽，聪慧，多才多艺，被一些老男人看中娶为妻，原因就在于此。但是，看中且娶回去，并不意味着欣赏，就算是欣赏，也并不意味着视之为宝贵。周朴园对蘩漪、潘月亭对陈白露、吴荪甫对林佩瑶，还有当代文学中的《我们夫妻之间》、延安小话剧《为了单调的缘故吗？》，这些作品都叙及年纪大的男性不能欣赏女性的美貌与才艺，在家庭生活中受到冷落的女性内心很郁闷。但是，我们也可以看到，在土改文学中，老地主与姨太太的关系很好，电视剧《大宅门》里，也是老夫少妻关系甜蜜。凡事不能一概而论。然而，有意思的是，土改的时候，老夫少妻自个觉得甜蜜蜜，战士们却觉得是阶级压迫，大宅门里的人们也不认可老夫少妻。不认可似乎是普遍的事情，贺龙看延安话剧演出，看了不到一半就开始批评小资产阶级自命清高：有文采的女大学生到延安后嫁给了长征老干部，老干部的想法很简单——同意结婚否？同意就行了。新婚之夜，新郎急着要睡觉，新娘子却在床前看月亮。老干部觉得月亮有什么好看的。这样的话剧被认为是讽刺工农干部不懂风情，"不懂感情"。[2]周朴园和蘩漪，却没有人觉得周朴园不懂感情。

① 李健吾：《马费公爵夫人》，载《李健吾文集》第9卷，北岳文艺出版社，2016，第70页。

② 宋严：《吴雪同志在延安"青艺"》，载文化部艺术系统党史资料征集工作领导小组，延安青年艺术剧院、联政宣传队史料征集组编《高原·演出·六年——延安青年艺术剧院、联政宣传队回忆录》，中共党史出版社，1990，第33页。

第二节 一切都是宿命：侍萍论

在各种相关学术论著中，侍萍首先都是被作为一个被损害的悲剧女性形象被描述。"侍萍的形象是一个有着纯朴而善良灵魂的劳苦妇女的形象。当她还是一个纯洁无邪的少女时，就被周朴园蹂躏了践踏了，逼得她走投无路去投河自杀。""她可以忍受着一切，即使同鲁贵这样一个不识羞耻、趋炎附势的奴才生活在一起，她也能忍耐着。"[1]"在《雷雨》这出悲剧里，身世最悲惨，所受的打击、迫害最深重的，要算侍萍了。因此，她一向也是全剧最惹人同情的一个人物"，原因就是，"三十年前，当她只有四凤那么大的年纪时，她就被人残忍地遗弃了，无法忍受的屈辱和伤心，逼得她不得不抱着自己刚生下三天的孩子投河自尽。这遭际真可说是惨绝人寰的。"[2]身世凄惨，是个苦命之人，这是谁都无法否认的，可是关于侍萍与周朴园关系的描述，却带有时代的色彩，出现了有意无意的误读。

蓝棣之的《现代文学经典：症候式分析》以心理分析为方法解读文本，"在某种意义上，症候可以看作是情结的表现。症候本是医学临床用语，指在疾病状态下病人的感受，只可通过问讯获得。然而，我所说的'症候'，是作家不自知的，是无意识的"。蓝棣之强调的，是读者接受，从读者感觉出发解读文本"症候"，解读

---

[1] 田本相：《曹禺剧作论》，中国戏剧出版社，1981，第55—56页。

[2] 钱谷融：《"不公平的命指使我来的！"——谈侍萍》，载《〈雷雨〉人物谈》，上海文艺出版社，1980，第64页。

《雷雨》的"症候"时，一些分析缺少文本支持，如"侍萍的话处处都在引导，在回忆，在暗示，在倾诉，每句台词的潜在目标都是要再现当年的生活情景，都在追寻那逝去的梦。侍萍说'我没有找你，我以为你早死了'，以为你早死了，才没有找你，意味着如果知道你没有死的话，一定会寻找你的；而且相信你也会找我"。这种解释在《雷雨》中找不到其他文本支撑，只顾着强调侍萍对周朴园"一往情深"，[①]浑然不知这样解读下来，侍萍要强的一面也就被消解了。周英雄将蓝棣之的解读称为"强势的阅读"。"阅读文学的要件少不了读者独立自主的介入，透过具体的阅读、解释，进而理出作品的隐形结构，并将作品与现实错综复杂的关联加以勾勒出来。换句话说，强势的阅读不人云亦云；相反的，读者必须利用有系统的阅读模式，来挖掘作品的深层，并将作者难言之隐一一加以披露。"[②]张江定义"强制阐释"是"背离文本话语，消解文学指征，以潜在立场和模式，对文本和文学作符合论者主观意图和结论的阐释"，并将"幽灵批评"和弗洛伊德的心理分析都视为"强制阐释"的代表。[③]用心理分析的方法阐释侍萍这个人物形象也要注意避免走向强制阐释的歧途。

在本科生参加的一次讨论课上，我列举出下面观点："周朴园印象里的鲁侍萍，是个年轻美貌的女子，如今站在面前的鲁侍萍却已经老得不像样子，满脸皱纹，穿一身土头土脑的衣服，已经不是他过去所爱的鲁侍萍了。这使他从美好的记忆回到了现实。"然后，童伟民指出："在剧本中确有这样的描写，当侍萍表露自己的

---

① 蓝棣之：《现代文学经典：症候式分析》，人民文学出版社，2006，第61页。

② 周英雄：《序》，载蓝棣之《现代文学经典：症候式分析》，人民文学出版社，2006，第1页。

③ 张江：《关于"强制阐释"的概念解说——致朱立元、王宁、周宪先生》，载《阐释的张力：强制阐释论的"对话"》，中国社会科学出版社，2017，第3—6页。

身份后，周朴园'不觉的望望柜上的相片，又望侍萍'。经过一番比较、思索后，他态度变了。"①我在课上询问同学们：你们觉得童伟民这篇文章中对侍萍相貌的描写准确不准确？你们有无不同意见？一百二十多位同学，竟然没有一个提出异议。可见传统教育和某些解读方式影响之深远。之所以列举童伟民的文章，是因为他的文章发表在21世纪，而且他是一位特级中学教师，正在影响着新世纪的中学生对《雷雨》的接受。如果要为童伟民的观点追溯根源，随便翻开一些20世纪出版的文学史教材，都可以看到这种论述的痕迹。1990年出版的《现代中国文学发展史》就这样论述侍萍："《雷雨》里的侍萍与《祝福》里的祥林嫂有许多相似之处。他们都是正直、善良的下层劳动妇女，她们都过着极其艰苦的生活而没有什么奢望，可是她们都在生活的道路上受了挫折，遭到打击，以至不得不用一生的痛苦作为补偿，结果都成了未老先衰、痛苦不堪的人物。"②这段文字的评述，大体上来说都是正确的，可也在某些地方太过于想当然了，比如说，《雷雨》中的侍萍真的是"未老先衰"吗？我在幻灯片上给同学们显示《雷雨》中曹禺为侍萍写的那段出场介绍："鲁妈的年纪约有四十七岁的光景，鬓发已经有点斑白，面貌白净，看上去也只有三十八九岁的样子。她的眼有些呆滞，时而呆呆地望着前面，但是在那秀长的睫毛，和她圆大的眸子间，还寻得出她年少时静慧的神韵。她的衣服朴素而有身份，旧蓝布裤褂，很洁净地穿在身上。远远地看着，依然像大家户里落魄的妇人。她的高贵的气质和她的丈夫的鄙俗，奸小，恰成一个强烈的对比。"③所有的同学都笑了。从出场介绍里，我们看不到一个"满脸皱纹"的侍萍，自然也没有一个"穿一身土头土脑的

---

① 童伟民：《谈周朴园对鲁侍萍的感情》，《语文学习》2003年第4期。

② 魏绍馨主编：《现代中国文学发展史》，延边大学出版社，1990，第403页。

③ 曹禺：《雷雨》，1934年7月《文学季刊》第1卷第3期。

衣服"的侍萍。为什么童伟民言之凿凿地说"在剧本中确有这样的描写"？为什么从高中时就学过这篇作品的同学却依旧接受了那种荒唐不羁的结论呢？童伟民的文章在期刊网上已经找不到了，不知道是自己撤掉了，还是刊物撤掉了，幸好有这份刊物的纸质文本在，也有热心人喜欢将纸质文本的东西以各种方式搬到网上，使过去的一些痕迹并不因个人的意志而消失。我想要强调的是，文本细读自然需要以文本为基础，但是很多所谓的文本细读其实谈的只是自己想象中的文本，读的是自己，而不是客观存在的真实文本。

在侍萍的人物出场介绍中，曹禺以"依然"修饰"像"。曹禺为什么用"依然"这个词进行修饰？"依然"表明曾经"像"，现在还是"像"。这个"依然"暗示的曾经指向什么时候？笔者认为肯定不是带着鲁大海离开周公馆之前，因为那时候不可能表现出"落魄"，"落魄"只能是侍萍离开周公馆之后的表现。从上下文语境推断，侍萍人物出场介绍中的"依然"一词包含着很大的感慨，这个感慨指向的应该是鲁贵与侍萍结婚之时，故而在侍萍人物出场介绍的最后，就是侍萍与鲁贵两人气质的对比。这个对比既指当下，也指向两人十八年前结婚的时候。十八年前，侍萍与鲁贵结婚的时候，看起来应该是"像大家户里落魄的妇人"；十八年后，和鲁贵生活了那么久的侍萍居然"依然像大家户里落魄的妇人"。"依然"这个词表明侍萍洁身自好，也很爱惜并维持自身的气质。

文本解读中出现的对侍萍形象的误读（如果能够称之为误读的话）主要是因为没有真正地细读文本，却将简陋的社会学分析法作为认知装置。长期以来，周朴园与侍萍之间的关系都被理解为压迫者与被压迫者、迫害者与被迫害者的关系，而这种对立又被纳入阶级斗争的范畴之中。由于土地革命以来形成的惯性思维，凡是被归入统治阶级的人物形象，总是被呈现为肥头大耳、面容红润的样子，而被压迫、遭罪受难的人物，总是一脸苦大仇深的样子，衣不蔽体，满脸皱纹，似乎才与这样的人物形象相称。在那样的惯性分析逻辑里面，被作为被压迫者看待的侍萍自然不能拥有让一般人钦羡的面容。不可否认，侍萍是一个被抛弃的、曾经流离失所的苦命人。苦作为一种主体性的感受，侍萍觉得苦，那就是苦，对此应该没有什么疑问。因此，问题不在于侍萍苦不苦，而是为什么侍萍觉得"苦"，她的"苦"处又表现在哪些地方。这似乎是个不言而喻的问题，因为剧本中有两段文字描述着她的苦，但正是这个似是而非的问题使许多人在阅读《雷雨》时被表面的假象蒙骗，从而得出了与事实不符的结论。

　　强调侍萍的阶级属性，就会将侍萍与蘩漪区别开来，但是这种阶级区别在身份叙述中往往有所混淆。陈思和教授谈到侍萍时说"已经死掉的大太太过去是怕开窗的啊"，这里的"大太太"指的就是侍萍。然而，用"大太太"称呼侍萍显然不很合适，因为有"大"就有"小"，容易让人想到二太太、三太太，实际上侍萍并没有真正成为周朴园的太太。陈思和教授又用"第二个女人"称呼侍萍与蘩漪之间的不知名女性，[①]言下之意侍萍是周朴园的第一个女人，而蘩漪则是第三个女人。与周朴园共同生活过的三个女人，不谈她们在周公馆的身份，只论她们与周朴园共同生活的时间上的先后，远比用"太太""妻子"的称呼排序为好。严家炎、孙玉石和温儒敏主编的《中国现代文学作品精选》（第三版）节选了《雷雨》片段，在文字介绍中说："蘩漪是周朴园的第三个太太，周萍的继母，周冲的亲生母亲。"[②]将蘩漪视为周朴园的第三个太太，也就意味着将侍萍看成了周朴园的第一个太太。北京大学与复旦大学两个现代文学研究的重镇，皆将侍萍称呼为"太太"，也不能够说没有文本依据。虽然周朴园并没有娶侍萍为妻，但是周朴园在侍萍"死后"却是将其作为妻子对待并在客厅里摆放她的照片的。也就是说，称呼侍萍为"太太"，有一个名与实的悖谬问题，揭开

---

　　① 陈思和：《中国现当代文学名篇十五讲（第三版）》，北京大学出版社，2003，第 181 页。

　　② 严家炎、孙玉石、温儒敏主编：《中国现代文学作品精选》（第三版），北京大学出版社，2013，第 555 页。

"太太"之名为虚，显示的则是侍萍命运更深层次的悲剧，还有周朴园虚伪的面目。纠缠于学者们如何称呼侍萍，其实谈论的便是《雷雨》的文本接受问题。专家学者们是如何接受《雷雨》的，他们的接受与《雷雨》文本之间是否存在间隔与分歧，这些问题的追问将使我们更细腻准确地把握《雷雨》文本的细节。

翻开《雷雨》，对照迄今为止的一些研究分析文字，可知人们对侍萍之苦的认定，基本上都来自侍萍与周朴园相见时她自己说过的几段话：

"她的命很苦。离开了周家，周家少爷就娶了一位有钱有门第的小姐。她一个单身人，无亲无故，带着一个孩子在外乡什么事都做。讨饭，缝衣服，当老妈，在学校里伺候人。"

"为着她自己的孩子，她嫁过两次。"

"嗯，都是很下等的人。她遇人都很不如意，老爷想帮一帮她么？"①

很多读者以及学者专家都将上述侍萍说过的话（再加上后面周朴园认出侍萍后侍萍说出的三十年前被迫离开周家的遭际）作为侍萍之苦的依据。让读者逐渐认同于作品中的某个人物，并采取相似的立场，这是创作的成功。但在法庭上，原告或被告每一方单独的发言都不能成为最后判定的依据。作为控诉者，侍萍这个人物由于被曹禺塑造得品性高洁，又是被损害者，在阶级斗争分析框架里，长时间以来很少有人对她说的话抱有怀疑的态度。可是，一旦跳出那种先验的地富反坏右的阶级分析模式，我们就会理性地知道，侍萍的话也需要分析检验。无论在文学里还是现实生活中，没有谁的话天然就是真理，代表了正确的一方。当然，这并不是说侍萍说的不对，而是指她的表述里存在许多值得解读的缝隙，这些缝隙的存在使侍萍表述出来的内涵与现有的解读并不完全吻合。

————————

① 曹禺：《雷雨》，载《曹禺全集》第1卷，北京十月文艺出版社，2023，第153—154页。

从剧本到舞台

在侍萍的诉苦文字中，并没有提及三十年前惨绝人寰的被遗弃的遭际。她说自己再嫁的时候，强调的是"为着她自己的孩子"，而周朴园随后插话说的却是："嗯，以后她又嫁过两次。"重复，意味却大不相同。侍萍的话语中有意无意地为再嫁寻找理由，周朴园感慨的却是再嫁这个行为。男权社会里的男女关系及思想，就在这简单的重复中呈现了出来。

当周朴园认出了眼前的是侍萍并说出了"谁指使你来的"那样伤人感情的话时，侍萍才捻出了三十年前被遗弃的事当面控诉。不过，侍萍离开周公馆的遭际和其他的情况一样，都值得仔细咀嚼，并非是简单的不同阶级间的遗弃与被遗弃关系。其实，仅就上述侍萍的两段自诉其苦的文字来说，曹禺也通过文本巧妙的处理，使之具有了某种内在的审美张力。这种张力不能够从字面意义上对其进行解读，必须还原到具体的语境中，与剧本整体的叙述连接起来，才能够看到侍萍真正要表达的意思所在。

一个人的苦可以通过许多方面表现出来，比如言语、行动、精神状态或相貌。越是苦的人，言语行动表现得越是迟钝。郁达夫写过一个短剧《孤独的悲哀》，陈二老对名妓李芳人说："你可知道天下有许多事情是讲不出来的！讲得出来的苦是假苦，讲不出来的苦才是真苦哩！"[①]真苦、假苦不可一概而论，却给我们理解侍萍对苦的言说提供了新的理解向度。这几个方面的外在表现有时并不一致，对于这种差异甚至矛盾的安排及叙述就构成阅读中非常耐人寻味的焦点。"鲁妈的年纪约有四十七岁的光景，鬓发已经有点斑白，面貌白净，看上去也只有三十八九岁的样子。"在侍萍的出场介绍里，曹禺写下的这段文字显然不是想用来揭示鲁妈是如何穷困潦倒。个中道理很简单，什么样的女人在四十七岁时还能看上去只有三十八九岁的样子呢？我们在形容一个人生活很苦的时候，往往会说：这个人活得真苦真累，刚满四十，看上去却像六十岁的老头

---

① 郁达夫：《孤独的悲哀》，《创造》季刊 1922 年第 1 卷第 3 期。

了。奥威尔在《去维冈码头之路》中写道："她的圆圆的脸十分苍白，这是常见的贫民窟姑娘的憔悴的脸，由于早产、流产和生活操劳，二十五岁的人看上去像四十岁。"[①]不用再多说什么，这个人到底苦到什么程度，大家早就一目了然。但我们决不会这样说：他生活得太辛苦了，六十岁了看上去还像四十岁的一样。《苦菜花》中，生活惨淡的母亲"今年三十九岁，看上去，倒像是四十岁开外的人了"。[②]"四十岁开外"就是四十多岁，这个多，一般来说是四十五岁以下，四十五岁以上一般就要说是快五十岁的人了。小说不用"快五十岁了"这类表述，而用"四十岁开外"，说明母亲只是显得年老，却并不苍老，虽然饱经沧桑，吃苦甚多，却没有被生活压垮。

侍萍从离开周公馆到嫁给鲁贵之前的一段生活经历，剧中没有见证人，或许鲁大海多少有些记忆，但曹禺没有给他开口谈这方面信息的机会，所以，作为读者（观众）的我们没有可能从客观事实上去考证鲁侍萍是否做过佣人，是否讨过饭，以及做这些事情的具体方式及时日的长短等问题。但是，即便是以侍萍所言为准，我们仍然能够从文本的缝隙中确认一个事实，或者说文本潜在的引导层面，即侍萍做佣人及讨饭的生活经历并没有我们想象的那样苦，起码在她的容颜上没有留下苦的痕迹。当然，容颜上没有受苦的痕迹并不能证明没有受过苦，可是文本特意给我们呈现出来的与一般的审美接受习惯有偏差的描述，有待我们细腻地去把握和解读。且不说侍萍在当时不可能有美容护肤的条件，就算是21世纪的今天，一位已经是半老徐娘的女性，她若是想要使自己的容貌比实际看上去至少要年轻十岁，需要做什么样的努力才有可能？洗盘子洗碗、做老妈子、讨饭这样的事恐怕是不能做的，就算是一个人的生理机

---

① 转引自董乐山：《译本序》，载[英]乔治·奥威尔著，董乐山译《一九八四》，上海译文出版社，2009，第8页。

② 冯德英：《苦菜花》，春风文艺出版社，2003，第4页。

能再好，自我恢复的功能如何强大，到了四十七岁时也不可能保持看上去年轻十岁的容颜；从生理机能来说，只有年轻时候的损伤才有可能凭借青春的本钱恢复些须。就算如侍萍所说的那样"什么事都做"，如何做、怎样做、做了多长时间等等问题，也都是值得探讨的话题。

侍萍的身份在不同的版本中也稍微有所变化。首刊本中，侍萍的身份是"某校侍役"，初版本改为"某校女佣"。老舍在《骆驼祥子》中有段话说，"被撤差的巡警或校役，把本钱吃光的小贩，或是失业的工匠，到了卖无可卖、当无可当的时候，咬着牙，含着泪"，①无可奈何之下才走上了拉洋车的路。也就是说，侍萍作为学校女佣（或者校役），其实并不是在从事多么卑微可怜的职业。当然，关键要看比较的对象是谁。张恨水小说《艺术之宫》中的李三胜，让女儿到学堂去帮工，自己不知道女儿在学堂做工的具体情形，只是觉得无非是扫地抹桌子、伺候小姐们，拿到手的工钱却不少。尽管这样，李三胜还是不情愿女儿到学校去帮工，"要在前两年，我还可以混一碗饭吃，怎么着我也不能让她去"。②等级制社会里，一入贱役，再难翻身。做了帮工，要么像鲁贵那样，做帮工里的头羊，要么像侍萍那样，是帮工里不像帮工的人，或如四凤，成就一个阳光打工者。侍萍那样的气度，作为帮工的人，恐怕也只有极少数合适的地方才能待得下去。无论如何，作为出场介绍文字，曹禺写下的话比剧中人物自言己身的判断应该更具有引导性。

曹禺在剧本中如此安排叙述侍萍的容颜问题，自然不会是没有用意。故意造成文本叙述中的一些矛盾或缝隙，最大程度地造成话剧表现的戏剧性，呈现那个令曹禺为之着迷的复杂的人性陷阱，侍萍之"苦"的叙述可谓极尽巧妙之能事。对于侍萍身上出现的一些

① 老舍：《骆驼祥子》，载老舍著，孔范今编选《老舍选集》（上），山东文艺出版社，1997，第550页。
② 恨水（张恨水）：《艺术之宫》，《立报》1936年6月21日。

"不合理"性，早就有人指出过："鲁妈需要一个能自给的职业，但不限一定要离开爱女到老远去当一个学校的女工。不是教书，不是做官，鲁妈不应该有远游谋生的排场，她为了爱女，不需要火车来火车去地到远方去。无论怎么解释，她至少也是个不可多得的怪癖人。"[1]将鲁妈的行为视为"怪癖"，这是很有道理的。若是为了生活，侍萍根本不必要跑到几百里外去做工，鲁贵也不愿意侍萍跑那么远去工作，而鲁妈执意要那么做，不能不说是"怪癖"。当然，这"怪癖"不是病态或变态，而是有意以这种方式躲开让她感觉"不如意"的现任丈夫鲁贵。或许这也正是侍萍"驻颜有术"的原因之一。张爱玲说自己从小看到的有许多三四十岁的美妇人，"当然她们是保养得好，不像现代职业女性的劳苦。有一次我和朋友谈话之中研究出来一条道理，驻颜有术的女人总是（一）身体相当好，（二）生活安定，（三）心里不安定。因为不是死心塌地，所以时时注意到自己的体格容貌，知道当心。普通的确是如此"。[2]然而，仔细对照张爱玲所说的"驻颜有术"，侍萍似乎只有"身体相当好"这一条最符合，"生活安定"就有些难说，一个先后和三个男性生活在一起、讨过饭还"拖着一个油瓶"的女性如何算得上"生活安定"？侍萍的内心是不安定的，然而这不安定似乎又不是张爱玲所说的那种不安定。但是，从《雷雨》侍萍出场介绍看，她似乎的确是"时时注意到自己的体格容貌"。总之，作为一名职业女性，"驻颜有术"的侍萍其实是超出了张爱玲的理解范畴的，属于普通人中的例外。

侍萍叙述自己之"苦"的第二段文字，便是离开周朴园之后，为了孩子又嫁过两次人，且皆"不如意"。对于侍萍的这一叙述，作为听者的周朴园并没有给予直接回应，却深深地影响着《雷雨》

① 徐运元：《从〈雷雨〉说到〈日出〉》，《文艺月刊》1937年第10卷第4、5期。

② 张爱玲：《我看苏青》，1945年4月上海《天地》月刊第19期。

的读者（观众）。侍萍再嫁后的第一个男性是谁，我们也不知道，只知道第二个是鲁贵。现在我们就谈谈鲁贵这个让侍萍感到"不如意"的"很下等的人"。读者（观众）对于侍萍评说的鲁贵是"很下等的人"，并无疑义。侍萍谈到自己的现任丈夫时，说是不如意的很下等的人，这自然不仅仅是社会地位的判断，而且是对人物品性的判断，由此判断可以反推夫妻之间的感情和家庭生活都让侍萍不满意。读者（观众）倾向于接受侍萍对鲁贵的判断，与鲁贵作为《雷雨》中第一个登场亮相的人物形象的表现有关。《雷雨》第一幕，开场便是鲁贵和亲生女儿四凤之间的对话，表面上是鲁贵殷勤问讯女儿，照顾女儿，实际上却是以女儿的隐私要挟女儿，向四凤进行敲诈勒索。一个连自己的亲生女儿都不放过的形象，自然不能得到读者（观众）的原谅。毋庸置疑，鲁贵是个小人，这是《雷雨》第一幕便定下了的基调。但问题的关键所在，不在于鲁贵是不是一个小人，而是侍萍为何感到与他结婚很不如意。这不如意是因为她很高贵。这种高贵不是有钱有势的高贵，而是精神上的高贵、气质上的高贵，由内而外散发出来的精神上的高贵气质。侍萍从生命的本真出发，本能地抓住了真善美，并愿以任何代价维持她本能地觉得正确的东西。从生命的本质出发，而不是从世俗的道德出发决定自身的选择，这让她在最关键时候的选择总是显露出人性的高贵，或者说高贵的人性，从而照亮了世俗的卑鄙与平庸。精神贵族与势利小人生活在一起，显然不会觉得如意。曹禺说："我这个人就是一堆感情。写《雷雨》的时候，我多少天神魂颠倒，食不甘味。虚伪的魔鬼让我愤怒，势利的小人让我鄙夷，纯情的女子让我喜爱，完全沉浸在情感的漩涡里。"[1]"虚伪的魔鬼"指的应该是周朴园，曾经真诚过，现在变得虚伪了。"势利的小人"指的就是鲁贵。势利的小人之所以势利，绝对不会因自己娶了精神贵族而觉得占了便宜，相反，他感到委屈，而他的委屈也恰好就是他作为

---

[1]　曹树钧编著：《曹禺晚年年谱》，安徽大学出版社，2016，第183页。

势利小人的表现。鲁贵对女儿四凤说："我跟你说，我娶你妈，我还抱老大的委曲呢。"①侍萍的"不如意"是向周朴园说的，而鲁贵的牢骚却是对自己的女儿说的。我们暂且不去讨论对谁说之间的差异，单就两人诉说的问题而言，其指向都很明确，就是两人都对这一结合不满意，而不满意的内容却并不相同。如果我们不因人废言，着重考虑一下鲁贵的牢骚，就会知道，鲁贵的牢骚正代表了那一时代人们的正统观念：侍萍是个一嫁再嫁之人，还带着一个"拖油瓶"，在当时的社会环境里，能够再嫁给鲁贵无疑是个幸运。

扮演过侍萍的朱琳曾说："我想侍萍嫁鲁贵也是为了安家糊口，能把大海养活成人，除此她对这个世界还有什么可求的呢？鲁贵是个吃喝玩乐卑贱小人，他娶了侍萍这样年轻美貌，一个能侍候他，能吃大苦耐大劳，还可以替人缝缝洗洗挣得一些钱的女人，他又何乐而不为呢？侍萍和鲁贵生活这二十来年，精神上是极为痛苦的。鲁贵挣的钱还不够他自己挥霍的。为了孩子，她把一切都忍受了，尽最大的力气去找各种累活苦活干，实际上这二十年她是全凭卖苦力养活了孩子。因为侍萍是一个极为善良的女人，鲁贵毕竟没有抛弃她，她总算有了一个家，仅仅在这一点上，侍萍还是感激鲁贵的。"②这样的分析不能说完全没有道理，可是关于鲁贵和侍萍在家庭中真正的地位并没有完全理清，如果完全是侍萍自己辛苦养活了孩子，就不会有无奈下嫁给鲁贵的说法，而鲁贵没有抛弃侍萍的设想也很值得商榷。

鲁贵娶侍萍之前，他"不是没被人伺候过"，曾经阔气过，什么时候家业败落了呢？根据鲁贵的说法，就是在娶了侍萍之后，女儿四凤也没有驳斥这一点。另外，就个人素质来说，鲁贵虽然在道

① 曹禺：《雷雨》，载《曹禺全集》第 1 卷，北京十月文艺出版社，2023，第 44 页。

② 朱琳：《创作札记——我所扮演的鲁侍萍》，载刘章春主编《〈雷雨〉的舞台艺术》，中国戏剧出版社，2007，第 253 页。

德上乏善可陈，却实在是个机灵人，不乏"才"。也就是说，不是一无是处的"小人"。按照西方人才判断的标准，不管品德，只看有才与否，鲁贵正属于"能人"行列。鲁贵来到周公馆做事不到两年，就混成了周家大总管。作为总管，和周朴园等相比，似乎算不得什么，但是如果考虑到周朴园是当时国内首屈一指的大资本家，他使用的管家也不应该是一些等闲之辈能够随便充任的，鲁贵自诩的"顶呱呱"似乎并非纯粹脸上贴金，虽然他是一副小人嘴脸，却并没有做什么明显的坏事情，起码没有像周朴园那样为了钱淹死小工。对于这样的一个丈夫，按照道理来说，侍萍嫁给鲁贵即便不感恩，也应该感到庆幸才是，至少不应该觉得不如意，难道她还能嫁给比鲁贵还要好（按照社会认可的标准）的人吗？鲁贵说娶侍萍"还抱老大的委曲呢"，这话并非没有根由。若从"老大的委曲"看，"老大的"是形容词，"委曲"应该是名词。查《现代汉语规范词典》，"委曲"用作名词时指"事情的经过和原委"，这个义项用在这里讲不通。"委曲"用作动词时指"勉强迁就"，这个义项用在此处很恰切。"委曲"表示对人对事的态度，"委屈"则是表示一种心情。[1]曹禺在剧本中选用"委曲"一词，窃以为想要表达的就是鲁贵对娶侍萍一事的态度，而不是对女儿谈自己委屈的心情。

鲁侍萍和鲁贵两人结合时的具体情况只能由文本显露的蛛丝马迹推理而来，若将结婚前的情况置之不论，单看婚后的家庭生活，侍萍所说的"不如意"似乎也需谨慎理解。鲁贵尽管是个小人，可这个小人在侍萍面前除了有些骂骂咧咧之外，似乎别无他能。对自己的妻子侍萍，他想管，却管不了；他不想让她到离家八百里的地方去做工，所以和女儿谈到侍萍的工作时"汹汹地"说："讲脸呢，又学你妈的那点穷骨头，你看她，她要脸！跑他妈的八百里

---

① 李行健主编：《现代汉语规范词典》，外语教学与研究出版社、语文出版社，2004，第1357页。

外，女学堂里当老妈妈：为着一月八块钱，两年才回一趟家。"[1]
在鲁贵眼里，在周公馆里做仆人，绝不比在学堂里当老妈妈低贱，
一样都是伺候人的活，谁高谁低？然而，现代社会追求的解放，要
求家庭的解放、奴婢的解放，似乎在工厂里当工人要比在贵族家里
当仆人显得文明现代，卑鄙的鲁贵其实揭出了资本家的假面目，都
是被剥削被、压迫的对象，顶多是从做奴隶不得的地位上升到了暂
时做稳了奴隶的时代而已。《雷雨》首刊本第一幕，蘩漪问四凤：
"是你母亲从北平回来么？"文化生活出版社版本将其改为："是
你母亲从济南回来么？"济南这个地名在剧中反复出现，侍萍对
鲁贵说："我想，大后天就回济南去。"鲁贵说："你回济南，我
跟四凤在这儿，这个家也得要啊。"[2]北平离天津很近，"八百里
外"之说名不副实，改成济南就好多了。如今开车从济南到天津
大概是300—350公里，民国初的道路不像现在这么直，说"八百
里"应无问题。《雷雨》中的"八百里"之说，可为实指，亦可为
虚指。若是实指，自然就是天津到济南为稳妥。若为虚指，则北平
与济南并无本质差异。将离天津不远的北平视为"八百里外"，
显示的不是鲁贵不知路途远近，而是鲁贵压根不愿意侍萍外出工
作。此外，"八百里"在中国传统文化里一般都用来表示遥远，如
《西游记》第二十回有"八百里黄风岭"，第二十二回有"八百里
流沙河"，[3]还有第四十九回有"八百里通天河"，第五十九回有
"八百里火焰山"，第六十四回有"八百里荆棘岭"，[4]第七十四
回有"八百里狮驼岭"，第九十六回则有"此间到灵山只有八百里
路，苦不远也"。[5]除了一些标志性地名与"八百里"联用外，许

① 曹禺：《雷雨》，文化生活出版社，1936，第33页。

② 曹禺：《雷雨》，文化生活出版社，1936，第70页、第204页。

③ 吴承恩：《西游记·卷一》，商务印书馆，1941，第207页、第227页。

④ 吴承恩：《西游记·卷二》，商务印书馆，1941，第497页、第592页、
第650页。

⑤ 吴承恩：《西游记·卷三》，商务印书馆，1941，第748页、第964页。

多路程也都标以"八百里"。就《西游记》而言，"八百里"似乎是常用熟语，此外如"八百里秦川""八百里洞庭"，《水浒传》里的戴宗"日行八百"，屈大均有《八百里人赞》等。"八百里"实为国人喜欢说的话，鲁贵说话不实在，此语当理解为遥远，不必作实。

如果考虑到出场介绍里关于鲁贵的这样一段文字叙述："他的嘴唇，松弛地垂下来，和他眼下凹进去的黑圈，都表示着极端的肉欲放纵"①，还有侍萍出场介绍中那种出众的相貌气质的描写，就应该明白作为一个好色的丈夫，鲁贵应该是如何不愿意自己漂亮且很有高贵气质的妻子出远门做工，而且一去就是两年不回家。再换一个角度，考虑到鲁贵的有才无德的个人品性，以及当初家庭的经济状况，他为什么要娶一嫁再嫁的侍萍？侍萍有什么能够吸引鲁贵的地方，而且那种吸引力大到足以弥补侍萍一嫁再嫁及带着"拖油瓶"的缺陷？答案只有一个，那就是侍萍的漂亮。好色的鲁贵这才会娶了落魄却依然漂亮的侍萍，然而，从现实生活的角度看，鲁贵并没有得到享受侍萍之色的权利，侍萍总是离他很远很远，不仅是精神心理上，更有现实地理的距离上的远离。另外，侍萍和鲁贵在家庭生活中的位置，也显得很奇怪。表面上鲁贵骂骂咧咧，端着一家之主的架子，似乎对家人都很不好。实际上鲁贵与在纽约连演四年的*Life with Father*一剧中的父亲相似，剧里做父亲的男子"脾气很大，自己以为是一家之主。他太太在表面上处处顺从他，处处敷衍他，实际上她处处达到她的目的"。②鲁贵并不是一家之主，起码他不能够主导家庭生活。鲁大海不拿他当一回事，亲生女儿四凤看不起他，至于侍萍，倒更像是主导一切的一家之主。在《雷

---

① 曹禺：《雷雨》，载《曹禺全集》第1卷，北京十月文艺出版社，2023，第39页。

② 陈西滢著，傅光明编注：《陈西滢日记书信选集》（上），东方出版中心，2022，第78页。

雨》第三幕，有一段话很能说明侍萍和鲁贵在家庭中的这种微妙关系。侍萍对鲁贵说："这儿的家我打算不要了……这次我带着四凤一块儿走，不叫她一个人在这儿了。"家是两个人的家，四凤是两个人的女儿，可侍萍却一个人自作主张就决定了，而且是决定了之后才告诉鲁贵，丝毫没有什么商量的余地。不仅如此，侍萍在临走前还要卖掉家具。鲁大海从外面回来，鲁侍萍问他碰见张家大婶时，"提到我们家卖家具的事么？"即便是四凤跟着侍萍去济南，如侍萍所说"这儿的家我预备不要了"，也应该把家具留下给鲁贵用吧，毕竟鲁贵没打算跟随侍萍去济南。但是鲁侍萍却说"这有什么可商量的？"[1]压根就没有与鲁贵商量的意思。若是商量不通而自行决定，说明鲁贵不通情理；但是侍萍根本没有商量的意思，这说明了什么？起码能证明侍萍在鲁贵手里不会受什么委屈，而且和鲁贵成家后自作主张习惯了。在这一点上，侍萍和周朴园极为相似。周冲看到蘩漪下楼，对她说父亲把房子卖给医院里，过两天就要搬到新家去。蘩漪表现得很懵懂，然后便说喜欢现在的家，觉得有股子灵气。周朴园和侍萍，似乎都很喜欢自己拿主意，没有和现任对象商议事务的习惯。只有习惯自作主张的妻子，才会在决定家庭事务的时候不想着与丈夫商量一下。也就是说，鲁贵在侍萍面前根本没有抖威风的可能性，在家中骂骂咧咧的鲁贵，更像是无可奈何下发牢骚的愤青，而真正能够决定家庭事务的侍萍，根本不理会鲁贵的心理感受。就此而言，鲁贵顶多不吻合侍萍对于理想的丈夫的要求，却不可能让侍萍在家庭生活中遭受男权专制性质的委屈。但是，侍萍似乎并不这么想，她根本就没有觉得自己待在鲁家有什么好，只是觉得"不如意"，很"苦"。为什么？不是因为生活的绝对质量的高低，而是因为"不如意"、很"苦"等都是心理感觉。作为心理感觉，源于比较。对离开周家后的生活觉得很苦，

———————————
　① 曹禺：《雷雨》，载《曹禺全集》第 1 卷，北京十月文艺出版社，2023，第 190—192 页。

对鲁贵觉得很不如意，原因皆在有了周朴园这个平台。想当初，侍萍和周朴园相好时，周朴园二十多岁，从德国留学归来，是地主少爷，抱有社会主义的某些理想，俊朗潇洒，更重要的是，这位"钻石王老五"深深地爱着侍萍。这不就是人们梦想着的白马王子吗？曾拥有过白马王子的侍萍，又如何能够对其他任何男性感到"称心如意"？

通过侍萍之"苦"的详细分析，可以知道主观感觉的苦，离不开比较，而比较的双方便是周朴园和其他两位丈夫，是周公馆的生活和离开周公馆后的生活，也就是说，在侍萍的潜意识里，周朴园占据着一个不可替代的位置，无论她走到哪里，无论她多么有意识地清除或选择遗忘周朴园，事实都是周朴园一直存在于她的脑海深处，是一道抹不去的伤痕，而且不仅仅是仇恨的印记，更是幸福生活的一个标杆，被用来判别当下生活的幸福与否的一个潜在的基点。换句话说，侍萍对周朴园仍然有怀念之情，而且对当初的恋情刻骨铭心，难以忘却。这一点的判断还来源于另外的一个依据，即侍萍与周朴园在周公馆不期而遇时，侍萍说出了三四次"三十年前……"这句话，用来描述被逼出周公馆那凄惨的一幕。问题就在于，"三十年前……"这句话的表达，其实是两件事糅合后的混杂叙述。就被逼抱着刚生下三天的大海离开周公馆这一事情而言，侍萍离开周公馆的时间并不是"三十年前"。

按照《雷雨》中人物叙述出来的故事，侍萍是在鲁大海出生后刚三天就离开了周公馆，那么，她与周朴园分手的时间应该是二十七年前。为什么两个人不说二十七年前而要说"三十年前"，为什么侍萍一而再再而三地反复使用这一表达？是口误，抑或是表达上的方便，还是记忆的模糊？在其他可能性不存在的情况下，我们不妨分析一下上述三种可能性。首先，关于口误。1940年10月1日《剧场新闻》第3、4期合刊号在《DD'S CAFÉ 滴滴娇小姐招待·十一》中叙及老K之问："顷阅《雷雨》，其中鲁侍萍曾说：她生了大海就被赶出周家。又说：她已经过了三十年苦日子，这苦是不能用钱计算的。如此说，鲁大海至少应该三十岁，可是人物表上写：鲁大海只有二十七岁，这是何故？"编者答曰："阁下此问对于《一年间》剧中十二月生产之疑问有异曲同工之妙。读书能如阁下之'精细'，令人可佩！所记年龄问题，无非鲁妈当时多吹了三年，害得你大'兴问罪'之师，罪过罪过！"将剧中的"三十年"这个台词视为鲁妈吹牛之语，吹牛乃有意为之，不是口误。1941年2月9日，《申报》刊载张慧宇的文章《〈雷雨〉的年龄问题》，再次从侍萍的"三十年"之说推断鲁大海应为三十岁、周萍应为三十一岁，而编者则在"按语"中说："关于《雷雨》剧中人物的年龄问题，前曾有人谈起过，这正如《一年间》的女主人生下一个怀孕十二个月的孩子一样，不过是作者偶然的疏忽而已。各剧团以后演出时，不妨将年龄改正可也。"这是将年龄问题视为曹禺的"疏忽"了。"疏忽"论与"吹牛"论都难以令人信服。有意吹牛与鲁妈高贵的品性不甚相符，窃以为视为吹牛太过，毋宁说是口误，但是从上下文来看，口误似乎也应该排除在外。如果是一次或两次的口误，那可能会发生，然而四五次表达都一样的"口误"就难免令人怀疑，尤其是像侍萍那样聪慧的女性，在叙述生命中最重要的一件事时多次出现口误（如果能够称之为口误的话），那么这"口误"也就应该是别有用意，而不是单纯的无意义的口误。也就是说，我们排除那种认为是无意义的"口误"的看法，却不排除这是另有隐情的"口误"，虽然这种"口误"的产生可能是潜意识的。电视剧《小欢喜》中，童文洁怀孕了，闺蜜宋倩表示羡慕，童文洁说宋倩也可以和乔卫东再生一个，宋倩马上说："我可不想家里再有一个小乔卫东。"童文洁从这句话里听出宋倩内心里其实已经接受了前夫重新回到自己身边这个事实。因为不想家中再有一个小乔卫东，前提就是家里已经有了一个大乔卫东。这种表达并非真正的"口误"，而是内心真实思想的不自觉的表露，即便是说话者自己都没有意识到其中蕴含着的言外之意。

　　至于认为是表达上的方便，也难站得住脚。"二十七年前"与"三十年前"相比，只不过多了一个字而已，说起来在音节上也不存在什么难度。更重要的是，作为一个女性，抱着刚生下三天的孩子，被逼在下着大雪的年三十夜里离开，这是多么凄惨而又刻骨铭心的事情！从话剧的表现来看，侍萍对那一幕的记忆绝对称得上刻骨铭心，视之为心头大恨。对于这样一件事情的记忆，不会以模糊的时间被唤起。对于一生中最大的遗憾与痛苦，人的记忆应该能够清晰到具体的时日，除非痛苦到什么都不愿意记得，以至于到了完全遗忘的程度。因此，侍萍屡屡说出"三十年前……"那样的表达，应是另有原因。这原因应从三十年前真正存在的一些事实那里去寻找。

　　若按照周萍的年龄（二十八岁）推算，三十年前，侍萍还没有怀上周萍，那个时候周朴园和侍萍如果相互间已有故事，那么，应该正是热恋时节。如此说来，侍萍说的"三十年前……"中的三十年前，指的当是两人热恋之时。然而，侍萍表达出来的却是那件痛苦之事，即被逼离开周公馆的凄惨一幕。也就是说，在侍萍的表述里，一句话被分割成了两半，"三十年前"涉及的是曾经幸福的一幕，后面的话涉及的却是痛苦的一幕。幸福与痛苦的记忆扭结在一起，而以痛苦的一幕呈现出来。对于侍萍来说，幸福的生活虽然曾经存在，毕竟已是过去，而且是以痛苦的一幕为结束，在回忆时，往事是如此的不堪回首，所以侍萍表达出来的表面信息，便是痛苦的一幕。然而，在她的内心深处，对幸福的往事还是很留恋，所以才会不自觉地将二十七年前置换成了三十年前。[1]当然，仅仅从这样一句不自觉的表达上寻找侍萍追忆似水年华的潜意识显然还不够，回到剧本中，侍萍与周朴园相见一幕里侍萍的表现也很能说明问题。周朴园无意于继续谈论下去，可是侍萍却并不想就此打住，

---

　　[1] 陈思和：《中国现当代文学名篇十五讲（第三版）》，北京大学出版社，2003，第180—182页。

而是屡屡挑起话头，使得对话进行下去，而且一步步地引导周朴园将自己识认出来。从会话原则来说，侍萍有意识地违反了会话的合作原则。采取这样的一种对话方式，对于侍萍来说，绝对不是没有原因的。那么，侍萍的目的是什么？这样的一段对话与她所希望达到的目的之间，是否相合？

剧本用了将近两页的篇幅叙述侍萍与周朴园的相认。从关窗户到谈论袖口的梅花，侍萍一再引导周朴园将谈话进行下去，直至让对方认出自己，侍萍如此费力去做的事情，难道只是为了让自己能够控诉周朴园？强烈的控诉不会以如此曲折朦胧的形式出现，更不会以冗长的对话诱导对方认出自己，如此的相认过程只能减弱控诉的力量。如果作家意在控诉，而且是义愤填膺式的那种，就应该像《白毛女》里白毛女和黄世仁山神庙相遇时的场景，并没有多余的话语，上去便是撕咬，这才是仇恨的极致。作为话剧，这样表现一个人对另外一个人的控诉，收获的只能是失败。话剧大师曹禺显然不会做那样的傻事。其实，读完那段两人相认的文字（到周朴园认出侍萍为止），读者得到的感觉应该是一种怀旧的温馨。剑拔弩张的氛围的出现，是在周朴园说出"谁指使你来的"那句话后。

《雷雨》的舞台演出中，喊着"我要提，我要提……"的侍萍坐了下来，舞台上剑拔弩张的氛围事实上也就瓦解了。向来坚强的鲁侍萍，一旦坐了下来也就失掉了斥责周朴园的锐气，显得脆弱无助。我们特意指出上述一些特征，是为了说明侍萍对周公馆及周朴园的复杂情感，而在这种复杂情感的背后，其实蕴藏着一个巨大的秘密，那就是侍萍究竟是为什么以及怎么离开周公馆，而这个问题也正是解读侍萍这个人物的关键。

当我们理清了堆积在侍萍这个人物形象身上的许多烟尘，或许能够对曹禺所痛苦的人性陷阱有更深一层的认识。早在三十年前，侍萍就成了一个勇敢的出走者。之所以加上"勇敢的"的修饰语，是因为虽然侍萍是出于被"逼"无奈离开周家，而文本中许多地方透露出来的信息却表明，她并非是被强行赶出周家，实际情况可能就如饰演过侍萍的演员朱琳所说，"周朴园和鲁侍萍决不是黄世仁与白毛女的关系。他们是两厢情愿地爱过一阵的，而且鲁侍萍这辈子真正地爱过的人也就是年轻时的周朴园，当然也是她后来最恨的一个人"。[1]恨其实是爱的一种变形，若没有爱，自然也不需要再去恨，甚或"最恨"。之所以"最恨"，便是因为忘不了，由爱而生的恨，往往更深，如《雪山飞狐》中的李莫愁。侍萍离开周公馆的原因，可能像陈思和教授所说："她不忍做妾，或者不想做妾，一定想做太太，这样才会被人赶出去。如果梅侍萍仅仅满足于做一个有钱人家少爷的妾，这个悲剧是不会发生的。"[2]梅侍萍是一个勇敢的出走者，她不是安于小家庭生活的子君，而是真正有着觉醒了的娜拉那样的独立人格的出走者。正因为如此，所以在侍萍的内心深处，还深藏着对于当初那段情的留恋，就像一位导演指出的那样，"虽然和周朴园相爱，终究因为没有钱，不是门当户对，被老太太赶出了周家门；后来也还是为生活所迫，为了'钱'，不容选择地嫁了两次人。她想到这一切，看到那张支票，为自己的遭遇而难过，今天周朴园想用钱来买这个情，更使她觉得这是对她和周朴园之间的纯洁的爱——虽是很久以前的事了，一种莫大的侮辱。"[3]曾经存在纯洁的爱，这是可以肯定的，否则，侍萍见到周朴园后一系列的言行举止就不容易解释清楚。离开周公馆的侍萍没有寻找到一个光明的彼岸世界，只是感到愈加不如意，而这种不如意反过来又使她对于使自己离去的那股力量更加愤恨。侍萍在剧中不止一次地提到"命"，这正是一个反抗者对自身不幸遭际的最大控诉。她没有做错什么，她始终都在为光明的彼岸而奋争，挣扎的

---

① 朱琳：《创作札记——我所扮演的鲁侍萍》，载刘章春主编《〈雷雨〉的舞台艺术》，中国戏剧出版社，2007，第216—217页。

② 陈思和：《中国现当代文学名篇十五讲（第三版）》，北京大学出版社，2003，第182页。

③ 刘章春主编：《〈雷雨〉的舞台艺术》，中国戏剧出版社，2007，第153页。

结果却只是愈加沉沦。人的欲望和理想与现实之间仿佛隔着一道看不见的隐形天堑，使挣扎的人最终被困于陷阱之中。

总的来说，侍萍的故事就是一个没有完美结局的丑小鸭的故事。梅侍萍没有成为周侍萍，最终只成为了鲁侍萍。丑小鸭没有变成白天鹅，灰姑娘没有能够成为水晶鞋的主人。这是谁之罪？从基因遗传的角度来讲，丑小鸭永远只能是丑小鸭，在有限的个体生命里不可能变成白天鹅。丑小鸭的故事终究只是一个故事，或者说丑小鸭本来就是白天鹅，只是还没有长大的时候，看起来像是一只丑小鸭，或者在鸭群中间显得特别，所以被认为丑陋？《雷雨》中，侍萍在和周朴园相认后说："你以为我会哭哭啼啼地叫他认母亲么？我不会那样傻的。我难道不知道这样的母亲只给自己的儿子丢人么？我明白他的地位，他的教育，不容他承认这样的母亲。这些年我也学乖了，我只想看看他，他究竟是我生的孩子。你不要怕，我就是告诉他，白白地增加他的烦恼，他自己也不愿意认我的。"[1]这段话很明显带有自我反思的意味。"傻""明白""学乖""地位""教育"等词语的使用，说明侍萍在经历了生活的各种风雨之后，越来越明白了横亘在自己和周朴园之间难以逾越的天堑，她已经接受了社会阶层分割的事实，而不再像年轻的时候那样梦想着超越身份地位等外在束缚的爱情。所以她不愿意自己的女儿四凤到大户人家去帮工，知道周家的公子对四凤有意，马上便感到恐惧，这是将自身的遭际泛化，再也不相信阶级跨越的明证。

侍萍毕竟与丑小鸭不同，除了佣人的身份以外，她有着白天鹅应有的一切，美丽的容颜，典雅的气度，或者说有着变成白天鹅的所有条件。水晶鞋也曾经穿到了她的脚上，白马王子也和她幸福地生活到了一起。然而，童话故事永远都只是停止在"幸福地生活到了一起……"这一点为止。至于后面，后面就没有了，若是有，便

① 曹禺：《雷雨》，载《曹禺全集》第1卷，北京十月文艺出版社，2023，第159页。

只能是幸福的延续，或者幸福的终止。《雷雨》为侍萍揭开的，便是这之后的事情，而且是幸福的终止这样的一个发展趋向。或许，正是因为曾经拥有一个幸福的开始，所以，不幸的结局才是如此让人难以接受？其实，与繁漪痛苦的家庭生活相比，侍萍离开周公馆又何尝不是明智之举？起码，离开之后，没有了直接的相互伤害，曾经幸福的时光尚可供自己咀嚼回味，犹如鲁迅小说《伤逝》中子君不时地沉浸在恋爱时光的温习中一样。李白的乐府诗《妾薄命》："雨落不上天，水覆难再收。君情与妾意，各自东西流。昔日芙蓉花，今成断根草。以色事他人，能得几时好？"①覆水难收，郎情妾意，用在周朴园和侍萍身上，窃以为很恰切。侍萍虽不以色侍人，但是漂亮绝对是她最大的资本。至于性格，"芙蓉花"一语可道尽。本是芙蓉花，却是浮萍命，侍萍之名，亦关乎人物性格。与周朴园一起生活三年，生两个孩子，付出不可谓不多，将自己全都交给了周朴园。及至离开周公馆，亦不可谓不坚决。性情所在，正如布鲁姆论朱丽叶，"她如此确信自己的感情，如此信赖罗密欧的外表底下有一个同样美好的内在，以至于必须向他展示赤裸的、不设防的自己。她告诉罗密欧，我可以忸怩作态地保持矜持和拘谨，但我只想提醒你，要是你不过是个登徒子，那你就是对我不义。"②侍萍投向周朴园怀抱时，应和朱丽叶投向罗密欧怀抱相似。性格之于侍萍，亦可说是双刃剑，是非成败，与她的性格大有关系，所谓命运悲剧，在侍萍身上也可以说是性格悲剧。

侍萍的悲剧其实就是对曾经的美好时光的不断毁坏。自从鲁大海出生后不久，侍萍生命中最有价值的事物就开始不断地被撕毁。侍萍与周朴园在周公馆再次相见，只是将侍萍内心深处最后的一丝

①　刘克勤解译：《李白诗词全鉴》，中国纺织出版社，2020，第142—143页。

②　[美] 阿兰·布鲁姆著，马涛红译：《爱的戏剧：莎士比亚与自然》，华夏出版社，2017，第13页。

期盼彻底粉碎。为什么说是彻底粉碎？就因为虽然之前已经屡屡受伤，也曾怒不可遏，但是在内心深处，侍萍可能自己也想不到她对周朴园仍然存在幻想。但是既然已经分开，何必再相见？相见剩下的便只有相互的伤害。聪明能干的侍萍肯定是懂得这个道理的，所以，无论自己一个人过得如何苦，她都不愿意回去找周朴园。这个不相见，也是不想见，或者说怕见。因为见了之后，不仅仅需要面对过去，掰扯清楚曾经的对与错，还有可能随着最后的相见，结果便是连一厢情愿的美好回想都被打碎。所谓美好的回想，也未必正确，因为侍萍的意识界并不愿意回想过去，使得她无法撇弃过去的，是潜藏在潜意识层面的一些东西。正是深藏在内心深处的这些东西，使得侍萍无法真正撇弃过去，与周朴园曾经的感情生活，毁掉了侍萍重新开始生活的可能性。虽然后来又嫁了两次，但是正如侍萍自己所说，都是为了孩子，为了生活，独独不是为了自己。所以，离开周朴园之后的两次嫁人，侍萍都觉得男方很不如意。这个不如意，并非是再嫁后遭受虐待，而是侍萍没有办法重新开始自己的情感生活，不能与对方相处。侍萍的真正悲剧，不仅仅是遭受周朴园的抛弃，而是被抛弃之后的侍萍，她的情感世界已经闭锁，停留在和周朴园恋爱的过去的时空里，不管她自己是否意识到这一点，她都无法走出来，结果便是毁掉了她后来所有的家庭生活。

　　侍萍这个人物形象的悲剧命运，与自己和周朴园之间的情感纠葛密切相关。然而，三十年前，侍萍与周朴园之间的关系，牵扯的是两个人以及他们的长辈之间的关系，三十年后，所需要面对的却是两个人以及他们的孩子之间的关系。面对周朴园，抱有幻想的侍萍自己勇敢地承担起了悲剧性的后果。面对周萍和四凤这对乱伦的儿女，侍萍依然选择了自己独立承担悲剧的命运。前者是对自己所犯"过错"的承担，后者则是对他者所犯"过错"的承担。虽然所谓的他者便是自己的儿女，而且儿女们所犯的过错与自己曾经的错误有着前后相承的关系，但是两个承担毕竟有了本质的不同，后者比前者更为明显地体现了人物的自我牺牲精神。

在得知周萍和四凤已经发生了关系且四凤已经怀孕时，侍萍悲伤地低声说："啊，天知道谁犯了罪，谁造的这种孽！——他们都是可怜的孩子，不知道自己做的是什么。天哪，如果要罚，也罚在我一个人身上；我一个人有罪，我先走错了一步。（伤心地）如今我明白了，我明白了，事情已经做了的，不必再怨这不公平的天；人犯了一次罪过，第二次也就自然地跟着来。"[1]这段话既是对悲剧命运的追问，也是自我剖析和认知的过程。持宿命论的侍萍，早已认定上天本来就不公平。"天知道谁犯了罪"这句话，可以有两种不同的解读。一种是将"天"解释为命运，也就是说只有"天"清楚地知道是谁犯了罪、造的孽。一种是将"天知道"解释为"谁知道"的意思，人们一般说"天知道"的时候，往往表示的便是"谁知道"的意思。其实，第二种理解，本就与第一种理解相关，或者说原本出自第一种理解。"天知道"中的"天"，从"命运"到"谁"的理解过程是一个世俗化的过程，正如国人割破了手指会说"哎哟佛"，一般人只觉得这是一个连续的感叹发音，忘却了本来就是痛苦时对佛祖的呼唤。暂且不论"天知道"三个字的舞台发音，只是回到"天"的本原意义理解侍萍低声说出来的这句话，侍萍的话语透露出来的便不是对于罪孽制造者的迷茫，而是归因于命运，故此说"天知道"，即上天知道这是谁造的孽，因此上天也应该知道：周萍和四凤是可怜的孩子，不知道他们做的是什么。侍萍的高贵处，在于她虽然抱有宿命论思想，却并没有将罪孽的制造者视为虚无缥缈的命运，而是紧接着拎出了自己："我一个人有罪。"没有说是上天或命运造成了自己一家的悲剧，也没有将周朴园视为悲剧的制造者，而是说自己"有罪"。因此，侍萍的这段话，终究与屈原的《天问》不同，更像是教堂里的忏悔，一个罪人的自我审视。在这个审视中，周朴园是被侍萍无视了，还是被侍萍

---

① 曹禺：《雷雨》，载《曹禺全集》第1卷，北京十月文艺出版社，2023，第281—282页。

宽恕了？我以为是后者，起码在侍萍与周朴园再次相见的时候，侍萍表现出来的深情，我以为是宽恕的结果。"宽恕要求你去积极地面对并一再地体验过往，尤其是在这一过程中要拒绝被其所奴役而走向一种神经质状态，否则我们就会永远被冒犯者束缚，无法从中脱身，最后成为自己个人历史的傀儡。"①"神经质状态"是一种被奴役的状态，不能摆脱被冒犯的过往的体验，而宽恕指向的则是自我的解脱，在这个意义上，被宽恕的对象反倒成了宽恕者自我完成的垫脚石。我以为侍萍通过宽恕摆脱了周公馆带给自己的阴影。当周朴园认出眼前的是侍萍，想要拿钱进行补偿的时候，侍萍表现得很愤怒，这愤怒我觉得不妨理解为侍萍本能地感觉到了一种束缚的降临，所以她立刻选择了拒绝。剧作者未必清晰地意识到他的语言里含有这些因素，但是《圣经》却包含着这些内容。因此，《雷雨》里的基督教色彩可能蕴藏甚深，不仅仅表现在序幕和尾声中，也表现在戏剧内部人物的言语行动上。

从剧本到舞台

亚里士多德谈到悲剧人物的时候说，"悲剧总是摹仿比我们今天的人好的人"，"这样的人不十分善良，也不十分公正，而他之所以陷于厄运，不是由于他为非作恶，而是由于他犯了错误"，又说剧中人物命运的变化，"其中的转变不应由逆境转入顺境，而应相反，由顺境转入逆境，其原因不在于人物为非作恶，而在于他犯了大错误"。②在亚里士多德看来，悲剧的主人公是"好人"，却又不能是极好的人，而是"比我们今天的人好的人"。他不是完美的好人，因此才会遭受不应该遭受的厄运，引起人们的怜悯与同情。这样的人物虽然比"我们"要好，却又离"我们"并不远，他那样的人都会遭受那样的厄运，"我们"又何能例外？因此引起

---

① [英] 特里·伊格尔顿著，林云柯译：《论牺牲》，上海人民出版社，2021，第 188 页。

② [古希腊] 亚里士多德著，罗念生译：《亚里斯多德〈诗学〉〈修辞学〉》（《罗念生全集·第一卷》），上海人民出版社，2016，第 55—56 页。

"我们"的恐惧。怜悯与恐惧，这是亚里士多德《诗学》中"净化"观的核心理念。

侍萍是一个"好人"，比一般人都要好；出身卑微的她却有着高贵的精神品质，周鲁两个家庭鲜有比她更好的人物。但是，正如她自己所说的，"我先走错了一步"。侍萍是犯错误的人，自然便不可能是完美的好人。侍萍"先走错了一步"，这一步便是像四凤一样，爱上了自己不应该爱的人，即自己所服侍的阔家少爷。爱本身不是错误，好人如果拒绝美好的爱情也就不是好人。但是，爱情发生后，"好人"侍萍被所爱的对象抛弃，这份爱情从"命中注定"（其实是社会规则）的角度来看就是错误。值得注意的是侍萍在这里并没有径直将这一切都归罪于周朴园，或者说她想到这糟糕命运的缘起时，并没有第一个就想到罪魁祸首周朴园，而是想到自己，认为是自己"先走错了一步"。不逃避命运，不推卸责任，不委过于人，而是勇于面对命运，勇于承担责任，正视自己身上的过错，这才是"好人"应有的表现。侍萍就是这样的一个好人。蘩漪将自身的悲剧归因于周朴园的专横与强制，周萍将自身的堕落归因于蘩漪的引诱与周公馆的家庭环境，只有侍萍忏悔自己"先走错了一步"，并将后来的悲剧事件溯源到这里。

悲剧有时候就像侍萍所说，一旦开始便会连续不断地延续下去。如何结束这悲剧的进程？蘩漪选择的是紧紧抓住周萍，周萍选择的则是抓住四凤。蘩漪和周萍不能自己承担悲剧的命运，要挣扎着抓住身边能够抓住的每一根稻草，结果只是造成更大的悲剧。蘩漪的挣扎让人感到可怕恐怖，凡是被她抓到的都被拉进毁灭的旋涡。侍萍则选择自己承担罪孽，想要让错误在自己的手里终结。

"冤孽是在我心里头，苦也应当我一个人尝……今天晚上，是我让他们一块儿走，这罪过我知道，可是罪过我现在替他们犯了；所有的罪孽都是我一个人惹的，我的儿女们都是好孩子，心地干净的，那么，天，真有了什么，也就让我一个人担待吧。""干净"是侍萍的形象特征，不仅指心地上的干净，还有外貌上的干净。侍萍初到周公馆，对女儿四凤说："你看我的脸脏么？火车上尽是土，你看我的头发，不要叫人家笑。"①自尊的人要脸，要脸的人自然不愿意脸脏，这是对自己的尊重，也是对别人的尊重。自尊自重，而后人才能尊重之。这种自尊意识，立足自身，植根社会，而与鲁贵的自尊意识区别开来。鲁贵的自尊也是立足自身，植根社会，然而，鲁贵依恃的不是自身道德与外表上的干净，而是拥有的金钱与地位。在鲁贵的眼里，当老妈子就谈不到什么要脸，下等人不存在脸面的问题，上等人哪怕是不正当的关系也没关系。当然，鲁贵的精神世界里，也存在复杂的纠缠，一方面他遵循社会等级秩序，尊敬周公馆里的主人，另一方面却又在暗地里从精神上鄙视对方。尊敬的时候，遵循的是鲁贵真实的自己，鄙视的时候，却是借用了侍萍的精神世界。所以，鲁贵在本质上是一个小人，即墙头草，没有自身的根本立场，唯利是图。然而，不管是周萍、繁漪、侍萍，还是鲁贵，无论他们做出怎样的选择，结局似乎都一样，都不过是陷阱里的徒劳的挣扎。若言区别，区别就在于侍萍的选择显示了人的精神的高贵，她的自我承担、自我牺牲的选择，使她与剧中其他人物区别开来，如果说"萍"字是她人生命运的象征，"梅"则是她个性品质的象征。

---

① 曹禺：《雷雨》，载《曹禺全集》第 1 卷，北京十月文艺出版社，2023，第 282 页、第 128 页。

第三节　想要做一个模范家长：周朴园论

周朴园是不是悲剧人物？在《雷雨》的世界里，如果周朴园是好人，那么，谁是坏人？谁是恶魔？如果都是好人，恶又从何而来，悲剧何以发生？关于恶与悲剧的问题，自有文明以来，就是人类思考的核心问题之一，迄今也还没有能够得到解决。在讨论繁漪这个人物形象的时候，我沿用了曹禺的说法，将其视为人性最阴暗的力量。但是，难道说繁漪是恶魔，是《雷雨》中的坏人？一切悲剧的根源？这个结论很少有人能接受。如果说繁漪是悲剧人物形象，是悲剧的牺牲品，接受者肯定会很多。如果非要在《雷雨》中寻找一个悲剧制造者的话，最适合的只能是周朴园，这也是人们的共识。

一、周朴园是悲剧人物形象吗？

李健吾说："真正应该负起这些罪恶的不是周朴园（父亲）吗？周朴园不唯活了下来，而且不像两个发疯的女人，硬挣挣地活了下来，如若鲁侍萍不'再怨这不公平的天'，我们却不要怨吗？作者放过周朴园。实际往深处一想，我们马上就晓得作者未尝不有深意。弱者全死了，疯了，活着的是比较有抵抗力的人：一个从经验得到苟生的知识，一个是本性赋有强壮的力量：周朴园和鲁大海。再往深处进一层，从一个哲学观点来看，活着的人并不是快乐的人；越清醒，越痛苦，倒是死了的人，疯了的人，比较无忧无愁，了却此生债务。然而，在人情上，在我们常人眼目中，怕不这样洒脱吧？对于我们这些贪恋人世的观众，活究竟胜过死。至于心理分析者，把活罪分析得比死罪还厉害。然而在这出戏上，观众却没有十分亲切的感到。所以绕个圈子，我终不免裁诬作者一下，就是：周朴园太走运，作者笔下放了他的生。"①李健吾指出存在两种"罪"：活罪与死罪，认为心理分析者重视分析活罪，而普通观众看重的却是死罪。对《雷雨》的阅读既可以偏重心理分析，亦可以作为普通读者进行一般阅读，《雷雨》呈现出来的审美世界丰富而多样，不必定于一端，李健吾对两种罪的分析，其实指出了《雷雨》多样化解读的可能途径。

李健吾对《雷雨》结局（谁应该死掉，谁又可以活下来）所持态度，说明他在本质上是一个浪漫主义者。美国文学批评家乔治·斯坦纳谈到歌德戏剧时说："在很大程度上，我们仍是浪漫主义者。对悲剧的回避一直存在于我们自己当代戏剧和电影实践中。罔顾事实和逻辑，结局必须是圆满的。反派人物改过自新，犯罪没有代价。好莱坞的情侣和英雄在故事结尾手挽手步入的美好黎明，是在浪漫主义运动的地平线上首次升起的。"②李健吾是推崇悲剧的，他不是大团圆结局的拥护者，只是欣赏《日出》那样的结局罢了。周朴园和金八都属于李健吾所说的："活着的是比较有抵抗力的人。"不同的只是《雷雨》中的周公馆最后变成了教会医院，《日出》里的金八一直隐藏在黑暗的幕后，而黑暗里终将有太阳升起。公馆变教会医院，活着的周朴园就有了忏悔与拯救的可能，我想这才是李健吾不能接受的安排。

从哲学层面将周朴园视为悲剧人物，是因为我们不能接受这样的观点：疯了的人无忧无虑，清醒地活着的人才痛苦。文学反映现实，更应该反映人内心深处的真实，即善恶到头终有报。一旦认定

---

① 刘西渭（李健吾）：《雷雨》，《大公报》1935 年 8 月 31 日。

② [美]乔治·斯坦纳著，陈军、昀侠译：《悲剧之死》，浙江工商大学出版社，2017，第 102 页。

了周朴园是一切灾难的源头，就像魏绍馨主编的《现代中国文学发展史》中所写的那样："周朴园是《雷雨》里的一切灾难的制造者和痛苦的播种者"[1]，周朴园就不应该被作者"放了他的生"。但是，问题就在于，怎样才能算作是不"放了他的生"？《小二黑结婚》中小二黑的原型死掉了，像赵树理这样处理算是没有放灾难制造者的生吗？"抗战神剧"中的"手撕日本鬼子"，算是没有放灾难制造者的生吗？文学应该如何表达人们的意愿？文学能否表达人民的意愿？谁是人民？此外，如何看待"放生"之"生"？佛曰：尘世为火宅。上帝说：人应该到世间受苦受累。人生在世，忧患实多。生为苦，离开红尘为解脱。甲戌本《红楼梦》中，石头央求一僧一道："如蒙发一点慈心，携带弟子得入红尘，在那富贵场中、温柔乡里受享几年，自当永佩洪恩，万劫不忘也。"两位仙师听了，憨笑道："善哉，善哉！那红尘中有却有些乐事，但不能永远依恃。况又有'美中不足，好事多磨'八个字紧相连属。瞬息间又乐极悲生，人非物换。究竟是到头一梦，万境归空。倒不如不去的好。"[2]程甲本则大不同，石头自己变小缩成扇坠一般，僧人说要带石头去人间："携你到那昌明隆盛之邦、诗礼簪缨之族、花柳繁华地、温柔富贵乡去走一遭。"[3]石头听了很高兴。甲戌本是石头自己先提出要去，程甲本则是僧人的主意。相似之处在于，石头认为人间生活好，僧道则不然。以《红楼梦》的开篇看《雷雨》，人究竟是活着好，还是死了好？这个问题的诡异之处在于，当我们追问这个问题的时候，其实都是在人间享受生活的石头，兴冲冲地生活在人世间。活着并不等于亚里士多德所说的"顺境"，活着有时候也等同于受罚。何为惩罚？在宗教的意义上，"罪孽是违背圣灵

---

① 魏绍馨主编：《现代中国文学发展史》，延边大学出版社，1990，第400页。

② [清]曹雪芹著，启功等校注：《红楼梦》，中华书局，2014，第3页。

③ [清]曹雪芹：《红楼梦》第1卷，线装书局，2013，第2—3页。

的罪孽。而犯有这种罪孽，惩罚不会尾随而至，相反罪孽本身已是惩罚：是人的本质的急剧贫困化。而人的本质在此这样被定义：只有当它超越自己时，它才实现了自己。"[1]有时活着的人意识到自己在受惩罚，有些人则至死不能醒悟。周朴园最终醒悟到自己的活着就是一种惩罚，他所想要的东西其实从来没有真正得到过。从自我的追求及实现来说，周朴园是一个清醒地意识到了自己生命之悲剧的人物形象。

《雷雨》写到了人生各种悲剧，钱理群、温儒敏、吴福辉合著的《中国现代文学三十年》中写道："剧本在一天的时间（上午到午夜两点钟）、两个场景（周家客厅和鲁家住房）内集中展开了周鲁两家前后三十年复杂的矛盾纠葛，全剧交织着'过去的戏剧'（周朴园与侍萍始乱终弃的故事，作为后母的繁漪与周家长子周萍恋爱的故事）与'现在的戏剧'（繁漪与周朴园的冲撞，繁漪、周萍、四凤、周冲之间的情感纠葛，周朴园与侍萍的相逢，周朴园与鲁大海的冲突），同时展现着下层妇女（侍萍）被离弃的悲剧，上层妇女（繁漪）个性受压抑的悲剧，青年男女（周萍、四凤）得不到正常的爱情的悲剧，青春幻梦（周冲）破灭的悲剧，以及劳动者（大海）反抗失败的悲剧，血缘的关系与阶级的矛盾相互纠缠，所有的悲剧最后归结于'罪恶的渊薮'——作为具有浓厚封建色彩的资产阶级家长象征的周朴园。"[2]作为罪恶的"渊薮"，周朴园受到的惩罚是什么？妻子疯了，儿子死了，财富没了，与约伯的遭遇相类似。约伯妻子儿女的遭遇，能说是因为约伯的缘故吗？我们是否能够以约伯的遭遇理解周朴园的命运？

命运被曹禺视为《雷雨》中的第九个角色，类似上帝。《日

---

① [德]吕迪格尔·萨弗兰斯基著，卫茂平译：《恶，或自由的戏剧》，生活·读书·新知三联书店，2018，第51页。

② 钱理群、温儒敏、吴福辉：《中国现代文学三十年》（修订本），北京大学出版社，2016，第355页。

出》正文前，曹禺还引用了一些经文。质询命运，本质上和约伯对自身苦难的追问相似。约伯真心敬畏神，撒旦却说约伯因物质富裕才敬畏神。上帝就像允许靡非斯特试探浮士德一样，也允许撒旦试探约伯。约伯遭受了一连串的苦难，失去所有财富，家破人亡，但他的信仰却丝毫不变。约伯的朋友来探望他，谈论"义人为何受苦"，都认为约伯肯定有罪，否则上帝为何惩罚他呢。约伯表明自己无辜，向神呼求，也不理解为什么许多恶人不但从没受苦，反而一帆风顺。上帝最后显现，向约伯显示造物主的智能和大能，使约伯明白自己的愚昧和软弱，并为自己的自义而向神认罪悔改。谁是义人？自义者不义。那些连自己都不如的人又如何能知晓自己的义？谁能判断人，谁有权力判断别人？

约伯的子女都遭难死了，这是约伯的错吗？上帝的错？还是撒旦的错？《圣经》中对好人的报偿便是上帝恢复了约伯的财富，当然还有族群。就像对亚伯拉罕的许诺一样，让正义的人的儿女遍布世界。然而，这便能够弥补损失吗？在家族利益至上的人的眼里，这种回报是值得的。按照这个套路，周朴园这样人的行事规范就符合约伯的行事规范。然而，约伯死了的子女都恢复转来了吗？约伯新的子女和先前的子女是一样吗？遭受了苦难之后的约伯还是约伯吗？看看"文革"之后的那些人，有几个还能像曾经的自己一样？不一样了。一切都已经改变。谁应该为这改变负责？当我们觉得不能将周朴园作为悲剧人物形象的时候，就是要为一切寻找一个应该担负责任的人，即罪人，或者说恶魔。而遍观《雷雨》，只有周朴园最像恶魔。

段念兹谈到周朴园时说："抛弃了出身与自己门阀不同等的情妇，这在表面看来显得这个人的残酷，然在这个人所处的当时社会关系来看，这又是必不得已而出现的，故周朴园自弃了鲁妈，三十年后仍恋恋于故情，不忍开窗子，破坏了故人的习惯，而作为深沉的纪念，也可见周朴园自身也有相当痛苦的，矛盾的牵挂，使任何人都会感到难过的，必待矛盾由斗争而突破，才会把自己解放出痛苦之网的，朴园虽站在本阶级礼教的观点上，而裂碎了跨阶级的情欲，然而心的宿伤还偶尔会发痛的，足见人类只有阶层的善恶，几乎毫无个人善恶之可言的。"①从社会关系的层面审视《雷雨》，看到了社会对周朴园的制约和束缚。如果说蘩漪代表的是人性最阴暗的力量，周朴园代表的则是社会最邪恶的力量。程光炜、刘勇、吴晓东等合著的《中国现代文学史》中写道："周朴园是整个剧作的中心主人公……如果说周朴园是《雷雨》命运悲剧的核心人物，那么蘩漪则是精神悲剧的核心人物。"②将周朴园视为"命运悲剧"的核心人物，这种观点可能是受到了蓝棣之的影响——"周朴园并非这一罪恶的制造者，作为一个出身资产阶级家庭的青年，他也是受害者。拆散周萍与四凤的，则是不可知的命运。"③周朴园一生好强，表现出强烈的掌控欲，结果在命运面前碰了壁，不可知的命运淹没了他们的挣扎，令他们不可避免地走向了人生的悲剧。

二、窗户的隐喻

周朴园不忍开窗，故有蘩漪反抗性的开窗行为。关窗、开窗，成了《雷雨》富有象征意蕴的情节，同时也为舞台演出带来了变化的可能性。曾为《雷雨》的演出担任灯光设计的宋垠说："中门外的廊檐下和树梢上，时有浅黄色的阳光投影。随着戏的节奏，配合效果的蝉鸣、阳光的时隐时现，显示出天空阴晴气氛的变化。室内灯光气氛要随着剧情的发展而显出变化，郁闷窒息的室内空气使蘩漪感觉喘不过气来，她叫四凤打开窗户，这时一道阳光从窗口投射

---

① 段念兹：《看了〈雷雨〉之后》，1937年《中外评论》第5卷第1期。

② 程光炜、刘勇、吴晓东等：《中国现代文学史》（第三版），北京大学出版社，2011，第144—146页。

③ 蓝棣之：《现代文学经典：症候式分析》，人民文学出版社，2006，第59页。

进来，骤然间，室内豁亮了许多。"[1]让四凤打开窗子的是蘩漪，开窗就象征着对自由、美好的追求。打开窗户，便有一道阳光投射进来，这阳光便是美好的象征。"打开窗子"在《雷雨》中是非常重要的事件，强化了周朴园和侍萍相认的合理性，同时也是一个具有象征意义的事件，笔者认为正是开窗催发了周朴园重整家庭规范的行动。

《雷雨》一剧中，最早"打开窗子"的场景出现在第一幕，周冲请母亲原谅自己，情急之下，自己说觉得屋里热，蘩漪说是因为窗户没有打开，于是周冲便去打开窗户。四凤提醒，老爷说过不让开窗，蘩漪则命令四凤去开窗。四凤在移动窗前花盆时受了伤。这次窗户打开了没有？剧本中没有明确提及。剧中第二次谈及开窗，蘩漪、周萍和周冲对谈，周萍说屋子里闷气得很，而周冲则说窗户已经打开了。谁打开的？没说。第一幕的结尾，周朴园问窗户是谁打开的，周萍回答说是他和弟弟。第二幕开始不久，鲁贵来告诉蘩漪：侍萍来了。鲁贵走后，蘩漪有一段自白的话，这段话有一句提示词："把窗户打开吸一口气，自语。"这是剧中第一次明确写出开窗的动作及开窗者。打开窗户吸一口气之后，蘩漪是将窗子开在那里，还是关上了？这是一个问题。如果随手关上了，表明蘩漪虽然抵触周朴园，还是将周朴园的话放在心上的，知道遵守规矩。若是没有关上，那么，窗户随后就应该被其他人关上了，因为鲁贵带侍萍过来后，蘩漪看到他们后，一边请侍萍坐，一边说屋子里又闷热起来了，于是"走到窗户，把窗户打开，回来，坐"。[2]这才是最明确地将窗户打开的行动。如果蘩漪在第二幕中曾经两次打开窗户，那么，在她第一次打开窗户后，就应该有人随后又关上了窗

---

① 宋垠：《〈雷雨〉灯光气氛的设想》，载刘章春主编《〈雷雨〉的舞台艺术》，中国戏剧出版社，2007，第319页。

② 曹禺：《雷雨》，载《曹禺全集》第1卷，北京十月文艺出版社，2023，第144页。

户。这个让人关上窗户的人很可能就是周朴园。周朴园回到周公馆后，几次三番发现自己想要保持窗户关闭的想法总是被打破。

周朴园指着窗户说："窗户谁叫打开的？"鲁侍萍则"很自然地走到窗前，关上窗户，慢慢地走向中门。"[1]这次的关窗事件，是周朴园和侍萍两人继续交流直至相认的关键。若是周朴园对侍萍关窗的动作无动于衷，侍萍就不会有所期待，从而在接下来的时间里不断引导周朴园认出自己。此外，这次的关窗事件也说明周朴园觉得模范家庭出现了问题并非没有根据。周朴园回到家中不过两三天，他严令不能打开的窗户已经几番被打开了。除了作为家长的威严受到了挑战之外，周朴园将关窗作为怀念侍萍的标志性意象也被破坏了。因此，周朴园重整家庭秩序，也就带有了两个方面的功能：首先，重树家长的威权；其次，维护被自己不断神圣化了的那段感情。

繁漪让四凤打开窗户，在三个层次上制造了戏剧节奏。首先，开窗使得客厅中的光线有了变化，光线的变化，室内明暗的变化，这就是舞台节奏表现的一种形式。其次，有了繁漪的开窗，后面才有了周朴园的要求关窗，开关之间，形成了张力，也构成了节奏。再次，周朴园要求关窗的时候，恰好侍萍在，侍萍去关窗，看着侍萍的关窗动作，周朴园觉得似曾相识，于是引发了第三个层次的戏剧节奏问题。繁漪打开了窗户，侍萍来关。这是一个闭环，"关窗"与关闭、隐藏相关，侍萍在剧中一直想要隐藏自己所知道的，"开窗"与开启、敞开相关，繁漪在剧中不断地揭开隐藏着的事情，侍萍和繁漪构成了"关"与"启"的对立统一的关系。于是，繁漪开窗，就有了象征意蕴，仿佛打开了悲剧的大门，侍萍的关窗，并没有将悲剧之门关闭，而是带来了悲剧的"发现"。"第一幕中种种伏笔的巧妙安排，第二幕中真相的发现，第三幕和第四幕

———————————

① 曹禺：《雷雨》，载《曹禺全集》第 1 卷，北京十月文艺出版社，2023，第 149 页。

中激烈的心理斗争和事件急转，都无疑会让读者感到一种神秘的压抑感、发现真相的震惊，以及因事件急转而产生的让人震撼、扣人心弦的魅力。"[①]"一般认为，《雷雨》有效运用了'发现'的技巧，'发现'形成戏剧的引发点和紧张点。"[②]《雷雨》充分利用了"窗"这个道具，通过"开窗""关窗"建构了戏剧性场景，营造了深层次的戏剧性隐喻。

在20世纪早期，《雷雨》创作的那个年代，"开窗"还有一种社会性的隐喻。鲁迅在《无声的中国——二月十六日在香港青年会讲》中谈道，"譬如你说，这屋子太暗，须在这里开一个窗，大家一定不允许的。但如果你主张拆掉屋顶，他们就会来调和，愿意开窗了"。[③]"屋子""铁屋子"都是鲁迅常用的比喻，"开窗"也是比喻。"打开了一扇窗口""对外交流的窗口"等，都是日常生活中常见的比喻用法。《雷雨》中，"关窗"与"开窗"也可以视为人性与社会性的比喻。对于人性来说，"关窗"似乎就是关闭了情感的世界，"开窗"就是要走出情感的困境。从社会隐喻的角度来说，"关窗"隐喻的是家庭专制，"开窗"则是对家庭专制的反抗。于是，"关窗"就与封闭、阴暗、专制等暗色调、负面的认知关联起来，而"开窗"就与开放、光明、自由相连。

人性是阴暗的吗？社会是邪恶的吗？与之相应，人们也可以反过来追问：人性是光明的吗？社会是美好的吗？光明与黑暗，美好与邪恶，天使与恶魔，凡事认真追索起来，才发现自己的无知。"我便去叩问那帷幕后的'我中汝'，/举起我的两手求灯照我暗

---

① [日]宅间园子：《曹禺〈雷雨〉的悲剧性与社会性——以人物关系的展开和悲剧性手法为中心》，日本《中国文艺座谈会笔记》1963年12月第14辑。

② [日]名和又介：《〈雷雨〉笔记》，《野草》1974年4月20日第14—15期合刊号。

③ 鲁迅：《无声的中国——二月十六日在香港青年会讲》，《中央日报》1927年3月23日。

途；/我听见有声如自外来——/'汝中的我乃是盲瞽！'"[1]约伯是盲瞽，我们也是，周朴园也是。《雷雨》中，侍萍自以为自己可以承担一切，默默地承受着，其实她的承受并无意义。蘩漪觉得人活着就要争一口气，她"死"了又"活"了，有没有一口气，终究没有太大区别。周朴园高高在上，犹如上帝，自以为掌握了一切，其实他才是最无知的一个。周朴园谁都不懂得，他不懂侍萍，不懂蘩漪，不懂自己的孩子。我以为，曹禺一定要让周朴园对侍萍说出"谁指使你来的"这句话，就是要显示他并不懂侍萍。他最爱的女人，他三十年来保存着她的照片的这个女人，其实他不懂她。

三、模范家庭里的模范家长

周朴园的生活可以分成家庭和社会两个部分。在家庭生活中，周朴园一直都想成为好人，希望自己是模范家长，自己的家能够成为模范家庭。什么样的人是模范家长？家长需要面对的，上有老，下有小，平辈有兄弟姐妹，还有妻子。周朴园的家庭，既复杂又简单。之所以说简单，是周朴园没有需要面对的老人，他在周公馆里就是年龄最大的人。此外，周朴园没有兄弟姐妹，没有甥舅亲故，《雷雨》开场后的家庭是核心家庭。与传统大家庭相比，这是极为简单的现代化的家庭结构方式。核心家庭中，周朴园需要处理的家庭关系很简单，即做好父亲的角色和丈夫的角色。

周朴园与易卜生《玩偶之家》里的海尔默（亦译为"海尔茂"）有相似之处。埃格里分析海尔默说："海尔茂当上了银行经理，要想在如此重要的机构里爬到最高的位置，他一定得是勤奋的、诚实的。他浑身上下渗透着责任感，认为要做一个严厉的上司首先要以身作则，遵守规矩。他要求下属守时和奉献，对公民的荣

---

[1] ［波斯］莪默·伽亚谟著，郭沫若译：《鲁拜集》，《创造》季刊1923年第1卷第3期。

誉感过分看重。他知道自己这一职位的重要性，并且小心翼翼地维护着它。名望是他的最高目标，为此他可以不惜一切，甚至包括爱情。简而言之，海尔茂是一个为下属所忌恨却能讨上级开心的人。相反，只有在家里，他才会是一个'人'，他对家庭的爱是限的。通常而言，如果一个人总是受到别人的憎恨和畏惧的话，他也就比常人更加需要爱。"①这里大段摘抄埃格里的文字，乃是因为这段分析用在周朴园身上也很恰切。勤奋、有责任感、严守秩序等美好品质，周朴园都有。以鲁大海为首的工人们，就是周朴园的下属，这些下属都痛恨周朴园。周朴园自己想要做模范家庭里的模范家长，也要求身边的人都遵守道德原则。

周朴园与鲁贵，恰好构成鲜明的对照。周朴园处处讲原则，维护道德原则，严格要求自己，而鲁贵则处处不讲原则，以小人之心追求利益，即便是女儿也要压榨一二。鲁贵的存在，似乎就是为了反衬周朴园。《雷雨》中惯于说谎的是鲁贵，四凤似乎也很善于说谎。《雷雨》四幕戏，周朴园没有故意说谎骗谁，也没有那个必要。剧情之外，周朴园是否说谎，没有文本支撑，大可不必讨论。若从亲生子女来看，周朴园的三个儿子，纯洁的周冲、鲁莽的鲁大海、忏悔的周萍，剧中都没有描述他们说谎骗人，他们的道德意识远高于鲁贵，比四凤也要好一些。周萍和周冲兄弟两个都没有像一般的"富二代"那样自甘堕落，乱伦后的周萍自言做了一些不好的事情，时时刻刻生活在痛苦中。以子观父，周朴园对模范家庭的追求并非不切实际。以周朴园自身的情感经历审视他对模范家庭的要求，可能也隐含着要防止自己的孩子经历自己年轻时候的痛苦的想法。总之，周朴园和鲁贵对孩子的教导迥然不同，虽然两人的孩子都并不真心服从他们，却都深受父亲的影响。

蘩漪对周萍说周朴园品性如何不堪时，周萍不能接受，有人认

---

① ［美］拉约什·埃格里著，高远译：《编剧的艺术》，北京联合出版公司，2013，第80页。

为这表现了周萍的虚伪，其实不宜简单地做出这样的判断。《论语·子路》中有一个叶公，他对孔子说："吾党有直躬者，其父攘羊，而子证之。"孔子则回答他说："吾党之直者异于是。父为子隐，子为父隐，直在其中矣。"叶公与孔子对于"直"的理解显然大相径庭。蒙培元认为这段文字中，叶公以"事实"为依据而不顾父子之情，孔子则是以情感为依据而不论"事实"如何，"在孔子看来，如果是出于真情实感，其中便有'直'，这虽然不是客观事实的'真'，也是价值事实的'真'"。蒙培元从情感真实的角度肯定了孔子的选择，并认为孔子的这段话"说明亲情是不能被任意伤害和破坏的，否则，人的生命存在就会受到伤害，人性就会被扭曲"。[①]以蒙培元对孔子话语的解读审视周萍的言行，似乎周萍的忏悔及对繁漪话语的反感，也可以理解为"直者"。孔子欣赏的"直者"与叶公推重的"直躬者"，谁对谁错，立场不同，理解自然不同。就周萍个人的思想情感经历来说，乱伦之初的周萍似乎可算是"直躬者"，忏悔的周萍则变成了"直者"。两个周萍都很真诚，前者叛逆，后者孝顺，周朴园自己的人生轨迹似乎也是从叛逆回归孝顺（传统家庭的道德规范）。周氏兄弟二人的个性显然受到了家庭的影响，这影响不仅是现实生活中的周公馆代表的家庭，还有家族遗传。仅以现实生活中的周公馆而论，影响周氏兄弟二人的，主要就是周朴园和繁漪，其中周朴园对孩子的影响更大。

　　作为父亲，周朴园表现如何？是不是模范父亲？鲁迅有篇文章，题为《我们现在怎样做父亲》。"人类也不外此，欧美家庭，大抵以幼者弱者为本位，便是最合于这生物学的真理的办法。便在中国，只要心思纯白，未曾经过'圣人之徒'作践的人，也都自然而然的能发现这一种天性。例如一个村妇哺乳婴儿的时候，决不想到自己正在施恩；一个农夫娶妻的时候，也决不以为将要放债。只是有了子女，即天然相爱，愿他生存；更进一步的，便还要愿他

---

　　① 蒙培元：《孔子》，北京大学出版社，2019，第 75 页。

比自己更好，就是进化。"[①]话说得很明白，然而，却也很模糊，比如，怎样才算是"愿他比自己更好"？许多的伤害，许多的非幼者本位，不都是打着"为你好"的幌子出现在人们眼前的吗？最为典型的，便是核心家庭里的父亲为了养家糊口，起早贪黑，忙个不休，为的是什么？难道是自己的享乐吗？不是。但是，许多孩子想要的，却是父亲能够停下匆忙的脚步，陪伴自己去开一次家长会。忙碌得没有时间陪孩子爬山、开家长会的父亲，是不是好父亲？21世纪名声大噪的埃隆·里夫·马斯克（Elon Reeve Musk），时间对他来说非常宝贵，他的时间安排以5分钟为单位计算。当我看到相关信息报道的时候，不由自主地就想到了《雷雨》中周朴园和家人们见面的场景。"（看钟）十分钟后我还有一个客来，嗯，你们关于自己有什么话说么？"逼迫繁漪喝完药之后，看了看表，又对两个儿子说："还有三分钟。（向冲）你刚才说的事呢？"[②]马斯克的时间以分钟计算，周朴园的时间也是以分钟计算。但是，无论怎样计算，时间都是他们自己的，由他们自己支配。生活在底层的父亲，时间不是自己的，为了能够挣钱，很多时候他们把人身自由都卖给了别人。作为实业家，周朴园与《子夜》里的吴荪甫很相似，作为父亲、丈夫可能不称职，却是优秀的企业家。做事讲效率，逼繁漪吃药也只用了七分钟。做事追求效率的父亲，在小孩子的眼里，恐怕也就是异化了的父亲吧。

从乡下回到周公馆的周萍，开始的时候有点儿叛逆，就是人们常说的不知天高地厚，然后就跟后母混在了一起。后来，周萍自然认识到了父亲的强大，转而开始尊崇自己的父亲，要以父亲作为学习的榜样，成就一番事业。至于周冲，自始至终都没有真正反抗过

---

① 鲁迅：《我们现在怎样做父亲》，载《鲁迅全集》第1卷，人民文学出版社，2005，第138页。

② 曹禺：《雷雨》，载《曹禺全集》第1卷，北京十月文艺出版社，2023，第95页、第100页。

父亲，只是对父亲的认识稍有偏差，碰了几次鼻子之后，自然也就知道自己应该做什么了。在骨子里，周氏兄弟都是父亲的崇拜者。这崇拜究竟是来自尊敬还是害怕，难以分割清楚。周朴园是强者，周萍和周冲是弱者。雅思贝尔斯在《悲剧的超越》中说："没有超越就没有悲剧。即便在对神祇和命运的无望抗争中抵抗至死，也是超越的一种举动：它是朝向人类内在固有本质的运动，在遭逢毁灭时，他就会懂得这个本质是他与生俱来的。"[1]周朴园、侍萍、蘩漪都是抗争和抵抗的人物，他们都是悲剧人物形象，而周氏兄弟则是屈服与放弃，他们是悲剧的牺牲品。杨义说："周家两代阔少对使女的恋情，不能指为有意的玩弄。即便如周萍后来的亲近四凤，虽然不无急欲摆脱蘩漪的策略上的考虑，但他与当年的乃父一样，都不能排除对使女质朴、清新之美的真心爱恋，正如那个生活在理想中的周冲一样。周冲是未能将理想现实化的周朴园与周萍，而周朴园与周萍则是将理想现实化但被现实碰得头破血流的周冲。"[2]杨义的分析道出了《雷雨》中存在的一种宿命般的循环阴影。周朴园是成功实现了理想与现实分离的一个人，他不是成功地将理想现实化了，而是以舍弃理想的方式选择了现实化，于是取得了世俗的成功，成为社会上的成功人士。周萍正在准备重走父亲的路，而周冲则是年轻时候的周朴园。与父辈相比，《雷雨》中的下一代似乎放弃了抗争。为了让年轻一代纯洁地死去，让他们成为悲剧祭坛上的祭品，曹禺纯化了年轻一代人物形象，却也因此减损了年轻一代人物的悲剧性特质。

真正的好父亲，总是盼望儿女能有出息。何谓有出息？强爷胜祖！然而，不幸的事实是，希望越大失望越大。曾皓应该是感到失

① [德] 雅思贝尔斯著，亦春译：《悲剧的超越》，中国工人出版社，1988，第 26 页。

② 杨义主笔，[日] 中井政喜、张中良合著：《中国新文学图志（下）》（《杨义文存》第 3 卷），人民出版社，1998，第 447 页。

落的，周朴园也是。如果焦大星的父亲活着，估计也会重新被气死。古希腊神话和传说中，神祇创造的第一纪的人类是黄金的人类，第二纪的人类是白银的人类，第三纪的人类则是青铜的人类，后来，宙斯创造了第四纪的人类，他们靠大地上的出产生活，"这些新的人类比以前的人类都更高贵而公正"，他们死后就去"黑暗的海洋里向着光明的极乐岛"，在那里过着"死后宁静而幸福的生活"。从第一纪到第四纪，人类并不总是一纪不如一纪。现在属于人类的第五纪，即黑铁的世纪，"这时的人类全然是罪恶的。他们日以继夜地工作和忧虑，神祇使他们有愈来愈深的烦恼，但是最大的烦恼却是他们自己给自己带来的。父亲不爱儿子；儿子不爱父亲。宾客憎恨主人，朋友也憎恨朋友。甚至于弟兄们都不赤诚相与如古代一样，父母的白发也得不到尊敬。年老的人不得不听着可耻的言语并忍受打击。啊，无情的人类哟！难道你们忘记了神祇将给与的裁判，敢于辜负高年父母的抚育之恩么？"①鲁迅小说《风波》里的九斤老太自从庆祝了五十大寿之后，便常常愤慨于自家的堕落："六斤比伊的曾祖，少了三斤，比伊父亲七斤，又少了一斤，这真是一条颠扑不破的实例。所以伊又用劲说，'这真是一代不如一代！'"②江河日下，一代不如一代，这是中西文化共同的感慨。这感慨无论以什么样的形式出现，其实都带着对下一代强爷胜祖的期盼。

　　周朴园想当一个模范家庭里的模范家长。然而，事实上已经不可能。没有人需要一个家长。妻子需要的是丈夫，儿子需要的是父亲。虽然，合起来似乎是家长，但又不是那个样子。其间有区别。这区别便是现代个人意识的发展，使得传统家族观念走向解构，

　　① [德] 古斯塔夫·斯威布著，楚图南译：《希腊神话和传说》，人民文学出版社，1959，第9页。

　　② 鲁迅：《风波》，载《鲁迅全集》第1卷，人民文学出版社，2005，第492页。

传统家庭里的家长意识越来越没有了生存的空间。曾经叛逆的周朴园，他心目中的模范家庭是什么模样？肯定不是现代家庭的模样，反而带有封建家庭的样子。为什么周朴园想要那样的一个家庭？想要做那样的一个家庭里的模范家长？这是一个问题。为什么周朴园在追求这个目标时成为了悲剧的制造者？因为这样的追求其实不仅要求规范自己，更要规范别人。无论是乡下长大的周萍，还是现代都市里长大的周冲，都对严厉的家长表示拒斥。然而，一度反叛的周萍最终回归传统，以父亲为榜样，这意味着什么？是成长的代价？还是看透了社会的本质？周冲为什么服从父亲？周萍为什么崇拜父亲？在《雷雨》这出戏里，曹禺似乎有意借此显示人性的一种循环。当曹禺说人性是一个巨大的陷阱的时候，这个陷阱还意味着循环。下一代人不知道什么时候又复归到自己曾经想要逃离的上一代人走过的老路上。易卜生有一部剧叫《群鬼》，从遗传学的角度讨论人的命运问题，《雷雨》似乎也隐藏着这方面的审美蕴涵。

周萍谈到周朴园时说："父亲就是这样，他的话，向来不能改的。他的意见就是法律。"这句话用了表示同一关系的"是"字判断句。李临定的《现代汉语句型》讲到"是"字判断句时说："在一定条件下，名1和名2被规定为等同。是一种夸张的修辞手法。"①举出来的例子就是周萍的这句话。"他的意见就是法律"等于"法律就是他的意见"。周萍为何要以周朴园为榜样？周萍为何先靠拢繁漪，随后却选择了自己的父亲？周萍是墙头草吗？不是，刚来到周公馆的周萍阳光灿烂，在懵懂中走近了繁漪之后，在繁漪身上见到了真实的自己。真实的自己难以正视，人不能在本我层面生活，本我层面的自己受到自我的监察，社会交往需要的是超我。走向周朴园，就是回到超我的层面。周朴园代表的就是超我，就是社会规则。周朴园的虚伪，恰恰是成功的社会化。《雷雨》中的年轻人，朝气蓬勃，充满了叛逆，或隐或显，但是，无论是四

---

① 李临定：《现代汉语句型》，商务印书馆，1986，第258页。

凤、周冲，还是周萍、侍萍，谁在年轻的时候没有叛逆过？谁没有违逆过呢？年龄大了之后，周朴园和侍萍都不再叛逆了，一个成了规则的守护者，一个成了规则的承受者。林语堂说，中国青年谁没有一腔热血？"但是到了二十五、三十年纪，人人学乖了，就少发议论，少发感慨。四十者比三十者更乖。所以如此者，是从经验得来，并非其固有的本性。"[①]若能保持固有的本性，不被经验所束缚，往往就变成了社会异端。和光同尘，以理性节制情感，这就是一般所谓的成熟。

除了鲁贵自己，恐怕没有人会觉得鲁贵是一个好父亲，但是，包括侍萍在内，恐怕也没有谁觉得周朴园不是一个好父亲。严厉的父亲不等于坏父亲。然而，若是谈到怎样的父亲是理想的父亲？《雷雨》中的周朴园和鲁贵两位，都不能算是理想的父亲，证据便是他们在剧中都收获了苦果。这两种类型的父亲，我们在《上海屋檐下》也能看到，就是匡复与林志成。匡复努力奋斗的，不是成为名人，但是革命者只要不死，一旦革命成功，就是比周朴园厉害得多的父亲角色。林志成在旧社会就已经被压垮了，在新社会也只能是底层社会里的小角色，和鲁贵没有什么大区别。这是做父亲的两种途径。有没有其他的？当然有，但是那个时候，是一个弑父的时代，人们急于暴露父权制社会的弊端，所以展示出来的都是不好的父亲。至于好的父亲，有没有？当然有。根据迈克尔·刘易斯的作品《弱点：比赛进程》改编的电影《弱点》，讲述了2009年美国国家橄榄球联盟（National Football League）黑人球员迈克尔·奥赫的经历。小时候的他无处可去，后被白人家庭领养，那是一个令人羡慕的家庭，有最体贴孩子的父亲和母亲。这种类型的电影告诉人们：现实生活中也有近乎是完美的父母。

---

① 林语堂：《论言论自由》，载《我站在自由这一边》，江苏人民出版社，2014，第5页。

四、忘记自己是个什么人了

周蘩漪轻蔑地笑着对周朴园说："你忘了你自己是怎么样一个人啦！"[1]提示语中明确地写是"轻蔑地笑"，句子的结尾用的是感叹号。不屑中的反抗之意非常明确。

周朴园是个什么人？谁知道？周蘩漪觉得自己知道，周朴园也觉得自己知道。周朴园自以为知道，自以为可以通过某种方式改变自己，让自己成为另外的人，但是，周蘩漪并不认为可以。侍萍知道周朴园是个什么样子的人，却不愿意相信，最终却无可奈何只能接受。周萍不知道也不想知道，他只想知道并接受自己想要知道的。若简单地从好坏角度审视周朴园，无非有两种可能：（1）坏人，却自以为好；（2）本来是好人，忘记了，于是变成了坏人。

其实，知道自己"是个什么人"，包含着几个不同的判断：人/非人、社会主义思想的青年/资本家、美好的恋人/冷酷专制的丈夫……知道自己是个什么人，知道自己是谁，如果在这个层面上来考察周朴园的人生轨迹，似乎周朴园就是俄狄浦斯王，自以为知道，其实不知道。越是聪明的人越是相信自己知道，结果却越是证明了自己不知道。周朴园自以为是地批评周冲、批评蘩漪、批评鲁大海，批评他们什么都不知道，什么都不懂，其实，他才是蒙在鼓里的一个。

《雷雨》里，蘩漪对两个男性说过"知道你自己是谁"的话，一个是周朴园，还有一个就是周萍。蘩漪带着恫吓的语气对周萍说："你知道她是谁，你是谁么？"周蘩漪自以为知道四凤的一些秘密，而周萍自以为自己知道四凤的一切，实际上他们知道的都只是皮毛。"你是谁"这三个字以各种方式在剧中反复地出现，是现代哲学基本问题"我是谁"的变形，也是《俄狄浦斯王》故事的再

---

[1] 曹禺：《雷雨》，载《曹禺全集》第1卷，北京十月文艺出版社，2023，第147页。

演。周蘩漪对周朴园与周萍所说的话，在某种程度上也暗示了父子两个命运的循环，形式不同，本质相似。

曹禺将巴金的小说《家》改编成话剧，重新叙述了觉新和瑞珏的爱情故事。无论是梅表姐，还是瑞珏，都在高公馆为觉新觅婚的范围之内，长辈间的人事关系使觉新想要娶梅表姐的希望落空。周朴园的恋爱婚姻，与觉慧更相似。觉慧和鸣凤之间的故事，仿佛周朴园与侍萍爱情故事的翻版。觉慧是一个信仰无政府主义的革命青年，而周朴园自言年轻的时候也信奉过社会主义；觉慧喜欢家里的女佣人鸣凤，周朴园喜欢家里的女佣人侍萍；觉慧和周朴园年轻帅气，鸣凤和侍萍阳光、美丽又能干！觉慧去了上海之后会如何，年老之后还会不会坚持无政府主义思想，小说没写，不必瞎猜。若是以周朴园作为对照，思想上的调整或者说摒弃，似乎实属必然。芥川龙之介在《某社会主义者》中叙述了一个年轻的社会主义者因为结婚、工作而转变思想的故事，他没有简单地否定这位曾经的社会主义者，而是写这个年轻人结婚后又当了爸爸，"更加用心于家庭。但他的热情依然向往着社会主义。他在深夜的灯下不懈地学习，同时他对以前写的十几篇论文——特别是对《怀念李卜克内西》，渐渐感到一些不尽如人意的地方"。①我们应该如何理解周朴园年轻时的社会主义思想及其后来的变化？热心于社会主义思想的周朴园、觉慧同时都有恋爱的冲动，成了大资本家的周朴园对蘩漪的态度很像是冷暴力，正与吴荪甫对林佩瑶的态度相似。所谓冷暴力，就是对家人冷漠冷淡，不管出于什么原因，都在自觉不自觉地将对方视同机械。冷暴力的威力在于有心，有心而不能接受，于是出现了冷暴力。有心或无心而能接受，就是PUA。冷暴力的结果，无非有二：一是像遇见周萍之前的蘩漪，心如死灰；二是像遇见周萍后的蘩漪，如烈火般燃烧，而后反抗直至死亡。

---

① [日]芥川龙之介著，周昌辉译：《某社会主义者》，载《芥川龙之介全集》第3卷，山东文艺出版社，2005，第109页。

将周朴园和觉慧并置，出于以下两个方面的考虑：首先，他们都是"官二代"或者说"富二代"，这似乎使得他们拥有了一个很高的平台，免去了自身原始积累的罪恶。《理想国》第1卷中，苏格拉底询问年老而富裕的克法洛斯：有钱的最大好处是什么？克法洛斯回答说："对于一个通情达理的人来说，有了钱财他就用不着存心作假或不得已而骗人了。当他要到另一世界去的时候，他也就用不着为亏欠了神的祭品和人的债务而心惊胆战了。"①骆驼祥子为什么拼命赚钱，还不想借钱，就是为了自尊，要成为一个真正的人。弗吉尼亚·伍尔夫在《一间自己的屋子》中强调有钱的重要性，说没钱的时候，"总得做我不爱做的工作，而且得像一个奴隶那样地做，谄媚，奉承。虽然也许不一定总要奉承，但最终好像一定要，而且不去奉承所冒的险实在太大了"。②《雷雨》中，四凤觉得周萍是个好人，粗鲁的鲁大海却道出了"富二代"行善的真相："他父亲做尽了坏人弄钱，他自然可以行善。"③周朴园、吴荪甫等现代资本家都想尽了办法弄钱，同时作家在塑造这些人物形象时，有意无意地都点出他们其实都是"富二代"，财富首先来自继承。《原野》中的焦大星，是一个生性善良懦弱的大好人，坐拥良田美眷。就像鲁大海所说，他的父亲做尽了坏事赚钱，焦大星自然可以行善。天生有钱的周朴园不用靠奉承赚钱，而鲁贵就要奉承周公馆里的主子们。侍萍呢？她的工作使她免于奉承鲁贵。侍萍的工作需要她去奉承所在单位的领导吗？若言出身能使人高贵，侍萍出身底层，气质却丝毫不输周朴园。若言工作给人带来自由，鲁贵与四凤在周公馆里工作，似乎都没有像侍萍那样挺直腰板。周朴园

① ［古希腊］柏拉图著，郭斌和、张竹明译：《理想国》，商务印书馆，1986，第6页。

② ［英］弗吉尼亚·伍尔夫著，王还译：《一间自己的屋子》，上海人民出版社，2008，第51页。

③ 曹禺：《雷雨》，载《曹禺全集》第1卷，北京十月文艺出版社，2023，第54页。

和觉慧相似的地方，不仅在于他们"富二代"的身份，还在于思想精神方面的追求。

其次，周朴园和觉慧年轻时都有革命思想。周朴园没有成为觉慧那样的革命青年，于是想要成为模范家庭里的模范家长。资本主义的发展需要资本的原始积累，资本的原始积累每个毛细血孔里面流淌着的血液都带着罪恶。葛朗台死后，他那善良的女儿继承了家产，自己成了有钱人，她的钱还能说是肮脏的吗？《威尼斯商人》中的夏洛克也是带有原罪的资本家，夏洛克的女儿杰西卡最后分到了父亲的一些财产，杰西卡的钱财能够说是肮脏的吗？金钱上的罪恶，不会随着继承关系的发生而自动转移到后代子孙身上。艺术作品中塑造的"富二代"就是浪漫主义文学在现实生活中得以实现的金手指，因为他们自身跳过了资本原始积累这一块。《茶馆》里的秦仲义、《子夜》里的吴荪甫、《雷雨》里的周朴园，在本质上都是同一类人，他们是多金、有才华、有理想又能实干的"富二代"；话剧《北京人》里的曾文清、小说《财主底儿女们》中的蒋蔚祖，他们是多才多艺却没有社会生存才能的"富二代"。他们构成了现代文学史中截然不同的两类"富二代"人物形象。

从家庭的角度看，周朴园的所有选择似乎都没有成功，或者说没有好结果，是因为周朴园自己没有坚持？还是过于坚持了？周萍也曾经反对自己的父亲，后来为什么又出现了那么大的转变？以周萍为参照，鲁大海将来是否也会出现类似的转变？就像觉慧与高老太爷也会和解一样？人是会变的，变的原因多种多样，结果却都会对个人及身边的人带来影响，对于不能接受变化前后形成的巨大差异的人来说，常常会生出"你忘记你是谁了"的感觉。这感觉诉诸语言，可以是简单的感慨，可以是赞赏与肯定，也可以是批判与揭露。

五、人的忏悔

一个荒唐的年轻人，不管虚伪与否，老年之后可能会为当年的荒唐事情忏悔，譬如托尔斯泰小说《复活》中的聂赫留朵夫。但是，忏悔与改变是一个缓慢的过程，意识到了，有时候并不一定马上就能够做到。所以，《复活》中的聂赫留朵夫对于玛丝洛娃的态度和观念，还是存在一个比较大的转变。他开始时候的忏悔，在玛丝洛娃看来仍然是居高临下的，后来才慢慢平等化了。周朴园对侍萍的态度似乎也存在这样一个变化，所以他在看到真人时才那样震惊，甚至想要撵走侍萍。不过，第四幕中周朴园看到再次出现在自己面前的侍萍的时候，就什么都不顾虑了，径直让周萍认母。这就是变化！剧作很细腻地展现了这种变化，让人想到了托尔斯泰的《复活》。

《复活》中，玛丝洛娃最终没有接受聂赫留朵夫的忏悔，或许她原谅了他，但是忏悔怎么能够被接受呢？人只能向上帝忏悔，人不能判断人。问题的关键在于，忏悔并不能改变已经发生了的事情，往日不可能重现。对于悔恨或者说忏悔，柯勒律治的戏剧《悔恨》借反派角色欧多尼奥揭示了其中存在的某种欺骗性的东西：

阿尔瓦：然而，然而你必将获救——
欧多尼奥：获救？获救？
阿尔瓦：忏悔！我提议深切的忏悔！
欧多尼奥：忏悔！忏悔！你从哪儿得来那愚蠢的字眼？诅咒忏悔！它能交出死人，或重新压实一具血肉模糊的肌体吗？血肉模糊——被砸得粉碎！一众天使的祝颂也不能驱散一个孤独凄凉的寡妇的诅咒！尽管你的心为了赎罪在滴血，但那也抵不上一个孤儿的眼泪！[1]

陈思和教授推崇20世纪中国文学中的忏悔的人与人的忏悔。人的忏悔并不能改变什么，侍萍受过的苦也没有减轻的可能，哭光

① [美]乔治·斯坦纳著，陈军、昀侠译：《悲剧之死》，浙江工商大学出版社，2017，第100页。

了的眼泪不可能倒流。周朴园说侍萍是梅家的小姐，侍萍说自己不是。侍萍是不是梅家的小姐？这也是一个备受人们关注的话题，有人认为周朴园将侍萍说成梅家的小姐，这是自尊心在作怪，不想让人觉得自己和一个下人有关系，也有可能是周朴园下意识的真实思想的流露，心里期盼着侍萍是梅家的小姐，而不是下人的女儿。巴金小说《家》中的觉慧梦到鸣凤的父亲来接鸣凤，原来鸣凤也是一位小姐，表现的也是类似的思想。侍萍说她不是小姐，揭破了周朴园的谎言，同时也显示了自身高贵的气质，这气质与出身无关，而是来自端庄与"矜骄"。玛甘泪对浮士德说："我不是姑娘，我也并不美貌，/回家的路我自己知道。"浮士德对玛甘泪的话感到满意："这孩子真是美貌呀，上有青天！/这般可喜娘我从来不曾看见。/她是那样的端庄，窈窕，/而且同时还有点矜骄……//她那斩钉截铁的言词，/怎样地使人散魄消魂！"①《雷雨》中蘩漪与周朴园相见一幕，虽与浮士德和玛甘泪的相遇大相径庭，却也有相通之处，在女性气质的表现方面尤其相似。

周朴园在客厅里一直摆放着侍萍的照片，为什么？有学者认为这是因为周朴园想要让蘩漪感到难堪："他两天前从矿上回到家，妻子关着房门不让他进来，这让他这个做惯了'大领导'的董事长感到很没面子。一次次上楼，一次次被拒，周朴园心里非常窝火。即便再过一天就要搬新家了，周朴园还是把蘩漪喜欢的家具搬走，在客厅里摆上侍萍喜欢的那些旧家具，而且还要在镜台上放着侍萍的相片。周朴园这样做，在某种意义上是针对蘩漪'闭门'行为的一种报复（以家具、照片来否定蘩漪的女主人地位，肯定侍萍才是他心里的妻子）。"②这真是令人眼界大开的分析。这样的分析模式里，周朴园和蘩漪就像怄气的小夫妻，相互较着劲，如果是这样就好了，证明两个人之间还有感情在。其实不然。周朴园回到周公

① [德]歌德著，郭沫若译：《浮士德》，群益出版社，1947，第129页。
② 汪余礼、吴鹰：《〈雷雨〉与曹禺的叠翻诗学》，《戏剧》2023年第1期。

馆，并没有睡客厅的沙发，他和繁漪应该早就分房睡了，想象周朴园一次次上楼、一次次被拒，是没有依据的，周朴园上没上过楼都是问题。将摆照片视为对繁漪的报复，这应该是多么年轻幼稚的人才会有的选择。摆照片不是为了让繁漪难堪，却并不意味着照片没有给繁漪带来痛苦。荣格的外祖父自以为"他第一任太太的亡魂每周都会回来探视，所以他特地在书房中保留一张椅子给她，此事造成第二任太太极度的痛苦"。①周朴园很可能就像荣格的外祖父，有他自己的需要如此做的理由。对于如此的行为及其理由，我们可以认为是自私，却不必认定是虚伪，周朴园也未必有意为难繁漪。

周朴园摆放照片是因为想念侍萍，那为何没有认出站在眼前的女性就是侍萍？若是侍萍的形象变化太大，认不出情有可原，但《雷雨》人物出场介绍明确显示，侍萍的形象改变不大。四凤看着照片和侍萍，都觉得两者很像，为何周朴园却没有觉得像？就此而言，判定周朴园对侍萍的怀念很虚伪，不能说没有说服力。但是，喜欢与怀念，会有各种不同的表现形式，没有谁规定必定要如何。有些人挚爱的伴侣死了，再去寻找新的伴侣时，往往就会以先前伴侣的模样或习惯作为挑选的标准。这是人们一般都能接受的深情的表现。有些却并不如此，而是选择遗忘的形式，想起来太痛苦，所以刻意遗忘。周朴园似乎处于两者之间，难以忘怀，所以保留着照片，但是又并不刻意寻找侍萍的模样，所以在不得不娶的阔家女死了之后，终于有了婚姻自主权的周朴园，选的是繁漪，一个与侍萍截然不同的女性。周朴园没有刻意去选择长得像侍萍的女性。仔细读《雷雨》，看《雷雨》的舞台演出，就会发现繁漪和侍萍是完全不同的两种类型。于是，问题就来了，周朴园为什么要选择繁漪当自己的妻子？为了钱财？容颜？权力？还是其他？文本中没有提供足够的信息，从文本中繁漪和侍萍的不同来看，曹禺似乎有意借助

① [美]亨利·艾伦伯格著，刘絜恺等译：《弗洛伊德与荣格：发现无意识之浪漫主义》，世界图书出版公司，2015，第236页。

两个女性的不同揭示周朴园的人生悲剧，不论他选择怎样的女性，都免不了悲剧的结局。

周朴园娶蘩漪，也有与侍萍相吻合的地方，即周朴园和侍萍恋爱同居的时候，侍萍十八岁，周朴园娶蘩漪时，蘩漪也是十八岁。新鲜、美丽、青春，两个女性在这些地方起码是一致的。除了侍萍和蘩漪，吸引周萍和周冲的四凤也是十八岁。《雷雨》中的这些巧合，除了偶然之外，我想也隐藏着曹禺对人物形象的某些设计。当侍萍刚看到照片的时候，应该是很震撼的，震撼之余，自然也有所感动，所以她留在客厅一直不愿意离开，直到她意识到周朴园一直没有认出眼前的女人就是侍萍的时候，她才近乎是点明般地告诉对方衬衣袖口上绣着的"萍"字。

相爱的人在相隔二十多年后再相见，一眼就认出对方或互相都没认出对方都好，最糟糕的情况就是你以为对方心里有你，结果费尽心思而对方却认不出你来。周朴园是一个理性的人，与侍萍之间的那段情感对他来说很珍贵，他很爱惜，但是结束了就是结束了。周朴园自以为能够主导一切事情，包括感情，很可能觉得过去了的恋情就是过去了，侍萍是一个死了的女人，虽然怀念，却不会按照她的模样去找替代，他思念侍萍，却又有意地去淡忘，或者说是不让这段感情对自己造成一个困扰，不让自己陷在情感里边不出来。在本质上，周朴园和吴荪甫是同一类型的人，都是工作狂，用情可以很深，却不会成为痴情男。在这一点上，周朴园和侍萍其实很相似。周朴园和侍萍相爱，其中一个原因就在于他们有真正的共同点，他们都很理性，都以为自己掌握了自己的命运。这种共同点使得他们离开了对方之后，命运轨迹依然有许多相似之处。周朴园的生命中出现了三个女的，第二个阔家女丝毫没有存在感，第三个则是蘩漪，然后生下了周冲。侍萍的生命中则出现了三个男性，第二个男性丝毫没有存在感，第三个则是鲁贵，然后和鲁贵生下了四凤。周冲十七岁，四凤十八岁，按照蘩漪说错了的周冲的年龄，周冲和四凤这两个年轻人同岁；按照中国传统的年龄计算方式，同年不同岁很正常。周冲与四凤两个年轻人的年龄也是一种巧合，这种巧合是曹禺有意的安排，可能是想要通过这种巧合强化命运悲剧的气息。

侍萍与周朴园的情况似乎很像，她对周朴园究竟怀有怎样的情感，这个尽可以分析，但是就剧本而言，周朴园对于侍萍来说地位非同一般。三十年前如此，三十年后依然如此。侍萍辛辛苦苦地让周朴园认出了自己，她是想要恢复旧情吗？理性的侍萍似乎将周朴园当成了倾诉的对象。这一点很重要，因为侍萍从来不对鲁大海和四凤倾诉，更不向鲁贵倾诉。其实，她连话都不愿意和鲁贵讲。但是，侍萍就是愿意和周朴园说话，即便是怒斥和驳诘，也是诉说，真正的仇恨应该是冷漠，白眼都不翻一下，侍萍对周朴园的斥责与驳诘，也是一种交流，暗含着交流的欲望，不愿意被对方误解，所以你会发现接下来，侍萍一系列的说法马上就赢得了周朴园的谅解。周朴园一开始还很紧张，因为他以维护现在的家庭为重，而把自己的感情压抑住了，只是以为侍萍还停在小姑娘的层面上，执着于过去，留恋于情感，不知道会给自己带来什么样的后果，结果发现侍萍既不要钱，也不是要回到周公馆，也不与儿子相认，于是周朴园越来越平静。侍萍也是如此，没有想要破坏既有的家庭秩序的意思，所以两个人的吵架更像是沟通。侍萍虽然非常讨厌鲁贵，却只想着到远方去打工，没想到离婚。繁漪在这个家庭里感到压抑，周朴园也只会觉得家庭无爱，在无爱的家庭里面，繁漪不想装幸福，周朴园却要装成模范家长的样子，以模范家长的标准要求自己。在他的内心里面，始终有一股熊熊的爱情的火焰在那燃烧，时刻不能忘，一辈子都忘不了。

周朴园心中应该也有涓生的那两个问题，爱与不爱，说与不说。只是，周朴园不是涓生，倒像是子君，或者说是无爱的涓生却想要像子君那样要求对方陪自己做戏。如果说《伤逝》里的两个人是纯洁透明的，《雷雨》中的周朴园就是扭曲的人性，可能真的如繁漪所说，忘记了自己是个什么人，就连他自己真正想的，恐怕也已经模糊了。

六、民族资本家的意义

上述问题的分析，其实存在偏差。我们过于重视爱情之于周朴园的意义了，似乎爱情就是周朴园的全部，事实可能恰好相反。在周朴园的生命观历程中，爱情固然重要，可是周朴园可能还在追求更重要的东西。曹禺在塑造周朴园的时候，对周朴园也怀抱着复杂的态度，这种复杂性就体现在对周朴园工作和家庭生活的表现上。周朴园是一个工作狂，是一个想要成为模范家长的男人。剧本着重描写的是周朴园的家庭生活，至于工作狂的一面，只是浮光掠影地出现在读者们的面前。当年，周朴园立志煤矿事业。那时候，正是实业救国、中体西用的时期，周朴园的努力，正是大国崛起的顶梁柱，与吴荪甫的追求非常相似。在这个追求的过程中，究竟是个人的恋爱婚姻重要，还是事业重要？如果只是个人的事业，或许我们还可以掂量一下，如果这事业涉及了千百万人，甚或是国家民族，几十年来的政治教育告诉我们，从正面理解就是一切都是为了国家民族的利益，从反面理解则是个人绑架了国家民族，糟糕的是这两者有时候很难清晰地进行切割。

我们以革命小说《苦菜花》为例，看看家国情怀下的男性选择。"纪铁功紧紧地搂抱着她那窈窕而健壮的腰肢。他感到她的脸腮热得烤人。她那丰满的富有弹性的胸脯，紧挤在他的坚实的胸脯上。他觉得出她的心在猛烈地跳荡。他领会到她体贴爱护他的一脉深情。只有在这时候，他才深深感到他们正在用血汗争取的幸福，他自己得到的比别人要多得多。"按照《废都》等小说的写法，接下来应是此处删去几百字之类。《苦菜花》却让两个动了情的一个二十六、一个二十三的青年发乎情而止乎礼，讨论了结婚生孩子与革命斗争需要的关系，最后强化了"现在不能结婚"的思想，实际上就是强调两人不能发生男女两性关系。舍小家为大家，把个人的爱情放在一边，先投身于国家民族的革命斗争中去，《苦菜花》这类革命文学的故事叙述既是革命实践的真实再现，也是特定时代对文学创作提出的思政要求。于是，我们看到冯秀娟和姜永泉入了洞房后，两个人紧紧地搂着对方，男的说："想想旧社会里像我这样的穷汉子，连个媳妇都说不上。而现在，你，你比谁都疼爱我！"女的说："还提这些做什么呢。永泉！我还不是有你来才走上革命的路吗！这些都是有了党才有的啊！"然后，两个人共同回忆赵星梅等为革命牺牲了的同志，最后决定"往后要更加劲工作，才能对得起党和死去的同志"。[①]洞房变成了追思会和思政课堂。

周朴园不是纪铁功，大资本家的政治觉悟自然比不上共产党战士。但是，中华民族几千年，自有脊梁在，周朴园、吴荪甫这类人物的家国情怀，也不能否认。周朴园保存旧物，除了怀念侍萍，可能还有另外的阐释，即不忘初心。这个初心，就是实业救国。《雷雨》中，周朴园穿着"二十年前的新装"，唐槐秋认为这就是"1904年或光绪三十年，周朴园刚从德国留学回来踌躇满志地办矿时穿的新装"。[②]不说是结婚时候穿的新装，而说是从德国留学回来踌躇满志地办矿时穿的新装，这个描述抓住了理解周朴园这个人物形象的重点。周朴园训斥自己的儿子周冲是半吊子社会主义的时候，其实并没有倚老卖老，而是一个坚韧的实业家以他对社会的深刻认识教训一个生活在梦想中的人物。没有实业，何来社会主义？在当时的社会条件下，煤炭便是现代工业的命脉。办矿，便是大国崛起的必要条件。徐梗生在《中外合办煤铁矿业史话·自序》中写道："中国必须工业化；工业化必须发展煤铁矿业；而中国的矿业部门自十九世纪末叶外力渗进以来，一直没有朝着合理的方向发展。"随后，徐梗生以具体数据说明中国矿业半数以上为外国

① 冯德英：《苦菜花》，春风文艺出版社，2003，第228页、第361页。

② 张殷、牛根富编著：《中国话剧艺术剧场演出史（1934—1937）》第4卷，文化艺术出版社，2021，第94页。

从剧本到舞台

资本控制的事实。"中外合作办矿最初的条约根据，是光绪二十一年（一八九五）《中法商务专条附章》第五条。"法国依此取得云南、广东、广西采矿权；德国在光绪二十四年取得山东铁路沿线采矿权，英国得到河南省采矿权；光绪二十九年，比利时巧夺盐城矿务局。光绪三十一年，[1]日本攫取抚顺采矿权。光绪二十年就是1894年。

魏绍馨主编的《现代中国文学发展史》认为，《雷雨》"反映了五四运动之后，中国共产党诞生之前的一段社会生活"。[2]日本学者大芝孝谈到《雷雨》时说："故事发生在1923年，那时中国共产党已经成立了，因此，工人阶级已不再是进行原始斗争的群众。"[3]《雷雨》中，周朴园和鲁侍萍在周公馆再见时，鲁侍萍说："光绪二十年，离现在有三十多年了。"[4]光绪二十年是1894年，光绪三十年是1904年。侍萍说"离现在有三十多年了"就是以1894年开始算起，从1894年到1923年，正是三十年。侍萍记得的是"光绪二十年"，按照陈思和教授的推论，这应该是侍萍和周朴园热恋的时期。这之后三年内生了两个孩子，大概是1897年左右被赶出了周公馆。周朴园和鲁侍萍两人热恋时，中国虽有矿业，外资尚未引进，发展尚不明显。后来外国资本借助不平等条约进入中国，矿业得到大发展的同时，也激发了国人的主权意识。周朴园娶阔家小姐，鲁侍萍离开周公馆，与外国资本进入中国矿业的时间大体一致。周朴园娶阔家小姐是否为了开矿，不得而知，但周朴园

---

① 徐梗生：《自序》，载《中外合办煤铁矿业史话》，商务印书馆，1947，第1—2页。

② 魏绍馨主编：《现代中国文学发展史》，延边大学出版社，1990，第399页。

③ [日]大芝孝：《新旧版〈雷雨〉的比较研究》，日本《神户外大论丛》1956年6月第7卷第1号。

④ 曹禺：《雷雨》，载《曹禺全集》第1卷，北京十月文艺出版社，2023，第149页。

从那时起从事煤矿业却是不争的事实。如果不带偏见，将周朴园开矿视为民族资本家开办实业，努力争取矿权的行动，那么，作为工作狂的周朴园的家国情怀也就应该有新的阐释向度。与此同时，考虑到第一次世界大战期间中国资本主义有了一个黄金发展时期，1919年中国产业工人多达200万，资本主义的发展也为自己培养了掘墓人，《雷雨》可说是为那个时代中国资本主义的发展做了文学的纪录。

《雷雨》有曹禺自己家庭的影子，但是在塑造周朴园形象时，曹禺没有将其塑造成自己父亲那样的军阀官僚，而是塑造成了非常能干的新式资本家。将周朴园视为新式资本家，主要是因为《雷雨》虽然显示了周朴园与警察厅等的勾结，却没有将周朴园塑造成官府走狗，也没有丝毫显示周朴园靠权贵榨取矿业利益的意思，而是塑造成了吴荪甫似的人物。在中国矿业初兴之时，办矿有专差，私人开矿困难重重，袁世凯做了总统，"两个儿子便一个做开滦督办，一个做福中副督办"。其他一些煤矿，大都有军人背景，"若非军头私人，简直不容立足"。[1]周朴园是否有这样的私人关系？他娶的那个阔家小姐是否也出身于"军头"之家？这些都不得而知，我们能够知道的，便是《雷雨》中的周朴园忙于矿上事务，却并没有写他忙于钻营"军头"、北洋政府高官、洋势力。不写，也是一种选择，不想引发读者（观众）相关联想。另据《开滦煤矿之恨史》（魏鸿文等编，1931年4月上海市煤业同业公会刊行），"开平煤田在河北省滦州所属之开平镇。离天津约二百四十里。介于天津山海关之间"。主持开滦煤矿的张燕谋被外商骗去产权的合同签订于1901年2月19日（光绪二十七年正月初一日），"时周学熙痛恨张燕谋之被欺，恨英人之霸占，遂纠合同志，谋抵制方法。乃于该矿原定之矿区范围外，取包围之策，另成矿区，名为滦州官

---

① 徐梗生：《自序》，载《中外合办煤铁矿业史话》，商务印书馆，1947，第4页。

矿。后又改称滦州矿务公司"。从空间距离等各方面来看，周朴园开矿的叙述似乎都可以在开滦煤矿产权问题中找到痕迹。周朴园的身上，是不是带有周学熙的身影？或者说曹禺注意到了煤矿之争，于是应用到了自己的戏剧创作中？周朴园的煤矿在哪里？这个问题没有必要深究，好的文学创作自成一个世界，并不一定要与现实世界一一对应。海子诗《亚洲铜》开篇："亚洲铜，亚洲铜/祖父死在这里，父亲死在这里，我也将死在这里/你是唯一的一块埋人的地方"，[①]"亚洲铜"在哪里？"这里"是哪里？《姐姐，今夜我在德令哈》里的"德令哈"也是一个文学性地名，虽然青海有一座小城也叫德令哈，海子的诗歌却并非写实。《雷雨》中提到的煤矿，是实业中国的象征。无论是周朴园，还是周萍，都将矿上视为干实事的地方。

从实业救国的角度审视周朴园这个人物形象，我们会发现剧作者在这个人物身上也倾注了敬畏之情，这个敬畏不是单纯地怕，而是对于自律的强人自惭形秽的表现。繁漪告诉周萍，你父亲并没有你想象中的那么好。繁漪能够列举的事实，无非就是侍萍而已。这说明繁漪能抨击周朴园的事例并不多。如何看待周朴园对工人的剥削？伊格尔顿认为，在马克思的早期著作中，"在无产阶级的被剥削与资产阶级的自我否定之间，存在着一种隐含的对照关系。剥夺他人身体权利的行为总是与一种反施于自身的践行相关联"。何为"反施于自身"？就是资本家的禁欲主义，即马克思在《1844年经济学哲学手稿》中所说的："自我否定、对生命的否定及对人类需求的否定，这是（资产阶级政治经济的）基本教条。"这个基本教条带来了两个效应，一是为了资本而牺牲自己的生命，二是"发现自己被迫处于一种向死而生的处境中，却可能为某种更普遍的繁荣提供条件"。[②]周朴园和吴荪甫相似，都是工作狂，一门心思发

① 海子：《亚洲铜》，载《海子的诗》，江西人民出版社，2017，第1页。

② ［英］特里·伊格尔顿著，林云柯译：《论牺牲》，上海人民出版社，2021，第260—261页。

展实业，剥削压迫工人的目的不是为了自己的花天酒地，他们平时都是很自律刻苦的人。就家庭生活而言，糟糕的是他们都将工作上的语调带进了家庭之中，语调错位，"误用语调引起人事摩擦"，这属于"不忘事的语调，如晚餐谈家务，晚上回家谈公务等。"①周朴园是在以处理公司事务的方式管理着周公馆，以商业谈判的方式与鲁侍萍谈论两个人之间的事情，最终收获的只能是苦果。周朴园和吴荪甫都失败了，一个失败于家庭，一个失败于金融资本家。这也正是毛泽东指出的中国资本家的妥协性之根源所在——旧文化旧传统的制约与帝国主义经济的压迫。

简单地将周朴园理解成剧中被否定的形象是不对的，将其视为悲剧的制造者没有问题，关键是他是有意制造悲剧的人，还是像俄狄浦斯王一样，努力想要生活得好，结果得到的却只是悲剧？对于周朴园这个人物形象的理解，人们尽可以见仁见智。从人物出场方式看，周朴园很像《茶馆》里的秦仲义，像一个末路英雄，也像悲剧发生后的俄狄浦斯王。"序幕"中的周朴园，第一次出现在剧中，也是悲剧发生后的周朴园形象，曹禺让他登场的方式是："一位苍白的老年人走进来，穿着很考究的旧皮大衣。进门脱下帽子，头发斑白，眼睛沉静而忧郁，他的下颏有苍白的短须，脸上满是皱纹。他戴着一副金边眼镜，进门后，也取下来，放在眼镜盒内，手有些颤。他搓弄一下子，衰弱地咳嗽两声。外面乐声止。"②周朴园进来之前，是一个女护士先进来，对着门外说"请"，周朴园才进来。一个有修养的老人，不再以自我为中心，与接下来几幕中周朴园的专制冷酷形象构成了鲜明对照。

周朴园逼迫蘩漪喝药之前，蘩漪看到周朴园训斥周冲，就想要

---

① 朱自清：《调整你的语调——与为人（译文）》，载《语文零拾》，名山书局，1948，第 92 页。

② 曹禺：《雷雨》，载《曹禺全集》第 1 卷，北京十月文艺出版社，2023，第 26—27 页。

保护周冲。除了母爱之外，蘩漪也知道周冲与周朴园不一样，她不想让儿子受到周朴园的伤害，不想让周冲变得和周朴园一样。特别需要注意的，就是剧本将周朴园和周冲的对话与冲突放在了喝药之前。周朴园和周冲父子的对话如下：

冲　开除！爸爸，这个人脑筋很清楚，我方才跟这个人谈了一回。代表罢工的工人并不见得就该开除。

朴　哼，现在一般年青人，跟工人谈谈，说两三句不关痛痒、同情的话，像是一件很时髦的事情！

冲　我以为这些人替自己的一群努力，我们应当同情的。并且我们这样享福，同他们争饭吃，是不对的。这不是时髦不时髦的事。

朴　（眼翻上来）你知道社会是什么？你读过几本关于社会经济的书？我记得我在德国念书的时候，对于这方面，我自命比你这种半瓶醋的社会思想要彻底得多！

冲　（被压制下去，然而）爸，我听说矿上对于这次受伤的工人不给一点抚恤金。①

上面这段对话，家庭生活中最为常见。儿子想要和父亲讲道理，而在父亲那里，这些道理虽然正确，却很幼稚，根本不屑于辩驳，只是简单地否定。为何不辩驳？周朴园自己知道这些道理是正确的，正如他自己所说的，年轻的时候也读过、信过。但是，现实生活教育了他，他知道那些在生活中行不通。为何选择了"压制"孩子而不是谆谆教导？这种粗暴对待孩子的方式，难道周朴园不知道危害？这是性格使然，还是生活教育了周朴园，有些时候讲道理还不如独断专行？

---

① 曹禺：《雷雨》，1934年7月《文学季刊》第1卷第3期。

第四节　谁不说我鲁贵顶呱呱：鲁贵论

　　《雷雨》八个人物，每个人物都有自己的位置。若要为剧中人物的重要性排个座次，这个顺序在不同的人那里会大有不同。周朴园、侍萍、繁漪，究竟谁才是核心人物，是《雷雨》一剧的主角，向来众说纷纭，难定一端。确定戏剧的主角，对于剧作的排演等都有很重要的作用。但是就剧作的艺术建构来说，《雷雨》中所有的人物形象都很重要，每个角色在剧中都有其不可替代的地位和作用。被小丑化的鲁贵，亦是《雷雨》一剧不可或缺的角色。若是没有鲁贵，《雷雨》中很多场景就没了"戏"。

　　相对于周朴园、侍萍和繁漪等人而言，鲁贵在《雷雨》中只能算是配角。但是，在舞台上，有时候主角的戏恰恰通过配角才变得生动起来。正如《西厢记》里的红娘，若是没有红娘在两个主角之间穿针引线，两个主角也就没有了"戏"。若将剧本视为一个完整的动力系统，初始条件下微小的变化也能够带动整个系统长期的巨大的连锁反应。一只南美洲亚马孙河流域热带雨林中的蝴蝶，偶尔扇动几下翅膀，可以在两周以后引起美国得克萨斯州的一场龙卷风。这就是著名的蝴蝶效应。戏剧中的一些配角，有时候他们并不起眼的一些言行，也如蝴蝶的翅膀一般，引发一场波及所有人命运的龙卷风。在某种程度上，鲁贵就是《雷雨》中的那只蝴蝶，他偶尔做出的一些事情，引发的却是谁都没有料到的暴雨狂风。《雷雨》开场，借助鲁贵之口，揭开了周公馆繁漪与周萍乱伦的秘密，点出了四凤与周萍相恋的事实。周家和鲁家两个家庭两代人之间产生纠葛，远因虽是周朴园和鲁侍萍之间的情感纠葛，直接原因却源于鲁贵。鲁贵到周公馆帮忙，很快成了周公馆的管家，趁着鲁妈不在家，将女儿四凤安排进了周公馆帮佣，还将儿子安排进了周朴园的矿上当工人。四凤与周萍的恋爱、侍萍从济南来到天津的周公馆、鲁大海当了罢工的代表，所有这些都源于鲁贵的"努力"。没有鲁贵，这些事情也可能发生，却肯定不会是现在《雷雨》中的情节发展模式。

一、小人鲁贵

对于鲁贵这个角色，现有的《雷雨》研究并没有忽略，但是对鲁贵的评价大多都是从思想道德的层面予以批评，从中可以见出研究者们对于某一类人物强烈的憎恶。马中行在《喝肮脏水的人——鲁贵》一文中说："鲁贵的全部观念来自那个社会的统治阶级——资产阶级享乐主义的人生哲学上。""本来，社会的为人道德，对别人的私情，别人的隐私，应该避开，应该尊重人家，即使偶然知道了，也应该为人家保守秘密。然而世界上却竟有这样一种人，专门以探听、偷听、窃取别人的隐私来进行最无耻的敲诈。作者正是把握了这样一个特征，突出地展示了鲁贵卑鄙的灵魂，开掘出了一个典型的奴才性格。"①鲁贵的确掌握一些秘密，却并非"专门"探听得来。知道"闹鬼"的秘密，是因为二少爷要求他过去看；知道女儿的秘密，也是因为刚巧碰上。他并没有立刻使用这些秘密来要挟当事人，要求繁漪交保密费之类，如果不是自己的女儿有被辞退的危机，鲁贵可能一直会保存这个秘密。无意中得知的隐私，成了鲁贵保护自己和家人的最后的武器，这不是人性的卑劣，而是正常的人性表现，若是为了保存他人的隐私，在女儿面临困境的时候也不愿意透露，这样的人性才更加可怕。所谓要挟女儿，在鲁贵自己看来，并非不道德，因为四凤嫁给周萍是他所乐意的，也是四凤

---

① 马中行：《喝肮脏水的人——鲁贵》，《名作欣赏》1986 年第 3 期。

所乐意的，两个人都觉得很好的事情，而且在他做父亲的管辖范围内，谈不上什么敲诈，起码不是恶意的，或者说他自己觉得没有什么恶意。

不能否认鲁贵的思想中有恶意的成分，但不宜简单化地理解鲁贵的恶意，似乎他天生就是一个大坏蛋。鲁贵与周朴园的区别在哪里？一个当权一个在野，一个高高在上受人服侍，一个点头哈腰服侍他人。鲁贵的坏，其实正是底层百姓生活智慧的反映，为了讨口饭吃耍点小聪明罢了。在这里，我们需要区别一下恶意与愚蠢的问题。鲁贵是曹禺塑造的最坏的人物形象之一。比鲁贵坏的还有金八，但是金八一直没有在舞台上露过面，真正站到前台的坏人似乎只有鲁贵。为什么要特别提鲁贵的恶意问题？因为曹禺只塑造有恶意的人，不刻画愚蠢的人。德国神学家迪特里希·朋霍费尔认为愚蠢比恶意更危险。因为人们可以抵抗恶意，揭下恶意的伪装面具，而且恶意还包含着自身毁灭的种子。这些特征我们在鲁贵身上都能找到，而且在周朴园的身上也能找到。他们都是有恶意的聪明人。聪明人才可以讲道理，趋利避害，愚蠢的人则不能。有意思的是，朋霍费尔认为愚蠢是道德上的缺陷，而不是理智上的缺陷。作为小人，鲁贵的道德无疑是有缺陷的，但是他道德上的缺陷不是愚蠢，而是自私，以及平庸之恶。而愚蠢的人之所以道德上有缺陷，是因为他的心智被蒙蔽了，有一种邪恶的力量控制了他，人性走上了扭曲的道路。

鲁贵很聪明，总觉得没有人比他更聪明能干，他总是自以为是地搞些小聪明动作。鲁贵的恶意来自于想要占便宜，而且是小便宜。爱占小便宜的鲁贵在舞台上就让人觉得讨厌。更让人觉得讨厌的，则是鲁贵正经八百的事情没做多少，让人讨厌的事情做得却很多。不仅如此，鲁贵所做的事情，全部从他自己的口中说出了所求便是一个"利"字。鲁贵一家人离开周公馆，刚回到家，他就骂骂咧咧："你们不要不愿意听，你们哪一个人不是我辛辛苦苦养到大，可是现在你们哪一件事做的对得起我？"没人理他，鲁贵却说起来没完没了。在鲁贵接下来的一长段牢骚话前，剧本用了这样一句指示词"只顾嘴头说得畅快，如同自己是唯一的牺牲者一样"[①]。邀功的父母最让孩子们反感。在传统家庭制度下，年轻人没有反抗的能力，只能承受鲁贵那样的长辈们的语言折磨，但是在现代社会里，越来越多有独立意识的青年人不愿意成为父母讨债的对象。他们不愿意背负债务。青年人并不欠父母什么，这是20世纪最重要的思想启蒙之一。无论是一百年前，还是现在，鲁贵这样的父母，都是最让人讨厌的那种类型。

胡叔和在《从鲁贵的喜剧形象看〈雷雨〉的悲剧特色》一文中，认为鲁贵是一个"最没有人格、最不讲人格的喜剧人物"。许多悲剧事件的发生，都是因为鲁贵。"首先是侍萍的悲剧。她置身于由周朴园统治的那个世界，主宰的那个天地，遭受着周朴园伪善的玩弄，凶狠的遗弃。随后又经历了那么多磨难，以至不甘愿而被迫甘愿地被迫投入了鲁贵那令人作呕的怀抱，甚至生了四凤，凄然地忍受着难以忍受的喜剧化的肉体折磨与精神折磨。"[②]这种说法倒也有趣，是的，侍萍难以忍受鲁贵，正如潘金莲难以忍受武大郎，但是，这能怪武大郎吗？武大身材的矮小和言行的粗俗不是他自己的错，鲁贵和武大郎一样都没有也不可能强娶自己的妻子。侍萍"不甘愿而被迫甘愿地被迫投入了鲁贵那令人作呕的怀抱"，所谓"不甘愿"，就是侍萍看不上鲁贵，而最后却"被迫甘愿"，指的应该是迫于生活的压力不得不嫁给鲁贵。这样的分析模式，立足点是侍萍，认为侍萍是一个悲剧人物，而鲁贵则是一个趁人之危的小人。对于鲁贵来说，这样的分析显然有失公平。首先，剧作没有明确透露当初侍萍是在什么情况下嫁给鲁贵的；其次，剧作也没有明确点明鲁贵在

① 曹禺：《雷雨》，载《曹禺全集》第1卷，北京十月文艺出版社，2023，第181—182页。

② 胡叔和：《从鲁贵的喜剧形象看〈雷雨〉的悲剧特色》，《安徽师范大学学报》1999年第4期。

娶侍萍的过程中有没有使用隐瞒欺骗等手腕。不能明确两个人成立家庭时候的具体情况，贸然判断"被迫甘愿"，其实就是在个人好恶的基础上对两个人物形象作价值判断。既然不能确定鲁贵在娶侍萍的时候有没有用强，有没有欺骗，一些带有明显的倾向性的叙述也就简化了剧作应有的审美蕴涵。至于侍萍和鲁贵婚后的生活不如意，自然可以讨论家庭生活的责任问题，可是将一切责任归于鲁贵是不对的，更不能因为结婚对象不符合自己的理想，或者嫁后发现没有原先预想的那么好，于是便将一切过错归罪对方。"不甘愿而被迫甘愿地"真是一个奇妙的说法，虎落平阳，它难道还要怨恨狗为什么不能让它重新回到山冈吗？至于鲁贵和女儿谈话时说的"讲脸""本分""没出息"，也不宜简单地认为这些话不自觉地道出了自己的小人之心，以及侍萍的高贵的灵魂。中国社会，向来有一个很不好的习惯，就是高高在上的权贵，以谈钱为俗，压榨起民众来其实毫不手软。倒是本分老实的底层百姓，终日为了生存操劳算计，让人觉得庸俗、没有境界。这种对比性思维，恰恰是统治阶级的思想。只要看看古往今来，有哪些普通民众不是像鲁贵一样思想？这代表的是普通民众的生活。穷骨头而要脸，这是稀罕的事情，超出了一般的道德标准，所以难能可贵，这不应该成为一般的道德准则。提出这些，就是想要人们从平常心出发，将鲁贵作为一般水平的人去看，这样才能发现《雷雨》的伟大。曹禺刻画了鲁贵的小人嘴脸，却没有将其丑角化。鲁贵说："你看她，她要脸！"顾仲彝认为鲁贵说的这些话"揭示了自己卑劣的性格：看不起老老实实用辛勤劳动来养活自己的鲁侍萍，说她穷骨头，不要脸"。[1]鲁贵的话有两种理解，一种就是顾仲彝的理解，那时候的女性离家出去做佣人，不在家相夫教子，就是"不要脸"！巴金小说《寒夜》中汪文宣的母亲不满意曾树生，一个重要的原因就是她出去工作，抛头露面，花枝招展。还有一种解释，就是鲁贵认可侍萍的"要脸"，可是觉得不值得，因为"要脸"就要

① 顾仲彝：《编剧理论与技巧》，上海人民出版社，2016，第335页。

受穷，还要跑到八百里外去，而鲁贵的哲学认为穷就没法要脸，尊严与钱财直接相关。鲁贵是世俗中人，活得现实，而侍萍更重精神，在现实中活出了超脱感。鲁贵对侍萍的态度有点儿复杂，既要通过背地里批评侍萍获得自我的某种尊严感，同时又对侍萍不无认可和羡慕。侍萍虽然是鲁贵的妻子，却又并不活在鲁贵的手掌心里，而是游离在八百里外，让鲁贵或多或少有种可望不可得的感觉。《雷雨》第一幕中，鲁贵向女儿要钱之前，先和女儿反复说的便是要四凤向侍萍炫耀自己现在的生活，这些话语不宜简单地视为要钱的铺垫，这本就是鲁贵的目的之一，他心中始终都在想着那个八百里外的漂亮的妻子，想要向她显示自己是多么能干。鲁贵这样的精明之人的悲剧在于，总是自以为是地将自己的梦想强加于别人，他觉得自己代表的便是人类，和自己不一致的便不正常，不能理解。鲁贵之于侍萍便是如此。他和四凤反复提起侍萍，不是因为爱的思念，而是出于色欲与对比的欲望，但是无论如何，都表明侍萍在他的心目中占有特殊的地位。

随着社会变化，对于人的评价标准也在发生变化。德才兼备是圣人，有德无才是贤人，有才无德是小人。贤人排在小人之前，现在的社会依然如此，只是贤人成了有才无德之人，或者说首先重的是才而不是德，正好与传统社会相反。站在有才便是德的角度，鲁贵受到越来越多人的喜欢。黄正勤说："纽约的《雷雨》算是红了。我的鲁贵。我真爱演这个人精，他算把周公馆里里外外上上下下的事都琢磨透啦，太太私通少爷，老爷愧对当年的女佣，自己的女儿跟大、二少爷是三角儿，偏偏'拖油瓶'的儿子又跟周家势不两立，不管怎么样，他能在所有人的口袋里掏钱花。他要不是掉在麻将坑里，他会精透地琢磨出，自己老婆是当年老爷上床的丫头，大少爷竟也是自己老婆生的。"[1] "人精"曾经是一个不好的评价语，在当下社会里却成了有能力的代表。在追求"不管黑猫白猫"

---

[1] 黄正勤：《永生的曹禺》，载李玉茹、钱亦蕉编《倾听雷雨：曹禺纪念集》，上海文艺出版社，2000，第303页。

的时代，在一个以既得利益或财富作为成功衡量标准的社会里，鲁贵甚至被描述成了奋斗"上进"者学习的榜样。

对于鲁贵这个人物形象，也有人试图从悲悯的视角重新进行释读。狄丽英认为，鲁贵"以自己对上流社会及周家内幕了解的特殊本领和身份极尽敲诈、勒索之能事，历来被评论界视为典型的奴才、无赖。然而透过鲁贵身上的斑斑劣迹，人们在对他嗤笑斥骂之余，会惊异地发现，这个卑琐潦倒的小人物，心灵深处竟有太多的苦恼和遗憾，他甚至是一个值得同情的不幸角色。"鲁贵享受不到一丝温情，因为侍萍不爱他；鲁贵享受不到一丝亲情，因为孩子们鄙视他；鲁贵很无辜，因为受牵连而"下岗"。"她被周朴园抛弃后又嫁过一次人，还带着个私生子，其生活的艰难，处境的困窘，精神上的沉重是可想而知的，可以说，她是在走投无路的情况下与鲁贵相遇的。而鲁贵敢于置非议于不顾，勇敢地接纳侍萍母子，表明了他对侍萍的爱，对家的渴望。然而令鲁贵想不到的是侍萍并没有给他带来温情与幸福。""以鲁贵的身份、财力，把儿女拉扯大并安排到这个份儿上，他已经付出了最大的努力了。但他却得不到儿女应有的认同和尊重，更享受不到本该享有的天伦之乐。鲁贵怜哉，冤哉！"[①]这样分析鲁贵，虽然让人耳目一新，但是添加了过多的文本之外的信息，也就难免出现了一个新的问题，即论者所说的鲁贵，真的是《雷雨》里的鲁贵吗？鲁贵的确有苦恼和遗憾，但是他的苦恼和遗憾是自己造成的，还是儿女不感恩？一个对儿女的安排已经"付出了最大的努力"的父亲，为何得不到儿女们的感恩？剧本着意表现的，不是鲁贵的委屈和苦恼，而是鲁贵自己如何使得家人远离自己的。这是核心，不把握这一点，反而以剧本中没有的情节来谈论鲁贵，就是过度解读。

若是将鲁贵不能享受天伦之乐视为"冤"，无论冤的根源是什么，四凤和鲁大海都不可避免地要承担责任，这似乎不是曹禺的创

---

① 狄丽英：《解读〈雷雨〉中鲁贵的不幸》，《语文学刊》2004年第12期。

从剧本到舞台

作初衷。鲁贵和周朴园都是美好生活的毁灭者，他们自身当然也有不幸，也有痛苦，但周朴园的痛苦和不幸不能归因于蘩漪的嘲讽，而鲁贵的痛苦和不幸也不能归因于儿女的瞧不起。鲁贵对家人的尽力安排，最终的目的并不是为了让儿女能够过上幸福的生活，这一点剧作已经通过第一幕父女间的对话进行了揭示。至于鲁贵自以为是的幸福生活，在鲁大海和四凤眼里则是痛苦人生。这一点在第一幕父女间的对话中也得到了揭示。

> 贵　他哪一点对得起我？当大兵，拉包月车，干机器匠，念书上学，哪一行他是好好地干过？好容易我荐他到了周家的矿上去，他又跟工头闹起来，把人家打啦。
>
> 四　（小心地）我听说，不是我们老爷先叫矿上的警察开了枪，他才领着工人动的手么？
>
> 贵　反正这孩子混蛋，吃人家的钱粮，就得听人家的话。好好地，要罢工，现在又得靠我这老面子跟老爷求情啦！①

以前读《雷雨》，看舞台演出，笔者没有特别注意到鲁贵父女间的这段对话，顶多只是简单地将其视为鲁贵自诩聪明的表演。现在重读《雷雨》，这段文字忽然鲜活起来，并且让笔者对鲁大海这个人物角色的设置都有了新的理解。陈思和教授曾经指出鲁大海是游离于《雷雨》主线的人物，删掉后并不影响全剧的情节发展。其实不然。鲁大海除了引入工人和资本家的斗争这条线索外，笔者认为他是侍萍反抗品格的社会化。四凤重演了侍萍的悲剧故事，鲁大海则代表了侍萍反抗的品格，以及这种品格发展的可能性，同时也将侍萍与周朴园、鲁贵矛盾的关键因素揭示了出来。在这一点上，曹禺的话剧就像易卜生的戏，都将以下观念以戏剧的方式呈现出

---

① 曹禺：《雷雨》，载《曹禺全集》第1卷，北京十月文艺出版社，2023，第45页。

来："我们许多自由及自愿的行为，只是我们父母的所作所为之重演而已。"①

《红楼梦》中，金荣的母亲听金荣说在学里闹了事情，于是将儿子埋怨了一通，告诫儿子要珍惜在贾府上学的机会，又对想要前去找珍大奶奶理论的姑娘说："别管他们谁是谁非。倘或闹起来，怎么在那里站得住？若是站不住，家里不但不能请先生，反倒在他身上添出许多嚼用来呢。"从现实利益考量的母亲，在权势面前总是低声下气、委曲求全，这也就在无形中折断了孩子们的脊梁骨，所以脂砚斋评曰："可怜妇人爱子，每每如此。自知所得者多，而不知所失者大，可胜叹者！"②得失的衡量，不同类型的人大不相同，这也就分出了精神贵族与奴隶根性。鲁贵认为吃谁家的饭就应听谁的话，侍萍和鲁大海显然不这样认为，四凤则处于两者之间。

将小人物鲁贵也视为"值得同情的不幸角色"，这种观点就是笔者提出的悲悯视角。所谓悲悯视角，就是以上帝的眼光看待世人。曹禺谈到《雷雨》时说："我初次有了《雷雨》一个模糊的影象的时候，逗起我的兴趣的，只是一两段情节，几个人物，一种复杂而又原始的情绪。……写《雷雨》是一种情感的迫切的需要。我念起人类是怎样可怜的动物，带着踌躇满志的心情，仿佛是自己来主宰自己的运命，而时常不是自己来主宰着。"③从上帝的眼光看世人，自然就会有世人皆苦的思想，而鲁贵自然也是值得同情的角色。从上帝的眼光看世人，爱与不爱，与回报无关。从人的世俗的道德来看，才会有施恩求报的思想。认为鲁贵对家庭付出挺多，得到的却少，这就是从世俗的道德做出的价值评判。然而，对鲁贵

① [美]亨利·艾伦伯格著，刘絜恺等译：《弗洛伊德与荣格：发现无意识之浪漫主义》，世界图书出版公司，2015，第207页。

② [清]曹雪芹：《红楼梦》第1卷，线装书局，2013，第152页。

③ 曹禺：《雷雨·序》，载《曹禺全集》第1卷，北京十月文艺出版社，2023，第5—6页。

的这个评判是极不准确的。因为鲁贵虽然安排了女儿和儿子,最终的目的却很难说是为了家人,因为儿子辛辛苦苦工作赚来的钱,寄给侍萍,却让鲁贵偷偷花掉了,至于女儿四凤做工赚来的钱,《雷雨》第一幕展现在读者面前的,便是鲁贵想方设法敲诈女儿的辛苦钱。综合起来看,鲁贵虽然也为儿女们的工作生活付出了一定的努力,却依然不受家人待见,出现这样的结果,鲁贵一点儿都不冤,也不值得可怜。

上述评论显示了不同读者对《雷雨》的独特理解,却也在某种程度上存在美国后现代精神分析学家诺曼·N. 霍兰德所批评的那种阐释倾向:"爱伦·坡对此作过严厉的批评:在所有的莎评中,有一个根本的错误从未被人提到。这一错误就是,在企图对他的人物进行阐释的时候,不是把他们作为人的大脑的产物,而是把他们作为地球上实实在在的存在物。……如果哈姆雷特确实存在过,如果这悲剧是他行为的一个精确的记录,那么,从这一记录出发我们就确实能调和他种种的不一致性,令人满意地确定他真实的性格。但是,当我们面对的仅仅是一个幻影时,这一任务就成为最纯粹的荒谬之谈。"[1]鲁贵是一个性格特别的人。芥川龙之介说:"我要了一元钱到书店买书,却鬼使神差地省下几角……在这里面,我感觉到了下层中产阶级的某种心理。即使在当今,下层中产阶级子弟每次买东西时,也仍旧舍不得将仅有的一元钱统统花掉。"[2]鲁贵没有想要省钱的感觉,他是一个借钱度日的人,很有超前消费的现代观念。在一个崇尚勤俭节约的社会里,借钱度日的人就是一个不可靠的人,如果借的钱是用于花天酒地,这样的人就是典型的败家子。

---

① [美]诺曼·N. 霍兰德著,潘国庆译:《文学反应动力学》,上海人民出版社,1991,第299页。

② [日]芥川龙之介著,周昌辉译:《追忆·四十一钱》,载《芥川龙之介全集》第3卷,山东文艺出版社,2005,第156页。

小人、小人物，这两个词都可以用之于鲁贵。《论语》提及小人的时候，往往和君子并举。"君子喻于义，小人喻于利。"这种对比，凸显出来的是品性方面的差异，但这品性更多地来自于修养，小人指的是没有教养、没有文化的人。《雷雨》中，孰为君子？周朴园、周萍、周冲、鲁贵四个男性似乎都算不得君子。繁漪、四凤也不是。勉强说来，只有侍萍近乎君子。《雷雨》中有一系列的两极对照，人性阴暗与光明的对照是繁漪与周冲，君子小人的对比则是侍萍与鲁贵。侍萍是高尚人格的代表，鲁贵就是低俗人格的代表。荀子《荣辱篇》云："自知者不怨人，知命者不怨天；怨人者穷，怨天者无志。"《天论篇》云："君子敬其在己者，而不慕其在天者；小人错其在己者，而慕其在天者。"侍萍不怨天不尤人，有罪孽就自己承担起来，与坤卦之意相符：地势坤，君子以厚德载物。侍萍控诉周朴园，目的并不是想要周朴园为自己负责，面对鲁贵的指摘，侍萍听而不闻。鲁贵则不然，他总是羡慕权贵们的生活，并将自己遭遇的种种困厄归罪于老婆孩子。侍萍内心善良而高贵，恰恰反衬出鲁贵的粗俗与丑恶。公都子问曰："钧是人也，或为大人，或为小人，何也？"孟子曰："从其大体为大人，从其小体为小人。"孔子有时候也自称小人，《礼记·哀公问》中有下面的话："孔子曰：'丘也小人，不足以知礼。'"孟子谈到"大人"这个词的时候说，"大人者，不失其赤子之心者也"。从德才两方面考量，有才无德是小人，小人之德风，虽无操守，却不一定是坏人；但一定要有才才行，否则都不叫小人。鲁贵是个"小人"。这没有什么疑问。钱谷融先生在他的《〈雷雨〉人物谈》中指出，鲁贵"鄙俗下贱，实在叫人厌恶"。[1]话语简短，概括得准确犀利。对照剧本，仔细咀嚼其他一些论者对于鲁贵的评判，总觉得有些似是而非。马中行在《喝肮脏水的人——鲁贵》中说："他在那个社会活得很自在。严酷的阶级社会，严酷的生活塑造了他，

---

[1] 钱谷融：《〈雷雨〉人物谈》，上海文艺出版社，1980，第101页。

剥夺了他作为一个人的起码的尊严，他做人的尊严已经彻底地泯灭了，他是一个十分典型的奴才。他自认为自己生来就低贱，他自轻自贱，毫无羞耻地炫耀自己说：'这周家上上下下几十口子，哪一个不说我鲁贵呱呱叫。'"①说鲁贵做人的尊严已经彻底泯灭了，这个判断有些问题，何为"彻底泯灭"？鲁贵在周公馆，在自己家，都得不到尊重，自己的言行也让人鄙视，这是否就是所谓的"彻底泯灭"？窃以为这样的论断，未免有些绝对。鲁贵珍惜自己的工作机会，殷勤为自己的雇主服务，虽然殷勤得有些过分，但是鲁贵的努力，正是为了活得有尊严。鲁贵虽然工作不怎么认真负责，但是他愿意找一份好的工作，一份体面的工作，这也是寻求尊严的一种表现。若说"尊严已经彻底泯灭"，应该是个人主义末路鬼的骆驼祥子，对于工作是否体面，对于别人如何对待自己，一切都已经不在乎，这才是彻底泯灭的表现。至于鲁贵，他还有自己的坚持和努力，还有粗鄙的"上进"的要求。认为鲁贵"在那个社会活得很自在"，也让人感觉有点儿怀疑。曹禺笔下的"小人"品德都不怎么样，都在努力地做着一些损人利己的事情，但是活得都不怎么自在。不仅如此，在"做人的尊严"方面，鲁贵虽然爱占小便宜，却并没有做什么真正的恶事，但是剧本显然从各方面都剥夺了鲁贵显示"尊严"的可能性，比如剧本提示中有这样的话："鲁妈拉着女儿的手，四凤就像个小鸟偎在她身边走进来。后面跟着鲁贵，提着一个旧包袱。他骄傲地笑着，比起来，这母子的单纯的欢欣，他更是粗鄙了。"②一个父亲，跟在妻子女儿的身后，"骄傲地笑着"，为何就显得"更是粗鄙了"？对于一家三口一起走路，父亲跟在后面笑着，这样的场景可以有多种诠释的可能，但是曹禺偏偏要提示鲁贵显得"更是粗鄙了"，就是要努力保证读者们不至

---

① 马中行：《唱脏脏水的人——鲁贵》，《名作欣赏》1986 年第 3 期。

② 曹禺：《雷雨》，载《曹禺全集》第 1 卷，北京十月文艺出版社，2023，第 127 页。

于将其想象成温馨和谐的画面。侍萍母女的"欢欣"是"单纯"的，一种相依相偎的亲情，温馨又满足；鲁贵的"笑着"则是不单纯的，曹禺暗示人精鲁贵又起了不好的心思，他的"骄傲"不是因为对侍萍母女的爱，而是又有了实现某些想法的资本，一些算计有了实现的可能。

《雷雨》中的八个角色，人人都有自尊心，可是自尊心有强有弱，就侍萍与鲁贵夫妻而言，人们都会觉得侍萍才是真正有自尊的人，而鲁贵并没有真正的自尊。这是为什么？罗素说："自尊，迄今为止一直是少数人所必备的一种德性。凡是在权力不平等的地方，它都不可能在服从于其他人统治的那些人的身上找到。"[1]鲁贵显然属于"服从于其他人统治的那些人"。芸芸众生，大多数都只能属于"服从于其他人统治的那些人"。在社会层面上，侍萍也是被统治者，并非统治者。可是在家庭中，在男女两性关系上，侍萍显然没有也不愿意服从他人统治。就自尊而言，《雷雨》至少向人们展现了自尊的两个存在层次：一个是有没有，一个则是能否坚持。有没有是最低的也是最基本的层次，只要是人，大概都会有自尊的要求，即便是阿Q也有强烈的自尊心，自尊而不得，才反向走向自轻自贱。人与人之间的区别，主要不在于有没有自尊心，而是能否坚持自尊，因坚持的程度而分出君子小人。侍萍虽为女性，却具有真正的君子风度。鲁贵则是真小人，为了蝇头利益也甘愿服从他人的统治，且期盼自己也能成为不平等权力中的上等人，对上如羊，无耻无底线；对下如狼，似乎尊贵到不可理喻。君子的自尊指向自我内心世界，小人的自尊附着于不平等的社会等级观念。

《雷雨》中的八个出场人物，侍萍"年纪约有四十七岁的光景，鬓发已经有点斑白，面貌白净，看上去也只有三十八九岁的样子。她的眼有些呆滞"；周朴园"约莫有五六十岁……面色苍白，腮肉很松弛地垂下来，眼眶略微下陷，眸子闪闪地放着光彩，时常

---

① 丹明子主编：《罗素谈人生智慧》，中国工人出版社，2011，第179页。

也倦怠地闭着眼皮";周萍是"约莫有二十八九,颜色苍白";四凤"约有十七八岁,脸上红润,是个健康的少女";周冲"他才十七岁"。鲁贵是"约莫四十多岁的样子,神气萎缩,最令人注目的是粗而乱的眉毛同肿眼皮。他的嘴唇,松弛地垂下来,和他眼下凹进去的黑圈,都表示着极端的肉欲放纵"。从人物容颜气色的描写来看,显示出健康的人充满朝气活力的就只有四凤和周冲,其他的人都有些病态。当然,这病态也各有不同的情况。如周家人的面色苍白。苍白脸色是由于脸部毛细血管充盈不足而引起的,中医认为这是体质差的表现。第一幕里,鲁大海对四凤说:"刚才我看见一个年轻人,在花园里躺着,脸色发白,闭着眼睛,像是要死的样子,听说这就是周家的大少爷。"鲁贵的气色不好,显然与周家那几位情况不同。在出场介绍里面,曹禺特别指出了鲁贵气色差的因由:"神气萎缩,最令人注目的是粗而乱的眉毛同肿眼皮。他的嘴唇,松弛地垂下来,和他眼下凹进去的黑圈,都表示着极端的肉欲放纵。"这是一个懂得享乐且纵情声色的人,明显与周朴园、周萍等人面色苍白原因不同。周朴园脸色不好是劳累疲倦所致,《雷雨》第一幕四凤和繁漪对话时说:"听说老爷一向是讨厌女人家的。"①周萍则苦恼于自己和后母不正常的关系。每个人都有自己苦恼的东西,虽然苦恼并无高低贵贱之分,但是能够远离女色,或者因为某种原因而不亲近女人,在中国的文化背景里,这种远离色情的人似乎总是要显得更加高尚和让人同情。因此,从剧本对病态人物缘由的说明,也可以看出曹禺的情感倾向性,鲁贵是唯一的私生活不检点的人物。

《雷雨》中,自以为精明,事事掌握在手的,大约有两个——周朴园和鲁贵。曹禺在《雷雨·序》中曾说:"遇事希望着妥协,

---

① 曹禺:《雷雨》,载《曹禺全集》第1卷,北京十月文艺出版社,2023,第125页、第92—93页、第85页、第39页、第54页、第73页。

缓冲，敷衍便是周朴园，以至于鲁贵。"①已经点明了两位家长内在的相似性。鲁贵以蘩漪想要让四凤"卷铺盖，滚蛋"，威吓四凤听自己的话，然后又对四凤说："不要怕！她不敢怎么样，她不会辞你的。"以自己所掌握的蘩漪的秘密，作为要挟蘩漪的把柄，让女儿放心。然而，等到矛盾冲突爆发之后，鲁贵所有的算计都没有了用场，妻子儿女无论在现实层面还是精神层面，都远离了鲁贵。周朴园也是如此，他自以为他的家庭是"最圆满，最有秩序的家庭"，"我的儿子我也认为都还是健全的子弟，我教育出来的孩子，我绝对不愿叫任何人说他们一点闲话的"。逼蘩漪吃药，也被周朴园视为一次教育的机会，所以周朴园对蘩漪说："蘩漪，当了母亲的人，处处应当替孩子着想，就是自己不保重身体，也应当替孩子做个服从的榜样。"②周朴园努力的结果使得整个家庭失掉了秩序，既不圆满也不健全。

除此之外，两个人物还有一个相似的地方，即都有做一家之长的欲望。周朴园靠专制统治着家庭，周萍和周冲兄弟两个在周朴园面前战战兢兢，唯命是从。周冲本来还有一些自己的想法想要表达，在接连碰了钉子之后便不愿意继续与父亲交流自己的想法。周朴园与自己的孩子，关系越来越疏远。建立在强权与专制基础上的秩序，结果便是父子亲情的消减。鲁贵对四凤说自己如何努力给儿女找到工作，存在着让儿女感恩的想法，但是在亲生女儿四凤那里，收获的却只有轻蔑与不屑。"您这样的父亲没有资格来问我"，四凤的话表明了对父亲的疏远。继子鲁大海对鲁贵完全不放在眼里，在鲁大海看来，鲁贵"忘了他还是个人"。鲁贵在饭后要喝茶，鲁大海就用言语讽刺他，说他摆着个老爷样。父子二人

---

① 曹禺：《雷雨·序》，载《曹禺全集》第1卷，北京十月文艺出版社，2023，第8页。

② 曹禺：《雷雨》，载《曹禺全集》第1卷，北京十月文艺出版社，2023，第65—66页、第104页、第98页。

从剧本到舞台

吵架，鲁大海抽出手枪，剧本有句提示词：鲁贵叫，站起。急到里间僵立不动。随后，鲁贵"（喊）枪，枪，枪"。如何表演这一细节？有的演员想要演出鲁贵的欺软怕硬、没有人格，让鲁贵的声音里充满了害怕与惊恐，惶然如丧家之犬。这是理解过度，急和不动是对的，声音大也是对的，但这些应该理解成是鲁贵的策略，而不是真正的害怕，否则鲁贵就不是精明的鲁贵。他知道家人都瞧不上自己，说话也没有人理会。然而，鲁贵善于利用各种条件，只要有实惠，并不在意自己在别人眼里的形象。此处的表演，将鲁贵演成胆小害怕，就失掉了舞台的动作性，将鲁贵变成了小丑，而不是一个精明人。作为精明人，鲁贵在那样的情形下，肯定要保全自己，不让鲁大海真正伤害到自己。但是，在侍萍和四凤都在家的时候，鲁贵还不至于害怕到懦弱的地步。他知道侍萍和鲁大海的脾气，否则也就不是真正的精明人。他挑起鲁大海的暴躁脾气，搞得家里一团糟。但是，重要的是看接下来发生的事情。当鲁大海掏出手枪的时候，侍萍就从批评鲁贵转向了批评鲁大海，直到鲁大海认错交出手枪为止。这说明什么？鲁贵知道家里谁能降服鲁大海，自己的牢骚固然会引发鲁大海的不满，甚或敌对，但是一切最终都会解决。若不如此，鲁贵在这个家中哪里还有存在感？鲁贵这个家长，就是以这种别扭的方式表现出来。鲁贵有做家长的欲望，却没有做一家之长的实力和能力。周朴园既有欲望也有实力，在周公馆里，周朴园作为一家之长的地位不容冒犯。从两个男性家长来说，鲁家和周家亦是对比鲜明。

周朴园与鲁贵，两个人在孩子面前都如同是陌生的家人。虽然妻子儿女对自己不亲近，但是周朴园和鲁贵却都没有抛弃妻子。当然，这样说的时候，首先要肯定的是侍萍不是周朴园的妻子。周公馆待侍萍很好，却并不意味着就认可侍萍作为周朴园妻子的地位。给周朴园生了两个孩子的侍萍，在周公馆里的地位顶多与《红楼梦》里的袭人、晴雯相当，这是旧社会里的俗套，即便是革命者高觉慧也还不能轻易突破这样的社会思想。周朴园当年娶阔家小姐的时候，是否需要赶走侍萍，这是值得讨论的话题。我倾向于认为侍萍是被逼离开周公馆的，这个"逼"宜理解成"风霜刀剑严相逼"的"逼"，而不是现在人们所说的抛弃。周朴园娶蘩漪是在阔家小姐死了之后。周朴园当年要娶的阔家小姐与蘩漪不是同一人，这在学界已成共识。这个问题在《雷雨》问世后却曾引起一些读者理解上的混乱，如秦伏塞、萧豪金在《〈雷雨〉的年龄问题》中写道："如果这里的'娶那位有钱有门第的小姐'，'娶'字的意思是'订'不是'娶'，则剧情的冲突还小。如果是'娶'，那么蘩漪下嫁周家的年龄是五六岁，那么周朴园二十余岁，欲娶一位五六岁的小姐，这岂不是一件绝对不可能的事吗？而且与蘩漪'陪着一个阎王十八年'的话也起了整个的矛盾。"[1]这就是错将阔家小姐与蘩漪等同了。

鲁贵娶侍萍，自己也是处于单身状态。一夫一妻，没有情人，这是《雷雨》所显示的正常的家庭生活，一旦与这个设定有悖离，就有矛盾冲突甚或悲剧发生。就此而言，《雷雨》一剧有一种内在的圣洁的家庭道德感追求，正如周萍追求四凤，为的便是摆脱对这种道德感的悖离。事实上，无论是高高在上的周公馆，还是辛苦恣睢生活着的鲁贵一家，都不能维持这种圣洁的家庭道德感。使得两个家庭中的两代人成为熟悉的陌生人的原因虽大不相同，结果却殊途同归，这或许也是曹禺所感觉并努力想要表现的"天地间的'残忍'"的一种类型吧。

周朴园是含着金钥匙出生的人，鲁贵的出身不能与周朴园相提并论，却比侍萍好。周朴园是专横冷酷的高高在上的家长，鲁贵则是点头哈腰在家人面前也没有尊严的家长。四凤质疑鲁贵做父亲的资格，鲁大海质疑鲁贵做人的资格；周朴园认为鲁贵"像是个很不老实的人"，侍萍将鲁贵列为"很下等的人"、"很不如意"的

丈夫。从这些地方来看，自诩"哪一个不说我鲁贵呱呱叫"的鲁贵，做人真的很失败。于是，问题出现了：鲁贵究竟是不是"呱呱叫"？如果鲁贵真的是"呱呱叫"，是人精，为什么身边的人都不满意他？在人缘关系上混得如此差的鲁贵，还能算是"人精"吗？《雷雨》一方面透露鲁贵是人精，一方面又让四凤、鲁大海、侍萍等都鄙视他，这是为什么？是否有意呈现一种文本的缝隙，通过这种文本的缝隙透露创作者的思想倾向？

　　四凤质疑鲁贵做父亲的资格，仅从鲁贵在第一幕中要挟女儿的场景来看，有其合理性。鲁大海质疑父亲做人的资格，从鲁大海硬骨头的气质来看，善于伺候人的鲁贵多的是奴性，也说得过去。从四凤和鲁大海两个人的角度来看，侍萍认为鲁贵是个不如意的丈夫，也讲得通。但是，侍萍将鲁贵列为"很下等的人"，如果不是为了特别突出自己所受的苦，便说明这位品格高尚的女性，心中也带有某些旧社会的偏见，对于职业与社会地位等怀抱着不正确的看法。四凤和鲁大海瞧不起鲁贵的地方，说白了就是鲁贵贪钱，好玩，为了能够尽可能多地弄到一些钱，什么脸面都可以不要，这是鲁贵与四凤、侍萍、鲁大海最大的不同之处。第三幕中四凤厌恶地说自己的父亲鲁贵"真是下作"，指的便是鲁贵对来到鲁家的周冲大献殷勤。鲁贵和侍萍，两人的思想犹如两条平行线，永远不挨边。侍萍善良，鲁贵狡猾；侍萍清高，鲁贵卑贱。《雷雨》开场时，侍萍在学校做工。曾经做过许多种类工作的侍萍，最终却选择了去学校做工，既是幸运，也是曹禺有意通过这种设置来显示侍萍骨子里积极向上的精神追求，她是文明人，对有权人士不卑不亢。与之相比，鲁贵就是一个自甘卑贱的人，不停巴结有权有势的人。"呱呱叫"的鲁贵眼中只看到了钱，盯着钱的鲁贵也就没有了骨气。一个值得思考的问题就出现了：侍萍嫁给鲁贵，是为了鲁大海，直白地说，便是钱。没有能力独自养活鲁大海，所以嫁给鲁贵。也就是说，这个时候的鲁贵，应该是有钱的，或者说有能力养活侍萍母子的。贪钱的鲁贵能够娶鲁侍萍，显然是准备损失钱财的，能够弥补钱财损失和"拖油瓶"等不利因素的，唯有侍萍的美色。好色的鲁贵，喜欢嫖的鲁贵，是不喜欢家庭生活，不愿意和侍萍过性生活，只愿意去妓院？这种推断在剧本中找不到明确的依据，能够找到的，便是侍萍不顾鲁贵反对，跑去济南工作，两三年都不回家。好色的鲁贵在家中根本没有和妻子过性生活的可能，估计他也就只好去嫖。之所以指出这一点，就是想要提出这样一个问题：鲁贵的嫖与赌，是在侍萍嫁给鲁贵之前就有的生活习惯，还是侍萍嫁给鲁贵之后慢慢习成的？《雷雨》中，并没有详细地交代鲁贵之前的生活，但是鲁贵在和女儿对话的时候，曾经说自己以前也阔气过，娶了侍萍之后才走霉运。事实如何，不能确定，因为四凤既没有肯定父亲的话，也没有否定。鲁贵的嫖赌，与他并不和谐的家庭生活之间，究竟有着怎样的关系？是鲁贵的粗鄙、嫖赌造成了家人对他的隔膜，还是家人间的冷漠与他的不良习性构成了相互生发的关系？

　　追问剧本中没有表现的东西，并不能够解决剧本所呈现出来的问题，以前的鲁贵怎么样，都已经成为了过去。现在的鲁贵不管是出于什么原因成为现在的模样，主要的原因都在自己，家人及其他因素都只是鲁贵成为现在的鲁贵的外在诱因。然而，如前所说，现在的鲁贵令人不齿，无非就是没有自尊，喜欢嫖赌，在周家人面前献殷勤，以自己掌握的一点儿秘密要挟一下四凤或繁漪。但是，因为嫖赌欠钱的鲁贵并没有因此连累自己的家人，侍萍、四凤和鲁大海也没有提及家庭生活因鲁贵的嫖赌而受到怎样的影响。此外，鲁贵并无其他恶行，不是周朴园剥削镇压工人的帮凶，也不像骆驼祥子那样靠出卖地下党获取钱财，没有害过谁，也没有像周朴园那样专制冷酷地对待家人。鲁贵之所以令人不齿，说到底便是他不能安于"下等人"的生活，舍弃了人的尊严想着向上爬。

　　《雷雨》里的八个人物，除了鲁贵，每个人都在严肃地生活着，总以为生命与生活自有美好与尊严，唯有鲁贵觉得生活就是那么回事。《日出》里的陈白露在这一点上与鲁贵有相似之处。

"活着就是那么一回事。"①陈白露对生活的认知，远比方达生深刻。《雷雨》中的周家人，活得都像方达生，比较认真。鲁贵是小人，陈白露是坠入风尘的精灵，两人在游戏人间方面却殊途同归，颇为相似。鲁贵劝说四凤："花开花谢年年有，人过了青春不再来！""人活着就是两三年好，好机会一错过就完了。""周家的人就是那么一回事。""看开点，别糊涂。""就凭你没有个好爸爸，人家大少爷会……""这世界上没有一个人靠得住，只有钱是真的。……偏偏你同你妈不知道钱的好处。"如果说侍萍和四凤互为影子，构成了一个命运的循环，鲁贵说的话便残酷地点明了人生残酷的真相，即自由与尊严不是金钱能够买到的，却可以因为钱而卖掉！曹禺显然不想让侍萍和四凤的坚持变得无意义，而要维护侍萍和四凤人生坚持的意义，就必须批判鲁贵的人生观和价值观。当然，这不仅是曹禺及其剧作中表现出来的人生观，亦是社会内在的价值观，这种价值观分了等级，高高在上的信奉自由与尊严无价，鄙俗之人开口闭口都是面子值多少钱，什么严肃的事情都能和金钱拉上关系，在金钱（好处）的层面上被衡量。鲁贵之可鄙也就在于此。鲁贵就像《傲慢与偏见》里的班纳特太太，一听见女儿伊丽莎白应允了达西的求婚，马上想到的就是达西庞大的财产，从里到外都透着令人难耐的粗鄙的气息。班纳特先生则不然，首先考虑的是女儿是否真的愿意，达西是否能给女儿幸福。前者将爱情婚姻当成了买卖，谈论的是财产，人被当成了物，于是人被物化了。

　　《雷雨》第二幕，鲁侍萍来到周公馆，与鲁贵、四凤相见。鲁贵对侍萍说鲁大海在矿上当了工头是自己努力的结果，剧本提示四凤听后"厌恶她父亲又表白自己的本领"。鲁贵好显摆，但是就此处的显摆来说，是事实而非虚夸，为什么四凤厌恶？这是因为厌恶已经成为了习惯，而不是因为鲁贵做错了什么，或者又失掉了尊

---

① 曹禺：《日出》，载《曹禺全集》第2卷，北京十月文艺出版社，2023，第25页。

严。从这个角度来看鲁贵离开时侍萍与四凤的反应，这种带有偏向性的叙述就更加明显。"鲁贵下。母女见鲁贵走后，如同犯人望见狱丁走一样，舒展地吐出一口气来。母女二人相对凄然地笑了一笑，刹那间，她们脸上又浮出欢欣，这次是由衷心升起来愉快的笑。"如同犯人看到狱丁，这个比喻突显的是侍萍母女的压抑感。在曹禺的描述里，鲁贵对待侍萍母女，似乎比周朴园对待繁漪还要专制冷酷。但是，曹禺在剧本中给出的这个提示，却又与剧中人物的言语行动并不十分吻合。也就是说，在剧本提示与剧中人物的言行之间，存在缝隙，有内在的审美张力。

侍萍母女都对鲁贵不屑一顾，而鲁贵除了骂骂咧咧发发牢骚，对侍萍、鲁大海、鲁四凤似乎都没有什么影响和约束的能力。《雷雨》第三幕，鲁贵一家回到自己家中，鲁贵对鲁大海骂骂咧咧，要让鲁大海走。忍耐不住的鲁大海对鲁贵说："你小心点。你少惹我的火。"鲁贵听后立马就怂了："（赖皮）你妈在这儿。你敢把你的爹怎么样？你这杂种！"没有侍萍在身边，鲁贵根本就不敢对鲁大海说这些话。听到鲁贵说出来的极难听的话语，侍萍的反应有二：第一，对鲁贵只说了一句："你别不要脸，你少说话！"对鲁贵所说的话非常反感，却又并不针锋相对，这是冷漠。侍萍的冷漠不是受到了鲁贵的压制，而是极度看不起对方，根本不愿意搭理对方。第二，侍萍反复劝说鲁大海，让他"不乱说""不骂人"，这既是关心孩子、教育孩子，也还是让孩子不搭理鲁贵的意思。

鲁家一家四口，侍萍等三人都不愿意搭理鲁贵，孤立的鲁贵在家庭生活中的地位就只有发发牢骚，对各种事情都没有真正的发言权。侍萍说要带四凤去济南，鲁贵说："不成，这我们得好好商量商量。"所谓的商量，便是侍萍坚决要带四凤走，而鲁贵则旁敲侧击地指出要问问四凤，四凤可能不愿意跟着去济南。等到四凤说愿意，实际表现却很勉强的时候，鲁贵说："你看看，这孩子一身小姐气，她要跟你不是受罪么？"这时候侍萍直接对鲁贵说："你少说话。"表面上看起来似乎有些商量的意思，实际上鲁贵在家里的发言除了发牢骚之外，并没有其他任何实际用处，一旦真正有所影响（主要对四凤），侍萍就剥夺了他的发言权。侍萍和鲁大海谈卖家具时，鲁贵根本就没有发言权。鲁大海打算去车厂拉车，侍萍打算带着四凤去济南，但是鲁贵打算留在家里，鲁贵家中并没有什么多余的家具，卖掉之后，鲁贵日常生活用什么？侍萍对鲁贵说："这儿的家我预备不要了。"鲁贵回答："你回济南，我跟四凤在这儿，这个家也得要啊。"侍萍回答是四凤她也要带走。侍萍所说的"这儿的家我预备不要了"，意味深长。因为周朴园的家在这儿，所以侍萍不愿意待在这里，但是她并不告诉鲁贵自己为什么要这样做，也并不理会鲁贵理解不理解自己，一切径自做主。鲁贵所能够选择的，便是在侍萍做出人生的选择之后，跟着选择是否追随侍萍的步伐。所以，在鲁贵家中，鲁贵只是一个附属者。面对侍萍，他能够说出来的便是"好好商量商量"，但是侍萍并不和他商量。鲁贵在侍萍面前，就没有真正说出过"不"。是不敢、不能，还是不愿？面对侍萍不能说不的鲁贵，他所说出来的许多话语就值得深思。当鲁贵对侍萍说："我不要脸？我没有在家养私孩子，还带着个（指大海）嫁人。"[1]鲁贵的人生观、价值观与侍萍和四凤的人生观、价值观南辕北辙。侍萍和四凤对鲁贵不屑，却又摆脱不了鲁贵显摆的那些事实：让鲁大海做工人、工头，给四凤在周公馆找工作等。鲁贵是小人，却也是人精，难道他就不知道自己这样对着家人说话只能是相互伤害，除了引起家人的反感，并没有其他益处？为何鲁贵要做这些损人不利己的事情？纯粹是因为嘴贱，管不住自己？还是因为他已经看透了侍萍对自己的冷漠和疏远，只有这样伤人的话语才能引起对方些微的反应？

序幕里，护士在谈到侍萍，顺带提及鲁贵："她的儿子十年前一天晚上跑了，就没有回来。可怜，她的丈夫也不在了——（低

---

① 曹禺：《雷雨》，载《曹禺全集》第 1 卷，北京十月文艺出版社，2023，第 185 页。

声地）听说就在周先生家里当差，一天晚上喝酒喝得太多，死了的。"①喝酒喝得太多而死，却并不交代是否因为家人的死亡才伤心暴饮，给人留下的印象，鲁贵似乎就是一个酒色之徒，暴饮而死正是其应得的结局。《雷雨》里的两位家长，在家人凄惨离世之后，周朴园成了近乎是清教徒式的人物，道德上给人一种变态的洁癖感，而鲁贵却如堕落的骆驼祥子一般既无道德操守，也不在乎自己的形象。

二、父之批判

周朴园和鲁贵代表了两种类型的父亲，这两种类型的父亲可恶不可恶？非常可恶。为什么这两类父亲非常可恶？比如说鲁贵，这样的父亲怎么会不可恶？伤害孩子最深的就是鲁贵这样的父亲。其实，这也是《雷雨》一剧有意营造的戏剧效果，开场就让鲁贵显示出各种低俗丑陋的面目。开场的印象一旦形成，就再难以改变。鲁大海和四凤都讨厌鲁贵。鲁大海不是鲁贵的亲生儿子，讨厌情有可原。四凤是鲁贵的亲生女儿，自己亲生的女儿也很讨厌鲁贵，正眼都不想看自己的父亲。为什么？两个人都觉得自己的父亲卑鄙无耻，人格低贱，是个小人。但是，鲁贵做过什么坏事吗？鲁贵真的没有做过什么伤天害理的事情，连告密这个事情鲁贵都没干过。那么，鲁贵为什么在子女的眼睛里，在所有人的眼睛里，成了一个不可容忍的对象，成了每一个孩子都瞧不起的父亲？

鲁贵做事敷衍潦草，给周朴园擦皮鞋，擦上两下就扔到一边去了；鲁贵还爱占小便宜，从周朴园的烟盒里偷烟。偷懒、爱占小便宜是人的天性，没什么大不了的，算不了人性之恶。但是，曹禺就是让鲁大海和四凤瞧不起自己的父亲。为什么？因为这代表了一种

---

① 曹禺：《雷雨》，载《曹禺全集》第1卷，北京十月文艺出版社，2023，第30页。

新的时代风气，或者说意识的觉醒。底下人不愿意再做奴隶，不愿意再伺候人。即便是做了女佣人的四凤，做的是伺候人的活，却也有了人的自觉，不像鲁贵那样以奴才自居。

然而，鲁贵才是普通人的模样，或者说几千年中国历史孕育出来的产物。无产阶级小人物挺起的脊梁，只是在无产阶级革命期间是直的。残酷的现实生活中，多的是鲁贵那样的普通人。鲁贵作为小人其实就是一个普通人，普通人的成功学就表现在鲁贵身上。鲁贵是一个普通人成功的榜样，做父亲的鲁贵其实做得挺到位的，你看他把四凤拉到周公馆里边来做佣人，对一个父亲来说，这是给女儿一个实现阶层跨越的机会，还是将女儿推进了火坑？

作为父母，侍萍与鲁贵恰成对照：所有的孩子都瞧不起鲁贵，所有的孩子都很尊重侍萍，都觉得侍萍才是自己学习的榜样。侍萍不愿意让女儿出来帮佣，但是似乎也有没有想过自己的已经十七八岁的女儿工作怎么办。四凤没有读书，一直待在家里。在济南一待就是两三年的侍萍，似乎并没有想着应该如何给女儿谋一条出路，如果不是繁漪想方设法将侍萍叫到周公馆，侍萍似乎就没有将四凤带到济南和自己一起生活的打算。直到侍萍知道自己的女儿在周公馆工作，而周公馆的主人就是周朴园，侍萍这才提出要带女儿去济南到自己工作的地方。《雷雨》给我们展示了现实生活中的悖谬：侍萍是一个精神很高贵的母亲，她的性格影响了孩子，孩子们也很崇拜她，但是侍萍给自己的孩子计划未来的人生了吗？精神高贵的侍萍是如何考虑并安排孩子们在现实社会中的生活的？《雷雨》没有给我们提供任何相关的材料，连暗示都没有。反观鲁贵，这个非常卑鄙的"小人"，一门心思钻营投机的奴颜婢膝的"小人"，却一直都在为自己的两个孩子安排工作，他自己到周公馆后不久就做了大总管，然后就安排女儿到公馆里做工，安排鲁大海到矿上去做工。在周公馆里做工的女儿很快就博得了周家大公子的青睐，搞上了恋爱；在煤矿上工作的鲁大海很快就成了工头，还成了罢工的代表。用鲁贵的话来说，就是没有他老子行吗？对于两个孩子的工作安排，鲁贵自己是很满意的，鲁贵不仅满意于女儿能够穿绸缎衣服，更满意于女儿能够和周家大公子恋爱。

《雷雨》开场，鲁贵以女儿恋爱的秘密要挟敲诈，显得很卑鄙，但是鲁贵说出来的话很清醒，对于门不当户不对的恋爱，鲁贵和侍萍都很清醒，只是鲁贵采取的态度是各取所需，侍萍的态度则是远离烦恼。侍萍代表的是出世的态度，鲁贵代表的才是人间世的态度。清醒的鲁贵在要钱之外，其实也是在教女儿人间世残酷的真相，也是想要帮助女儿。只是鲁贵的世俗的现实态度，很难被带有理想的青年人所接受。四凤和周萍恋爱，为的不是周萍的钱，想的不是嫁进周公馆，她追求的是真爱。谁年轻的时候没做过梦呢？在做梦的年纪不做梦，人生还有什么趣味？然而，鲁贵就是想要戳破女儿的美梦，让女儿知道真爱不值什么，人生很长，梦很短，梦醒之后如何？鲁贵总是想着梦醒之后如何，所以想要劝女儿能够抓在手里的就一定要抓在手里。

世间最可悲的，莫过于用尽了一切办法都无法跨越阶级的鸿沟。高贵的侍萍跨不过去，卑鄙的鲁贵也跨不过去，张恨水的小说《金粉世家》写的也是类似的故事，梁晓声的《人世间》里也写到了这样的故事。

鲁贵算不得一位好父亲，如果在周朴园和鲁贵之间选一位做父亲，最好还是周朴园，否则的话，能够有一个像鲁贵那样的父亲也挺好，因为他给你把路已经铺平了，不需要你再拼死拼活地去做什么事情，但是你会发现四凤和鲁大海对鲁贵根本不感恩。鲁大海读过书，从剧本可知，鲁大海不是读书的料，而不是鲁贵不让他读书，上学上不好，工作也不好好做，后来鲁贵把鲁大海安排到周朴园的煤矿上去了，去做工人。鲁大海有没有觉得父亲给他安排了一份好工作？没有！他搞罢工，做了罢工的领袖，四个罢工代表来找周朴园谈判，其他三个代表都被周朴园收买了，只有傻乎乎的鲁大海还吵着要和周朴园算账。为什么周朴园不收买鲁大海？只能是鲁大海不容易被收买，而周朴园又需要拿一个代表开刀以警示他人，于是鲁大海就成了牺牲品。刚才我们谈到鲁大海瞧不起鲁贵，推崇自己的母亲，而侍萍就是不会被金钱收买的！

对于一个普通的底层家庭来说，能够像鲁贵一样安排自己的女儿和儿子的，基本上就算是好父亲了。啰唆邀功不算事，只要能切实解决问题就好，鲁贵就是一个能切实解决问题的父亲。鲁贵的啰唆和邀功，并没有虚夸，四凤和鲁大海都不是靠自己的本领挣钱养活自己的，统统都是靠鲁贵的安排才能够赚钱养活自己的，所以鲁贵没有夸张，但是，现实生活中最让人讨厌的父母就是鲁贵这一类的。为孩子付出了无数的心血，孩子非但不领情，反而非常讨厌自己的父母，为什么？很多时候就是因为父母总是唠叨说自己做的一切都是为了孩子，于是父母的恩情对孩子来说变成了最沉重的负担。中国古代文学里面绝对不会出现《雷雨》中鲁贵这样的父亲形象，也不会出现鲁大海、四凤这样的儿女形象。为什么？因为中国传统社会里面是以孝治家的，是孝文化，没有女儿和儿子胆敢像鲁大海那样对待鲁贵。《雷雨》展示了一种现代家庭，是和我们现在一样的一个家庭。这个家庭里的儿女对于父亲的态度和我们当下就是一样的。

《雷雨》开场的时候，侍萍在离家八百里外的济南的一个学校里面工作。传统的家庭观念讲究男主外女主内，女人结婚后就应该在家相夫教子，可是《雷雨》中的鲁家似乎已经现代化了，鲁贵一个人带女儿已经三年了，这期间侍萍一直都没回过家，也没和女儿见过面。《雷雨》开场的时候四凤十七岁，往前推三年就是十四岁，十四岁的女孩需不需要母亲的陪伴？需要。然而，自从四凤十四岁起，做母亲的就一去三年不回家，侍萍能算是好母亲吗？对于四凤来说，她觉得自己的母亲是天下最好的母亲，这是四凤说的。四凤没有一句抱怨母亲，从没有说你一走三年，不管我。与此形成鲜明对照，四凤觉得鲁贵似乎是天底下最糟糕的父亲。人的感觉与事实为什么反差这么大？如果说鲁大海一直偏向自己的母亲，讨厌自己的父亲，还挺有可能，因为母亲是亲生母亲，父亲是后父，但是四凤却不存在这个问题。侍萍是精神贵族，一大特征就是视金钱如粪土。所以周朴园给她一张五千元的支票时，她毫不可惜地就撕掉了。当时侍萍的心思大概是：我在乎的不是钱，你拿这么一大笔钱来补偿我，你这不是侮辱我吗？精神的贵族就是这个样子，如果精神贵族能够被财富所诱惑，就是虚伪的，而侍萍是绝不虚伪的。然而，对于已经世俗化了的周朴园来说，却是没有什么事情是钱不能解决的，如果不能解决，一定是钱不够。所以，《雷雨》第四幕中，周朴园看到侍萍又来到自己面前，以为她要回来，于是痛痛快快地让周萍上来认母亲，同时说自己本来要给她寄一张两万块钱的支票。两万块钱是多少钱呢？那是鲁贵一家做工做一辈子也赚不到的一个数目。冯铿创作于1928年的小说《最后的出路》中也写到了两万块钱，S村的大富户郑和爷临死前叮嘱分给死了丈夫而年轻的长媳及遗腹女两万块钱，亲属们冷眼看着这娘俩，有的还说："大奶奶真要哭够些，阿爹就只疼你一个！……二万块钱难道比有了三妻四妾的丈夫还不及吗？"[1]沿海地区的妇女，或者说受尽了传统礼教束缚的女性们，似乎早就看透了婚姻的实质，觉得钱比不负责任的丈夫好多了。眼里只有钱的吝啬鬼和势利鬼自然应受唾弃，可是想要经济权的妇女不能说不是自发性质的觉醒。没有钱，就要有赚钱能力。侍萍是有赚钱的能力的，可是她的赚钱，便是需要外出打工，且是以不能照顾女儿及其他家人为代价。侍萍是一个与传统家庭妇女很不同的女性，她的工作（侍役/女佣）并不比鲁贵在周公馆做管家高贵，可是她的独立生活，敢于摆脱传统家庭主妇的生活模式，无不显示出新时代女性的魅力。侍萍未必像繁漪那样受过五四新思潮的影响，可是就实际行动而言，侍萍无疑更具备新女性的特质。

《雷雨》开场前，侍萍已在济南工作了两三年，却从没有想要

---

① 冯铿：《林中响箭：冯铿小说散文诗歌选》，中国文史出版社，2021，第53页。

接四凤过去和自己一起生活，等到发觉四凤是在周公馆做女佣，这才决定带四凤到自己工作的地方去。鲁大海与四凤两人的工作，都是鲁贵安排的。鲁贵安排的工作，在周朴园、侍萍的眼里未必好，但是对于普通百姓来说，能够像鲁贵那样安排子女的工作，已足够美好。即便是放在21世纪的今天，又有多少父亲能够安排自家的孩子到工厂里当工头，安排自家的女儿到周公馆那样的人家工作？进入《雷雨》的世界后，读者（观众）习惯于从隐含叙事者或侍萍的视角审视周鲁两家的人和事，无形中抬高了眼界，将一些并不普通的事情看得稀松平常，鄙夷于鲁贵的努力。其实，鲁贵的许多见解都可谓是人间清醒，鲁大海和四凤却都有着年轻人的浪漫幻想，看不起鲁贵的奴颜婢膝，没有接受鲁贵的庸俗的精神的熏陶，表面上看这是鲁贵在家庭生活和教育中的失败，若是换一个角度审视鲁贵，这不也正说明小人鲁贵也自有豁达的一面。鲁贵为什么娶侍萍？除了侍萍漂亮之外，恐怕也是为侍萍高贵的气质所吸引。若是如此，小人鲁贵自身虽不高贵，却是向往和追求高贵的一个人。正因如此，与鲁贵生活十八年的侍萍才能始终高贵，琐屑的家庭生活并没有磨掉侍萍身上曾有的高贵的气质，鲁大海和四凤两个孩子的气质也都更像母亲。小人鲁贵有种种缺点，却也有一些优点，底层人的优缺点常常融会在一起，难以分割，鲁贵亦不例外。

作为父亲的鲁贵，整体上来说是失败的。另外一个父亲周朴园作为父亲也是失败的。从乡下回到周公馆的周萍，对父亲应该抱有怨意，我认为这种对父亲的怨或敌对态度，使得他引起了心如死灰的蘩漪的注意，从而有了两个人的恋情的发生。只是随着不伦之恋的发展，周萍意识到了错误，这个时候他转过身来将周朴园奉为了最崇拜的对象。《雷雨》开幕时，周萍甚至都不愿意听蘩漪说周朴园的坏话，维护周朴园，也就是维护自己心目中的偶像，也就是自己想要成为的样子。周冲却相反，从第一幕他告诉母亲想要将自己的想法告诉周朴园等来看，他自以为和父亲是亲近的，而父亲也会同意他的一些想法。可是现实狠狠地击碎了他的幻想。周冲想帮鲁大海说点好话，被周朴园训斥是半吊子社会主义，而后眼看着周朴园逼迫蘩漪喝药，对父亲的好印象全都消失了，当周朴园闲下来让周冲说先前想要说的事情时，周冲说没有什么事了。然后，周冲转身就想要离开，在周朴园的要求下，才又转回身来问过话再离开。周朴园在这个过程里看到的是自己的权威的树立，周冲变得听话了，而在周冲那里，却是父亲偶像的毁坏，而且是有多远就想离得多远的那种。周萍和周冲兄弟二人对周朴园态度的变化，再次呈现了曹禺对人性复杂性的思索和呈现。什么样的父亲才是真正的好父亲？站在不同的立场，对于好父亲的认同是截然不同的。

周朴园身上没有任何的奴颜婢膝，周朴园浑身上下都很高贵，比侍萍还要高贵，因为他不仅有精神上的高贵，绝不会在别人面前伏低做小，现实生活中更高贵，周萍想要成为的就是他父亲那样的人。我们要注意这个问题，这个问题很重要。在鲁贵家里，所有的孩子都想成为侍萍那样的人，不想成为鲁贵那样的人，而鲁贵代表着现实生活，侍萍其实代表着一种桃花源里的生活。侍萍那高贵的气质来源于哪里？来自于她的原生家庭吗？来自于侍萍的母亲吗？都不是。推想起来，大概是周公馆里的生活经历（尤其是和周朴园在一起生活的那三年）铸就了侍萍的高贵，若是如此，那么侍萍的高贵和周朴园的高贵是连在一块的。没有人天生高贵，高贵的气质不是生成的，而是养成的。鲁贵羡慕周朴园，除了财产权力外，是否也羡慕周朴园的气度？沿着这个思路推想，当初鲁贵娶侍萍，除了因为侍萍漂亮，是否也是受到侍萍高贵气质的吸引？若是如此，则曹禺在将周公馆描写为罪恶的渊薮的同时，也将周公馆写成了一个吸引人的散发着高贵气质的地方。一边是天堂一边是地狱，天堂和地狱并非分指周家和鲁家，而都是指周公馆。

第三章

———

《雷雨》艺术论

话剧的鉴赏，一般来说，主要包含两个方面：一是舞台表演，二是剧本。

对于舞台表演来说，所有出现在舞台之上的因素都是鉴赏的对象，若舞台是开放式的舞台，需要鉴赏的可能还包括剧场的其他部分，甚或是整个剧场：舞台灯光、舞台美术、观众。"把戏剧作为文本来阅读，实际上涉及到剧本的阅读、导演与设计的阅读以及剧场的阅读等一系列复杂的问题。我们必须把戏剧作为环环相扣的链，即'戏剧链'来研究，才能比较清楚地把握它的'相貌'。"①陈大悲认为每一个演员都应该"尽力去给与剧本以新生命——把一个死的纸面上的剧本变成一出活泼有生命的戏"。②陈西滢1944年在英国看Hamlet（《哈姆雷特》），该剧由George Rylands（乔治·赖兰慈）导演，John Gielgud（约翰·吉尔吉德）演Hamlet，Ashcroft（阿什克罗夫特）演Ophelia（奥菲利亚），"我说看了这戏才知Hamlet是a great play（一部伟大的戏剧）。Gielgud是a great actor（一位伟大的演员）。"③戏剧的经典性在于剧场性。

伽达默尔在《真理与方法》中说："戏剧或音乐作品的本质是它们的表演在不同的时间、不同的场合是不同的；而且一定是

① 王邦雄：《剧场的阅读——一个化解舞台美术的思考提纲》，《戏剧艺术》1989年第3期。

② 陈大悲：《戏剧ABC》，知识产权出版社，2017，第50页。

③ 陈西滢著，傅光明编注：《陈西滢日记书信选集》（上），东方出版中心，2022，第581页、第271页。

不同的。"①话剧大师老舍说:"戏剧是文艺中最难的。世界上一整个世纪也许不产生一个戏剧家,因为戏剧家的天才,不仅限于明白人生和文艺,而且还须明白舞台上的诀窍。"②让·吉罗杜在《两个法则》中说:"从第一次演出起,它就属于演员们了。"③张先教授总结国内戏剧教学教训时说:"过去,尽管我们在教学中也得出反对学生只重文本,生疏舞台。指出这种偏爱是对戏剧艺术认识的幼稚。但我们在实际的教学中,并没有给学生设置表导演方面的课程(似乎那是不可以想象的),没有将戏剧艺术综合的艺术特性化成明确的量化教学内容传达给学生,没有将此看成是进入戏剧(文本)创作的必要环节。因而造成了历届戏文系毕业生对于舞台的严重陌生感,使他们在没有真正体会到戏剧艺术魅力的时候而对戏剧丧失了兴趣。"④《北洋画报》1935年第26卷1311期发表伊凡剧评,对比分析了中国旅行剧团和孤松剧团演出的《雷雨》,"可知指摘的地方,就是在布景和效果上了。鲁贵家的墙是太白了,床单太干净了。一个单知喝酒赌钱,女人又不在家,像鲁贵那样的人家,不会有那样井井有条的住宅,那墙上应该有几道臭虫血。"⑤这种批评有道理,被后来的舞台演出采纳。但是,似乎也并没有太多道理。突出了鲁贵,就污蔑了四凤。四凤是回家住的,不检点的父亲,不卫生的父亲,偏偏生出了一个高贵的四凤,这不正好形成鲜

---

① [德]汉斯-格奥尔格·伽达默尔:《真理与方法》,商务印书馆,2007,第158页。

② 老舍:《文学概论讲义》,载《老舍全集》第16卷,人民文学出版社,2008,第137—138页。

③ [法]让·吉罗杜:《两个法则》,载中国社会科学院外国文学研究所外国文学研究资料丛刊编辑委员会编《外国现代剧作家论剧作》,中国社会科学出版社,1982,第71页。

④ 张先:《注重舞台实践,强调创作能力的培养——戏剧文学系近年来教学改革的几点感受》,载刘立演主编《现实与展望:第一届亚洲戏剧教育研究国际论坛论文集》,文化艺术出版社,2006,第165页。

⑤ 转引自张骏、牛根富编著:《中国话剧艺术剧场演出史(1934—1937)》第4卷,文化艺术出版社,2021,第99页。

明的反差吗？草窝里飞出金凤凰，金凤凰之所以成其为金凤凰，不是飞出草窝之后才是，而是在哪里都应该是金凤凰，在家里就应该会打扫卫生。认为"女人不在家"中的"女人"特指侍萍，并没有太多道理。

鉴赏舞台上的《雷雨》演出艺术，就必须注意到舞台灯光的运用。如果说电影是光与影的艺术，这种艺术首先源自于舞台。利用光线营造舞台效果，这是所有舞台艺术共同的追求。戏剧利用光线营造氛围，塑造人物。魔术师利用光线完成魔术表演。舞台所展示出来的就是表演者想让观众们看到的，戏剧创造真实，魔术师揭示错觉。在舞台技术发达的时代，舞台光与影的使用能够营造魔术般的效果。在简陋的舞台上，在舞台技术发达以前，人们靠嘴（语言）营造舞台效果。赵如琳译汉密尔顿的《戏剧原理》之第四章《近代的舞台程序》叙及早期戏剧表演时说："因为没有布景，此时的戏剧家不得不插进诗歌的章节去暗示某一场的氛围（Atmosphere）……演《麦克白》时，舞台不能黑暗；但那戏剧家使剧里的主人翁说'天色昏暗，乌鸦飞回树林去了'。"一个简单的诗句如何能够营造舞台氛围？糟糕的诗句，没有铺垫的语言，很难将观众带入某种情景氛围之中。语言的力量终究有限，尤其是当观众并非语言的崇拜者，知识储备有限的情况下，语言的力量就不如布景。中西戏剧改良的趋势，都是让说出来的布景变成舞台上的自然布景，"往昔在剧本中用描叙的诗句去表示，此时已能用真实的景物暗示出来"。此外，还需要"暗示"，并不是所有的因素都能直接表现出来，故而需要"暗示"。其中一个最重要的限制条件便是灯光。"近代舞台程序上之伟大的革命，俱始于电灯之发明。现在已能使舞台上的每一隅，令全场各处的观众都看得清清楚楚，因此无需再靠着一个演员去把握全场的中心。电灯既输入，围裙式的舞台即归于无用，镜框式的前台遂继之而起。"[①]

---

① [美]汉密尔顿著，赵如琳译：《戏剧原理》，图腾出版社，1943，第65—71页。

欧阳予倩指出，"光是舞台的生命，假如没有光，谁说舞台不是死的？光用得不妥当就和没有光差不多"。[1]"如果说戏剧的力量有三分之一来自灯光的生动运动才能获得的话，那么在《原野》中，灯光甚至占了二分之一的力量。"[2]"舞台装饰的元素是形式、线条、色彩和光影。这四种元素中，以后两者为前两者之灵魂。影（Shadow）和色（Coulor）都是由于光（Light）造成，而光亦须依于影及色而表现，没有暗影及色彩便不会显出光来的；所以被称为舞台装饰之生命的光，与影色两者，虽三位而实一体。……以淡绿色为主调的布景，如投以黄光，结果为鲜明的黄绿色，显有青春的朝气。但同一布景改投琥珀及红光时，变为棕色，便显出隐晦衰败的情调；如在一个家道中落的故事，且为一景的剧本中便可用色光来变换色彩。"[3]舞台装饰的粗糙与精美，实际上也与时代审美风范有关。

① 欧阳予倩：《戏剧改革之理论与实际》，广州《民国日报》副刊《戏剧研究》1929 年 4 月 15 日第 9 期。

② 张殷、牛根富编著：《中国话剧艺术剧场演出史（1934—1937）》第 4 卷，文化艺术出版社，2021，第 166 页。

③ 赵越：《舞台上的光影和色彩》，载宋之的、章泯、贺孟斧等《演剧手册》，上海杂志公司，1939，第109页、第121页。

第一节 《雷雨》中的"病"字及其审美意蕴

黑格尔谈到戏剧体诗时说："它一方面借助于姊妹艺术来烘托出感性基础和环境，起自由统治作用的中心点还是诗的语言（台词）。"①与其他的文学样式相比较，戏剧的潜台词无疑最丰富。在伟大的戏剧里面，同样的一个词语在不同的情景下，从不同的人口中说出来的时候，其中所表达的内涵和情感都有非常大的差异，而利用这样的一些差异来表现人物的性格，塑造人物形象，推动戏剧冲突等，也就成了优秀的剧作家经常使用的手段。蘩漪有句台词："这屋子里气闷得很。"既是实指，又别有所指。抗战期间，绿宝剧场排演《雷雨》，剧组考虑到观众理解水平有限，觉得观众直接理解蘩漪的台词，"认为气闷不过就是不开窗户，理解不了这气闷是一种旧家庭将要崩溃的预兆。所以这样的台词要进行修改，让观众一听就明白是什么主题。"②丰富的潜台词提升了戏剧的审美蕴涵，相应地也对读者（观众）提出了要求。

作为中国现代话剧的奠基者，曹禺的戏剧创作取得了空前的成就，在运用人物的潜台词，以及特定的语词这个道具方面，也显示出作为戏剧大师独有的天赋才能。在《雷雨》一剧，作家紧紧抓住"病"这个关键性的词，表现出了剧中八个人物各各不同的性情。在不同的人物提到"病"的时候，因具体环境、人的情绪以及所要

---

① ［德］黑格尔著，朱光潜译：《美学》，载《朱光潜全集》第16卷，安徽教育出版社，1990，第254页。

② 徐半梅：《话剧创始期回忆录》，中国戏剧出版社，1957，第126页。

达到的目的等各不相同，"病"这个词在被说出时，有着非常丰富的潜台词，内中包含的种种不同的意蕴又与人物形象的展示密切联系在一起，在塑造人物形象、挖掘人物内心深处的心理活动等方面成为不可或缺的重要道具。据笔者粗略统计，《雷雨》中"病"这个词前后大约出现了41次；从第一幕到第四幕，这个词贯穿了整部戏剧，其分布的疏密与戏剧发展的节奏紧密相合，在戏剧矛盾冲突以及剧情的发展方面，同样是一个绝对不可忽视的重要因素。

借助于"病"展开戏剧人物各自的性格特征，在能指与所指的分合之中尽显种种细微的戏剧矛盾冲突，充分地显示作为戏剧大师的曹禺对这"太像戏"[①]的作品的精心打磨。在《雷雨》这部戏的人物出场介绍（就是人物出场时的说明）中，只有周萍的介绍中用到了"病"这个词："然而他明白自己的病"，这里所说的"病"显然是精神上的病，也就是由于和繁漪的"不自然"的关系引起的内心的愧疚以及悔恨，精神上的折磨和煎熬又进而影响到肉体，人也就显得憔悴而略带病态。周公馆里的人多少都有些病态。繁漪需要治疗，周萍也在"求自己心灵的药"，就连最纯洁无辜的周冲，作者还不是借了周朴园的口，问他"你今天吃完饭把克大夫给的药吃了么"[②]，也就间接地点明了周冲也在"病"中。只不过周冲之"病"，在很大程度上是被当作一种象征或寓言被揭示的，作为《雷雨》中最纯洁和作家最喜爱的人，暗示他需要吃药，一方面揭示出这个单薄的天使形象的脆弱，另一方面同时也以此暗示"所有的人都需要治疗"。因此，在《雷雨》中，病有真病和假病之分，有生理之病和精神之病的区别，"病"之为义被发挥到了极致；因而，在"病"人当中，也是需要仔细辨别，方能体味戏剧创造的精

① 曹禺：《日出·跋》，载《曹禺全集》第2卷，北京十月文艺出版社，2023，第294页。

② 曹禺：《雷雨》，载《曹禺全集》第1卷，北京十月文艺出版社，2023，第86页、第89页、第237页。

微内涵。

然而，也不必将所有的"病"及其衍生话语都视为曹禺精妙的安排。从剧场性的角度来理解，有时候各种有关"病"及病人的称呼，可能只是为了追求舞台演出的即时性效果。歌德谈到莎士比亚戏剧时有一个很精妙的看法，"一般来说，莎士比亚在创作自己的剧本的时候很难想到把它们作为印刷体字母，好让读者去数它们和比较它们。相反，他在写剧本的时候，心中想到的只是舞台。他把他的剧本看作一种可移动的和生气勃勃的东西，它在舞台上瞬息即逝，观众不可能抓住它，不可能对它的细节吹毛求疵。它始终只是在眼前的一瞬间产生巨大的影响。"①歌德的这段话，用来分析曹禺的戏剧创作也很合适。

周萍的"病"，根源在繁漪，而繁漪与他一样因精神上的压抑和痛苦而呈现出一种病态的生存。实际上，在《雷雨》一剧中，除了周萍在出场介绍中与"病"这个词沾了一次边以外，所有的场合里面出现的"病"这个词统统都指向繁漪。而"病"这个词也就像一面镜子，照出了每个人物不同的嘴脸形象。只要联系几个围绕着病展开的场景就可以明白曹禺使用"病"这个道具所达到的惊人的戏剧化的表现效果。通观《雷雨》，"病"这个词在周朴园和繁漪两个人口中出现得最频繁，而其他人谈到病的时候，基本上也是在转述这两个人的话，或者是为这两个人的话做分解。可以说，周朴园和繁漪之间的矛盾是《雷雨》当中最为尖锐的一对矛盾，而矛盾的症结就在繁漪的"病"上面。《雷雨》里面，周朴园强逼繁漪喝药那一幕的经典性，谁也无法否认。这场戏将周朴园和繁漪之间的矛盾一下子揭示出来，同时也为周朴园这个角色定好了基调。然而，这场戏的重要之处还在于它实际上将周家各人相互之间的纠葛关系做了集中的展露。喝药是因为有"病"，"病"自然应该是喝

① [德]艾克曼著，洪天富译：《歌德谈话录》，译林出版社，2002，第261页。

药的缘起。但是在戏剧情景中，喝药超越了生理治疗上的意义，成了试探、排斥、压制对方的武器，也就是说，成了精神纠正。"喝药"这一行为本身最终取代了"药"成为注意的焦点，而治疗也从身体上转移到了思想意识上。与后来的几个场景不同，"喝药"一幕里，繁漪就像祭台上的羔羊，尽量地顺从着周朴园，而且总是刻意地在周朴园问起自己的病情的时候努力地要将话题转移到别的地方去。对于自己的病，繁漪在这里采取的是尽可能回避或模糊化的态度，这就与周朴园的热心形成了一个反差。考虑到周朴园在繁漪和周冲都还不知道的情况下，早已吩咐四凤熬了药，说明周朴园在儿子们面前强逼繁漪喝药并非预谋，并非预谋而在瞬间爆发的行为，也不是偶然，显示的恰好是积久成疴的家庭矛盾的激发。

病的提出与被掩盖都有内在深刻的动机，在戏剧表现里面，这些动机和人物各自的行为也就构成了对矛盾冲突的戏剧化表现。"在实际生活中，每一个动作——随便说一下，这是某种新的发现——通常是由一整系列的动机造成的，这些动机或多或少都带有根本性，但通常观众只认为是这些动机中的一种造成的，也就是他们头脑里最易于把握的那一种动机，或者是在他看来，最为可信的那一动机。有人自杀了。商人说是因生意上蚀了大本，女人说是因相思，病人说是因病之故，穷困潦倒者则认为是由于绝望。但很有可能，其动机可能是所有这些原因或根本不是这些原因，还有可能是死者为使自己脸上增光，通过显示刚好相反的动机而把自己的真正动机掩盖起来了。"[1]《雷雨》里面出现的"病"，其被提起的动机总是各不相同的，在说者和听者之间总是存在着理解和接受上的错位，在错位的基础上流动着的戏剧性也就使得丰富的人物内心世界得到了完美的表现。

如果我们能够将周朴园强制繁漪喝药的原因仔细地向深处探究

---

① [英] J. L. 斯泰恩著，周诚等译：《现代戏剧的理论与实践》，中国戏剧出版社，1986，第 58 页。

一下，就会明白"喝药"实际上已经成了周公馆长期以来忍耐未发的家庭矛盾的一次集中展示。"喝药"就像是阿里阿德涅的线团，借助这样一个场面，作家将蘩漪所经受的苦难，以及这个家庭内部早已分崩离析的情况全部暗示出来。在剧中，有一个比较明显的细节应该引起我们的注意，就是周冲在他母亲的病的问题上所持说法的反反复复，一会儿说有病，一会儿又说没有，从这里我们可以看到一点有趣的东西。周冲最初见到他母亲蘩漪时，所说的第一句话就是："您好一点儿没有？（坐在蘩漪身旁）这两天我到楼上看您，您怎么总把门关上？"然后又说道："我看您很好，没有一点病。为什么他们总说您有病呢？"接下来当周冲问母亲答应给他画的扇面时，蘩漪说："你忘了我不是病了吗？"周冲就为自己的"忘记"向母亲道歉。然而，当周萍进房，周冲说妈妈想见他，为什么他不坐坐再走的时候，仿佛在母亲的提示下相反地又重新记得了母亲的病，对周萍说："你不知道母亲病了么？"也就是说，从一开始，周冲在他母亲的病的问题上所持的态度就在自己、母亲，还有他自己所说的"别人"的观点之间摇摆着。问题是当面对自己的父亲周朴园的时候，周冲在这个问题上的反复性突然就消失了。紧接周萍之后进来的周朴园，先向蘩漪问候了她的病情，接着又向周冲询问："你看你母亲的气色比以前怎么样？"[①]这时候的周冲似乎没有思考就冲口而出了否定性的答案。

周冲根本没有顾及父亲问候里面可能含有的好意，而是近乎条件反射般否定了周朴园的问讯："母亲原来就没有什么病。"越是脱口而出不假思索的话，越能显示人内心真实的想法。无论是否有意，都构成了对周朴园殷勤为蘩漪治病的质疑。周冲的行为之所以耐人寻味，就在于他前后表现出来的矛盾性，在这种矛盾当中表明了他在母亲和父亲间的选择，同时也显示了亲人之间深印着的隔阂

---

① 曹禺：《雷雨》，载《曹禺全集》第1卷，北京十月文艺出版社，2023，第76页、第78页、第94页。

与相互戒备的心理。如果结合周朴园回家之后、蘩漪喝药之前的周公馆里的形势作一下分析，我们就可以知道周冲的态度对双方来说意味着什么。从文本里我们知道，周朴园长期住在矿上，离家已有两年。刚刚回到久别的家，迎接他的是什么呢？将自己卧室的门紧锁的妻子，接连三天不见自己的丈夫，儿子对周朴园也普遍没有亲人之间的热情。或许我们应该说这是周朴园自作自受的结果，是他冷淡疏远了妻儿，没有给他们应有的亲情和爱。但是，我们也应该知道，所有的报复，不论有意还是无意，伤害都是双向的。伤害了别人，接着被别人伤害，如果是冷血动物，向来情感淡漠的，也许不重视这些，但是周朴园却是一个未能尽忘情的人，不管他对侍萍的情感是真是假，仅仅从他保持侍萍所住房子数十年如一日，可以看出他对亲情还是比较留恋的。一个人用来显示自己权威的方式很多，完全不必要采用强制喝药的方式，但是周朴园最终却在这上面显示了他的权威，为什么？就在于刚刚回到家的周朴园明显地感到了自己在家中所处的一个被疏远的地位。他问候蘩漪的病，我们尽管可以将其视为虚伪，但无论如何不能否定这一行为的合乎人性礼仪。对于一个托病不出、已有两年未见的妻子，如果连病情都不问，这才真是不正常。

第一幕，鲁贵和四凤之间有这样一段对话：

> 贵　你知道太太为什么一个人在楼上，作诗写字，装着病不下来？
> 四　老爷一回家，太太向来是这样。

这段对话很有意思，透露出很多的信息。连刚刚来到周公馆不过两三年的佣人都知道蘩漪的这个秘密，那么，蘩漪的行为还有什么真正的秘密可言么？周朴园虽然不常在家，但是并不傻，他能不知道这些事情么？如果周朴园知道蘩漪装病，那么周朴园接下来的行动能有几种可能？考虑一下，我们就可以发现，想要做一个模范家长的周朴园其实并没有太多的选择。假若不知道，自然一切无从谈

198

起；假如知道，恐怕也难以直白地道出来？因为那样除了增添家丑之外，无助于事情的解决。还有一种情况便是知道而并不理会是真病假病，只是按照蘩漪的意思来做。先是请医生，在医生到来之前，以四凤和蘩漪间的对话来看，便是"老爷说您犯的是肝郁，今天早上想起从前您吃的老方子，就叫抓一服。说太太一醒，就给您煎上"。①肝郁是什么病？肝郁，一种病证，即肝气郁结之证，多由情志抑郁、气机阻滞所致，是"肝气郁""肝气郁结"的简称。肝有疏泄的功能，喜升发舒畅，如果一个人的情绪得不到疏泄，惊慌恼怒就会伤肝。肝郁的主要原因就是心情不好。周朴园并非无能之辈，他是否也了解肝郁病症的情况？周朴园认为蘩漪是心病，是脑子里的毛病，这没有什么错。弗洛伊德叙述过少女杜拉的案例："杜拉的母亲在先生回来那一夜一定生病；而杜拉总在K先生出门的时候发生病痛，等他回来后便又康复。"从心理分析的角度看蘩漪的病，与杜拉母亲的症状很相似，这些身体的症状都表达了病人"隐藏的或无意识的愿望"②。周朴园自己不能爱蘩漪，又不可能让蘩漪离开，剩下来的似乎也就只有请心理医生即脑科专家德国克大夫给蘩漪看病了。请克大夫看病，包含着两个以上的意蕴：首先，在面子上做到了尽善尽美，从模范家庭、模范家长的角度请世界上最好的大夫给妻子看病，可谓尽心。对当时的中国人来说，德国就是现代科学的代称。"在我看起来，德国是个遍地是望远镜、显微镜和试验管的国家。它的发明日新月异，突飞猛进。上海人甚至把高级舶来品统称为'茄门货'（德国货）。"③其次，私底下希望蘩漪意识到且承认自己有病，能够配合治疗自我调适，说白

① 曹禺：《雷雨》，载《曹禺全集》第1卷，北京十月文艺出版社，2023，第65页、第73—74页。

② [美] 亨利·艾伦伯格著，刘絮恺等译：《弗洛伊德与荣格：发现无意识之浪漫主义》，世界图书出版公司，2015，第144页。

③ 蒋梦麟：《二次大战期间看现代文化》，载汤用彤等《西南联大国学课》，天地出版社，2022，第325页。

了，最好是能够回到周萍来到周公馆以前的日子，过她自己死灰一般的生活，最好是吃斋念佛，悄无声息地过完她的余生。

面对周朴园的问候，蘩漪的回答绝对是敷衍性的，但也是巧妙的，她轻轻地将病的问题又转到自己对周朴园在外面情况的关心上去。其实，如果按照蘩漪的那种处理方式，强制喝药的一幕可能完全不会出现。但是恰好是幼稚的周冲（起码在周朴园的眼里向来是如此），这时候却突兀地站出来，有些赌气和反感似的说出了那句话："母亲原来就没有什么病。"在周朴园的心里，周冲顶多只是一个没有长大的孩子。周冲面对刚回家的父亲采用这样的语气和方式否定其对母亲的问候，强调母亲本来就没有病，所导致的结果绝不是澄清事实，而是引出了为温情以及表面礼仪掩饰的家庭矛盾及不和，若是周冲说的是事实，那么回家后的周朴园所面对的一切就需要重新寻找解释。因为从蘩漪的行为和答话里面，显然是自己已经承认有病，严重不严重或病在哪里是另一回事，病在蘩漪和周朴园之间是不能也不容否认的，因为这实际上已经成了处理他们之间尴尬局面的一块遮羞布。否则的话，蘩漪不见周朴园就成了比不喝药更严重的不服从的榜样，没有病的话，蘩漪显然就与周朴园之间构成了陌路人。然而周冲却将这块遮羞布一下子挑开，这显然让周朴园感到不快，蘩漪的感觉和周朴园应该是很相似，所以她要赶紧给儿子打圆场。周冲的行为是喝药场景最终出现的直接导火线。而周朴园开庭教训周冲说话方式的错误实际只是虚晃一枪，将问题从实质的地方引开，却回过头来以强迫喝药的方式宣泄自己被戳痛了的心。

反过来说，蘩漪是有病，最明显的病症就是见了周朴园就要发神经，但是面对其他人的时候却是一个聪慧的正常人。从周冲前后几次的反复来看，我们知道他对自己母亲的状况实际是很担忧的，所以总是顺承着母亲的意思说话，所有的话语都是比较偏向母亲。他可能感觉到母亲想见周萍，所以要说"你不知道母亲病了么"来留住他。对于父亲，可能感觉到没有这种撒谎的必要，所以直话直说，但是他却忘记了母亲躲在自己卧室里不见周朴园的理由；如果周冲看穿了父亲和母亲之间的芥蒂，从而是想借此揭示母亲不得不以病为借口来躲避什么，尤其严重的是，如果按照这种逻辑推理下去，周冲显然就是在讥讽父亲，要将长辈虚伪的面孔揭开。对周朴园来说，这显然是不允许的，即便是他能够正视也接受蘩漪的"病"根源在于自己，他也不可能承认，因为这已经是无法挽回的事情，而一旦将封建礼仪抛却，将矛盾公开化，周公馆也就难以继续维持下去了。无论如何，周冲的话已经在周朴园的心里投下了一颗炸弹，他直接让周朴园警觉到家庭中出现的越来越强的另类声音。在强制蘩漪喝药时，周朴园对周冲说："你同你母亲都不知道自己的病在哪儿。"将蘩漪和周冲母子两人联系在一起，绝非无意之语，其实是显露了周朴园内心深处的某种焦虑。紧接着关于鲁大海的那场父子之间的争论中，周朴园对周冲所作的那一句评价，也就显得颇耐人寻味。"这两年他学得很像你了"[1]，句中的"他"指周冲，"你"指蘩漪，子肖母天经地义，可是周朴园却很不以为然，这表明周朴园对蘩漪很不满意，对周冲在这两年里变得"像"蘩漪自然也不满意。周朴园对周冲不满意的，似乎并非是社会主义思想倾向或单纯，而是反抗意识或不听话，但这两者本是一个问题的两个方面。思想单纯而又爱好社会主义，自然会生出反抗意识，但周朴园不说这样的周冲像年轻时候的自己，而说"这两年他学得很像你"，这是很耐咀嚼回味的话语。

在周朴园眼里，蘩漪不是无知和单纯，而是神经有问题的女人，而"像蘩漪"无疑也就不仅仅是意味着不听话或反叛，而是走什么道路的问题，这倒不是上纲上线，而是从周朴园对自己家庭的态度来看，是相当尊奉传统封建体统的，也就是说妻子应该相夫教子，而儿子则应该继承父志，蘩漪无疑是没有尽到妻子的责任，而

---

[1] 曹禺：《雷雨》，载《曹禺全集》第1卷，北京十月文艺出版社，2023，第97页、第95页。

是一个在周朴园看来需要改造的神经病患者。这样，"像蘩漪"还是像周朴园也就成了对于孩子成长的期望问题。周冲的行为之根源被周朴园算到了蘩漪的账上，于是他后来在蘩漪身上下手，要重新挽回两年来在他看来被改变的东西，使一切按照自己设计的轨道运行。起码从周朴园的角度来看，这已成了势在必行的动作。

蘩漪与周冲的态度一样，时而说自己有病，时而又宣告自己完全没病，病在他们那里已经成了一个道具，随着自己的心意选择是有还是无的回答。而所有的选择真正针对的对象只有一个，那就是周朴园。前面我们已经谈到周冲和蘩漪面对周朴园的询问时所采取的有些矛盾的态度。在喝药一场戏里，蘩漪没有否认自身的病，而只是说自己不愿意喝那种苦东西。但是后来，凡是周朴园在她面前谈到她的病的时候，蘩漪几乎没有不和他唱反调的。

第二幕周朴园向蘩漪说已经请了克大夫给她看病，蘩漪的反应是一口否认自己有病，她有些强烈地说："谁说我的精神失常？你们为什么这样咒我，我没有病，我没有病，我告诉你，我没有病！"是什么原因使得蘩漪如此快地就否定了自己刚才还承认的病呢？是周萍给予她的打击，使得她已经失去了生的希望与信心，自暴自弃，不愿治疗，结果便是如周朴园所说："讳病忌医，不肯叫医生治，这不就是神经上的病态么？"蘩漪接下来的回答一语双关："哼，我假若是有病，也不是医生治得好的。"[1]从蘩漪的这句话里面，我们大约可以看出，蘩漪并不认为自己真正有病，即便是自己有病，也不是周朴园所"关心"的那种"病"，其病根不在肝郁，而是来自心灵深处。这病是源自感情的创伤，灵魂的压抑，精神所属，自然非药石针灸可以治疗。蘩漪的这种说法不排除发泄积怨的意思，却也恰好表明了"病"在蘩漪那里所具有的双重性意义。一方面，从情感上来说，蘩漪有着非正常的要求，在周朴园为

---

[1] 曹禺：《雷雨》，载《曹禺全集》第1卷，北京十月文艺出版社，2023，第147页。

代表的社会法统看来，自然是病态的，而繁漪对自身的处境也同样认同为病态的，只是这种病态被看作社会之病；另一方面，为了躲避和对抗周朴园，病在繁漪那里已经成了一个可以随便使用的工具和遮蔽物。正是在病的名义下，繁漪已经在许多地方可以有自由出格的行为，这起码给了她一个可怜的退缩的机会，实际上，繁漪是以病作了一个茧子，紧紧将自己裹在一个可以尽量与周朴园隔开的空间里面，而且这种行为并非是见到了周萍以后才有的，应该是长期不如意的生活逼迫繁漪出此下策来保护自己。

病人的典型表征是生命力或多或少地被剥夺，自居为病态下的繁漪也是如此。从繁漪和周萍的对话当中，我们知道，她认为在周萍出现以前，她是一个没有生命要求的枯萎将死的病人，只有在周萍出现以后，她的生命力才又重新被唤起。这时候，虽然还需要病的借口来掩护自己可怜的自由空间，但是她对于自己的病已经是不太强调，而且只有在非常有必要的时候才以病来为自己辩护。实际上，我们通观《雷雨》一剧，里面基本上就没有繁漪首先直接提出自己有病的情况，除非是以反语的形式出现。周朴园谈到繁漪的病时，繁漪总是想要转移话题，经常是顾左右而言他，这也在一定程度上说明复活的繁漪已经不再主动认同病的状态，而只是将病视为被动的辩护借口。于是，所有的矛盾都由这里引申开来，复活的人自然对于僵死的病的状态深恶痛绝，却又不得不使用它作为遮掩色，长期以来自己努力争取的病人的自由也已经使得摆脱对自己的病的关照成为一个道德上的问题，而不仅仅是生理上的问题。

在整部戏剧当中，繁漪的"病"，在周萍的口里仅仅只出现过一次。那就是在戏剧最后一幕，当繁漪拉出了周冲，想让他和自己的哥哥争夺四凤，以便借此留住周萍，但是在各种办法都失败之后，失望之余的繁漪不顾一切地揭露了自己对周萍的情感和关系。这时候，面对自己的弟弟，周萍向周冲使眼色，第一次也是最后一次从他口中说出了"她病了"这三个字。而这时候的所谓"病"，也不是真正如周朴园那样认为的病，而是为繁漪出格的行为寻找合理的借口，一个掩饰的、没有实义的词而已，这已经是非常明显的事情。周萍不得已的选择，恰好也表明了两个挣扎在陷阱里的人物在精神上的相通。即便是在周朴园口口声声要他照顾蘩漪的"病"的情况下，周萍虽然从来没有像周冲那样努力地为她作辩解，但是也没有在任何意义上使用"病"这一类的描述词，尤其是从来没有为附和父亲的意志说这方面的东西。至于后来在蘩漪的逼迫下说出的"疯""真疯"等评语，那更多的是来自对其狂热的恐惧，和直言所认定的病毕竟是截然不同的两码事。转身独自面对蘩漪的时候，他对被父亲谨慎告诫显然不以为意，对蘩漪虽有意疏远，但仍可看出他对蘩漪是理解而且同情的。当蘩漪的欲望已经超越了周萍可能接受的程度，同病相怜也就变为向相排斥的方向逃逸，想要摆脱"不自然的关系"和拯救自己的欲望，使得他不得不从对他者的同情中抽身。

　　戏剧中其他角色口中流露出来的"病"这个词，一方面在情节结构的展示方面起到了连接和推动作用，比如鲁贵在第一次提到蘩漪的病时，就对蘩漪与周萍以及周朴园三人之间的关系和矛盾做了提示；另一方面也是借助"病"的表演，使他们将自身的性格特征做了一番展示。比如鲁贵，他在剧中曾经三次提到了蘩漪的病，但是他提到的时候，所谓的"病"，是蘩漪的心病，也就是难以摆在桌面上谈的隐私，这在鲁贵那里被视为可以要挟敲诈的秘密武器，活显一副小人嘴脸。第一次是和四凤谈到，说是让她代他向蘩漪的"病"问安，实际就是借此提醒蘩漪她和周萍的事情，以便保住四凤在周公馆的位子；紧接着就是鲁贵自己出场，"太太，您病完全好啦？"鲁贵的殷勤问候与献媚的动作神态，在观众面前尽显一副奴才相。鲁贵对蘩漪病的问候，也呼应了蘩漪对周萍所说：谁都强调蘩漪的病，认为她有病，将她看成一个有病的人，这些都让蘩漪感到压抑和束缚，就像鲁迅《狂人日记》中的狂人，觉得周围的人仿佛都想要"害"自己。鲁贵向蘩漪传达周朴园的话："老爷催着太太去看病。"鲁贵抬出"老爷"，强调"催着"，无非是想要借势压人，催促蘩漪离开，使她不能与侍萍详聊。四凤为了自己的利益，也向蘩漪转述过鲁贵的话，四凤话语中涉及蘩漪的病时，信息皆以转述的方式出现。掌握了蘩漪病情的她与自己父亲鲁贵的行为恰好形成了一个鲜明的对照，与周冲一样表现出了纯洁无伪的精神特质。

《雷雨》中蘩漪的"病"不仅与戏剧人物性格的创造有密切的关联，而且也成为表现或推动戏剧情节冲突的一个重要手段。我们可以看到，几乎所有的矛盾冲突都与"病"有关，而"病"这个词的出现频率，还直接与整个戏剧发展的缓急相结合在一起。在喝药那个最典型的场景里面，"病"这个词出现得反而并不多，只有两次。这个场景过后，蘩漪与侍萍商量好了要四凤回家的事情，而后周朴园出场，蘩漪与周朴园为病的问题针锋相对地争论了起来。在一句话里面，蘩漪一口气说了三次自己"没有病"："谁说我的神经失常？你们为什么这样咒我，我没有病，我没有病，我告诉你，我没有病！"就像是连珠炮似的，蘩漪郁闷的心情火山般爆发了出来。在不足两页的纸面上（根据"中国现代文学百家"版本），就集中了十一个"病"字，其在人物口中出现的密集度也就相应地表现出了人物情感的强度。尤其是当这样一个场景恰好夹在"强迫喝药"和周朴园与侍萍相认——这两个矛盾冲突最为尖锐的场景中间出现的时候，无疑就像音乐里面的过渡音一样起到连接其前后音符的作用，以合奏出一段完整的情感交响曲。这样强烈的宣告方式在后文里又出现过一次。蘩漪阻拦周萍的努力失败以后，矢口否认周萍为她以"病"所作的遮掩。"胡说！我没有病，我没有病，我神经上没有一点病。"又是接连说了三次"没有病"，直接抛掉原先使用的掩饰手法，显示了她破釜沉舟的决心，从而也就进一步向在场的人们明确地证实了自己和周萍关系的真实性。这时候，人物之间矛盾的弦已经紧绷到除了断裂没有其他选择余地的程度，形成了不是自己毁灭就是毁灭他人的局面。

在病的问题上，整部戏剧形成了一条逐渐发展的有条理的线索，从一开始的时候蘩漪在周朴园面前的以"病"作为遮掩，却又故意模糊自身的"病"，发展到后来强烈地向周朴园抗议"自己没病"，再到后来直接宣告"即便有病，也不是药所能治好的"，在自身"病"的问题上逐渐由被动转为主动，进而故意性地以认同周朴园思路的方式并进一步突显"病"来抗争、打击周朴园，"（忽然报复地）我有神经病"。蘩漪作为一个反抗的形象，其性格的渐变历程，在剧本的对话中，通过不断增强的音质、更加神经质的话语方式呈现在了读者（观众）的面前。

换一个角度审视蘩漪的带神经质的话语，就会发现她的话语和《狂人日记》中的狂人话语有相似之处，揭示出了司空见惯的日常话语背后隐藏着的荒谬逻辑。叶家怡在《神经质与前进》一文中论述甚详："世人之所谓神经病，我想大概是指举动异常，精神不具而言的。不过我们要问所谓一般好人们的举动是否就算正常合理？正常合理的生活又究竟以什么为准绳？多数人对于每一件事的看法就可算天经地义否？……答案当然是'否'！因为你越是认真地生活，……你的神经病便要越大，你的神经刺激得厉害，你的反应也特别神经。在今日这个环境中，你如果不为盲目者所同化，你会觉得你四周的事物多么的丑恶，不合理，残酷啊！所以也唯有神经是真实，是前进，神经断不是我们生理的病，却是一种丑恶事实的时代病。"[1]这段文字用来分析蘩漪正合适。周公馆这个环境就像一座囚笼，想要同化蘩漪，差不多也就要成功了，因为蘩漪自己说是曾经死去了的人，是周萍唤醒了她。但是这差一点究竟还是意味着同化不成功，蘩漪不能虚伪地生活，而是想要真正生活，于是就成为了周朴园、周萍等人眼里的神经质的女人。蘩漪意识到了日常话语带来的压抑和束缚，所以她总是反驳看起来温情脉脉的话语，话语冲突成了她抵抗周朴园的方式和途径。日本学者杉村博文分析了《雷雨》中周朴园和蘩漪的一段对话：

---

① 叶家怡：《神经质与前进》，《民报》1937年1月7日。

周朴园　克大夫在等着你，你不知道么？

蘩漪　克大夫？谁是克大夫？①

杉村博文认为蘩漪明知故问，借此向周朴园传达自己不认识克大夫、也不想让克大夫给自己看病的意思。如果改用"克大夫是谁？"，这种附加意思就表达不出来，原因就在于，"'谁是X？'以'谁'和X之间的同一关系为其逻辑基础，而'谁'的指称对象由一个事先存在于说话人知识结构里的封闭性集合组成。因此如果'谁'跟X对不上号儿，那么X的存在本身就会成为怀疑/否定的对象。'谁是X？'问句的这种语用附加义——因'谁'跟X对不上号儿，进而怀疑/否定X的存在——在反问句里体现得最为充分。"②

---

① 曹禺：《雷雨》，载《曹禺全集》第1卷，北京十月文艺出版社，2023，第146页。

② [日]杉村博文：《论现代汉语特指疑问判断句》，《中国语文》2002年第1期。

第二节 《雷雨》里的戏剧节奏

世间万物都有节奏。郭沫若在《论节奏》一文中说："本来宇宙间的事物没有一样是没有节奏的：譬如寒往则暑来，暑往则寒来，寒暑相推，四时代序，这便是时令上的节奏；又譬如高而为山陵、低而为溪谷，陵谷相间，岭脉蜿蜒，这便是地壳上的节奏。宇宙内的东西没有一样是死的，就因为都有一种节奏（可以说就是生命）在里面流贯着的。做艺术家的人就要在一切死的东西里面看出生命出来，一切平板的东西里面看出节奏出来，这是艺术家的顶要紧的职分，也是判别人能不能成为艺术家的标准。在寻常人看来，什么东西都是死的，连活着的东西都是死的，因为他自己只是一个走肉行尸。"[1]节奏存在于天地间，是万物内在的秩序。眼睛看得到的芦苇的摆动，郭沫若称之为"运动的节奏"；耳朵听得到的清泉的声音，郭沫若称之为"音响的节奏"。郭沫若认为节奏大概可以分为这样两种。距郭沫若《论节奏》发表不到两个月，闻一多发表了《诗的格律》。闻一多认为"格律就是节奏"，"从表面上看来，格律可从两方面讲：（一）属于视觉方面的，（二）属于听觉方面的"。[2]强调新诗自由解放的郭沫若，与强调新诗格律的闻一多，两个人都从听觉和视觉的角度谈论节奏问题。两人在相近的时间，提出相似的论述，这首先说明对节奏的认知有着内在的一致性，其次说明节奏很重要，无论是自由体新诗还是新格律诗，都不

---

[1] 郭沫若：《论节奏》，《创造月刊》1926 年 3 月 16 日第 1 卷第 1 期。

[2] 闻一多：《诗的格律》，《晨报副刊·诗镌》1926 年 5 月 13 日第 7 号。

可能舍弃节奏。节奏，便是万物充满生机的外在表现，也就是生命本身。把握节奏，再现节奏，也就是亲近生命，表现生命，这也就成为了艺术。

郭沫若同时还指出，节奏的构成"总离不了两个很重要的关系"："一个是时间的关系，一个是力的关系。"因为这两个重要的关系，郭沫若又将节奏分为"力的节奏"和"时的节奏"。"这两种分法也是互为表里的。力的节奏不能离去时间的关系，而时的节奏在客观上虽只一个因子，并没有强弱之分，但在我们的主观上是分别了强弱的。我们的意识，在一瞬间之内，它也有一定的时间上的范围，就和我们眼力在一瞬间之内有一定的空间上的视域一样。在这个视域之内，与我们注视点相当的物体，便分外分明，余则不甚分明。这种现象在我们的意识界上也是有的。因为与我们注意点相当或不相当的缘故，不怕就是同样的声音也可以生出强弱来。我们的意识界的时限，据心理学家的实验，是两秒钟。这样看来，虽然是时的节奏，但在主观上也是一种力的节奏了。"[1]

所谓节奏，就是有规律的变化，而规律建立在相似性基础上。也就是说，无论从哪个角度谈论节奏，都要找到构成规律的反复出现的相似性的因素，如呼与吸、高与低、强与弱、大与小、长与短等。这些区分都是在相对的意义上区分彼此。叠加使用的"不不"表面上看起来比单个的"不"字占有更多的空间，更惹人注目。然而，这些字眼在舞台上演员口中说出来的时候，叠用的"不不"表示的否定意思并不比单个"不"更加强烈。剧本中字符显示的节奏与舞台演出中台词的节奏大不相同。一字一音长短、轻重、高低等等的差异，都会构成舞台节奏。这些字词构成的话语节奏，本质上是人物细微情感的舞台呈现。《吕氏春秋·音初》云："凡音者，产乎人心者也。感于心则荡乎音，音成于外而化乎内。是故闻其声而知其风，察其风而知其志，观其志而知其德。"四凤等人连续说

---

① 郭沫若：《论节奏》，《创造月刊》1926年3月16日第1卷第1期。

出的"不"，展示的正是人物发声与内心情感复杂的纠缠。"说话人不仅在说着话，而且同时也在听他自己的声音。在监听时，他不断地将他实际发出的声音与他想要发出的声音作比较，并随时作必要的调整，使说话的效果符合自己的意图。"①四凤说不，开始的时候是对发话人的否定，而后走向自己的内心，成为自我对话。这不是有意调整发音效果，而是发音方式和效果自动或者说潜意识地与自己的意图相符合。

完全相同的字面和舞台发声轻重高低的不同，这是戏剧节奏的一种表现形式。类似的表达方式与场景则是戏剧节奏建构的另一种表现形式，如周朴园对周冲说"你同你母亲都不知道自己的病在哪儿"，鲁贵对四凤说"你同你母亲不知道钱的好处"，两个男性对家人的说话方式，也构成一种重复，使情节的发展表现出某种节奏，即规律性的再现。周冲到鲁家送钱，曹禺就利用周冲在一个小片段里创作了两个类似的场景。周冲给四凤钱时，鲁贵在一边看着两个年轻人说话，自己仿佛是个帮腔的，只是时不时地插进一两句话，等到四凤坚决不要周冲递过来的钱时，才抢着从周冲手里把钱接过去。鲁贵离开后，周冲对四凤大谈特谈自己的人生梦想，鲁大海进来看到这个场景，立刻挡在妹妹四凤面前，冷冷地问："这是怎么回事？"②鲁贵在场看四凤和周冲谈话，与鲁大海出场看到四凤和周冲谈话，两个场景构成了对比，在这个对比中，鲁贵的小人嘴脸，热切地希望女儿和周家少爷多接触的心思，表露无遗。作为父亲，鲁贵早就知晓女儿和周萍之间的瓜葛，却又乐意看到周冲来纠缠四凤，这就是小人根性作祟。鲁大海则截然不同，总是觉得妹妹单纯，怕她受到周家少爷的欺骗，护妹心切，急切地想要把周冲

① [美]P.B.邓斯、E.N.平森著，曹建芬、任宏谟译：《言语链——说和听的科学》，中国社会科学出版社，1983，第6页。

② 曹禺：《雷雨》，载《曹禺全集》第1卷，北京十月文艺出版社，2023，第97页、第194页、第201页。

赶走。"这是怎么回事"也不是真正的问话，鲁大海发问的目的不是询问缘由，主要的目的是责备，或者说带有保护意识的责备。此外，诸如繁漪哀求周萍离开时带上自己，哪怕带着四凤也可以，而周冲向四凤示爱时，表示带着那个"他"也可以，两个场景也构成对照，形成一种独特的舞台节奏。戏剧场景的复现是曹禺建构舞台节奏的独特方式之一。

郭沫若和闻一多两人的文章谈的是诗，但是他们的切入点却是整个的艺术。除掉诗歌特有的一些节奏特征，郭沫若和闻一多对节奏的看法，同样适用于话剧。当然，诗歌有诗歌的节奏，电影有电影的节奏，话剧有话剧的节奏。不同的艺术形式有不同的节奏。以文本形式呈现的话剧和诗歌，两种艺术形式的节奏特征极为相近。作为文本的诗歌，与作为文本的话剧，节奏只能表现在文字上，此时的节奏属于视觉上的节奏，而且是一种静止地观看的节奏。只有发声之后，声音的节奏才会清晰完整地展现出来。在文字的书写与发声方面，诗歌与话剧拥有的节奏非常相似。作为语言文字的艺术，诗歌文本与戏剧文本有着内在的一致性。但是，话剧在节奏的使用方面与诗歌也存在非常大的不同。话剧的实现需要通过舞台演出，舞台演出不仅仅需要将台词以念、诵、唱等形式表现出来，还需要演员各方面的表演。神态动作、灯光音乐、场景转换等等，各种因素的变化都有可能造成某种节奏。作为综合性的舞台表演艺术，话剧节奏的形成，是多种艺术综合发生作用的结果。

从综合性表演艺术的角度来看，话剧和电影两种艺术形式的节奏特征颇为相近。普多夫金说："早期的电影就是把一出戏毫不改动地拍在胶片上，然后再放映在银幕上，所不同的就是在电影里演员没有台词而已。"从电影导演的角度来说，"可以按照他的需要，使动作在时间上高度集中。这种时间集中的方法，也就是删去不必要的中间过程而使动作紧凑起来的手法，在戏剧中也有，不过形式简单得多。戏剧的分幕结构就是用的这种手法。戏剧的分幕结构法非常类似动作在时间上的集中；由于分幕，第一幕与第二幕在时间上就可以相隔好几年。这种方法在电影中不仅被利用到最大限度，而且成为电影表现手法的真正基础。虽然戏剧导演可以删去幕与幕之间的时间过程，但他却不能取消一场戏里的各个细小事件之间的时间过程。相反地，电影导演不仅能在时间上使各个细小事件紧凑起来，他甚至能使一个人的动作紧凑起来。这种方法时常被称为'电影特技'，而实际上却是电影表现的独特手法"。普多夫金从导演的角度谈到了电影与戏剧的不同，这个不同也正是两种艺术样式节奏的差异。戏剧导演不能靠剪辑演员们的表演获得节奏，电影导演却可以；舞台表演是自然进行的，电影却可以通过蒙太奇手法剪贴不同的镜头。"导演在剪辑汽车闯祸这一事件时，就以一些特别短促的镜头来造成一种紊乱不安的节奏。……然而，在拍摄的时候，在镜头前面演出的场面和场面的各个部分都是进行得很缓慢。那么，在选择这些片段和尝试把它们剪辑在一起的时候，我们就碰到了一个不可排除的困难：我们既要用短的片段，可是在每一个单独的片段范围内所发生的动作却又都是那样的缓慢，因此，要使每一片段像我们所需要的那样短促，就必须将动作的一部分剪去；如果我们要保留整个镜头，片段就要显得太长了。"[1]

不同的戏剧有不同的节奏，剧作家对节奏的处理，赋予了剧作以独特的生命。戏剧导演和演员们的演出，则是戏剧节奏的舞台实现。剧本的节奏需要领会，不同的读者（演员和导演首先也是剧本的读者）对剧本节奏的领会各不相同。对于普通读者来说，阅读中对剧作节奏的把握是独立自足的。对于演员和导演来说，对剧作节奏的把握往往经过反复商讨斟酌，而观众在观看时所感受到的节奏，便是演员在舞台上所展现出来的节奏。舞台演出时呈现出来的节奏，是剧本节奏的实现，却又不能简单等同于剧本节奏。因此，当我们讨论话剧的节奏问题时，不得不区分出两种节奏：舞台演出

---

① [苏]普多夫金著，何力译：《论电影的编剧、导演和演员》，中国电影出版社，1957，第51—54页。

的节奏和剧本内在的节奏。无论是舞台演出还是剧本，除了整体的节奏特征外，还可以细分为许多局部性的节奏，而在局部性的节奏里，又存在运动的节奏与音响的节奏等的不同，运动的节奏有快有慢，音响的节奏有强有弱，各种节奏的使用应该构成和谐统一的关系，共同为内容的表达服务。

无论是运动的快慢，音响的强弱，还是人物形象特质的对照，种种变化，都可以形成节奏。有变化才有节奏，对于戏剧来说，变化也就意味着有戏。从时间上来说，节奏有快有慢。节奏缓慢，情节自然舒缓；节奏快速，情节也就紧张。从力的角度来说，节奏有强有弱。这个强弱自然是相对而言的，有些人觉得节奏强，另外一些却可能觉得节奏弱；有人赞赏佳构剧的节奏，有人欣赏生活化、散文化的节奏。香港司马长风在《中国新文学史》中谈到《雷雨》时说："由连串巧合安排的悲剧，因过于巧合，而丧失了戏剧的趣味，尤其是最后一幕，有血亲关系的八人揭开真相，暴露罪恶，一连三人自杀，未死者也都疯疯癫癫，超过心理弹性的限度，不但演员感到技穷，观众也感到无法消受。因此许多剧团演出《雷雨》都被迫删去尾声，就戏剧论，这是极大的缺点。"[①]"超过心理弹性的限度"，指的便是强度。节奏的强弱应该自然，既不能完全落在读者（观众）的预期之内，也不能超出读者（观众）的期待视野太多。自然的节奏，是所有经典的艺术共同的要求。自然的节奏，意味着形成节奏的变化应该是自然而然的。但是，既然是戏剧，就意味着变化是人为选择的结果，是创作者、表演者从生活中撷取灵感重新呈现出来的作品。构成节奏的变化要有戏的因素，但是又不能过于离奇，以至于失去了自然的美感。徐运元批评《雷雨》说："《雷雨》有相当成功，是不能否认的。不过人物特出，故事离奇，当然只是兴味剧，而不是悲剧了。《日出》就比《雷

---

① 司马长风：《中国新文学史》中卷，昭明出版社有限公司，1978，第297—298页。

雨》成功多了。故事不离奇，人物也不那么特出。"[1]"离奇"这个评价，与曹禺自言《雷雨》"太像戏"的说法相近，陈西滢也曾用"离奇"评价曹禺自身做事，"右家与凤子很熟。说家宝与毓棠是好友。原来与凤子彼此都无好感。毓棠娶凤子，竭力联络。凤子热情，便与家宝相爱。凤子去重庆时，家宝在人前极冷淡，在人后则热，却又说等候他女儿长大出嫁后方与她结合。同时又函毓棠，要他催她回去。右家并谈从文最初为凤子、家宝转信，后来又是他报告毓棠。都太离奇"。[2]情节"离奇"与作家本人的趣味有相对应的地方，这也为我们理解《雷雨》的节奏提供了理解的方式和途径。

对于舞台演出的戏剧来说，人物的说话、人物的动作、舞台移动、不同的舞台布置、灯光、音乐和音响、分幕与分场等等，都能够造成节奏的变化。焦菊隐谈到戏曲的表演时说："它的表演富有强烈的音乐性——即节奏，特别是内在的节奏：人物思想感情活动也是有节奏的。不但表演本身有节奏，就连场次的安排，舞台的调度，以及服装色彩的搭配，也都有强烈的节奏。"[3]夏淳说："焦先生要演员了解戏的节奏的重要性，节奏是戏的灵魂，但同时要使演员进一步了解节奏是蕴藏在戏的内涵之中的，是在人物的心理动作、人物的相互交流、相互矛盾之中表现出来的。"[4]有一次《雷雨》课上，同学们表演繁漪逼问周萍的片段，教室空间有限，两位同学充分利用了讲台前狭长的空间特性，当繁漪逼问周萍的时候，

---

[1] 徐运元：《从〈雷雨〉说到〈日出〉》，《文艺月刊》1937年第10卷第4、5期。

[2] 陈西滢著，傅光明编注：《陈西滢日记书信选集》（下），东方出版中心，2022，第559页。

[3] 焦菊隐：《略论话剧的民族形式和民族风格》，载《焦菊隐文集》第3卷，文化艺术出版社，1988，第481页。

[4] 夏淳：《焦菊隐和他的"中国学派"》，载《探索的足迹：北京人艺演剧学派国际学术讨论会论文集》，中国戏剧出版社，1994，第105页。

周萍不断后退，蘩漪则咄咄逼人地跟进，等到周萍退无可退的时候，蘩漪的逼迫恰好告一段落，随后则是周萍的反击。周萍发现自己避不开蘩漪，一味地退让并不能使蘩漪放过自己，于是开口，说出自己的愤与恨。这个时候的周萍并不是逼问蘩漪，正如周萍所说，他连自己都讨厌，但是他的话，却不断地让蘩漪后退，蘩漪后退的时候，周萍也紧跟而上。一个想要抓住对方，一个想要摆脱对方，进退的转换，就构成了抓、放的攻防演绎。两个人的走位仿佛人的呼吸一般，有呼必有吸，一进一退，一强一弱，既显示出戏剧人物的内心情感变化，又构成了舞台戏剧节奏。周萍和蘩漪这段戏呈现出来的舞台节奏，与周朴园和侍萍相见时呈现出来的舞台节奏截然不同，恰好形成鲜明的对照。如果从男女两性关系的角度看《雷雨》，我们还可以把这种对照扩展到周冲对四凤说自己的爱情、周萍和四凤在房中约会，四个片段表现出来的舞台节奏各不相同，不同的节奏表现出迥然不同的人物性情，然而异中亦有同，无论是哪一种舞台节奏，彰显的都是人性的隔膜与心灵的不相通。曾经以为心有灵犀的，事后发现也只不过是一厢情愿。所有的人物都在人性的大陷阱里周旋、挣扎，没有谁是胜利者。

日本学者名和又介谈到《雷雨》中的舞台转换时说："作者出于保持戏剧之戏剧性的必要，不得不高度集中精神。实际上，这部话剧展现在舞台上的只是长达三十年故事的最后部分，三十年发生的事件被压缩在很短时间。（曹禺担心'太紧张'，在序幕和尾声部分安排了十年的缓冲时间，这个处理方法颇有意味。）在时间集中的同时，舞台空间、出场人物、情节之间的关系便受到了一定的限制。第一幕和第二幕的舞台是周家的客厅，第三幕的舞台是鲁家的小房间，第四幕的舞台还是周家客厅。舞台的转换明确显示了这部戏剧起承转合的结构。"①《雷雨》很注意运用舞台空间营造

---

① ［日］名和又介：《〈雷雨〉笔记》，《野草》1974 年 4 月 20 日第 14—15 期合刊号。

戏剧效果，诸如利用窗、门等实现空间的隔而不断，既能充分利用光线，又便于人物表演的分合进退等，此外如虚实相生、远近映衬等，使得舞台空间富有层次感、延展性。《雷雨》非常值得注意的舞台背景设置，一是地点，二是舞台转换。"准确的地方性是真实性的一个首要的因素。一出戏中，并不是只靠有台词、有动作的人物把事实的忠实印象铭刻在观众的脑海里。发生变故的地点也是事件的不可少的严格的见证人；如果没有这一不说话的人物，那么，戏剧中最伟大的历史场面也要为之减色。"[①]舞台转换需要依托舞台布景技术。早期的时候没有旋转舞台，灯光布景等最初都只是单纯的演出背景，随着科学技术的发展、旋转舞台的出现等，舞台布景才与音乐一样伴随着戏剧情节的发展而做出适当的调整，使得舞台上的情景交融不必全部寄托于想象，而是越来越能够以可见的方式呈现出来。

一、《雷雨》中的快节奏与慢节奏

矛盾冲突是构成戏剧的核心要素。凡是矛盾冲突，就有一个发生、发展、高潮和结局的发展过程。从节奏的角度看矛盾冲突的发展，就存在一个快与慢的问题。从发生、发展到高潮，节奏有一个由慢到快的过程。慢就是蓄势，快就是矛盾的爆发。《雷雨》有贯穿整部戏的主要矛盾冲突，还有局部的次要的矛盾冲突。所以，除了整体上有快慢节奏的变化，在局部细节上，也存在快慢节奏的变化。

快节奏让人紧张，慢节奏舒缓平和，一张一弛，相辅相成。蓄势时候舒缓的节奏，能够让人积蓄力量，使得读者（观众）能在矛盾爆发时候，随着快节奏更充分地感受紧张的氛围。《礼记·杂记下》记载孔子的学生子贡随孔子去看祭礼，孔子问子贡说："赐

---

① ［法］雨果：《〈克伦威尔〉序》，载周靖波主编《西方剧论选（下）》，北京广播学院出版社，2003，第 315 页。

（子贡的名字）也乐乎？"子贡答道："一国之人皆若狂，赐未知其乐也。"孔子说："百日之蜡，一日之泽，非尔所知也。张而不弛，文武弗能也；弛而不张，文武弗为也。一张一弛，文武之道也。"①文指的就是周文王，武指的就是周武王。一直把弓弦拉得很紧而不松弛一下，就算是周文王、周武王也无法办到。若是让弓弦一直松弛在那里，周文王、周武王也不愿。劳逸结合，宽严相济，这是周文王、周武王治国的办法。好的剧作在矛盾冲突的安排上，应该和周文王、周武王治国相似，张弛有道。

从整体上来说，《雷雨》四幕，各幕的节奏都有快慢，而在四幕之中，又以第四幕节奏最快。就舞台演出时间而言，四幕演出的时间大体一致，所谓节奏的快，指的是第四幕特别紧张，小场景之间的转换特别频繁，人物之间相互的碰撞没有太多缓和的余地。第一幕开场，鲁贵和四凤之间的对话，虽然也充满了父女之间的矛盾，但是其中的矛盾冲突给人的感觉并不紧张，不耐烦的四凤开始的时候有些快言快语，却渐渐地被有耐心的鲁贵拉慢了话语的节奏。这是带有交代故事背景性质的舞台场景，节奏并不快。第一幕中，周繁漪与周冲母子两人之间的对话，也是属于慢节奏。疼爱儿子的母亲，天真的周冲，两个人之间的对谈，充满了温馨。母子谈话的温馨场面，节奏也是缓慢的，快速的节奏不适合这种温馨的场景。

劳拉·薛哈德说："精心设计的对白宛如一首好记易唱的歌曲。措词是歌词、语音为曲调。对白既依赖字词的含义，也依赖字词的声音，既依赖谈话的内涵，也依赖谈话的节奏。如果你抛开讨论的字面意思，单看组成它的声音，就能发现把对白整合在一起的是节奏。""每一种感情都有相应的语言脉搏——是节奏暴露了它。""标点，或者不用标点，常常被当成创作接近现实的对话的

---

① 朱正义、林开甲译注：《礼记选译》，巴蜀书社，1990，第160页。

关键。"①单独将使用标点或不使用标点的段落拿出来分析节奏，有时候并不准确。同样的标点符号，如省略号，虽然表达的都是省略，言犹未尽，但是造成言犹未尽只能省略的，有主动的，有被动的，有抛砖引玉的，有欲说还休的……不同的省略情况，在节奏的表现方面各不相同。在繁漪和周冲的母子对话中，问号、省略号，代表的往往是关心，为对方考虑下的欲言又止，或者是想让对方尽量多说，说清楚。随后，周朴园出场了，这个时候，对话中也有许多问号、省略号等，然而造成这种文字特征的，却是周朴园的霸道，或者说周朴园的出场带来了另外一种节奏。没有周朴园在场的时候，鲁贵父女、周繁漪母子，对话在整体上都没有急匆匆的感觉，但是周朴园主导的对话却截然不同。在对话中，他屡屡等不及他人将话说完，就将话轮转向了另外一个人，从别人谈的这件事情转到自己关注的、想到的另外一件事情上去，完全不顾及他人的想法。这种对话方式和对话节奏，一方面既表现出周朴园时间紧，正如剧中周朴园所说："十分钟后我还有一个客来。"这次谈话，是周朴园回家后首次和家人的聚谈，但是他只有十分钟的时间，这十分钟的时间里面，他想要掌握的信息很多，想要做的事情很多，没有耐心听繁漪和周冲仔细谈他们的想法，但更为本质的原因则是周朴园在家中强势惯了，向来喜欢别人服从自己，而不是耐心地商量事情。所以，周朴园在场时，对话节奏的快速，正是周朴园形象塑造的需要。

节奏的快慢张弛，并非简单的有规律的间隔，根据剧情发展的需要，有时候欲扬先抑，又或者是欲抑先扬，弛并不一定是为了张，张也不一定就对应紧接下来的弛。张的过程中，也可能会因为某些因素的参与，打断了正常的进程，结果张而不能，于是走向了弛。在这种情况下，人物形象外在的表现与内在的真实情感意

从剧本到舞台

---

① [美]劳拉·薛哈德著，侯晓莉、顾轩译：《我的第一本剧本写作书（第2版）》，人民邮电出版社，2014，第135页、第144页、第146页。

念之间，往往存在错位。这种错位构成了情绪的紧张感。吕中谈到自己扮演蘩漪形象时说："导演说，蘩漪不是一般的上场，她出场前，在鲁贵和四凤的一大段戏中已把她介绍给观众了，观众急需看到她。如何出场？导演给了这样一个提示：蘩漪下楼，动作要急，要快；见到四凤后速度慢下来，前后要形成一个鲜明的对比。"从快到慢，这就是节奏的变化。吕中说自己演的时候，"根据做小品时体验的情绪走下楼来，四处寻找萍，没找到。'也许他正在小客厅里跟父亲谈去矿上的事情'，我恨不能一下就看到他，抓住他！我快速地推开小客厅的门，心怦怦地跳，渴望门一推开就撞见他！然而迎面碰上的却是四凤！我的心一紧，险些把内心的秘密让她窥见，我马上改变了节奏，以掩饰内心的惊慌。我慢慢地、高傲地走过四凤面前，询问老爷的情况，俨然是一副十足的大家太太。就是这样一个出场节奏的变化，观众第一次看到的蘩漪，并不仅是她的美丽，她太太的尊严，而是透过她的外貌和外部形体的变化，看到的是她寻找大少爷的强烈心愿和被这个环境压抑而又必须掩饰下去的内心痛苦。"[1]吕中明确谈到了自己表演时对节奏的把握，而这个快与慢的节奏把握，直接影响到舞台人物形象的塑造，而观众也恰恰是通过节奏的变化看到了人物形象丰富的审美蕴涵。

吕中是1979年北京人民艺术剧院剧院《雷雨》中周蘩漪的扮演者，而北京人民艺术剧院舞台上第一位饰演蘩漪的演员吕恩，对于舞台节奏的把握也很到位。孙葳、郭美春分析吕恩的表演时说："看到周萍一步步走近她，快要下跪时，她突然立起，急骤地端起药碗，说：'我喝，我现在就喝！'急促地喝了一大口，实在喝不下去，有个小停顿，可是喝不下去也得喝呀！在众目睽睽的注视中，她一口一口地吞下这苦水，直至喝完。精神上的压力使她身体颤抖，心想不能让周朴园看到自己像一个斗败了的公鸡。喝完药，

---

① 刘章春主编：《〈雷雨〉的舞台艺术》，中国戏剧出版社，2007，第279页。

她稍稍稳定了一下身体和神经，开始慢慢向自己房中走去，走到舞台近门三分之二的地方，实在憋不住这委屈，想哭，不能！不能让他们看到自己的眼泪。她把掏出的手帕捏在手心里走得稍快一点儿，她走出了客厅，关好门，从门里传来压制不住从肺腑深处吐出来的一串哭声。"①突然——急骤——急促——一大口——小停顿——一口一口——颤抖——稍稍稳定——慢慢——稍快，用于描述吕恩表演的这些词语，呈现出来的正是演员努力掌握和表现出来的舞台节奏。陈大悲指出："自然的停顿是故意的、预定的，是导演殚精竭虑的结果，是真戏剧生命之要素。而不自然的停顿却是缺乏艺术的表现。"②表演什么终究要具体化为如何表演的问题，如何表演更具体地来说则是表演动作的分解，一举一动、一颦一笑、一言一语，快慢的节奏，声响的高低，唯有处处皆考虑到，才会诞生经典的舞台表演。

　　吕恩舞台表演的细微化处理，生动形象地将繁漪内心的悲痛呈现在观众们的面前，其依据则是《雷雨》初版本的提示语和台词。《雷雨》首刊本中，繁漪被逼喝药的提示语和台词是："好，我喝，我现在喝！（拿起碗，一气喝下）哦，天哪！（哭着，由右边饭厅跑下）"在初版本中，上述语句改为："（望着萍，不等萍跪下，急促地）我喝，我现在喝！（拿碗，喝了两口，气得眼泪又涌出来，她望一望朴园的峻厉的眼和苦恼着的萍，咽下愤恨，一气喝下）哦，天哪！（哭着，由右边饭厅跑下）"两相对比，重要的修订有二：第一，初版本删掉了首刊本放在句首的"好"字。第二，初版本增添、改写了两处舞台提示语，对繁漪情感变化的描述更加细腻。

　　为什么要删掉"好"这个字？因为初版本增添了提示语"望着

---

　　① 孙蒇、郭美春：《吕恩和她的表演艺术》，载吕恩《回首：我的艺术人生》，中国戏剧出版社，2006，第333—334页。

　　② 陈大悲：《戏剧ABC》，知识产权出版社，2017，第56页。

萍，不等萍跪下，急促地"，"我喝，我现在喝"是一个不断强化的表达，且有效地表达了"急促"的意思。因为"急促"，所以先说"我喝"，可是急促之间言语就不周全，所以先说"我喝"，随后再补充"我现在喝"，将自己的屈服明确地表达出来，明白地告诉周朴园自己已经放弃了先前的坚持。首刊本中的"好"则妨碍了"急促"这个层面的舞台表现，无论以什么样的语气说出，都给人以思索停顿之嫌。话语的长短与反复，都是表达不同情感的方式和途径。郭沫若叙述夫妻间吵架后，妻子后来喊丈夫去吃饭的情形。"'午饭已经弄好了，爸爸！你请用饭罢！'他的女人在楼下叫。（啊，好丁宁！平常用的只是'吃饭了！'三个字。）他不高兴地答应着走下楼去了。"[1]这段文字叙述了日常生活中人们对语言表达变化的敏感。"爸爸"应是"孩子的爸爸"或"孩子他爸爸"的简略语。家庭生活中，夫妇说话的方式虽然并没有一定之规，但是天长日久，彼此都熟悉了对方说话的方式，若是相互说话的方式突然发生变化，听者若非漠不经心或另有缘故，一定会察觉到这种变化，接下来的言语行动中一定会做出相应的反应。人生如戏，指的就是这种情况。

从首刊本到初版本的修改，修改的重心便是繁漪这段台词的语气停顿。也就是说，曹禺修改了繁漪这一段戏的舞台表演节奏，从前慢后快改为前快后慢。首刊本中，繁漪的语气停顿在前面，即"好"这个字上。初版本中，删掉了"好"这个字，这个部分的语气停顿没有了，强化了语气的连续性和急促感，语气的停顿后移了，放在了"我现在喝"这个句子之后，且不是表现在繁漪的语言上，而是体现在繁漪的动作上，具体地来说，便是体现在曹禺改写的提示语上。

首刊本的提示语"拿起碗，一气喝下"，初版本修订为"拿碗，喝了两口，气得眼泪又涌出来，她望一望朴园的峻厉的眼和苦

---

① 郭沫若：《鼠灾》，载《郭沫若全集》（文学编）第9卷，人民文学出版社，1985，第19页。

恼着的萍，咽下愤恨，一气喝下"，提示语从两个短句变成六个短句，从七个字扩充为三十九个字，本是一气呵成的动作，被具体化为七个细微动作的集合，七个细微动作（拿碗、喝两口、气得流泪、望周朴园、望周萍、咽下愤恨、一气喝下）先后相继，统于繁漪一身，也就更加细腻地将繁漪复杂难言的情感呈现了出来。这个呈现，既强化了剧本的可读性，同时也为舞台演出提供了更具体的指导，吕恩舞台演出的感悟应有由此提示语而来的部分。

作为综合性的舞台艺术，话剧人物的情感世界可以通过人物的语言表达出来，也可以通过人物的神态动作表达出来，无论如何，都应该是舞台上"演"出来的，而不应该是解释出来的。所谓"演"出来，就是语言动作都应该自然而然，种种曲折，各样变化，都恰到好处。曹禺说："最好能运用各种不同的技巧来表达一个单纯的悲痛情绪。要抑压着一点，不要都发挥出来，如若必需有激烈的动作，请记住：'无声的音乐是更甜美'，思虑过后的节制或沉静在舞台上更是为人所欣赏的。"[1]无声的音乐不是无所作为，而是通过人物的动作、神态、行动等构成另一种情绪的节奏，通过压抑的延宕，调动观众的情绪，使观众的情感与演员的情感共鸣。舞台节奏所要追求的，便是台上的演员与台下的观众慢慢达到节奏同步，情绪共振。

二、谁掌握着对话的节奏

对话，是话剧最基本的构成元素。凡是对话，就意味着有对话的必要性，而对话也就蕴含着矛盾冲突，背后往往也蕴含着主动与被动、控制与被控制的关系。对话本身是节奏，对话者说话时的停顿、语调的轻重变化、语速的快慢变化等等，都是节奏的具体表

① 曹禺：《雷雨·序》，载《曹禺全集》第 1 卷，北京十月文艺出版社，2023，第 14 页。

现。"剧之思想的论理的线，即主题与剧情，除了由人物之对白动作来阐明外，主要是凭借那对白动作的地位与速度，才得被确定、被强调。舞台上的地位，由于观众的视角，有偏正轻重之别，对白与动作，随着人物的心境，有顿挫快慢之分。从而点题的表演，可让演员在重要的地位做，紧要的关节，可给动作对白以不平常的速度。"[1]决定对话节奏的便是参与对话的人，而对话者也就在对话节奏的变化中慢慢在读者（观众）面前呈现了自己。

对话的节奏，首先表现为对话者音量、音高和音色不同造成的节奏感。音量取决于声源震动幅度的大小，音高取决于声源震动的频率，不同的发音体往往有不同的音色。周朴园的声音威严，周繁漪的声音尖锐，周冲的声音明朗；鲁大海的声音音量高，鲁侍萍的声音音量低……《雷雨》一剧中八个出场人物，每个人物的音色、音高和音量都各不相同，共同构成乐曲的一部分。李泽厚说："京剧的吐字，就不光是一个外在形式美问题，而且要求与内容含义的表达有所交融（所谓'声情'与'词情'等等）。"[2]《雷雨》中人物的声音也需要从"声情"与"词情"的角度给予理解。

《雷雨》第一幕，开场是四凤和鲁贵之间的对话。最初，鲁贵努力地想办法和女儿套近乎，想要从女儿那里弄几个钱还债，而知道父亲性子的四凤却总是打断鲁贵的话，不耐烦听。这一段对话，鲁贵的话语节奏舒缓平和，四凤的话语节奏比较快。如果只看开场的一小段对话，鲁贵就是一个有耐心的、有些啰唆的父亲。但是，随着四凤不耐烦想要离开，鲁贵忍不住加快了自己的话语节奏，而随着话语节奏的加快，也就变得声色俱厉。四凤则在父亲道出她和周萍之间的秘密后，话语的节奏马上舒缓了下来。话语节奏的变化，既是人物在对话中主导与被主导位置转换的外在表现，同时也

---

[1] 陈鲤庭：《地位与速度》，载宋之的、章泯、贺孟斧等《演剧手册》，上海杂志公司，1939，第50页。

[2] 李泽厚：《美的历程》，安徽文艺出版社，1994，第183页。

是营造舞台戏剧效果的有力手段。正是在这种节奏的变化中，人物的一些隐秘被呈现了出来，或者可以说正是逐渐显露出来的隐秘，使得剧中人物的言语行动不得不进行适当的调整，而这调整带来的变化也就形成了某种节奏。

鲁贵父女之间的对话，既是为了表现两个人物不同的个性特征，也是为了引出剧情，交代一些必要的信息。但是过多的交代从整部戏来看，未免显得有些拖沓。曹禺后来谈到这一情节时自言："写得啰唆，不好。"[1]鲁贵父女间的对话，虽然也有一些戏：一个要走，一个屡屡拦住不让走，走与不走之间，有转折，有冲突，但是转折和冲突反复出现而没有新的变化，不免让人觉得单调，也就是曹禺所说的"啰唆"。此外，通过鲁贵父女两个人的对话交代剧作人物背景等等，一旦信息量过多，交代性的对话拖得太长，本应该是"演"出来的戏结果变成了是"说"出来的戏，剧场性就被削弱了。舞台要的是演戏，而不是说戏。演出来的节奏，才是真正的戏剧节奏。所谓演出来的节奏，就意味着舞台演出来自剧本，却又不是照搬剧本，而是对剧本隐含戏剧场面的深入挖掘与再现。

鲁贵提到前天看见周萍给四凤买衣料，话轮如下："鲁贵（上下打量）嗯——（盯住四凤的手）这戒指，（笑着）不也是他送给你的么？"夏淳导演《雷雨》时，对鲁贵的这个话轮做了细腻的解读。"四凤看父亲打量自己，心里一惊，怀疑父亲看出自己有身孕，不由自主地往后退缩着，及至明白父亲是看戒指时，才松下一口气，把右手藏到身背后。"[2]这段分析非常精确到位。但是在舞台上演出的时候，仅凭人物的动作语言很难让观众领略到这个层次。鲁贵和四凤之间，围绕短短的一个"嗯"字出现的几个人物动作，就已经出现了舞台波澜。但是这里面的戏是内在的，不能靠演员自己说出来，也没有旁白将动作里的含义道出。这些很有戏的地

---

① 张葆华：《曹禺同志谈剧作》，《文艺报》1957年第2期。

② 刘章春主编：《〈雷雨〉的舞台艺术》，中国戏剧出版社，2007，第61页。

方在父女两人的对话过程中屡屡出现，富有文学性，言语动作的表现度却稍有欠缺，这才是父女对话显得"啰唆"的真正原因。

鲁贵父女两人的对话由鲁贵主导时，鲁贵善于讲故事、营造气氛的性格特征就呈现了出来。与鲁贵相比，这时候的四凤就从先前的嫌弃父亲的女儿变成了一个好奇的孩子，父女之间的对话，犹如对口相声，鲁贵的话语里不停地"抖包袱"，引起四凤的注意，而四凤仿佛相声中的捧哏角色。

下面是鲁贵和四凤的一段对话：

贵　你知道这屋子为什么晚上没有人来，老爷在矿上的时候，就是白天也是一个人也没有么？

四　不是半夜里闹鬼么？

贵　你知道这鬼是什么样儿么？

四　我只听说到从前这屋子里常听见叹息的声音，有时哭，有时笑的，听说这屋子死过人，屈死鬼。

贵　一点也不错，——我可偷偷地看见啦。

四　什么，您看见，您看见什么？鬼？

贵　（自负地）那是你爸爸的造化。

四　您说。

贵　那时你还没有来，老爷在矿上，那么大，阴森森的院子，只有太太，二少爷，大少爷住。那时这屋子就闹鬼，二少爷小孩，胆小，叫我在他门口睡，那时是秋天，半夜里二少爷忽然把我叫起来，说客厅又闹鬼，叫我一个人去看看。二少爷的脸发青，我也直发毛。可是我刚来的底下人，少爷说了，我怎么好不去呢？

四　您去了没有？

贵　我喝了两口烧酒，穿过荷花池，就偷偷地钻到这门外的走廊旁边，就听见这屋子里啾啾地像一个女鬼在哭。哭得惨！心里越怕，越想看。我就硬着头皮从这窗缝里，向里一望。

四　（喘气）您瞧见什么？

贵　就在这张桌上点着一支要灭不灭的洋蜡烛，我恍恍惚惚地看见两个穿着黑衣裳的鬼，并排地坐着，像是一男一女，背朝着我，那个女鬼像是靠着男鬼的身边哭，那个男鬼低着头直叹气。

四　哦，这屋子有鬼是真的。

贵　可不是？我就是乘着酒劲儿，朝着窗户缝，轻轻地咳嗽一声。就看这两个鬼飕一下子分开了，都向我这边望：这一下子他们的脸清清楚楚地正对着我，这我可真见了鬼了。

四　鬼么？什么样？（停一下，鲁贵四面望一望）谁？①

在上述这段对话中，明显可以看出鲁贵是对话节奏的掌控者。鲁贵作为一个被女儿看不起的父亲，曹禺在剧作中并没有将其小丑化。鲁贵是一个小人，却是一个有能力的小人，在和女儿的对话中用了各种办法：讨好、恫吓、亲近等等。这些办法的使用很有讲究，先是亲近讨好，最后才是恫吓威胁。如果父女之间的上述对话没有次序，失掉了节奏，就会显得鲁贵不熟悉自己的女儿，能力不足，只会恫吓威胁。在《〈雷雨〉的舞台艺术》中，导演谈到鲁贵和四凤的这段对话时说："鲁贵每想到女儿和大少爷的关系时，就禁不住地有一种美滋滋的感觉。导演要求演员在说'还有啦'时，要通过强调'还'字把这种心情表现出来。这是鲁贵第一次向四凤要钱，演员要注意掌握好以迂回的方式提出钱的事，应该是，一边说，一边观察四凤的反应，然后不失时机地点出大少爷来。"②导演强调"还"字要表现鲁贵特别的心情，在舞台演出中就意味着演员在对话的时候，"还"这个字的发音要与平时发音不同，而别样的发音也就意味着别样的话语节奏。导演特别说明"演员要注意掌握好以迂回的方式提出钱的事"，还要演员一边说一边观察四凤的

---

① 曹禺：《雷雨》，载《曹禺全集》第1卷，北京十月文艺出版社，2023，第60—61页。

② 刘章春主编：《〈雷雨〉的舞台艺术》，中国戏剧出版社，2007，第53页。

反应，也就是说，鲁贵的说话有一种节奏，这种节奏建立在观察对象反应的基础上，根据对话者的反应实时调整。这种节奏，从剧本中不容易看出来，正如鲍勃和阿特所说："在书面上保持幽默感并不容易——有助于'抖包袱'的时机和语气，在纸上往往体现不出来。"①鲁贵说话时的精明，对于时机和语气的把握，从剧本中不容易看出来。

从鲁贵话语节奏的变化中，既能够看出鲁贵和四凤两个人对话之间的戏剧性，同时又彰显了鲁贵的精明。

---

① [美]阿特·马克曼、鲍勃·杜克著，秦鹏译：《一本不正经的大脑》，北京联合出版公司，2018，第1页。

第三节 《雷雨》的舞台发声学研究

话剧的研究，整体上来说，应该分为两个层面：剧本的创作与舞台的演出。剧本属于文学的范畴，舞台演出属于艺术实践的范畴。从剧本的角度来说，话剧是语言文字的艺术，与其他一切语言文字的艺术相同，带有由文字书写成的文本所具有的一切特质，如索绪尔所说语言的"概念"与"声音"两个层面。小说家莫言对声音非常推崇，他认为声音比音乐更大、更丰富，"声音是世界的存在形式，是人类灵魂寄居的一个甲壳。声音也是人类与上帝沟通的一种手段，有许多人借着它的力量飞上了天国，飞向了相对的永恒。"[1]莫言谈论的"声音"，不是概念上所说的语言的"声音"层面，而是现实生活中的声音，或者说声音的具体的实现。就话剧而言，就是舞台上的发声。当然，这里的发声指的主要是人的发声（演员的声音），而舞台发声除了人声外还有舞台行动所制造的声音、背景音乐（如雷声、风雨声、电话声、敲门声音效）等。

所有舞台发声中，演员的声音占有非常重要的位置。郭沫若说："戏剧是艺术的综合，它已经不是单纯的文学。但戏剧文学在文学部门中却最能保持着口头传诵的本质，它主要还是耳的文学。诗剧、歌剧须得配乐而唱，可无容赘言，即如近代的话剧亦须仗言语的音乐性以诉诸观众的感应而传达意识。读话剧的剧本与听话剧的放送所得印象大有不同，同一台词由有修养的演员念出与随便的

---

① 莫言：《我与音乐》，载《我的高密》，中国青年出版社，2011，第13页。

朗诵复生悬异，也正道破着这个事实。"①舞台下的观众看舞台上的演员演戏，人们只能看到自己所能看到的，部分地看到演员所看到的，有时候会觉得自己看到了演员们所看到的，那也是因为受到了演员们表演的引导。法国政治学者贾克·阿达利在《噪音：音乐的政治经济学》中指出："两千五百年来，西方知识界尝试观察这世界，未能明白世界不是给眼睛观看，而是给耳朵倾听的。它不能看得懂，却可以听得见。"②话剧表演空间里所有的声音观众们都能听到。有些声音演员未必听得到，即便听到也与观众们的听觉感受不尽一致，尤其是演员们听到的自己的舞台发声与观众们听到的也大不相同。舞台发声学本质上来说是即时性的交流，发声者与听者刹那间的碰撞、生发与交融，于是有交感。这些都是即时性的，唯其如此，所以剧场性的经典性就在于不可复制。每一次经典的演出都是独一无二的。

声音是舞台演出成功与否不可忽视的重要因素之一。"在戏剧中作家往往非常注重'声音'的运用，以达到作品强烈而深刻的表现效果。在《雷雨》中，曹禺也是一位声音表现大师，他调动起各种声音效果，以纷纭沓来的万花筒般的声响敲击着读者和观众的心灵，从而增加了戏剧的感染力。"③明星版《雷雨》和以往版本最大的不同，就是通过声效与背景音乐的应用来推动人物情绪。为了达到这一效果，全剧从头到尾都加上了背景音乐，烘托气氛。演出的一头一尾则配以《安魂曲》。另外，还在"雷声"上大做文章，让人物情绪、人物命运乃至人物冲突都随雷声的节奏起落。周朴园逼迫繁漪喝药的场景中，变幻莫测的雷声更是运用得细致入微，

① 郭沫若：《序洪深著〈戏的念词与诗的朗诵〉》，《新华日报》1943年8月10日。

② [法]贾克·阿达利著，宋素凤、翁桂堂译：《噪音：音乐的政治经济学》，河南大学出版社，2017，第11页。

③ 王兆胜：《解读〈雷雨〉》，京华出版社，2001，第62页。

让每一段雷声的起落都切在繁漪身上，恰到好处地呈现出繁漪的情绪波动。风声、雷声、背景音乐等等，都是《雷雨》舞台演出中的"声音"，是营造戏剧效果不可或缺的重要的组成部分之一。当然，除此之外，《雷雨》里还有一种更为重要的声音，即剧中人的声音。由人而生的声音，大概可以分出两种：剧中人物的动作发出的声响，以及剧中人物口中发出来的声音。话剧可以没有背景音，可以忽略人物动作发出的声音，但若没有人物口中发出的声音（对话），话剧也就不成其为话剧。

接受《雷雨》的途径，一般来说就是直接阅读剧本或观看舞台演出。《雷雨》自1935年以来便是舞台演出的经典剧目。对于《雷雨》的爱好者们来说，往往是读完剧本再看舞台演出，或是看完舞台演出后看剧本，抑或两者交叉反复进行。在视听传媒极为发达的当下，观看《雷雨》舞台演出的途径更是丰富多样，越来越多的读者在阅读《雷雨》之前或之后，或多或少都会欣赏《雷雨》的舞台演出。就此而言，《雷雨》的演出对于剧本的阅读接受不可避免地会产生一些影响，这种影响虽然远不会像京剧艺术那样——舞台演出的语言呈现基本奠定了剧本语言的接受模式，却也在某种程度上为剧本语言的阅读提供了一种进入的途径和角度。

对话是话剧用以制造戏剧矛盾和戏剧冲突、实现其戏剧效果的最主要的艺术手段。话剧的剧本可以分为可演剧本和可读剧本，两种剧本创作中都需要运用对话艺术，但就可演剧本来说，对话艺术的最终实现，决不应该仅仅停留在文本文字的阅读层面，而是需要在舞台演出的过程中予以实现。美国剧作家田纳西·威廉斯说："剧本不过是戏剧的影子，甚至还是不清晰的影子。……色彩、风度和轻快的举止，动作的结构样式，活人的迅速互相作用，像悬浮于云端的真真闪电那样，这些才是戏剧，而不是纸上的文字或作家的思想和观点。"[1]如何赋予剧本以生命，让纸上的台词活起

① 转引自吴光耀：《二十世纪——戏剧观念的多样化》，《戏剧艺术》1986年第3期。

来？这就需要读者和演员有能力绘声绘色。在阅读、表演和观看的过程中不仅能够说出语言的声色，还要能够听出声与色。听话听音，同一个字、同一个词、同一句话，用不同的语气说出来、喊出来、唱出来，声色效果大不一样。声音也有颜色和气息，看不到声音的颜色，闻不到声音的气息，语言也就失掉了生机，表演也就失去了生气。

2020年7月25日，第23届上海国际电影节开幕，加拿大导演丹尼斯·维伦纽瓦在电影节期间的导演大师班专访中分享了制作经验，他表达的一些理念，与舞台戏剧表演相通，从他对表演的真实性与情景化的追求来说，他的电影制作带有浓郁的舞台表演特征。

制造紧张感最重要的元素之一，是让银幕里、影像里的东西具有真实感，从而使观众从潜意识的角度能与之建立联系。可以是光，可以是植物，也可以是让这个镜头像梦境一样的东西，只要其中存在真实性……然后你需要引导观众，让他们觉得这里面有什么东西是他们看不到的，例如他们欲望的所在，或是恐惧的所在，这时你必须以某种方式展现它，给出一些暗示、声音，或者镜头运动产生的压力感，来预示某些事情将会发生，或不会发生。然后就像炉子上的锅，你开锅，等待水的沸腾，过了一段时间水会变得足够热，马上要沸腾了，你必须在这里切掉，因为这是紧张感达到巅峰的时刻。所以对我来说，一切都要从与自然和时间的关系着手，通过不在场的事物营造紧张感，这是靠留白制造紧张感的诗意所在。

作为可演剧本的经典之作，《雷雨》真正的魅力在于舞台之上，至于剧本阅读，很多时候也都会有意无意地被舞台演出的影响所渗透。剧本的文学阅读和实地演出，既迥然不同，却也有着内在的联系。剧本的阅读，尤其是默读的过程中，文字的读音被极度地弱化了，意义占据了最主要的位置。可是，无论再怎么弱化，作为语言组成因素的声音仍然是存在的，默读也还是读，只是读的声音强弱高低有别罢了，当然更没有舞台发声的那种表演性质。声音是意义的载体，对于可演剧本来说这一点尤为重要。可演剧本的对话是用来演的，剧作者在最初的创作预设中就会考虑到这一点。

在话剧的舞台演出中，文字存在于声音中，一个个纸上的文字，通过演员的嘴"演说"出来，从而被赋予生气，成为活生生的"话语"。陈望道指出："语言文字的声音、形体、意义，都有固有和临时两种因素……声音要到实地发音，才成为具备所有因素的具体声音，形体也要到实际写在纸上，才成为具备地位、方向、大小等一切因素的具体形体。意义也是一样，必要到实地应用才成为具备实际一切因素的具体意义。其所加的临时意义，大抵都由情境来补充。"①美国学者沃尔特·翁在《口语文化与书面文化：语词的技术化》中指出："在书面文本里，语词本身缺乏原有的全部语音特征。在说话的时候，一个词必然要有这样那样的语调或语气，无论活泼、兴奋、平静、愤怒或是超然。嘴巴里说出的词汇不可能没有语调。而在书面文本里，用标点符号表现语调的功能只能够达到最低水平：比如问号或逗号一般只要求声音略微往上扬。经过经验丰富的批评家采纳和修正的文献，也可以提供超越文本的语调，但那毕竟是不完全的。演员只有在长时间琢磨书面剧本中的台词之后，才能够确定如何把台词说出来。一段台词的演绎可能会有截然不同的方式，一位演员可能会用叫喊的语气，另一位演员用的却是窃窃私语。"②沃尔特主要是从演员的角度谈及台词的演绎问题，对于伟大的戏剧家来说，创作戏剧时便对台词有自己的某种想象。曹禺是一个具有丰富的舞台实践经验的剧作家，正如著名的话剧表演艺术家于是之先生所说："他对每一个词的轻重、分寸，都具有一种语言的敏感。推敲每一个字、每一句台词的韵律感。他很讲究

---

① 陈望道：《修辞学发凡》，复旦大学出版社，2008，第26—27页。

② [美]沃尔特·翁著，何道宽译：《口语文化与书面文化：语词的技术化》，北京大学出版社，2008，第77页。

味道，他会唱京剧，他的语言韵律感、节奏感很强。"[1]曹禺话剧创作时赋予语言的韵律、节奏，如何在舞台上通过演员"发声"来呈现，即剧中人物对话的具体"发声"的舞台"实现"？台词的舞台"发声"问题的把握，对于立体地、全面地体验《雷雨》的艺术魅力，实为必不可少的重要条件。

《演员艺术语言基本技巧》一书中，谈到周冲人物的舞台表演时，给出过这样的建议："《雷雨》中的周冲，多用头腔共鸣，声音年轻热情、富有朝气，语言色彩上力求单纯、稚气。"剧本中的对话在实际的舞台上到底如何"发声"，这个问题正如剧本文本的阅读一样，恐怕也是一个见仁见智的问题。如《日出》陈白露阻止黑三进房搜查"小东西"时说的话："你们要是横不讲理，这个码头不讲理的祖宗在这儿！"欧阳予倩认为重音应该放在"祖宗"上，而不是像一些女演员那样放在"这儿"上。[2]陈白露和潘月亭有一段对话，也是通过同一个字的不同发声造成戏剧性效果。

潘 （自负地）可惜，你没有瞧见我年轻的时候，那时——（忽然向福）你没有事，在这儿干什么，出去！

福 是，潘经理。（福下）

潘 （低声）我知道你想我，（自作多情）是不是？你想我。你说，你想我，是不是？（呵呵大笑）

露 嗯，我想你——

潘 是的，我知道，（指点着）你良心好。

露 嗯，我想你跟我办一件事。[3]

---

① 于是之在南开大学曹禺学术讨论会上的发言记录，1985年10月5日。转引自田本相《曹禺传》，北京十月文艺出版社，1988，第408页。

② 中央戏剧学院台词教研室编著：《演员艺术语言基本技巧》，文化艺术出版社，2000，第128页、第64页。

③ 曹禺：《日出》，载《曹禺全集》第2卷，北京十月文艺出版社，2023，第58页。

潘月亭和陈白露的话里都有一个"想"字,陈白露顺着潘月亭说的"想"字说下去,既应和了潘月亭的话,又巧妙地将谈话的内容转向了另一方面。但是,谁又能说潘月亭的"自作多情"不是自知之明?即潘月亭的自作多情本就是建立在有钱的基础上,知道对方有求于自己,自己也乐于当一个施舍者。所以,潘月亭几乎是强迫式地要陈白露明确地说出她想他,而且在对方说出"我想你"三个字之后马上把话轮抢了过去,颇有自娱自乐的味道。潘月亭的自以为是,在于他有能力、有信心得到自己想要的,也想要按照自己的想法让事情向着自己希望的方向发展。这是上位者的优势,不能把潘月亭想象成一个蠢猪一样没有自知之明的形象。《日出》中的这段对话显示出两个调情者都是高智商的人,各取所需罢了。

从剧本到舞台

舞台上的陈白露若只会逢场作戏、逢迎拍马,那么她就只不过是一个普通的风尘女子,不成其为陈白露。《日出》让陈白露在潘月亭前行讨好之事,场面一转,马上让她在想要进门搜寻"小东西"的男甲、丙等人面前表现得盛气凌人。

露　（忽然声色俱厉的）站住,都进来?谁叫你们都进来?你们吃些什么饭长大的?你们要是横不讲理,这个码头横不讲理的祖宗在这儿呢!（笑）你们是搜私货么?我这儿搜烟土有烟土,搜手枪有手枪,（挺起胸）不含糊你们!（指左屋）我这间屋里有五百两烟土,（指右屋）那间屋里有八十杆手枪,你们说,要什么吧?这点东西总够你们大家玩的。（门口的人一时吓住了。向门口）进来呀!诸位!（很客气地）你们怎么不进来呀?怎么那么大的人,怕什么呀!

男（丙）　（懵懵地）进来就进来!这算个什么?

男（甲）　混蛋!谁叫你进来的?滚出去!

男（丙）　（颟顸地）滚就滚,这又算什么!①

---

① 曹禺:《日出》,载《曹禺全集》第2卷,北京十月文艺出版社,2023,第62—63页。

上面这段台词，陈白露表演时的语气很重要。欧阳予倩见几位女演员把重音放在"这儿"上，就给她们指出应该放在"祖宗"上。这样的处理能产生双重戏剧效果：首先，陈白露是为了压倒搜查者们嚣张的气焰，"祖宗"重音比"这儿"更有威慑力，更能提醒对方自己也是有背景、有势力的；其次，这个重音其实也正表明两者不过是半斤对八两，如果真的是有底气，陈白露的重音就会落在后者；再次，陈白露这段话开篇的提示词是"声色俱厉地"，并没有什么真正底牌的陈白露，只能唬人，狐假虎威，唬人而能成功，打的就是心理战，语气的使用，人心的把握，便是能够成功的关键。这是陈白露窝囊生活中的一次人性闪光，一次真我的披露和精神的飞扬。如果没有这一段，陈白露这个人物形象就会变得黯然失色。《红楼梦》中，曹雪芹塑造了一个飞扬跋扈的勇晴雯，《日出》里，曹禺塑造的则是盛气凌人的陈白露。晴雯代表的是得势的奴才，俏丫鬟任性使气尽显真性情。陈白露寄身大旅馆，周旋人前博取生活之资，伏低做小才是生活的常态，为了救助"小东西"忽然变得咄咄逼人，于飞扬跋扈中一扫窝囊憋屈之气，人生畅快莫过于此。

重音可分为语法重音和强调重音两种。一句话中，如果没有表示特殊思想感情的含义，只是根据语法结构的特点而重读的音，叫语法重音。语句中介绍时间、地点、人物和事件起因的成分，一般均属于语法重音范畴。句中的语法重音要服从强调重音，也就是说句中有强调重音时，即有特殊含义时，语法重音就自然消失了。一般我们常说的重音的确定，指的就是强调重音的确定。重音是有声语言前进的"路标"。它通过操纵全句的语势走向，来负责分清词语之间的主次。所以只有将重音判断得准确，处理得恰当，才能把语言的信息传达得清晰明白。俄国戏剧理论家斯坦尼斯拉夫斯基说得好："重音——就像是食指，指出一个句子或一个语节中最主要的字眼！被打上重音的那个字包含着潜台词的灵魂，内在实质和主要因素。"[1]在具体的语境里，一句话的语意是确定的，语句的重音自然也是确定的。一般情况下，一句话中的重音只有一个。

与《雷雨》相比，《日出》频繁地通过人物对话时同字、同句重复的方式实现戏剧效果。

> 露（关上门）完了，（自语）我第一次做这么一件痛快事。
> 潘 完了，我第一次做这么一件荒唐事。
> …………
> 露（忽然瞥见地上的日影）喂！你看，你看！
> 潘 什么？什么？
> 露 太阳，太阳，——太阳都出来了。（跑到窗前）
> 潘（干涩地）太阳出来就出来得了，这有什么喊头。[2]

陈白露和潘月亭都说"第一次"和"一件"，同样的言语所表达的情感和态度却完全不同。陈白露感觉自己似乎向着真正的自我跨出了重要的一步，顺着内心真实的想法进行了选择。潘月亭则感觉自己的所作所为违背了自己一贯的原则，是对自我的伤害。潘月亭对陈白露话语的重复，首先构成了对照，两个人物形象在话语的对照中显示出不同的思想性格。其次，潘月亭的话构成了对陈白露语言的戏仿。戏仿的本质就是不赞成。潘月亭不赞成陈白露的做法，也后悔自己刚刚附和陈白露的言行，故而在重复陈白露的言语的过程中，表露自己真实的想法。因此，潘月亭对陈白露语言的戏仿，本质上就是对陈白露真实的精神追求的解构。随后，陈白露说"太阳都出来了"，这是客观陈述，带着些许惊喜，潘月亭却说

---

① [俄]斯坦尼斯拉夫斯基：《斯坦尼斯拉夫斯基全集》第3卷，中国电影出版社，1961，第126页。

② 曹禺：《日出》，载《曹禺全集》第2卷，北京十月文艺出版社，2023，第66—67页。

"太阳出来就出来得了"，"出来就出来"自身构成重复，重复有强调的作用，但并不是所有的重复都构成强调，潘月亭话语里的重复就构成自我戏仿与解构，一切神圣的存在一经重复就变成了滑稽。精灵不适合生活在现实中，精灵般的陈白露，一经重复，或者说复述，便也失掉了那股灵气。

可演性剧本的对话一旦在舞台上以声音的方式呈现出来，其存在形态和审美感受就会和文本的文字阅读所赋予的迥然不同。演员们不同的发声方式，也体现了对于剧本的不同的理解和接受，同时这种为了"演出"的理解和接受反过来又会强化或印证文本的阅读理解。

从发声学的角度观照《雷雨》，观照舞台活生生的《雷雨》"发声"，能使剧本话语变得鲜活起来，使戏剧性得到强化。周冲想要告诉蘩漪他爱四凤，想要帮助四凤读书的事情，"妈，我要告诉您一件事，——不，我要跟您商量一件事。"从"告诉"变成"商量"，既表明周冲的单纯，同时也表明这是一个孝顺温顺的孩子。《雷雨》第一幕结尾，蘩漪被逼喝药之后，周朴园和周萍还有一段对话，其中话语的重复、错位犹如海浪一般滚滚而来，压迫得人有些喘不过气来。

萍 （强笑着）不过，爸爸，纪念母亲也不必——
朴 （突然抬起头来）我听人说你现在做了一件很对不起自己的事情。
萍 （惊）什——什么？
朴 （低声走到萍的面前）你知道你现在做的事是对不起你的父亲么？并且——（停）——对不起你的母亲么？
萍 （失措）爸爸。
朴 （仁慈地，拿着萍的手）你是我的长子，我不愿意当着人谈这件事。（停，喘一口气严厉地）我听说我在外边的时候，你这两年来在家里很不规矩。

萍　（更惊恐）爸，没有的事，没有，没有。

朴　一个人敢做一件事就要当一件事。

萍　（失色）爸！

朴　公司的人说你总是在跳舞场里鬼混，尤其是这两三个月，喝酒，赌钱，整夜地不回家。

萍　哦，（喘出一口气）您说的是——

朴　这些事是真的么？（半晌）说实话！

萍　真的，爸爸。（红了脸）[①]

　　有学者认为这段文字表明周朴园很可能知道蘩漪和周萍之间的乱伦关系，故而在此进行敲打，所以在父子对话中出现了"做了一件"与"这些事"之间的矛盾。"周朴园的问话前后不一致，偷换了概念；他把'一件事'换成了'一些事'，把'在家里'换成了'在跳舞场'，把'近两年'换成了'近两三个月'。他为什么要偷换概念呢？事实上，周朴园把周萍单独留下来，要重点审问的，应该是周萍在家里做的那一件大逆不道的事，而不是他在跳舞场喝酒、赌钱等小事。"[②]诗无达诂，文无定解，如此推测，似乎更能解释周朴园话语里的前后矛盾。然而，这也带来了一个问题，如果周朴园知道乱伦这件事，后面几幕里的戏剧冲突就变得让人难以接受和理解。如果审问周萍，为的是自己知道乱伦，如此虎头蛇尾，也与周朴园性格不符。此外，真正偷换掉的概念只是"一件事"，"在家里"并不就等于是在周公馆，因为如果和"在矿上"对举，就是在家和在外地，所以"在家里"就可以包括周公馆及周公馆周围的城市区域，而"这两三个月"不能视为是"这两年"的替换，因为剧本原文是"尤其是这两三个月"，"尤其"表明侧重的是最

①　曹禺：《雷雨》，载《曹禺全集》第1卷，北京十月文艺出版社，2023，第102—103页。

②　汪余礼、吴鹰：《〈雷雨〉与曹禺的叠翻诗学》，《戏剧》2023年第1期。

从剧本到舞台

近一段时间，这也与周朴园在父子谈话之初说的"现在"相符。因此，认为周朴园话语前后矛盾的推论看起来很美，实际上无助于我们对剧本的理解。话语的矛盾，应该理解为语术，上位者常常使用的一种谈话艺术，故意夸大事实，突出严重性，而后再和蔼地表示关切，通过语言制造出一种压迫感。这种压迫感，不是因为周朴园发现了乱伦之事，而是他将工作方式带进了家庭之中，以董事长的行为方式和家人谈话，孩子们表现得就像下属一般战战兢兢。

　　莱辛在谈到《菲罗克忒忒斯》第三幕的剧本形态和表演形态的差异时曾说："人们发见到这部戏的第三幕比起其余各幕显得特别短。批评家们说，从此可见，一部戏里各幕长短不齐，对古代人来说，是无足轻重的。我也是这样想，但是我宁愿援用另一个例证，作为我对这一问题的看法的根据。这第三幕所由组成的那些哀痛的号喊，呻吟，中途插进来的'哎哟，咳咳'，以及整行的悲痛的呼声所用的顿挫和拖长，和连续地说话时所需用的一定不同，所以演这第三幕所花的时间会和演其它各幕所花的时间差不多一样长。读者从书本上所看到的，比起观众从演员口里所听到的要短得多。"①对于话剧文本尤其是可演剧本的解读，不能仅仅局限于文字符号，一些铅印的文字所不能呈现的特性，需要从发声的角度去理解。需要理解的，不仅仅是剧本括号里标示的"高兴地""嘲弄地"等有关发声的提示词，还包含着所有文字、标点符号等一切与发声相关的因素。《雷雨》第三幕鲁侍萍对四凤说："傻孩子，你不懂，妈的苦是说不出来的，你妈就是在年轻的时候没有人来提醒，——可怜，妈就是一步走错，就步步走错了。"有人分析这段对话时说："没有人来提醒，——可怜"，这里面就存在一个停顿，"此时是不愿再说，也不必说出具体事实。停顿后换一口气，也就是用这一个气口，把前边不想说的事了结了，然后说出结论性

---

　　① ［德］莱辛著，朱光潜译：《拉奥孔》，载《朱光潜全集》第17卷，安徽教育出版社，1989，第11页。

的话'一步走错，就步步走错了'。"①在阅读中，逗号后面紧跟着一个破折号。对于这个破折号，读者不会误以为是转折的意思，都会知道话说到这儿，应该稍有停顿。但是，快速的阅读难以把握个中蕴藏的戏剧效果，语义和语法逻辑中呈现出来的停顿，只能是一种提示作用，具体的停顿效果，个中蕴藏着的审美情趣，必须进入声音的层面才能得到真切的体味。

《雷雨》第二幕，周萍对繁漪说了"对不起"后，转身想从中门尽快离开，"在这里，导演再一次借着舞台调度来渲染周萍的心情"，揭示了周萍的虚伪，"因此要求演员在说这一段台词时，语言的节奏和形体动作都要突出对繁漪躲避的感觉来"。②话应怎么说，声该如何吐，都需要演员们的具体处理才能最终定型，在舞台上呈现于观众面前。不熟悉剧本的观众，可以通过演员们的发声，知晓角色们的话语，把握句中意思；对于那些对剧本已经很熟悉的观众来说，无疑更希望通过演员们的发声，再度温习角色们的话语，领略个中意味。通过演员们的表演而活过来的台词，其意义就不仅仅是剧本文字本身所能拘囿的了。同样的一句话，同样的一个字，不同的演员的处理可能差别会非常大。美国教育家麦恩斯说："二十年研究人与人的关系的种种问题，使我明白：人们彼此不能顺溜的相处，一个主要的原因就在语调所传达的意思往往与我们说出的字相反——这事实大家却似乎不知道。事实上，叫人生气的多半不是字面，而是腔调。我们常向人抗议道：'我并没有那个意思。'我们难过，因为别人误会了自己。"③语气，语速，音调、响度和说话时候的神情姿态，会让相同的字眼具有迥然不同的意

---

① 中央戏剧学院台词教研室编著：《演员艺术语言基本技巧》，文化艺术出版社，2000，第128页、第177页。

② 刘章春主编：《〈雷雨〉的舞台艺术》，中国戏剧出版社，2007，第123页。

③ [美]休士·麦恩斯著，朱自清译：《调整你的语调——与为人》，载《语文零拾》，名山书局，1948，第91页。

思，赋予对话以特别的意义。

《雷雨》第四幕，从家中跑到周公馆的四凤，和周萍之间有这样一段台词：

> 四凤 ……我想起来，世界大得很，我们可以走，我们只要一块儿离开这儿。萍啊，你——
>
> 周萍 （沉重地）我们一块儿离开这儿？①

四凤和周萍的对话也出现了话语的重复，即"离开这儿"。"这儿"指此地，但也可以更具体地指周公馆。四凤说这话的时候，应该是含混而言的，并没有想要区分此地和周公馆的意思，但是在周萍的回话中，通过话语的重复却强调了离开周公馆的那一层含义。周萍的饰演者王斑在回忆中省略了周萍话语里的问号。"周萍：'一块儿离开这儿'，当时我强调的是'离开这儿'。这样一来，台词的意思就变成周萍从没想到要离开周公馆，反而被四凤的话提醒。可剧本从第一次周萍出场，作者都意在强调：周萍想明天就到矿上去。因为他和繁漪的乱伦关系迫使他无法面对自己的父亲和弟弟，所以早就想离开周公馆。可见这句台词处理得不准确，这是我根据观众的笑声得到的答案。人物思想和行为逻辑决定语言的逻辑重音。"②当王斑将重音放在"离开这儿"的时候，作为疑问句，便有了为什么要离开这儿的问题，观众们笑的不是周萍似乎由此才产生了离开周公馆的想法，而是这个问句带有对离开周公馆的疑问，于是戏剧矛盾的冲突变成要不要离开，从而偏离了剧作的原意：能不能"一块儿"离开。逻辑重音的把握与具体发音，直接

---

① 曹禺：《雷雨》，载《曹禺全集》第1卷，北京十月文艺出版社，2023，第273页。

② 王斑：《学习·受益·进步——〈雷雨〉有感》，载刘章春主编《〈雷雨〉的舞台艺术》，中国戏剧出版社，2007，第308页。

影响到舞台人物形象的塑造。

索绪尔指出："拿能指或所指来说，语言不可能有先于语言系统而存在的观念或声音，而只有由这系统发出的概念差别和声音差别。"[①]袁国兴在谈到戏剧中的声音时说："现代戏曲的民间品性培养了它们的特别演出风格，表演方式缔造了表演的技巧，音响和声音是被戏曲表演格外看重的舞台艺术手段。京剧《失街亭》就利用了角色间的简单应答，在声音中传递出了情感。作品里写道，街亭已失，马谡非常懊恼，悔恨自己不听王平的劝告，不听诸葛亮的嘱托，铸成大错，王平也追悔莫及，又毫无办法，二人离场之前，相互招呼着'走哇''走哇'，表面看好像是同义反复，无尽含义却从语句的声腔中传递出来，这不能不说是京剧对'声音'表演性的充分发挥和绝妙运用。"[②]声音的差别带来意义，造成审美趣味。在活生生的现实对话中，文字的具体"发声"向来都不是干巴巴地只有一种表现形态，而是具有多样可能性。哪一种可能性成为现实，需要演员们具体的表演。不仅如此，舞台上的一些声音，需要演员非常态的发声。就舞台发声来说，要求的也是"艺术"的发声，而不是照搬生活的"写实主义的"发声。

《雷雨》八个角色，人人有戏，每个人物的舞台发声都各具特色。好的发声有助于角色的舞台呈现，不好的发声直接让人怀疑表演者的选择是否恰当。反复地阅读《雷雨》的文本，观看各种版本的舞台演出，就会发现不同的演员对繁漪这一角色台词的舞台发声差异甚大。平时的阅读中并没有什么特别的感觉的一些字眼，经过演员的表演，具有了各自独特的"声音"以后，就会让人猛醒默读与舞台表演相比是多么个人化，甚或可以说是肤浅，普通读者的默读很难入"戏"，许多精彩的"戏"在默读中变得庸俗而平凡。

① [瑞士] 费尔迪南·德·索绪尔著，高名凯译：《普通语言学教程》，商务印书馆，1980，第167页。

② 袁国兴：《中国现代文学史教程》，广东人民出版社，2008，第155页。

不同演员的不同发声处理，在令人充分地领略人物情感细微把握的差异的同时，也让人对如何发声才更贴近真实的繁漪有了深入的思索，提供了一扇新的窗口。舞台演出的时候，剧本中的人物对话都需要经过从文字到声音的转化处理，由于篇幅有限，我们无法全方位地探讨这个问题，下面我们仅就一个典型例子来试作探讨：对《雷雨》第一幕"吃药"这一场景中繁漪的"倒了"，许多演员的处理都很有剧场性，可说是舞台发声学分析的典型案例。

一、语境中的"倒了"

语境（context），意味着文本内的"上下文"关系。语境的概念由英国人类学家马林诺夫斯基（Malinowski）提出，1923年他在给奥格登和理查兹的《意义的意义》撰写的附录文章中首次使用了"context of situation"（情景语境）这一短语。马林诺夫斯基区分出两类语境，一是"文化语境"（context of culture），指说话者生活于其中的社会文化；二是"情景语境"（context of situation），指言语行为发生时的具体情况。国内较早专门研究语境问题的学者王建平认为："所谓语境因素，指的是交际过程中语言表达式表达某种意义时所依赖的各种时间、地点、场合、话题、交际者的身份、地位、心理背景、时代背景、文化背景、交际目的、交际方式、交际内容及所涉及到的对象以及各种与语言表达式同时出现的非语言指号（如姿态、表情等等）。"[1]所谓"非语言指号"，就是语言以外的表情手段，如面色、手势等，"如遇有快心事，则二目为之合，口为之阔，面部为之缩短；遇有不快心事，则目为之瞠，颊为之伸，面部为之

---

① 王建平：《语言交际中的艺术——语境的逻辑功能》，求实出版社，1989，第42页。

伸长。这就是面色代表言语的记号。"①《雷雨》中写四凤"脸色灰白",四凤看到母亲侍萍"脸上发白",周蘩漪对周冲说"免得你父亲又板起脸,叫一家子不高兴",蘩漪和四凤面对鲁贵时都曾"沉下脸"……所有这些都是"面色代表言语的记号"。在语言隐喻中,"上"表示正值,"下"代表负值,"沉下脸"与"板起脸""拉长脸"相似,"沉下脸"也就意味着"把脸往下拉","把脸往下拉"也就意味着脸变长了,也就是英语里的"having a long face"。记号和语言都依赖语境,"同是指点一件东西,一带有疑问的表情便会成为询问语,一带有发急的表情便会成为命令语,也要从情境上猜度它。"②想要清楚明白地把握"语言表达式表达某种意义",就不能不考虑其"语境因素",没有语境,意义的探求也就失去了方向。

《雷雨》一剧的故事,发生在一天一夜二十四小时内。十年前一个夏天的上午,因病待在楼上的蘩漪下来了,见到了已回家三天的丈夫周朴园。当周朴园向四凤问起让她给蘩漪煎的药时,一番对话就此展开。各个人物台词衔接中呈现出来的快、慢、强、弱、高、低、虚、实,也就使舞台语言产生了非常生动的节奏和韵律。在周朴园问话后,四凤首先看向蘩漪,希望蘩漪能够有所解释。作为下人的四凤,在主人都在场的情况下,并不随便开口说话,这正是四凤的谨慎处,她并不是一个心直口快、口无遮拦的丫头片子。蘩漪随后接过话轮说:"她刚才跟我倒来了,我没有喝。"这算是蘩漪对周朴园的交代,而周朴园的反应也很正常:"为什么?"首刊本中的对话比较正常,初版本则增加了一些提示语,凸显了人物情绪上的相互反应,强化了戏剧氛围。蘩漪"没有喝"这句话前加了提示语"觉出四周的征兆有些恶相",表明蘩漪敏感地觉察到周朴园情绪的变化,蘩漪接下来的话语应对不仅没有想要消除恶相的

---

① 江恒源:《中国文字学大意》,大东书局,1933,第7页。

② 陈望道:《修辞学发凡》,复旦大学出版社,2008,第18页。

征兆，在某种程度上反而推动了征兆的发展，或者说，这就是触发繁漪精神不正常的动因。周朴园听到繁漪说"没有喝"之后，先是问了句"为什么"，随后，剧本中出现了一个提示语"停，向四凤"，而后又是一个问句："药呢？"周朴园的这个话轮分别指向繁漪和四凤两个人，两句问话中间有个停顿在。这个"停"字的理解非常重要。周朴园的两句问句中间究竟停了多久？如果时间够长，就说明周朴园给繁漪留下了足够的回答空间，可是并没有等来繁漪的解释，于是只能转向四凤，询问四凤药在哪里。这是一个丈夫正常的处理方式。若是"停"这个字理解成很短暂的停，只是稍微一停就向着四凤发问，也就意味着周朴园没有给繁漪留下回答的空间，很可能周朴园根本就没想着让繁漪解释原因。周朴园向着四凤说："药呢？"也并不是真正的发问，而是命令，相当于说："药在哪里？"言下之意就是：倒来的药放哪里了，端过来。对于周朴园的脾性和说话方式，繁漪自是非常熟悉，所以接下来才会不停地抢话轮。所谓抢话轮，就是周朴园接下来的说话或命令对象都是四凤，但接下周朴园这些话的却都是繁漪。繁漪说她让四凤把药倒了，这句话前面有提示语"快说"[1]，这个提示语不仅说明繁漪快速的反应，也说明反应时有些难以控制的情绪，而她说出的话语，就更有些反常了。

"倒了，我叫四凤倒了。"繁漪说出这句话之后发生的事情暂且不论，从"上文"可知：繁漪接连两次的发言，重心即"没有喝"和"倒了"。"没有喝"所以才让人"倒了"，这是一般的逻辑。在这段"上下文"里，周朴园对繁漪的问话只是"为什么"，问的是为什么"没有喝"，而繁漪的答话却是"倒了，我叫四凤倒了"。于是，因果关系就成了"倒了"所以才"没有喝"。这样的逻辑关系当然是不正常的，其实，"倒了"根本就不是对"为什

---

① 曹禺：《雷雨》，载《曹禺全集》第 1 卷，北京十月文艺出版社，2023，第 97 页。

么"的回答，反而是后来蘩漪说的"我不愿意喝这种苦东西"才是对"为什么"这一问题的回答。对于"为什么"的回答被延迟了，延迟的原因便是加入"倒了"这一不和谐的话语因子。不合常理的话语，正是戏剧矛盾冲突的外在表现。

鉴于对话的双方都是有身份、有地位且聪慧的人，而且是在家人、佣人都在场的情况下对话的，基本可以排除任情随意等偶然因素，那么，对话由正常走向反常，不合理的话语的出现，自有其深层次的原因，实际便是蘩漪与周朴园长期矛盾的再次触发。在蘩漪接连说出的几句话里，"没有喝"是前奏，"不愿意喝"是不得已的解释，两者中间出现的"倒了"才是蘩漪话语聚焦的真正中心。"倒了"的出现，是因为周朴园对"没有喝"这一前奏的话语的不满与追问，一开始取敷衍姿态的蘩漪情不自禁地暴露出内心真实的意图。但是，随着周朴园的再次进逼，蘩漪又回到了正常的对原因的解释上来。虽然在"我不愿意"的前面有"反抗地"的提示语，但那"反抗地"的话语中已经浸透着妥协的意味了。

从"没有喝"到"倒了"，蘩漪的话语显示出反抗的意愿有一个强化的过程。蘩漪虽然处处和周朴园对着干，但是作为一个"明慧"的女性，"对着干"的强度在《雷雨》开场时还是比较弱的。当周朴园提到药的问题时，蘩漪本来可以说"我喝了"，而不是"没有喝"，这样一来也就不会有"倒了"或"我不愿意喝"等导致戏剧冲突逐步升级的话语的出现。虽然"没有喝""倒了"是事实，可是蘩漪若是说"喝了"，也是事实。毕竟，蘩漪初一下楼，见到的便是刚煎好药的四凤，而蘩漪是曾"喝一口"的。喝一碗是喝，喝一口也是喝，"没有喝"而"倒了"与"喝一口"而"倒了"，给人的感觉是截然不同的。何况《雷雨》使用了一大段文字铺排蘩漪"喝一口"时的表现，起码，对于那煎的药，她还是较为认可的，认为不是随便给她乱煎的，所以她在提到将药"倒了"时，还犹豫了一下，对四凤说："要不你先把它放在那儿。"

从周朴园不在眼前时的"喝一口"，到周朴园问起药时的否认，说自己"没有喝"，还说把药"倒了"，再到最后被逼迫着喝下一碗药，其中表现出来的与其说是周朴园的冷酷无情，毋宁说是繁漪激烈的内心挣扎与斗争。繁漪在十几年的家庭生活中看透了周朴园对待自己的真面目，正如易卜生《娜拉》一剧中的娜拉看清了丈夫海尔茂的丑陋面目。与觉醒后的娜拉决然出走不同，作为一个中国旧式女人，她的文弱，她的哀静，都使她没有成为中国的娜拉，但是作为一个明慧的、有更原始的一点野性的女性，她也像娜拉一样不愿意再做丈夫的玩偶、养在笼子里的金丝雀，具体的表现便是故意闹别扭，引起冲突。

《雷雨》描述周朴园与繁漪两人冲突的妙处，不仅在于恰到好处地呈现了周朴园的冷酷专制，还写出了繁漪有些疯狂的病态的反抗。繁漪身上，尤其是在她面对周朴园时，总给人以歇斯底里、不可理喻的感觉，有的研究者因此而从生理和心理的角度考证繁漪的"病态"[1]（从周朴园的角度来讲，繁漪自然是病态的；换个角度，繁漪的病态似乎正如鲁迅笔下的狂人，是清醒的一种表现，而周朴园这些"正常"的人才是真正"病态"的和不正常的）。神经质、病态等既是反抗的一种表征，也说明了反抗的难度，不正常的繁漪因此使自己的行为获得了一种悲剧的力度，或者说繁漪的人性中美好的一面正隐藏在她的"病态"里。"

二、声音里的"倒了"

作为综合性的舞台表演艺术，话剧是"活的艺术"，是需要开口演的，剧本中的一些字词话语，只有在舞台表演中，因"声音"的加入，才能完全地"活"起来，从而将其中所蕴含着的"戏"充分地表露出来。声音本身并不具有意义，意义是人赋予的。不同的声音具有不同的意义，一个固定的词语，在不同的发声处理中，所

---

[1] 裴仁伟：《繁漪的病及其病因》，《广西教育学院学报》2000年第6期。

表现出来的意义也就迥然不同。因此，在一定的话语群里，特定的词语反复地出现，如何能够在不断重复地"说"的过程中，呈现其中蕴含着的"戏"，声音的介入方式在某种程度上就成为决定性的因素。

在《雷雨》的演出中，正是对声音的处理，使重复出现的话语变得意味深长。或者应该说，曹禺对声音有着某种特别的敏感，正是这种敏感，使他有意识地使用了一些重复性的话语，这些重复性的话语在演出时声音处理上的差异，也就形成鲜明的对照，从而构建起别有风味的戏剧场，使一些戏剧性因素因此而充分地舒展开来。

在《雷雨》的对话中，重复性出现的话语很多，"倒了"便是较为显著的一例。《雷雨》中，连续性地使用"倒了"的地方大约有两处：一处是蘩漪在开幕后第一次下楼，碰到煎药的四凤时，两人在七句对话中共使用了四次，其中蘩漪三次（其中一次蘩漪用的是"倒掉"），四凤一次。具体的对话情况如下：

周蘩漪　太不好喝，倒了它吧！

鲁四凤　倒了它？

周蘩漪　嗯？好，（忽然想起朴园严厉的脸）要不你先把它放在那儿。不，（厌恶）你还是倒了它。

鲁四凤　（犹豫）嗯。

周蘩漪　这些年喝这种苦药，我大概是喝够了。

鲁四凤　（拿着药碗）您忍一忍喝了吧。还是苦药能够治病。

周蘩漪　（心里忽然恨起她来）谁要你劝我？倒掉！（自己觉得失了身份）这次老爷回来，我听老妈子说瘦了。[1]

---

① 曹禺：《雷雨》，载《曹禺全集》第 1 卷，北京十月文艺出版社，2023，第 74—75 页。

在这一段对话里，周蘩漪占据着话轮的控制权，她控制着话题，作为主要角色，话轮长度远远超过四凤。上述这段对话中，占据着话轮控制权的周蘩漪的话轮长度不正常。之所以说不正常，是因为蘩漪作为主子，不需要向四凤解释自己为什么不喝药，以及为什么要让四凤把药"倒了"。因为要进行解释，话轮自然变长，变长的话轮既是借人物之口进行演述，也表明蘩漪内心的犹豫和挣扎。蘩漪和四凤两人之间的感情并不融洽，周蘩漪也不是啰唆之人。因此，长话轮及话轮中的解释，根本的原因还在于周蘩漪自身内在的矛盾挣扎，"倒了"的声音故而有些犹豫模糊，而且她说的第二个"倒了"要比第一个"倒了"听起来要低柔得多。

周蘩漪开始两次使用的都是"倒了它"，是带宾语的，落脚点是"它"，也就是药。这就与第三次说"倒"时的"倒掉"有了很大的不同，在声音的表现上也就有了质的差异。第三次时，动词的宾语没有了，"它"（即药）已经退居幕后，"恨"的情绪占据了主导，而"恨"的对象却转移到了四凤身上，四凤成了被无辜殃及的池鱼。这是一个突然的爆发，很简捷，与前面说"倒了它"时有些柔长的感觉不同。"倒掉"提示语中的"心里忽然恨起她来"，在舞台表演中是看不见的，只能通过周蘩漪的动作语言表现出来，最主要的还是通过"倒掉"的声音处理表现出来。周蘩漪的微妙的情感转变，也就蕴含在从"倒了"到"倒掉"的具体的发声处理上。也就是说，这一段文字通过蘩漪连续三次说"倒了"，充分展示出其内心的痛苦与挣扎。

在蘩漪说出"倒掉"后，剧本中使用了"自己觉得失了身份"的提示语。为什么周蘩漪会觉得失了身份？肯定不是因为"谁要你劝我？倒掉！"这些话本身与是否"失了身份"没什么关系，关键在于如何"说"，也就是声音。由此可见，正是"倒掉"的发声，使周蘩漪觉得自己失了身份，不应该在下人面前流露自己的真实情感。故而她接下来才主动地在对话中将本来进行得很好的谈话从一个话题故意转向另一个，以逃避现有的话题。

在各种版本的舞台演出中，就"倒了"的发声而言，差异最大的还在于"倒了，我叫四凤倒了"这一句的具体处理上。这句出现在周朴园逼蘩漪吃药一幕，"倒了"在该处一共出现了七次，其中蘩漪三次（其中一次蘩漪用的是"倒来了"），周朴园四次（其中两次周朴园用的是"倒了来"），具体的对话情况如下：

蘩　（觉出四周的征兆有些恶相）她刚才跟我倒来了，我没有喝。

朴　为什么？（停，向四凤）药呢？

蘩　（快说）倒了，我叫四凤倒了。

朴　（慢）倒了？哦？（更慢）倒了！——（向四凤）药还有么？

四　药罐里还有一点。

朴　（低而缓地）倒了来。

蘩　（反抗地）我不愿意喝这种苦东西。

朴　（向四凤，高声）倒了来。[1]

和四凤对话时，周蘩漪提及"倒了"，此时她占据绝对局面，四凤虽也说了一次，却是因为疑惑，象征性地反问一下，带着提醒的意味，目的是要确认周蘩漪的决定，这是出于佣人的小心谨慎。从戏剧效果上来说，便是提供给周蘩漪充分表演的空间，在对话中使蘩漪的形象逐渐丰满起来。可是，在与周朴园对话时，蘩漪的三次提及就比周朴园的四次少，且以蘩漪的"倒来了"开始，而以周朴园的"倒了来"结束，若言蘩漪说"倒了"是反抗，周朴园接着说的"倒"则对蘩漪的话构成了消解。不仅如此，更值得注意的是，两个人说"倒了"时的语气神态各不相同，在声音的层面上形成鲜明对照。

"倒了"和"倒了来"，周朴园各重复了两次。两次"倒了"

———————
① 曹禺：《雷雨》，载《曹禺全集》第1卷，北京十月文艺出版社，2023，第97页。

的语速分别是"慢"和"更慢"。第二次说"倒了来"时提示"高声"，即音高发生了变化。此外，第一次说"倒了来"的提示语是"低而缓地"，两次"倒了来"的发声应有一个由"低"而"高"、由"缓"而"快"的变化。从两次说"倒了"到两次说"倒了来"，周朴园的语速由"慢"到"更慢"，再到"缓"，然后到快，语言动作化，表现出很强的戏剧性。《〈雷雨〉的舞台艺术》中说："周朴园毫不放松地说着，语气虽缓和，可字字如泰山压顶。"谈到周朴园让周萍劝说繁漪时说："周朴园像一尊雕像一样，毫不动容，几乎是狂怒地重复着自己的命令。"[1]语气缓和与狂怒如何具体地呈现出来？就是通过语速和音高。然而，特别值得注意的是，周朴园作为一家之主，习惯了让别人服从的人，声不必高，自然有威严，故而语速慢、声音低，这才是周朴园的常态。当周朴园声音高起来命令四凤"倒了来"的时候，周朴园内心的怒火应该已经在熊熊燃烧，此时自己的权威已经受到了挑战，他需要用音高来使别人服从。这自然与周朴园自诩为一家之主的身份不相符。有一次大学生剧社演出《雷雨》的片段，周朴园在这个场景中还拍了桌子，这就有点儿画蛇添足了。动不动拍桌子，以言语行动上大的声响彰显自己的存在与权力，这是鲁贵喜欢干的事情，周朴园则不同。权力在手，声不必大。

周朴园和繁漪说话时候的语气，应该是控制型的，而与之相反，周繁漪的声音显露出来的是内心情感的波动，转变比较快。当她说"倒来了"时，声音还很平和，属于一般的应酬。接下来"快说"的"倒了，我叫四凤倒了"，在发声的选择上就有些异样了。此时的周繁漪，可以选择继续用平和的、从容的语气去说，也可以用怯懦、退缩的声音去说，也可以用冷漠的声音去说，自然也可以用闹情绪、强势的声音去说。同样的一句话，同样的一个字，发声

---

① 刘章春主编：《〈雷雨〉的舞台艺术》，中国戏剧出版社，2007，第101页、第103页。

方式的不同选择，也就意味着所表达的意思有所不同。

周蘩漪的台词前有提示语"快说"，与周朴园的话语前面的提示语"慢"恰成对比。既然是"快说"，就无法使用平和从容的语气，怯懦退缩的语气也不行。实际上，在几个版本的舞台演出中，周朴园的话固然"慢"，周蘩漪的话却未必"快"。比如谢延宁饰演周蘩漪时，"倒了，我叫四凤倒了"的语音被有意拉长了，尤其是说到"倒了"和"四凤"时，语音尤其长，与普通的对话有了很大的差异。蘩漪的表演者回忆自己的表演时说："蘩漪第二次把话又接了过来，用很平和的语气说'倒了'，边说边走到了圆桌右侧。场上又出现一个短暂的停顿。接着，蘩漪坐在圆凳上，缓缓地说'我叫四凤倒了'。态度虽然缓和，但却要强调出'我不愿意喝药'的意思来。"[1]"缓缓地说"，发音也就被拖长了。如何缓，拉长到什么地步，用怎样的音质，不同的演员处理出来，舞台效果大不相同。谢延宁饰演周蘩漪时，在此处的发音很有挑衅的意味。音长拉长以后，说话的时间也便拉长了，很难算是"快说"了，只能算是"抢说"，抢了四凤的话轮。因此，提示语里的"快说"应是"赶快地"说，其动机是要把住话轮，避免出现其他意外，同时也显示蘩漪敢做敢当的精神品格，自己虽然和四凤暗中相互针对，却并不站在旁边冷眼看周朴园和四凤的对峙，而是牵扯到自己的时候自己就站出来，承担自己应该承担的责任，蘩漪似乎很乐意承担这种责任，或者说就是想要和周朴园闹别扭！面对四凤和周朴园，蘩漪说"倒了"的语气节奏大不相同，构成了相互对照映衬，这种舞台处理也让蘩漪这个人物的性格层次丰富了许多。

在其他版本的舞台演出中，周蘩漪说这句话时都在不同程度上"快"了许多。蘩漪话语前的提示语"快说"，所提示的并不只是蘩漪说话语速的快，很可能也包含着蘩漪话轮转换的快，即"快"不是语速的快，而是将话轮从周朴园那里转向自身的"快"，简单

---

① 刘章春主编:《〈雷雨〉的舞台艺术》，中国戏剧出版社，2007，第95页。

地说就是接话接得快，甚或可以说是抢话。

三、话轮转换与停顿

话轮转换模式（turn-taking system）最早是在1974年由美国的一些学者提出，代表人物有萨克斯等。萨克斯等人认为，话轮转换模式是言语转换的基本模式（speech-exchange system），存在于一切会话过程中。话轮转换模式包含三个组成部分：话轮构造部分（turn-constructional component）、话轮分配部分（turn-allocational component）、话轮转换规则（turn-taking rules）。其中，话轮构造部分是指话轮可由各种不同的语言单位组成，比如单词、短语、句子、句子的组合、言语或非言语反馈项目等。至于话轮转换规则，一般遵循CP（cooperative principle）和PP（politeness principle）原则，即合作原则和礼貌原则。另外，萨克斯认为，话轮转换一般出现在会话过程中的转换关联位置（transition relevance place），即受话人认为可以进行话轮转换的位置。话轮转换的位置一般符合合作原则与礼貌原则，即会话者应相互合作以达到会话交际的目的，同时又不应无礼貌地打断别人说话或漠视他人的话语等。上述原则是话轮能够顺利转换并最终达到会话交际目的的保证。但是现实生活中的会话多违反上述原则，如独占、打断、答非所问等等，使得话轮转换出现异常甚或难以为继。在文学创作（尤其是话剧）中，话轮转换模式的异常往往被用来表现独特的审美意味，从而造成非常戏剧性的表演效果。因此，话剧创作和表演中，各种不同的话轮转换模式的交错综合使用，也就成了揭示人物关系、塑造人物性格、营造戏剧氛围等不可或缺的重要手段。

按照前文我们的分析，周朴园的话轮"为什么？（停，向四凤）药呢？"先是选择了蘩漪作为下一个发话人，但蘩漪显然没有理会，所以才会出现一个句中的提示语"停，向四凤"，也就是说，此时周朴园已经转而选择了四凤作为下一个发话人。然而，这时蘩漪却猛地跳了出来，将原本应该属于四凤的下一个话轮抢了过去。抢了别人的话轮，自然需要"快"。因此，提示语"快"应该是指此而言。《〈雷雨〉的舞台艺术》对于这一场景诠释如下："当周朴园问为什么不拿来时，四凤退后一步，为难地看着蘩漪，琢磨着该怎样回答老爷的问话。蘩漪觉出事情不妙，不如自己来说的好，于是心平气和地解释给周朴园听。"这段说明文字明确指出蘩漪意识到"事情不妙"，那么，她就会采用比较平和的语气，希望事情能够敷衍过去，因此蘩漪"用很平和的语气说，'倒了'，边说边走到了圆桌右侧"。这个时候，一个关键性的细节出现了——"场上又出现一个短暂的停顿"，这个停顿的意思蘩漪大概也懂得，正如《〈雷雨〉的舞台艺术》中诠释的那样，"周朴园听蘩漪说未曾喝药，心中有些不悦"。或许，正是这个短暂的停顿，让蘩漪忽然意识到了这件事情恐怕不那么容易敷衍过去，所以，自己接下去说的话，语气也就发生了变化。"接着，蘩漪坐在圆凳上，缓缓地说'我叫四凤倒了'。"[1]缓缓地说"我叫四凤倒了"倒是绝大多数扮演者都采用的发声方式，"平和"与谢延宁饰演的周蘩漪无关，但谢延宁的发声却更有戏剧性，适合舞台表演，将蘩漪情绪的瞬间转变表现得淋漓尽致。发声的快与慢，恰到好处地把握其中的度，是周蘩漪这段台词的舞台发声能够取得良好的戏剧效果的关键。

从剧本语境看，抢四凤话轮时的周蘩漪，态度决不能说是"平和"，她是有意识地要强调出"我不愿意喝药"的意思，有意闹别扭的意味非常明显，或者说那是一种让人感到不舒服的"平和"，语调中透露出来的是一种疏离的不合作气息。曾扮演周朴园的郑榕回忆说："一次排练'喝药'的戏，听蘩漪说：'倒了！'我不

---

① 刘章春主编：《〈雷雨〉的舞台艺术》，中国戏剧出版社，2007，第93页、第95页。

由一愣，感到她的病又犯了，冲儿上前说：'妈不愿意，您何必这样强迫呢？'我扭头看到他脸上的不满，突然感到蘩漪的病已经在孩子身上产生了不良影响，决不能让孩子们误认为这种顶撞是合理的，于是这才做出一定要让蘩漪喝药的决定。"[1]也就是说，在排练中，正是蘩漪说"倒了"二字的发声，触动了周朴园的忍受底线，成为使冲突一发不可收的关键点之一。只有等到了后来周朴园强迫孩子去劝说蘩漪喝药，她的姿态才有所示弱。"蘩漪希望朴园在孩子与四凤面前顾全一点自己的面子，不要逼人太甚，因怕牵扯到周冲，他是无辜的，更怕周萍再受不住，做出什么使她不能忍耐的事来。她想缓和一下，甚至企图妥协一下。"[2]这个时候蘩漪的发声才变得"缓和"下来。无论哪一个版本的舞台演出，演员在"说"出"倒了"这句话时，眉毛都会出现较为明显的上扬动作。配合这样的表情，声音都会出现一定程度的变化，从而与正常表达有所差异。有意拉长的语音，非正常化的表达，使"倒了"这句话变得耐人咀嚼。

周朴园不是傻子，他想要做模范家庭里的模范家长，也有足够的能力实现这一点。虽然常年在外的周朴园并不真正了解家人的近况，但当面交谈时，只要愿意，他总能准确地把握对方的真实意图。听了蘩漪的话后，周朴园接下来的话既是自言自语，也带有疑问和质询的意思。"（慢）倒了？哦？（更慢）倒了！"前面一个"倒了"，前面有"慢"的提示语，后面跟的是问号；后面一个"倒了"，前面有"更慢"的提示语，后面跟的是感叹号。两个"倒了"之间，夹着一个语气词"哦"，后面用的也是问号。第一个提示词"慢"以及后面跟着的问号，表明周朴园有点儿不敢相信

---

[1] 郑榕：《我认识周朴园的过程》，载刘章春主编《〈雷雨〉的舞台艺术》，中国戏剧出版社，2007，第245页。

[2] 刘章春主编：《〈雷雨〉的舞台艺术》，中国戏剧出版社，2007，第99页。

自己让鲁四凤熬出来的药居然被倒掉了，故用了问号，"慢"说的话语似乎还有一点儿期待，希望这事不是真的。语气词"哦"后面跟随的是问号，而不是叹号或句号，表明周朴园的疑虑没有停歇，而是转了一个弯，或者说周朴园自我确认了药已经被倒掉了，且领悟到药被倒掉了乃是别有缘故。

曹禺很善于使用简单的语气词表现人物。"剧中人口里的一个'哪'或'吗'，安排得当，比完整而无力的一大句话，要收更多的效果。"①正是通过语气词"哦"，表明周朴园已经领会了繁漪非正常化的声音所表述的真正含义，而那种挑战秩序、不按照规矩行事的作风正是周朴园所不允许的。当周朴园接下来以"更慢"的语速说"倒了"的时候，实际便既是对先前猜想的繁漪冒犯行为的确定，同时也是对接下来自己必须要采取应对措施的肯定。非常短的话语里，周朴园的心思转了好几个弯。从周朴园自身的角度来说，语速"慢"与"更慢"的舞台效果起码有二：第一，表现了周朴园复杂的个人心理活动。第二，表现了周朴园的身份和教养。周朴园的慢，只能是周朴园的，整个周家，谁也不能在客厅里守着那么多家人像周朴园那么慢速说话。在这一场戏里，该四凤说话时，四凤没有接话，这也是"慢"，这种慢与周朴园的语速慢大相径庭。繁漪说让四凤倒了的时候，有些演员也将其处理成慢速，这种慢也与周朴园的迥然不同。人们的出身、职业、文化教养、个人经历和生活环境不同，形成各不相同的性格、气质、风度和语言，不同性格的人在特定的场合有不同的举止和言谈，戏剧中的人物的性格、思想全靠人物的语言来表现。这就是台词的个性化。《日出》里的顾八奶奶对陈白露诉说自己的爱情观："我告诉你，爱情是你心甘情愿地拿出钱来叫他花，他怎么胡花你也不必心痛，——那就

———————
① 老舍：《我的"话"》，载《老舍全集》第17卷，人民文学出版社，2008，第309页。

是爱情！——爱情！"[1]有钱没文化的顾八奶奶理解的爱情，庸俗又没有品位，还不自知，偏偏觉得自己为爱情牺牲，感到很痛苦，嚷嚷着自己顶悲剧、顶痛苦又顶没有办法。顾八奶奶这个活宝与陈白露，恰如风月宝鉴的两面，处处相对，更让人感觉到陈白露的痛苦以及内蕴着的一股悲剧精神。

周朴园的语速是舞台表演。既然是表演，就有一个演给谁看的问题。就此而言，周朴园的语速音高是表演给家人们看的，当然也包括四凤这个非家人。除了自己不相信之外，周朴园的发声自然也让客厅里的人们知道究竟发生了什么事情，通过反复言说，强化了事情的因由，于是引出了后面的逼迫喝药的问题。对于周朴园这样的人来说，专制家长的做派做久了，话语中带有威权，威权不表现在语速和音高上，慢速低声，有时候带给人更大的压抑。

从各个方面全盘考虑问题，一旦出手便彻底解决问题，这种做事风格从周朴园处理罢工代表事件即可见出。蘩漪虽然是周朴园的妻子，但是面对挑衅模范家长权威的行为，周朴园短时间内就搞清楚了自己面临的问题，并通过逼蘩漪吃药这一行为清除家庭秩序非正常化的可能性。周朴园的行动效果也非常显著，蘩漪就范后，周冲要帮助四凤的念头便消歇了，本来就战战兢兢的周萍，在周朴园的敲打下更是想要早点远离蘩漪。

京剧名作《打渔杀家》中，也有一个"到啦""别倒"的舞台发声问题。小打手跑来对丁府武师说："到啦！"武师误听为"倒"，于是回答说："别倒，留着喂狗。"[2]这里的对话利用了汉字同音不同字的特性，通过谐音，呈现了对话的错位，使戏剧产生了一种戏谑效果。这也是舞台发声学的一种表现方式。曹禺的剧

---

① 曹禺：《日出》，载《曹禺全集》第2卷，北京十月文艺出版社，2023，第105页。

② 陈予一主编：《经典京剧剧本全编》，国际文化出版公司，1996，第446页。

作中很少使用谐音的方式来营造戏剧效果，却喜欢通过音高、音质等的变化来营造戏剧舞台效果。谐音有利于营造喜剧性的舞台效果，音高、音质等的变化更有利于营造悲剧舞台气氛，而曹禺就是一位善于营造悲剧舞台氛围的戏剧大师。

四、语言的动作性

话剧里的对话不同于小说里的对话。话剧语言要有动作性。曹禺在《编剧术》中说："话剧感动人的，不是'话'，而是'剧'。剧的重要成分是动作。"[1]刘震云说："老舍的语言、曹禺的戏剧语言达到了一个高峰……语言特别重要，作品的语言美不在语意本身，而在前后语言联结上。"[2]"前后语言联结"表现在语言的动作性上，主要表现在以下两个方面：首先，是提示语言、叙述语言要有动作性；其次，对话语言应与人物动作相一致。

提示语言的动作性，是指剧本使用的语言，应该有利于舞台表演。比如描写一个人非常高兴，可以说"他笑得合不拢嘴"，也可以说"他笑得手舞足蹈"，却不能说"他笑得心里乐开了花"。"合不拢嘴""手舞足蹈"都是可以表演的，是能够被形象化的叙述，"心里乐开了花"则是看不见、摸不着的，这种比喻性的话语属于诗的语言，不能直接通过人体的动作表演出来。

对话从来都不是发生在真空环境里。对话必然伴随着对话者的肢体动作、神情神态等。舞台对话与肢体动作、神情神态应该配合得恰到好处，这样才能够演出精髓。但是，所谓的匹配，指的是语言动作都要符合人物的性格、身份、环境。单以人物的动作而言，有时动作自带声响效果，有时动作静悄悄。有声的动作与无声的动

---

① 万家宝（曹禺）：《编剧术》，载国立戏剧学校主编《战时戏剧讲座》，正中书局，1940，第51页。

② 刘震云、张英：《刘震云：写作向彼岸靠近》，《作品》2022年第11期。

作对于舞台表演的要求各不相同。有的人物动作剧本有明确提示，有的人物动作剧本没有提示。如何处理剧本没有任何提示的动作？《雷雨》中，周朴园逼繁漪吃药一幕，"拿碗，喝了两口，气得眼泪又涌出来，她望一望朴园的峻厉的眼和苦恼着的萍，咽下愤恨，一气喝下！"这是繁漪喝药一段的提示语，喝完药之后，繁漪从右边的饭厅跑下，口中发出"哦……"的哭声。繁漪喝完药之后，碗放哪儿了？剧本没有提示。按照常理推断，繁漪自然不可能拿着碗哭着跑下去，应该是将碗放回桌上而后跑下。那么，繁漪是如何将碗放回桌的？放碗是怎样的一个动作？力度如何？有没有可能是将碗摔回桌子？甚或直接扔到地上？有一次指导学生排演《雷雨》，扮演繁漪的同学演到这个片段时，以相当夸张的动作将碗摔在地板上，我也觉得很不错，有她自己的理解。繁漪若是将碗轻轻地放回桌上，则是悲痛中的繁漪依然在压抑着自己，哭着跑下去的"哦……"发音自然也较为低沉，表现的是一个大家闺秀的性情修养惯性；若是重重地掼在桌上，或摔到地上，哭着跑下去的"哦……"发音就应该较为高昂，郁闷的情感至此仿佛打开闸门尽情宣泄而出。此情此景，繁漪会如何表达内心的痛苦，如何表现她抗争的精神，这些又应该通过怎样的形式呈现在舞台上，不同的扮演者各有理解和具体处理的自由，所谓一千个读者就有一千个哈姆雷特，在这些地方的处理上，便是一千个演员便应该有一千种具体的处理方式。

一般来说，说话者对话的时候，要面向说话的对象，但是有时候却不尽然。《雷雨》第二幕侍萍与周朴园相见后，随即鲁大海闯进来，于是就有了下面一场对话：

周萍　（向仆人们）把他拉下去。

鲁侍萍　（大哭起来）哦，这真是一群强盗！（走至萍面前，抽咽）你是萍，——凭，——凭什么打我的儿子？

周萍　你是谁？

鲁侍萍　我是你的——你打的这个人的妈。

鲁大海　妈，别理这东西，您小心吃了他们的亏。

鲁侍萍　（呆呆地看着萍的脸，忽而又大哭起来）大海，走吧，我们走吧。（抱着大海受伤的头哭）[1]

在这段对话中，鲁侍萍一直都是看着周萍的。一开始，鲁侍萍走到周萍面前，差点说出周萍的名字，只能硬生生地把自己的话变成质问之语。母子当面却不能相认，心里发苦的鲁侍萍，面对两个儿子，内心的煎熬无以言说。她走到周萍面前，与其说是为了责备对方打鲁大海，毋宁说是母子二十多年没见面，乍一见面就再也无法忍住不去仔细看看孩子。周萍和鲁大海不知情，鲁大海还以为母亲鲁侍萍盯着周萍看是因为愤怒，所以提醒母亲不要理对方，小心吃了亏。剧本提示说鲁侍萍一边"呆呆地看着萍的脸"，一边对鲁大海说"走吧"，也就是说，当鲁侍萍和鲁大海说"走吧"的时候，看的对象还是周萍，而不是鲁大海。这时候，鲁侍萍的动作和语言出现了不匹配的情况。这种不匹配，恰恰将鲁侍萍内心深处的矛盾纠结呈现了出来。二十多年没有见到儿子周萍了，现在不期然遇见了，按照侍萍和周朴园的约定，下一次相见遥遥无期，想要尽可能多看孩子一眼的鲁侍萍，自是"呆呆地看着萍的脸"，不愿意掉转目光。这样的动作，才使得侍萍重复了两次的"走吧"显得更加沉重。语言，因人物形象的动作而更具有戏剧性。

周萍问鲁侍萍："你是谁？"周朴园问鲁大海："你是谁？"前者是真不知道对方是谁，后者则是明知故问。知与不知，两句问话有什么差异和奥妙？与生母面对面而不识，这是悲剧，周萍直来直去，没有耍什么心机，这是一个还没有彻底变坏的青年。周朴园则不同，明明知道站在自己面前的就是自己的儿子，却还是要明知

① 曹禺：《雷雨》，载《曹禺全集》第1卷，北京十月文艺出版社，2023，第166—167页。

从剧本到舞台

故问。冷酷无情，理性，充分利用语言的力量瓦解对方的心理防线。这是两个阶级的对立，但是若言周朴园瞧不上鲁大海，似乎又难言之。收买了其他三个工人代表，唯独留下了鲁大海，说明周朴园知道鲁大海最难搞。在知道面前站着的是自己儿子，而反对自己的儿子并不知道他反对的就是他的父亲的情况下，周朴园的问话中除了盛气凌人、冷酷无情外，似乎还有考校的意思，就是掂量一下这个儿子的分量。所以，他像狮子一样玩弄着眼前的猎物，并不很在意对方是如何暴躁，揭露他怎样的黑幕，因为那是他的儿子，而且通过告诉鲁大海其他三个代表的事情，颇有调教孩子让他变得更聪明些的意味。周朴园已经是完全社会化了的成功人士，一切都遵循着成功社会的原则行事，一句简单的问话已经充分显露了这些。

第四节 《雷雨》的舞台色彩学分析

传统社会里，中国人常用"听戏"代替"看戏"。越是戏园常客，越喜欢说"听戏"。若是农村大爷大妈，常用的还是"看戏"。鲁迅《社戏》中就说"看戏"，小说中描述了几次"看戏"的经验，的确只能是"看"戏，因为嘈杂的声音根本没法"听"，声音毫无美感。至于小时候故乡看的社戏，则的的确确是奔着"看"去的，一群小孩子要看翻跟头，等到老旦出来，"当初还只是踱来踱去的唱，后来竟在中间的一把交椅上坐下了"。[①]这群孩子都怕"听"戏，于是离开了。与"看戏"相比，"听戏"无疑更高级、更风雅一些。

"听戏"首先需要舞台表现的程序化、经典化，其次则需要较为稳定的观众，即观众在"长期审美经验、审美惯性的内化和泛化"过程中逐渐形成了"审美心理定式"。[②]台上的定式与台下的定式相配，观众们对于演员的扮相动作了然于胸，只需仔细欣赏唱腔就好。这是建立在反复欣赏基础上的声音审美。进入现代社会后，引入了声光化电，打破了程序化的动作和扮相，话剧的剧场性特质得到空前凸显，观众们既需要听，更需要看。视听一体化，这是话剧艺术带来的剧场变化。这并不是说声光化电没有定式，只是定式从主体的演员、观众转向了舞台美术，即舞美设计，这里面

---

① 鲁迅：《社戏》，载《鲁迅全集》第 1 卷，人民文学出版社，2005，第 594 页。

② 余秋雨：《观众心理学》，长江文艺出版社，2013，第 46 页。

自然有定式。美国导演罗丝·克琳在《戏剧导演的艺术与技术》中说："规则和匀称的形式表示正式、严肃和冷静，不规则的安排表示非正式、愉快和温暖；高层位置表示威严，底层位置表示卑贱；密集形式表示有力，疏散形式表示贫乏；加冕的场合，宜用垂直线条，市场景象，宜用平行线条；军队开发，宜用连续线条，班师归来，宜用破断线条……"①这些定式，都是为观众的"看"设计的，通过视觉作用于观众心理，触发相应的心理机制。

看即视觉，视觉要有光，有光便有色彩，光即色。最简单的色彩，是明与暗，明暗变化，即产生无穷丰富的色彩。人体有颜色——黄色人种、白色人种、黑色人种；同是黄色人种，亦有脸白、黄、红、黑等种种不同。人所穿的衣服、戴的首饰、使用的其他物品，无不有颜色。法国象征主义诗人魏尔伦认为语言也带有颜色。颜色，说到底是人的大脑处理加工的结果。视网膜接收光波，信号传递至大脑，不同的波段的光呈现为不同的颜色。在通感的层面上，世间万物无不可表现为颜色。但是，我们这里分析的，只是具体可感的客观层面的颜色，即视觉能看到的颜色，而不包括抽象的颜色，比如元音的颜色、心灵或心理的颜色等。

日本的大庭三郎制作了一个色彩感情价值表，摘录如下：②

色	联想的东西	心理上的感觉
红	血、太阳、火焰、日出、战争、仪式	热情、愤怒、危险、祝福、庸俗、警惕、革命、恐怖、勇敢
橙红	火焰、仪式、日落、罂粟花	典礼、古典、警惕、信仰、勇敢

① 转引自余秋雨：《观众心理学》，长江文艺出版社，2013，第94页。

② [日] 大庭三郎著，许振茂译：《舞台照明》，西南地区建筑设计标准化办公室，1981，第85—88页。

（续表）

色	联想的东西	心理上的感觉
橙	夕照、日落、火焰、秋、橙子	威武、诱惑、警惕、正义、勇敢
橙黄	收获、路灯、橘子、金子	喜悦、丰收、高兴、幸福
黄	菜花、中国、水仙、柠檬、佛光、小提琴（高音）	光明、希望、快活、向上、发展、嫉妒、庸俗
黄绿	嫩草、新苗、春、早春	希望、青春、未来
绿	草原、植物、麦田、平原、南洋	和平、成长、理想、悠闲、平静、久远、健全、青春、幸福
蓝绿	海、湖水、宝石、夏、池水	神秘、沉着、幻想、久远、深远、忧愁
蓝	蓝天、海、远山、水、月夜、星空、钢琴	神秘、高尚、优美、悲哀、真实、回忆、灵魂、天堂
紫蓝	远山、夜、深海、黎明、死、竖琴	深远、高尚、庄严、天堂、公正、不安、无情、神秘、幻想
紫	地丁花、梦、藤萝、死、仪式、大提琴、低音号	优雅、高贵、幻想、神秘、宗教、庄重
黑	黑夜、墨、丧服	罪恶、恐怖、邪恶、无限、高尚、寂静、不祥
白	雪、白云、日光、白糖	洁白、神圣、快活、光明、清净、明朗、魄力

　　曹禺在《雷雨·序》中谈到周冲时说："在《雷雨》郁热的氛围里，他是个不调和的谐音，有了他，才衬出《雷雨》的明暗。"[1]"不调和"就是变化，"不调和的谐音"谈的就是自成一

---

　　[1] 曹禺：《雷雨·序》，载《曹禺全集》第1卷，北京十月文艺出版社，2023，第13页。

种新的必要的戏剧节奏。谈到周萍与四凤在鲁家相会时，宋垠说："这时灯光的节奏变化，随着戏的情节进展，应达到全剧的高潮。随后，万籁俱寂，场上灯光重又恢复到较暗的氛围中去。"宋垠根据剧本节奏的需要设计了舞台灯光，舞台演出的时候，灯光的变化便成了戏剧节奏的有机组成部分，或者说有些节奏恰恰是通过舞台灯光的变化而被观众所感知。奠定了许多剧团演出《雷雨》的"导演模式"的唐槐秋认为："《雷雨》的难排之点，一个是灯光，一个是音效。"全剧四幕，"第一幕，夏天的上午，周宅的客厅，外面阴天；第二幕，同前，时间是午饭后，天阴得更沉；第三幕：一间穷人家的房子，晚十点以后，天空黑漆漆的布满了恶相的黑云，屋里只有一盏小洋油灯，临睡以前灯头还要捻小；第四幕：周宅的客厅，在半夜，燃着立灯一盏，四周是黑暗的。以上四幕的灯光，要如何配置的同时还要不雷同，是殊为值得研究的问题。要好，则设备不够，管理乏人。要马马虎虎，全剧会减色。"① 灯光问题，向来都备受《雷雨》导演们的重视。宋垠说："《雷雨》共分四幕。其中三幕都是在周朴园的客厅中进行的。在场景和道具没有变化的情况下，掌握好全剧灯光色调和节奏的变化，就越显得重要。这就要求光的变化和节奏的起伏要紧密地结合着每幕戏的情节发展。"② 灯光，不仅仅是装饰，也不单是节奏的陪衬，灯光自身就是节奏。灯光的节奏不仅仅表现为光线的明暗，还有不同色彩之间的变化。舞台表演中，不同的颜色往往有不同的象征意蕴，如红色象征革命、激情，黑色象征死亡，粉红色象征爱情、甜蜜等，这些色彩的变化，自然也赋予舞台以变化，这变化也就是节奏。

不同的颜色之间的转变，构成了戏剧内在的节奏，也就成为了

① 张殷、牛根富编著：《中国话剧艺术剧场演出史（1934—1937）》第4卷，文化艺术出版社，2021，第93页。

② 宋垠：《〈雷雨〉灯光气氛的设想》，载刘章春主编《〈雷雨〉的舞台艺术》，中国戏剧出版社，2007，第319页。

戏剧人物命运变化的象征，如《雷雨》中的蘩漪。有学者认为：
"如果可以用色彩来描绘她，她是堕落的紫色，是一种已经过了花期熟透了即将面临衰亡的花的颜色，神秘而悲伤，它想要绽放自己最后一点生命力，摇曳着支离破碎被摧残万分的花瓣，极尽疯狂地挣扎着去挣脱束缚追求自由，即使这份追求迷失在她自认为的错误的爱情，变成了加速她死亡的毒药。最后，她的颜色由紫变黑，彻底沦为人性的奴隶。"[1]这段文字，不知所谓。首先，"用颜色来描绘蘩漪"，这里的颜色，无非是论者借用了社会一般的颜色认知，这是颜色与人物命运的简单比对，属于联想式的人物阐释，而不是源自于细读的文本分析。其次，紫色为什么是面临死亡的颜色？因为像土豆要烂了的时候的颜色？论者恐怕熟悉的是土豆，而不是鲜花的颜色。最后，"由紫变黑，彻底沦为人性的奴隶"，人性是什么？何为"沦为人性的奴隶"？人不成为人性的奴隶，难道要成为兽性、魔性的奴隶？

毕磊在《人性在雷雨下迸发——〈雷雨〉中四人物的色彩分析》一文中认为周朴园本应属于蓝色："雷雨的乌云罩住了所有人，阴影使每个人都染上了墨色，所以他的颜色是深蓝的深邃、幽秘。"鲁侍萍是"充满幻想与希望的天蓝色"，蘩漪则是代表忧郁的紫色，周萍是黑色的，"倘在《雷雨》这众多人中寻一个罪恶的，我认为那是周萍"。[2]魏德君和毕磊的分析都是以颜色类比人物，至于为何某些颜色对应某些价值判断，没有像大庭三郎那样给出一个色彩感情价值表作为依据。即便是依据色彩感情价值表进行类比分析，意义也不大，色彩的分析应该是以剧本中的色彩描写以及舞台上的色彩呈现为基点。没有文本（剧本、舞台演出）为

① 魏德君：《色彩与戏剧影视美术设计》，中国戏剧出版社，2019，第78页。

② 毕磊：《人性在雷雨下迸发——〈雷雨〉中四人物的色彩分析》，《时代文学》2007年第3期。

依据，类比分析就容易走向空泛。比如蓝色，按照毕磊的分析，周朴园和侍萍都属于蓝色系，周朴园代表着阴影，鲁侍萍则代表着希望。两种颜色的区别真有这么大吗？鲁迅写少年闰土在海边看西瓜时的画面："深蓝色的天空中挂着一轮金黄的圆月，下面是海边的沙地，都种着一望无际的碧绿的西瓜。"蒋永国认为："'深蓝'给人的是静穆而高贵的感觉，也是自然的颜色"，而"'深蓝的天空中挂着一轮金黄的圆月'成为童真人性的隐喻"，[①]这隐喻象征的就是希望与天堂，但恐怕很少有人会将周朴园视为希望的代表。《雷雨》中谁能代表希望？若要寻找一个能够代表希望的人物，肯定不是一嫁再嫁之后的鲁侍萍，与周朴园相恋时的年轻的侍萍倒可以代表希望，不过是已经被打碎了的希望。不知道为何毕磊不将穿蓝布大褂的鲁大海视为希望的代表。如果以蓝色为希望色，蓝色大褂的鲁大海应该就是希望的象征，这个象征从《雷雨》到《日出》越来越明显。

如果不从剧中人物衣着的色彩分析颜色象征，而是像毕磊那样从精神的角度进行分析，我认为周朴园的色彩的确可以是蓝色，不过代表的并非阴影，而是天堂。这种关联既来自大庭三郎的色彩感情价值表，也可以与美国电影《龙凤配》（*Sabrina*）中的表现相印证。影片中，女主角Sabrina的父亲是富豪家的司机，Sabrina喜欢富家二公子。在富豪之家举办宴会的时候，丑小鸭般的Sabrina躲在灌木丛后面看向金碧辉煌的舞会，认为那就是天堂！对于怀抱浪漫梦想的女孩来说，哪里是天堂？Sabrina给出了答案。年轻的侍萍与同样年轻的四凤，她们的选择与Sabrina并无二致。灰姑娘嫁给王子，这就是走向天堂的隐喻。王子象征着财富与权势。现实生活里没有了王子，灰姑娘走向天堂的象征就是嫁进豪门。鲁贵、鲁大海对四凤穿着打扮、言语行为的评价，无形中也

① 蒋永国：《鲁迅小说形象流变新论：从中西文化之"个"切入》，中国社会科学出版社，2016，第144页。

指出了周公馆和鲁家对人们生活的影响。矛盾冲突到来之前，四凤在安逸悠闲的周公馆里的生活就是求胜的生活，在简陋的鲁家过的就是求生的生活。对于求生阶段的人来说，能够实现求胜的生活的地方就是天堂。以城市论，现代大都市就是许多乡下女孩心目中的天堂。郑燕在《上海的秘密：报告文学集》中写道："我相识的一家公馆里从小被卖作婢女的女孩子爱唱的歌，她受尽了女主人的虐待还是憧憬地唱着：'上海呀，本来呀是天堂……'"[①]李劼人《死水微澜》中的邓幺姑也觉得都市就是天堂。曹禺《日出》里的陈白露虽然不满意自己的生活，却不愿意跟方达生去乡下生活，都市既是地狱，也是天堂。进入城乡二元体制后，乡下女孩更是像萧红《小城三月》里的翠姨，心情惆怅地远望着大都市，那里就是被寄托了理想和希望的天堂。以家庭论，豪门就是现实生活中天堂的模样，在大庭三郎的色彩感情价值表中，也即是蓝色。

　　研究《雷雨》中的色彩艺术，首先应该分析的是剧中人物的服装色彩。《雷雨》中，蘩漪出场时的着装描写是："她通身是黑色。旗袍镶着灰银色的花边。她拿着一把团扇，挂在手指下，走进来。"[②]这段文字中，团扇是什么颜色，不知道。但是，"通身是黑色"却表明蘩漪的颜色是黑。这是剧作者曹禺赋予蘩漪的颜色，我们不能说衣服虽然是黑色，灵魂或精神却是紫色。但是，紫色的灵魂可以理解为忧伤的，更可以理解为高贵的，紫色象征的意蕴并不唯一。大庭三郎制作的色彩感情价值表中，紫色引起的心理感觉主要是"优雅、高贵、幻想、神秘、宗教、庄重"，黑色引起的心理感觉主要是"罪恶、恐怖、邪恶、无限、高尚、寂静、不祥"。显然，由紫变黑的分析在颜色引发的心理感觉方面出现了错位，与曹禺的设定不尽一致。就剧本而言，蘩漪的服装色彩并非"由紫变

　　① 郑燕：《上海的秘密：报告文学集》，中国出版公司，1946，第1页。
　　② 曹禺：《雷雨》，载《曹禺全集》第1卷，北京十月文艺出版社，2023，第69页。

黑"，至于精神和灵魂，若以"由紫变黑"进行描述，也只是描述者一己之见，属于文本引申出来的印象式批评，多的是主观阐释，而非客观的文本细读。当然，"由紫变黑"的印象或描述，也可能是来自观看舞台演出的印象。在北京人民艺术剧院演出的《雷雨》中，有些版本中蘩漪出场时穿的旗袍是紫色，雨夜出现在鲁贵家四凤的窗外时穿的则是黑色。就此而言，蘩漪确是"由紫变黑"。

优秀的剧作家会充分调动一切因素服务于戏剧表现。《雷雨》第一幕，人物服装的色彩既构成鲜明的对照，具有良好的舞台视觉效果，同时又通过不同人物服装色彩的位置变化营造舞台情调，将戏也藏在人物服装色彩中。第一幕开场时，在舞台上的是鲁贵和四凤父女俩。四凤"穿一件旧的白纺绸上衣，粗山东绸的裤子，一双略旧的布鞋"，衣服虽旧，却很整洁，色彩为白色。剧本只交代鲁贵"穿的虽然华丽，但是不整齐的"。究竟怎样华丽，不知；衣服是什么颜色，亦不知。这里的华丽，指的应该不是料子好，而是颜色花，所以不提具体颜色。现有舞台演出中，鲁贵开场时大多穿灰色衣服，我觉得还是花色衣服比较好，因为灰色衣服怎么都难给人华丽的感觉，花色衣服则可以给人华丽的感觉。随后，第三个上场的人物是鲁大海，"他穿了一件工人的蓝布褂子，油渍的草帽在手里，一双黑皮鞋"，四凤穿的白色衣服成了舞台上的少数，这与她向父亲的妥协构成了一种潜在的呼应。鲁大海离开后，第四个上场的是蘩漪，她"通身是黑色"，与穿白色上衣的四凤更是构成了鲜明的对比。鲁贵不久后离开，舞台上两个女性进行了一场满是机锋的对话，一黑一白，旗鼓相当。第五个上场的是周冲，他从中门走进来，"穿一套白西服上身"。有些舞台演出中，此时的周冲穿的是一身白。两个穿白色上衣的青年人，和通身穿黑衣的蘩漪，这时候舞台上人物服装的主导颜色是白色。从黑白均衡到白色占据优势，服装色彩的这种变化也象征着舞台情调趋向轻松愉快。第六个上场的是周萍，"现在他穿一件藏青的绸袍，西服裤，漆皮鞋，没有修脸。整个是不整齐，他打着哈欠"。随着周萍的出现，舞台色调开始转暗。藏青色是蓝与黑的过渡色，很深很深的蓝色。现在，舞台上四个人，周冲和四凤是白色系，蘩漪是黑，周萍是藏青，因此周萍的上场强化了黑色系的成分。第七个上场的人物是周朴园，他穿着"一件团花的官纱大褂，底下是白纺绸的衬衫"。①曹禺对周朴园服装色彩的交代很有意思，没有指明团花官纱大褂是什么颜色，却点明底下穿的是白纺绸的衬衫，可以肯定的是周朴园外面套着的衣服不是白色。人物形象的这种着装是否带有象征的意思，这里暂且不予讨论。周朴园上场后，舞台上共有五个人，就服装色彩而言，一半白色，周朴园的出场并未减少舞台上的亮色。令人窒息的周朴园逼蘩漪吃药一场过后，蘩漪下场，周冲下场，四凤下场，最后留下来的是周朴园和周萍。

《雷雨》第一幕结束时，人物退场的顺序很值得注意，第一个离开的蘩漪恰恰是周朴园想要规训的对象。周朴园想要打造一个他自己认为的最圆满、最有秩序的家庭，就必须关心蘩漪的病情，而蘩漪也应该接受周朴园的关爱，每个人都应该做好家庭伦理要求承担的职责。凡是梦想着家庭最圆满、最有秩序的，大抵向往的都是温情与亮色，而不是变态扭曲的人情人性与阴暗的色调。周朴园穿的白色的衬衫，未必象征着他内心对纯洁、纯情的向往，但是在客观上却是与周冲、四凤的服装同一色系。当周朴园觉得蘩漪是妨碍自己家庭理想的因素时，就采用手段压服了这个不安定的因素。通身黑色的蘩漪下场了，从服装色彩上来说，蘩漪的下场使得舞台上的白色占的比重大了起来，似乎呈现出一种亮色。然而，周朴园对蘩漪的规训也吓到了周冲，使得周冲也急迫地想要离开。周朴园接下来和周冲的对话，表面上看起来是呵斥急于离开的周冲不懂礼貌，实际上是以戏剧的方式表明周朴园想要留住周冲，可惜周朴园在清理蘩漪这个不安定因素的同时，无意中也清理掉了周冲，只是

———————

① 曹禺：《雷雨》，载《曹禺全集》第 1 卷，北京十月文艺出版社，2023，第 39 页、第 40 页、第 50 页、第 69 页、第 76 页、第 90 页、第 92 页。

周朴园不自知罢了。第一幕结尾，最先离开的是一黑（蘩漪）一白（周冲）。从人物服装色彩的角度来说，剧作者的这种安排表现出某种节奏感，既与戏剧矛盾冲突的发展相呼应，又表现出意味深长的象征性，《雷雨》中的戏可谓无处不在。

除了服装色彩，蘩漪与四凤两个人的肤色等也被有意识地对比着表现。"（蘩漪）她那雪白细长的手，时常在她轻轻咳嗽的时候，按着自己瘦弱的胸。""四凤约有十七八岁，脸上红润，是个健康的少女。她整个的身体都很发育，手很白很大，走起路来，过于发育的乳房很显明地在衣服底下颤动着。"[1]首刊本中的描写是："四凤约有十七八岁，脸上红润，是个健康的少女，她整个的身体都很发育，手很白很大，走起路来，过于发展的乳房很显明地在衣服底下颤动着。"这段文字在1978年"人文版"《曹禺选集》中改成了："她有大的嘴，嘴唇自然红艳艳的，很宽，很厚。"因为意识形态问题，与性相关的文字一度被当成不健康的表现而被删除。首刊本中既有"发育"，又有"发展"，身体是"发育"，乳房是"发展"，这表明剧作家有意识使用不同的词语进行描述。何为"发展"？鲁迅说："我们目下的当务之急，是：一要生存，二要温饱，三要发展。"[2]"发展"在这里是一个别有意味的词语，很有可能意在表明四凤的生活水平在生存和温饱以上，乳房不仅表现出正常的生理"发育"，还表现出非常态的"发展"。《曹禺戏剧全集》的编者统一改成"发育"，不知何意？四凤的手很白很大，不是小巧手，蘩漪和侍萍的手也很白，只是蘩漪的手很细长。周萍的手掌也粗大，粗大的手是侍萍的血脉遗传？四凤和周冲都身着白色衣服，但是，四凤出场的时候手捧药碗，周冲出场的时候，手拿网球拍。药碗与网球拍这两个道具既表明了两个人之间

---

① 曹禺：《雷雨》，载《曹禺全集》第1卷，北京十月文艺出版社，2023，第68页、第39页。

② 鲁迅：《忽然想到（五至六）》，《京报副刊》1925年4月18日。

的身份差异，又象征着一个是心中有"病"，一个是纯洁无瑕。

　　构建适合《雷雨》的舞台美术，这是《雷雨》舞台演出共同追求的理想。第三幕中，四凤对着鲁妈说出了自己的誓言："那——那天上的雷劈了我。"四凤说完誓言后，剧本中以括弧的形式给了一个动作提示：扑倒在侍萍怀里。下一行剧本又给了一个舞台提示：雷声轰轰。如何将剧本里的这几行文字场景化、舞台化？宋垠说："三幕起誓一段戏，屋外响着雷，鲁妈出于无奈，逼四凤起誓，当四凤跪在地上说'那——那天上的雷劈了我！'这时一道闪光划破天空，劈雷大作，直贯头顶。此时闪电雷鸣的艺术效果与后来蘩漪仁立窗口时的'立闪'就不同。"《雷雨》剧本中四凤这句话的结尾用的是句号，宋垠的文章中用的却是感叹号。这就是文本在阅读、表演过程中出现的变异。宋垠在理解四凤话语的过程中，强化了四凤的语气，感叹号的使用表明宋垠心目中四凤的话就应是这个样子。"直贯头顶"指的是直贯四凤的头顶，可见的闪电将轰隆隆的雷声可视化了。这道闪光犹如利剑一般刺进了鲁家，微弱的煤油灯光一下子被耀眼的闪电的光芒所取代。屋外漆黑的世界，屋内微弱的煤油灯光，横空而来的闪电，构成了第三幕多层次的色彩感。四凤起誓后，劝走了鲁妈，一个人"回到桌前，将油灯捻小，这时室内光暗了下来"，而光的色调"依然显出暖意"。随后，四凤听到周萍的口哨声，"惊喜而又习惯地把油灯捻亮"，接着天上一个劈雷打下，也打消了四凤见周萍的念头，于是四凤"重又把灯捻暗"，室内"光的色调由此也改用冷色，借以衬托四凤的矛盾心理"。从煤油灯光的明暗再到耀眼的闪电，北京人民艺术剧院版的舞台演出充分利用光与影"创造出必要的气氛"，①使《雷雨》真正成为活在舞台上的经典诗篇。

　　英国导演、舞美艺术家戈登·克雷谈到戏剧的舞台布景时说：

① 宋垠：《〈雷雨〉灯光气氛的设想》，载刘章春主编《〈雷雨〉的舞台艺术》，中国戏剧出版社，2007，第321—323页。

"剧场布景……绝无必要去追求舞台幻觉。例如我们不要画一棵树，或制作一棵假树，要求做到色彩和质感都逼真。正像在教堂里，他们不会复制一个像原物一样的木头十字架。无疑地，耶稣是被钉在一个普通的粗糙木架上的，但十字架一进教堂就成为一个珍贵的艺术品，绝不是写实主义的。"[1]《雷雨》第一幕的舞台介绍："从纱门望出去，花园的树木绿荫荫的，并且听见蝉在叫。"[2]这是文学的笔法，在现实舞台上很难呈现这样的布景。为何？因为即便能让观众看到树木，也难以看到"绿荫荫"，"绿荫荫"写的不仅是视觉，还写出了人的感觉。舞台视觉上营造"绿"这种颜色很容易，从色彩的营造中呈现一种审美的感觉，却很玄妙。

---

① 转引自吴光耀：《西方演剧史论稿（上）》，中国戏剧出版社，2002，第396页。

② 曹禺：《雷雨》，载《曹禺全集》第1卷，北京十月文艺出版社，2023，第37页。

第五节 《雷雨》里的称呼语及其戏剧效果

话剧之所以是话剧，有别于歌剧、戏曲，主要就在于话剧是对话的艺术。在各种类型的戏剧中，话剧最为重视人物之间的对话。主要由对话构成的话剧必然要用到称呼语，尤其是在多人同时在场初次展开对话的时候，称呼语的使用更是不可或缺。恰当的称呼语的使用，不仅能够清晰准确地呈现对话者的身份，揭示对话者相互之间的关系，还能有助于展现说话者的情感态度，营造戏剧氛围等。因此，把握话剧中的称呼语，对于更好地理解话剧有着非常重要的作用。此外，话剧的创作目的是演出，剧本中的称呼语在舞台上通过演员的表演最终得到具体的实现。当演员在具体的演出过程中使用称呼语时，如何表达这些称呼语？使用怎样的音高、音强、音质、音色，又配合怎样的人物动作、神态等，这些方面的处理稍有不同，都会使得称呼语的表达收到截然不同的舞台效果。

何谓称呼语？有学者认为："称呼语包括称语和呼语。称语是用于指称的称呼语。呼语是用来招呼、呼唤的称呼语。"[1]"呼语是指称受话者，但在句法或语义上没有成为谓词变元的名词短语。在语用能力上，不但可用来招呼对方和表明对方的身份，而且还可以表达说话者的思想感情。"[2]无论是言语交际还是文学作品语

---

① 陈毅平：《〈红楼梦〉称呼语研究》，武汉大学出版社，2005，第2页。

② 赵东升：《现代汉语文学作品中呼语转换语用效果的应用——基于〈雷雨〉的实证分析》，《西华师范大学学报（哲学社会科学版）》2003年第5期。

言中，称呼语都是使用非常频繁的词语，同时它也发挥着重要的作用。它能反映人物人际关系，表达人物的情感态度，展示人物性格。心理学家乔纳森·海特指出："许多语言对亲、疏二者的称呼是不同的［例如法语称呼熟悉亲近的人为'你（tu）'，称呼不熟的人则用'您（vous）'］。"[1]戏剧理论家贝克认为："在易卜生的《玩偶之家》初稿里，柯洛克斯泰用'你'而不用'您'来称呼他的上司海尔茂，因为他是他的老同学。在这种情况下，这就表现了他不通世故，这比用多少话说都强。当海尔茂被这种不客气所激怒时，他的小小的虚荣心又表现无余。"[2]斯坦纳谈到拉辛剧作《费德尔》时说："《费德尔》中一个语法上的人称的变化标志着该剧中的重大转折点。女王差一点就向希波吕托斯承认她的爱。他心怀恐惧地退缩了：

希波吕托斯：天哪！我听到了什么？夫人，您忘记了，忒修斯是我的父亲，而他是您的丈夫？

费德尔：您凭什么认为我忘了这件事，王子？是因为我已经全然不顾我的身份和荣誉吗？

希波吕托斯：原谅我吧，夫人。我羞愧，我承认我错怪了您纯洁的言辞。无颜面对您。我离开……

费德尔：啊，狠心的人！你没理解错。我讲得这么明白，你怎么会听错。

真相披露的全部冲击源自表示正式的'您'（vous）到表示亲密的'你'（tu）的转变。在传达费德尔绝望的告白的两句台词

---

① ［美］乔纳森·海特著，李静瑶译：《象与骑象人》，中国人民大学出版社，2008，第166页。

② ［美］乔治·贝克著，余上沅译：《戏剧技巧》，中国戏剧出版社，2004，第258页。

中，人称变了两回。庄重得体消失了，随之消失的还有回旋的全部可能。但是英文译者在这一事实面前手足无措，因为从'您'（vous）到'你'（tu）的转变几乎反映不出任何重大的危机。对应的办法只有一个，就是使用一种能扭转一篇乐章的整个方向的调子的转变。"①

汉语中只有"你"和"您"，英语中还有you、thou、thee的两回转变。字面上的不足，只能通过语感弥补，即斯坦纳所说的"调子的转变"。

"你""您"有分别，却不像人们想象的那般分明。郭沫若话剧《屈原》中，"你"字通用，不以此字分高低贵贱。若作家有意区分，则"你""您"的交换使用便有特别的审美情趣。《雷雨》中，曹禺非常娴熟地运用"你"和"您"的称呼语塑造人物，呈现人物内心情感的波澜，如侍萍对周朴园的称呼，"你"和"您"的转换充满了戏剧性。周冲和母亲蘩漪对话时，一般都用"您"或"母亲"，但也有三次用了"你"。其中一次，一句话中更是"您""你"连用。"我，我怕您生气。（停）我说了以后，你还是一样地喜欢我么？"②"您"与"你"的人称转换，表明周冲说这句话时内心非常矛盾挣扎。这是周冲第一次向他人吐露自己对四凤的情愫，而这个他人又是自己的母亲。在周冲眼里，母亲蘩漪大胆又富有同情心，故而想把自己喜欢四凤、想要帮助四凤的想法说出来，希望能够得到母亲的帮助和支持。"你"这个称谓是不自觉的亲近，希望母亲能以平等的态度对待自己，同情自己；"您"则表明不平等是现实，父母和孩子之间并不存在真正的平等。总之，这句台词通过"您""你"两个称呼语巧妙地呈现了周冲的矛盾

---

① [美]乔治·斯坦纳著，陈军、昀侠译：《悲剧之死》，浙江工商大学出版社，2017，第76—77页。

② 曹禺：《雷雨》，载《曹禺全集》第1卷，北京十月文艺出版社，2023，第80页。

心态。

《雷雨》版本修订中的称呼语变化则显示了时代语境对戏剧文本的制约。首刊本中，鲁大海对周朴园说："告诉不告诉您没有关系。——我问您，您的意思，忽而软忽而硬，究竟是怎么回事？"1978年"人文版"《曹禺选集》中改成："告诉不告诉你没有关系。——我问你，你的意思，忽而软忽而硬，究竟是怎么回事？"这个改变，明显是受到了时代的制约。首刊本中，曹禺点明鲁大海不想让资本家觉得工人没礼貌，所以开始说话时用"您"是正常的。在特别的年代里，曹禺这样反思了自己塑造的鲁大海形象，"我把他放在一串怪诞的穿插中，我以小资产阶级的情感，为着故事，使他跳进跳出，丧失了他应有的工人阶级的品质，变成那样奇特的人物。他只是穿上工人衣服的小资产阶级。我完全跳不出我的阶级圈子，我写工人像写我自己，那如何使人看得下去？"[1]工人与资本家阶级立场需要分明，且受到"白卷英雄""知识越多越反动"以及"工人就是有力量而不是有文化"诸如此类的影响，于是"您"就变成了"你"，表示尊敬的"字眼"没有了，斗争的气息高涨，粗鲁的鲁大海丢掉了能而不愿的文雅的礼貌举止，终于变成了一个只能粗鲁的无产阶级战士。有学者指出："《雷雨》版本跌宕起伏，罢工工人鲁大海人生浮沉，俱是时代命运变迁的反映。对比后来其他版本，读'36年文化版'《雷雨》时，才能更充分感受到24岁曹禺对命运理解的'深刻'，以及这种'深刻'的'幼稚'。"[2]在剧本之外，《雷雨》中称呼语的研究最好要结合舞台演出。剧本中的称谓语只有在实际的演出中才得到最后的实现，同样一个称呼语

---

① 曹禺：《我对今后创作的初步认识》，《文艺报》1950年10月第3卷第1期。

② 刘卫东：《〈雷雨〉三个版本中的"工人运动"》，《齐鲁学刊》2021年第4期。

"您"，以不同的声调语气说出来，所得到的演出效果迥然相异，可以表示尊敬，也可以表示讽刺，或者不屑。总之，人物称呼语是从语言层面进入《雷雨》世界的一扇窗口，研究者温锁林[1]、邓运芳[2]、靳晓红[3]等都注意到了这个问题，并做了富有启发性的分析。

《雷雨》中只有八个人物，暗地里的关系虽然复杂，但是摆在明面上的关系却比较简单。周公馆是一个体面的、讲规矩的地方，人与人之间的称呼大都遵循相应的规则，因此所需要使用的称呼语的种类和数量也并不是很多。分析剧中人物所使用的称呼语时，统计一个人所使用过的称呼语（自称、他称），总数量的多与少，自然与人物的身份地位有关，如鲁贵在面对不同的人的时候就需要用不同的称呼，作为小人的鲁贵常常是当面一套背后一套，所以人前人后对人所用的称呼也不同。《雷雨》中与鲁贵、周萍、蘩漪三人有关的称呼及值得注意的问题主要有以下四点：（1）所用称呼的总数量；（2）对同一个人称呼的前后变化及其具体的语境；（3）人称代词"你"和"您"之间的交替变化；（4）作为限定词的称呼语的变化，如鲁贵说"我家""鲁家""我们家"之间的细微的差别。综观《雷雨》中所用的称呼语，就会发现其复杂而不紊乱，各司其职，各有妙用。万家大公馆出身的曹禺的确洞悉大家族里生活语言使用的窍门，并将其活灵活现地搬演到舞台上。

---

[1] 温锁林：《〈雷雨〉中"你""您"的使用艺术》，《当代修辞学》2001年第3期。

[2] 邓运芳：《浅析〈雷雨〉中周萍对蘩漪称谓语的使用变化》，《语文教学与研究》2017年第6期。

[3] 靳晓红：《文学作品称谓语初探》，华东师范大学2007级硕士学位论文。

1. 鲁贵所用的称呼

自称	我、你爸爸、他爸爸、我鲁贵、鲁贵、你的爹
称四凤	四凤、你、这孩子、底下人的女儿、我的女儿、我的亲生女儿、我的亲生孩子、凤儿、当差的女儿、亲生的女儿、孩子、好孩子、孝顺的孩子、四凤小姐、这丫头、小姐、混账、我这丫头、我的明白孩子
称大海	你、大海、你哥哥、他、倒霉蛋、王八蛋、小王八蛋、王八蛋养的儿子、人家、这孩子、杂种、小杂种、穷骨头、混蛋
称侍萍	你妈、他妈、四凤的妈、鲁妈、我们家里、你、侍萍、我家里的、我们的侍萍
称周萍	他、这位大少爷、大少爷、混账大少爷、鲁家的阔女婿、坐汽车的男朋友
称朴园	老爷、老头（儿）、老爷、王八蛋、老头这老王八蛋、他

2. 周萍使用的称呼

称四凤	凤儿、孩子、女下人、四凤、凤、我的傻孩子、我最喜欢的女人、你
称蘩漪	母亲、冲弟弟的母亲、怪物、疯子、你、您

3. 周蘩漪使用的称呼

称周朴园	老爷、他、朴园、你的父亲、你父亲、你的体面父亲
称侍萍	四凤的妈、你、鲁奶奶
称周萍	萍、你哥哥、你、大少爷、他
称周冲	冲儿、孩子、我自己的孩子、我的儿子、死猪、你

在称呼语的使用上，整体来说呈现出这样几个特点：第一，地位越高的人称呼同一个人时所用称呼语种类越少；地位越低的人使用称呼语称呼同一个人时往往种类较多，且公私场合差异大。

第二，周公馆里周朴园偶尔直呼繁漪之名，鲁侍萍和周繁漪都曾直呼过朴园之名，这种现象在鲁家没有出现过。夫妻之间呼名，本身也是文明家庭的一种标志。更细腻地来说，周朴园和鲁侍萍相见一幕，鲁侍萍先称呼周朴园为"老爷""您"，用的都是敬称，吻合周公馆上下尊卑的等级秩序，同时也暗示当年侍萍初到周公馆就是这样走过来的。等到周朴园认出眼前的女人是侍萍，侍萍才改口用"你"和"朴园"称呼周朴园。短短几句话，侍萍称呼的变化既是内心复杂情绪的呈现，也表现出鲁侍萍性情稳重，与莽撞的鲁大海和爱占便宜发牢骚的鲁贵迥然不同。第三，充分利用同一称呼语表现不同人物的性格。同样的称呼在不同人的口里呼出时，情感态度大不同。鲁贵和鲁侍萍都称呼四凤是"我的女儿"，侍萍的称呼语里含有信任和骄傲，而鲁贵的语气里有谄媚和身份要挟的意味。第四，以同类称呼语暗示人物之间的关系，以互文的形式营造戏剧性。鲁贵多次称鲁大海是"小王八蛋"，与四凤谈到鲁大海时则说："谁知道那个王八蛋养的儿子。"第三幕中鲁贵骂周朴园时说："老头这老王八蛋。""小"与"老"自然是就两个人年龄来说的，鲁贵不知道周朴园这"老王八蛋"与鲁大海这"小王八蛋"是父子俩，却自然地就将两个人骂成了一老一少，读者（观众）都知道周朴园和鲁大海之间的真实关系，读（看）到此处难免会心一笑。

《雷雨》第一幕以鲁贵父女两人的对话开始。两个人的这段对话很长，四凤用了"爸""爸爸""您""你"称呼鲁贵。话剧的妙处，在于言语，而不只是限于语言。换言之，说出来的话才是话剧语言，文字只不过是一些符号，只是统计并列出称呼的字眼，并不能完整地显示话剧语言的真正魅力。同一个字眼，以不同的语气，在不同的语境下说出来，产生的效果都迥然不同。四凤第一次正面回应鲁贵的话语是这样的："是！爸！干什么？"提示语是"厌烦地，冷冷地看着她的父亲"。如果不看提示语，脱离语境看"爸！"这个表达，其中包含着无数可能。感叹号可以表示惊喜，也可以表示呵斥，或者抱怨。鲁贵和四凤的对话，以"爸"这个称呼开始，当鲁贵讲完周公馆里的鬼故事后，以"爸爸"结束。当四凤有求于父亲时，才用叠词形式的"爸爸"。求也可以分成两种，一种是无助时的恳求，一种是带着痛苦的央求。从"爸"到"爸爸"，随着四凤的称呼的变化，话剧完成了父女之间一场冲突的呈现。

在这一场由"爸"和"爸爸"标志的冲突之间，存在很多细小的冲突。这些细小的冲突，其节奏也可以由四凤对鲁贵所用的称呼标示出来。区别最为明显的当属"您"和"你"。"您"是敬称，多用于对上，标示尊敬；"你"则用于平辈之间，或上对下。法语中，"您"表示疏远，"你"则表示亲近。汉语文化中，女儿用"您"称呼父亲，除了表示尊敬之外，是否也显示了隔膜与距离？蒋勋认为，人们在日常生活中用礼数敬语"建立了一个不可知的人际网络，既不亲，也不疏，而是在亲疏之间的礼节"。《雷雨》中的四凤如非不得已，总是用敬语称呼父亲，这并不意味着父女关系的亲近，也并不表示四凤尊敬鲁贵，"日复一日重复着这些敬语、礼数，可是永远不会交换内心的心事"。[①] 有时候，敬语也是在提醒对方注意自己的身份，不要做出一些逾越之事。周冲对周朴园感到生疏，难以亲近，这与表示尊敬的称呼制造出来的隔离感不能说没有关系。周朴园想要使自己主宰的周公馆成为一个模范家庭，而自己则是模范家庭里的模范家长。周朴园心目中的模范家庭，只能是诗礼之家，而不是父亲和孩子做朋友的现代家庭。诗礼之家，自然首重秩序，君君臣臣父父子子并非只存在于封建社会，现代社会中也会以各种变形的方式存在。在周公馆，称呼语"你""您"等的使用显然十分严格，这自然也影响到了在周公馆里工作的四凤。四凤区别使用"你""您"非常自然，已经内化成了潜意识的行为；鲁大海则不同，他需要考虑之后才区别性使用"你"和"您"。

《雷雨》第一幕中，四凤用了二十几次"您"称呼鲁贵，只有

---

① 蒋勋：《孤独六讲》，长江文艺出版社，2017，第92页。

三次使用了"你"，且有两次紧密相连：

鲁贵　（有点气，痛快地）你不必这样假门假事，你是我的女儿。（忽然贪婪地笑着）一个当差的女儿，收人家点东西，用人家一点钱，没有什么说不过去的。这不要紧，我都明白。

鲁四凤　好吧，那么你说吧，究竟要多少钱用？

鲁贵　不多，三十块钱就成了。

鲁四凤　哦？（恶意地）那你就跟这位大少爷要去吧。我走了。[1]

在父亲无耻的逼迫下，恼火的四凤才用"你"称呼父亲。四凤最后的一句话有一个提示语"恶意地"，说明四凤用"你"不是为了与父亲平等对话，而是表示不屑跟父亲交谈。当鲁贵以一个正常的父亲的面目出现时，四凤用的是敬称。当鲁贵威胁四凤，反复要挟四凤时，四凤难以忍受，便用"你"。蕴含在称呼语里的细微变化，正表现出四凤的人物性格：平时与人为善，看不起父亲却也保持温良恭俭让的态度，顶多装听不见看不见，没法躲避的时候，开口说话必用敬称。这说明鲁四凤深受侍萍的影响，待人以礼，尊敬长辈。但是，鲁四凤和侍萍相似，都有自己的想法，有个性，不是任人蹂躏的小绵羊，被逼无奈时也会进行反击。

词语各有自己的能指与所指，但是具体表达的含义，需要看语境。用"你"并不就代表着不亲近，而用"您"也不一定就代表着尊敬，关键在于说话者使用称呼语时的语气、语调。随着说话者语气语调的变化，原本是敬称的词语，不仅不再带有敬称的意思，也不是普通的平等的称呼，而是变相地表示厌恶、鄙视、戏谑等。当鲁贵点出四凤手上的戒指也是周萍送的时，四凤的回应是："（厌恶地）您说话的神气真叫我心里想吐。"以厌恶的语气使用敬称，

---

[1] 曹禺：《雷雨》，载《曹禺全集》第1卷，北京十月文艺出版社，2023，第48页。

敬称也就不再是敬称，而是敬而远之的意思。"去你的"和"去您的"，前者是决绝的鄙视之意，后者却以敬意的方式表达疏远的意思，差别就在于有时候人只能在心理上疏远某些人，比如四凤讨厌鲁贵，只能心理上远离、讨厌他，却无力改变鲁贵作为父亲的事实，而且也难以在社会交往中不再理会父亲。

四凤当面称呼鲁贵，除了"你""您""爸""爸爸"，还有"父亲"。"您是父亲么？""您这样的父亲没有资格来问我。"对四凤的怒斥，鲁贵没有强调"我是你父亲"，而是说："我是你的爸爸，我就要管你。"后来，鲁贵要挟成功，四凤将钱给了他，鲁贵才高兴地说："那我只当着你这是孝敬父亲的。""父亲"与"爸爸"的称呼，始终并存。周萍和周冲称呼周朴园，也是杂用"父亲"和"爸爸"。四凤称呼侍萍、周冲称呼繁漪，则是"母亲"和"妈妈"杂用。母亲与父亲，妈妈与爸爸，似乎有正式与非正式的区别，严肃起来的时候则用父亲和母亲，表示亲切或随便的时候则用爸爸和妈妈。繁漪对周冲说："妈不是个好母亲。"[1]繁漪的话，又是另一种区分标准："妈"是社会身份，代表的是社会规范，包括"后妈""亲妈"等；"母亲"代表的则是自然身份，代表的是血缘和亲情。这种区别在繁漪无意中揭破了周朴园和侍萍的关系时再次出现。曹禺在《雷雨》中反复区别使用妈妈、母亲、爸爸、父亲等称呼，目的便是为了更好地表现第四幕的高潮，这时候四凤看着母亲，而周萍看着父亲和鲁妈，曹禺不说周萍看着父亲和母亲，而是说看着父亲和鲁妈，就是强调当事人的晕眩以及难以接受，而字词称呼强调的则是血缘关系揭破后带来的关系认知变化及强烈震撼。

在这中间，还穿插了鲁大海、周冲的一段对话，四凤向父亲屈服了：

---

① 曹禺：《雷雨》，载《曹禺全集》第1卷，北京十月文艺出版社，2023，第48—58页、第291页、第77页。

鲁四凤　（抬起头）得了，您痛痛快快说话好不好。

鲁贵　（不好意思）你看，刚才我走到下房，这些王八蛋就跑到公馆跟我要账，当着上上下下的人，我看没有二十块钱，简直圆不下这个脸。

鲁四凤　（拿出钱来）我的都在这儿。这是我回头预备给妈买衣服的，现在你先拿去用吧。①

这时候的四凤，已经被各种情况折磨得心力交瘁，对于周围的世界不再像先前那样执着，礼貌之类无暇考虑。当四凤真的拿出来钱给父亲的时候，既带有施舍的意味，又意味着平等，不给的时候是鄙视，给了之后，则是平等，故而下意识地用"你"这个称呼语。鲁大海则不同，他称呼鲁贵，向来都是用"你"，根本不用敬称。即便是称呼鲁贵为"爸"，发出的声音也没有丝毫尊敬的感觉，而是带着戏谑不屑的意味。兄妹二人对父亲鲁贵的称呼，既表明了他们对鲁贵所持的态度，同时也是自身性情的表现。与粗鲁直接的鲁大海相比，鲁四凤的性情温婉怡人。

《雷雨》中，周萍与四凤是情侣关系，只有他们两个在一起时，周萍使用"凤""凤儿"，甚至"我最喜欢的女人"等昵称来称呼四凤，四凤用"萍""你"等称呼周萍。"您"是敬称，表示尊敬意思的同时也带有疏远的意味；"你"的使用则比较随便，随便既可以表示不重视、轻蔑，同时也可以表示亲近。因此，当四凤用"你"称呼周萍时，语气及感情都与用"你"称呼鲁贵截然不同。在别人面前，四凤从来不用"你"称呼鲁贵，也从不用"你"称呼周萍。前者是因为四凤是一个懂事的孩子，不愿意让父亲和自己难堪，正如四凤对鲁大海所说："无论如何，他总是我们的父亲。"至于周萍，则是因为四凤和他之间的恋情，在那个阶级观念深重的

①　曹禺：《雷雨》，载《曹禺全集》第1卷，北京十月文艺出版社，2023，第58页。

从剧本到舞台

284

时代注定见不得光，只能偷偷摸摸。一旦有他人在场，他们马上撇开恋人关系，恢复了主仆关系。所以，当鲁贵出现时，周萍马上变化称呼，称四凤为"四凤"，而四凤也称呼他为"大少爷"，并使用尊称"您"。

（鲁贵由中门上，见四凤和周萍在这里，突然停止，故意地做出懂事的假笑。）

贵　哦！（向四凤）我正要找你。（向萍）大少爷，您刚吃完饭？

四　找我有什么事？

贵　你妈来了。

四　（喜形于色）妈来了，在哪儿？

贵　在门房，跟你哥哥刚见面，说着话呢。

（鲁四凤跑向中门。）

萍　四凤，见着你妈，跟我问问好。

四　谢谢您，回头见。（凤下）[①]

从称呼语"你"和"您"的使用上来看，鲁大海的肆无忌惮和鲁四凤的谨小慎微形成了鲜明的对照。这种对照，既是两个人不同性情的自然表露，同时也显示了环境对人的影响，在周公馆里做了两年佣人的四凤多少已被同化了，这种同化还可以从侍萍的身上得到印证。侍萍与四凤互为影子，她们都承认等级，遵守等级社会里的游戏规则，对上使用敬称，蘩漪称呼她们时则只用"你"，也显示了她思想里的等级观念。这就出现了一个很有意思的存在共性的问题，即侍萍与蘩漪对周朴园的抗拒，指向的都是等级制度，而她们的思想中也烙印着等级观念。鲁大海与周、鲁两家的其他人在说话方式上似乎都不相同。除了个性之外，主要应该受到了矿上工作

---

① 曹禺：《雷雨》，载《曹禺全集》第 1 卷，北京十月文艺出版社，2023，第 115 页。

的影响，在矿上工作后变得越来越真情流露。与四凤的圆滑礼貌相比，鲁大海的表现显然是直肠子，很多时候显得有些鲁莽毛糙。鲁大海与四凤称呼语的差异，也有利于呈现作为罢工代表的鲁大海坚决的反抗精神。两年不见，鲁大海和鲁四凤相互说对方"变了"，用词的文雅与粗略，正是这种改变的一种表现，与之相应的，则是鲁大海反抗的精神越来越强，而鲁四凤则慢慢地被周公馆豪华的生活所浸染。

《雷雨》开场时，周繁漪和周萍已经发生了乱伦行为，暗地里形成了情人关系，但是在表面上，却是继母子关系。十八年前周朴园将繁漪骗到周家后只让她生了周冲就将她冷落在一边，甚至对她进行残酷的精神折磨，想慢慢地磨掉她的棱角，让她完全臣服。她被活活地困在周朴园的牢笼里。周萍就是在这个时候出现的，点燃了她窒息了的热情。然而周萍不过是块软骨头，成不了她的浮木板。痛悔的周萍开始痛恨自己和繁漪的关系，并不断地躲避她。两个人见面谈话时，人前人后所用的称呼语，也就微妙地表现了周萍和周繁漪之间扭曲复杂的关系。

周萍不经意地碰到了繁漪母子俩，被周冲叫住。周萍只是和周冲打招呼，并没有理会繁漪，繁漪不满地叫了声"萍"后，他才说了声"您——您也在这儿。"用的是尊称"您"。对谈中，周萍一直用尊称"您"，这个称呼首先表现出模范家庭里的子女对母亲应该抱有的态度，其次则是表示疏远，最后也带有掩饰两者真实关系的意思。表示疏远是因为周萍厌倦了两人之间的不正常关系，想要挣脱，所以用敬称，也是提醒对方我们是母子关系，不应该继续在乱伦的路上狂奔下去。掩饰，则是因为周冲在场。在弟弟面前，年长的哥哥一般来说都会表现得彬彬有礼，尤其是当弟弟像只小绵羊，处处仰慕自己这个大哥的时候，当哥哥的更应有做事有担当、有分寸的样子，所以，无论繁漪怎样步步紧逼，周萍始终都恭恭敬敬，或者说越来越恭敬，这当然也就对两者的真实关系构成了掩饰。不仅如此，周萍借此也是力图以家庭礼仪制约繁漪，使她能够有所顾忌，不至于逼迫自己太甚，所以，周萍不停地以周冲暗示和提醒蘩漪的母亲身份，虽然不是要挟，但是屡屡提及周冲，也是要对方顾忌自己亲生孩子的感受，这实际上也还是威胁，以亲情相威胁，要求对方回到"礼"的游戏规则中去。这也正是周蘩漪最为恼火的地方，正是在周朴园"模范"的要求和催逼之下，她已经"死"过一次了。和周萍的乱伦关系使她重新活了过来，结果活过来的蘩漪还没有畅快地生活，便又见周萍要求她做一个"模范"母亲了。

蘩漪还没有被绝望摧垮前，她还保持着自己的理性，想要尽一切办法将周萍留在自己的身边，继续保持她以为是爱的乱伦关系。有人认为上述对话中的蘩漪是被"爱"冲昏了头脑，所以不顾周冲在场，步步紧逼，语气里满是酸味和不满，全然不像母亲的样子。这样的解读是不对的，将一个复杂的、富有戏剧性的场面简单地解读成了争风吃醋。蘩漪不是不顾周冲在场，而是恰恰用周冲在场的机会，逼迫周萍，因为她知道周萍是一个好哥哥，绝不会在弟弟面前失态，所以才步步紧逼，没有周冲在场，她哪来的机会能够步步紧逼？蘩漪的步步紧逼，绝非失态，而是充分理智化的步步紧逼，充满了智慧，既考虑到了周冲在场的有利因素，也考虑到了周冲在场的不利因素。在蘩漪称呼周萍"你"的时候，要充分注意这个称呼语前面的修饰词——"请""想""希望""盼望"，当"你"字前面加上了祈求式的词语时，"你"这个称呼语的发出者也就显得很卑微。周冲、周萍和蘩漪三人同场的戏，周冲就像一个傻子，傻傻地弄不清到底是怎么一回事，而周萍和蘩漪都清楚地知道对方话里的机锋。这才是舞台上真正的戏剧性。李健吾说："周冲的死是theatrical，而周蘩漪的疯是dramatic。"[①]强调的就是周蘩漪苦乐的深永意味。若是将蘩漪处理成失态的模样，这场戏就成了疯

---

① 李健吾：《〈最先与最后〉和"A drama"》，载《李健吾文集》第9卷，北岳文艺出版社，2016，第4页。

戏，不像曹禺呈现出来的那样有力量了。

马宏基指出："称谓语的运用是一种言语行为，因而跟称谓者的动机是有联系的。交际动机不仅决定着言语交际的内容，而且决定着称谓语的使用；反过来，运用什么样的称谓语，也反映称谓者的某种动机。"[1]蘩漪看到了周萍在和四凤讲悄悄话，等鲁妈和四凤走后，她就逼问周萍刚才谈话的内容，没有旁人在场，周萍就没有什么顾忌的了，一直用表示平辈的人称代词称呼语"你"，甚至用"你自己"加重语气，盛气凌人，和先前的表现形成了鲜明的对比。

周萍为了摆脱蘩漪的纠缠，逃避自己年轻时犯下的错误，主动向周朴园请求让自己到矿上去工作。蘩漪百般劝阻周萍，用闹鬼事件软硬兼施，拼命地想抓住这根"救命草"，希望他像他曾经所说的那样和她站在同一战线上对抗他的父亲。然而此时的周萍早已不是那个还有一点热血的属于她的萍。周萍慢慢地向着他的父亲周朴园靠拢，认为他父亲是最高尚的，他们家是最体面的，而蘩漪只是个"疯子"，他转而抓住了和蘩漪截然相反的四凤。在离家的最后一晚跑去四凤家偷偷幽会，却被鲁大海发现了。为了躲避鲁大海的打骂，他决定当晚就走。

萍　我忽然想起今天夜晚两点半有一趟车，我预备现在就走。

蘩　（忽然）现在？

萍　　嗯。

蘩　（有意义地）心里就这样急么？

萍　是，母亲。[2]

①　马宏基：《动机与称谓语》，《淄博师专学报》1996 年第 4 期。

②　曹禺：《雷雨》，载《曹禺全集》第 1 卷，北京十月文艺出版社，2023，第 244 页。

目睹了周萍和四凤雨夜幽会全过程的蘩漪心灰意冷，但是还是希望周萍留下来，只是碍于周朴园在场，故而只能意味深长地说："心里就这么急么？"此时的周萍，对蘩漪已是厌恶至极，使用了"母亲"这一称呼语，一方面是出于模范家庭中子女对父母应有的恭敬，一方面意在强调他和蘩漪之间乃是继母子关系的事实，另一方面也想用这一称呼和蘩漪拉开心理距离，以达到让她放弃纠缠的目的。整部戏剧中，周萍只在此处对蘩漪使用了亲属称呼语。

除了语气、语调之外，称谓语的使用所具有的戏剧性，还与对话者所处的地位，动作、神态等密切相关。称谓语要在舞台上通过演员具体演出来，而这个演不仅仅是指演员能够演出言语中的戏，还指演员要能够考虑到让观众看到、听出其中的"戏"。焦菊隐在北京人民艺术剧院和演员们谈排演情况时说："我注意到你们在表演'听'和'看'的时候，总是面对面、鼻子对鼻子说话。交流得很真实，就是两个人的眼睛，观众差不多都看不见。你们的戏都是间接送给观众的，没有直接送给观众。"[1]从直接和间接的角度看有关称谓语的戏，一些剧本中没有而舞台上却经过演员、导演精心设计的场景也就豁然呈现出来。

好的称呼语，除了能够微妙地表达剧中人物的思想感情外，有时候还能呈现戏中戏的效果，即剧中人在说出一些称呼的时候，并不知道这一称呼所代表的所有的含义，但是读者（观众）却是知道的。当然，有时候剧中人物知道，读者（观众）也知道，于是台上台下有了共鸣。与台上台下都知道，且能共鸣相比，更有戏剧效果的还是前一种。剧中人知又不知，读者（观众）知道，于是，读者（观众）居于上帝的位置，获得一种审美的愉悦感。

---

[1]　转引自《论民族化（提纲）诠释》，载王宏韬、杨景辉编《演员于是之》，北京十月文艺出版社，1997，第248页。

《雷雨》中，鲁贵称呼周朴园是"老头这老王八蛋"，这事发生在第三幕，鲁贵在自己家说的，却与第一幕中对女儿说的话遥相呼应。

贵　哼，（骂得高兴了）谁知道哪个王八蛋养的儿子。
四　哥哥哪点对不起您，您这样骂他干什么？[①]

鲁贵说的是"哪个"，表明他不知道，但是观众知道。鲁贵和四凤的对话，既是父女间的闲聊，抖出一些内幕，同时也将观众们拉入剧情之中。另一方面，"谁知道哪个王八蛋养的儿子"还可以做这样的理解，即鲁贵骂了自己。为什么？鲁贵是鲁大海的养父，他自诩是爸爸，养活了鲁大海，给他找工作，还想要逼能替鲁大海摆平麻烦，也即是说，鲁大海的确要算是鲁贵养的儿子。人没有自己骂自己的，可是序幕中的鲁贵的确存在自己骂自己的情况，他用"王八蛋"称呼别人，骂别人，却也骂了他自己。剧作家为了避免读者（观众）忽略这一点，所以在鲁贵"谁知道哪个王八蛋养的儿子"之后，又安排了四凤和鲁贵的这样一段对话：

四　我没有钱。（停一下放下药碗）您真是还账了么？
贵　（赌咒）我跟我的亲生女儿说瞎话是王八蛋！[②]

在首刊本中，鲁贵的话是："我跟我的亲生女儿说瞎话干什么？"没有"赌咒"这个提示词，也没有"王八蛋"。初版本的修订，强化了鲁贵的小人形象。首刊本"干什么"语气弱，初版本

① 曹禺：《雷雨》，载《曹禺全集》第1卷，北京十月文艺出版社，2023，第45页。
② 曹禺：《雷雨》，载《曹禺全集》第1卷，北京十月文艺出版社，2023，第46页。

"王八蛋"语气强烈，随后鲁贵便自己表示没有还账，坐实了"王八蛋"是骂自己。"王八蛋"这个骂语，也将周朴园和鲁贵两位父亲的形象串联起来，说明二人都不是什么好东西。"王八蛋"的文本网络表明鲁贵说瞎话成性，毫无愧疚之心，又巧妙地与刚才骂人的话构成互文网络。

第六节　曹禺剧作里的出走情节

曹禺的每一部戏剧创作几乎都有着对于人物形象"出走"的思想和言行的描绘，《雷雨》中出场的八个角色，有六个人物始终都挣扎在"出走"的欲望和旋涡中，《日出》里的方达生和陈白露，《原野》中的女主人公花金子，以及《北京人》当中的愫方、瑞贞、曾文清等等，都是挣扎在围城当中却向往着外面世界的人物。在曹禺的笔下，他们构成了一个浩浩荡荡的出走人物系列，在这些人物的心中都存在着一个出走的"情结"，他们的具体的行动也就构成了作品中的"出走情节"，也有人将这些作品与鲁迅的《伤逝》等作品联系起来，认为曹禺的前期创作明显地表现为反出走模式。不论是出走模式，还是反出走模式，虽有侧重点的差异，实则都在出走话语思索与表现的范畴之内，同样清晰地表现出"出走"情节在他创作中的价值和地位。正是因为出走情节在曹禺剧作中所表现出来的重要意义，使人们在研究评价曹禺的具体创作时就不能对此视而不见。在对出走情节的评价上，历来存在着不同的意见，有的人认为这"反映了作者对黑暗现实的极度愤激、诅咒和对新社会的憧憬与追求"，"充分显示了作者对青年一代思想觉醒和勇敢行动的激励与赞扬"。[1]另有一些研究者则认为，虽然这表现了"作者的愿望，但可惜没有得到有机的完成；我们从这里一方面

————————

　　① 华忱之：《论曹禺解放前的创作道路》，载王兴平、刘思久、陆文璧编《中国当代文学研究资料·曹禺研究专集》，海峡文艺出版社，1985，第415页。

从剧本到舞台

看到了作者心境的最可爱的一面，一方面也就看到了他在艺术构成上的严重的裂痕。"胡风甚至将《北京人》的出走结尾看作是"完全脱离了甚至破坏了全体的情调，只是人工地安排出来了的"①。马峻山认为："曹禺正剧的结构在高潮之后常常拖着一条光明的尾巴。"②曹禺所钟情并大量出现在剧作中的出走情节，不仅是一个文学形式的处理安排问题，还与作家的创作心态，以及时代社会的整体审美趋向密切相关，"完美的情节"或"严重的裂痕"背后都有深厚的文化史和心态史的因素在里面。

我们在这里所谈到的"出走"，不单单是指离去的刹那之间的一个场面，而是包含着出走的原因、出走的过程甚至可能还要包括走后如何的完整的情节模式，就其审美内涵来讲，这是一种以反抗为底蕴的活动，其发生的根源在于出走者主体总是在经受自己所不应当受到的束缚与压迫，因而与自身所处的周围环境之间有着剧烈的不可调和的矛盾，当这种矛盾发展到不可调和阶段时，也就是戏剧的冲突到达顶点的高潮，力量无法与环境抗衡的出走者主体就只能向往和选择离去，希望能够重新选择生存环境。因此，对于出走者主体与环境二者之间紧张关系的描写，即"箭在弦上不得不发"的为出走所作的那种"蓄势"是否充分，令人信服，也就成了出走者离去的出走场面的叙述是否水到渠成，出走情节结构模式能否给人以恰是如此的感觉的关键所在。曹禺曾经说过："我写戏总是先把结尾想明白以后再写。可能先写出来，也可能想好了不写，但一定要先把结尾想清楚了。"③对于结尾安排如此用心的曹禺，自然不肯随随便便凭空为自己喜爱的剧作硬加上一个出走的尾巴。《北

---

① 胡风：《论〈北京人〉》，载《胡风选集》第1卷，四川人民出版社，1995，第180页。

② 马峻山：《曹禺：历史的突进与回旋》，中国工人出版社，1992，第278页。

③ 曹禺：《戏剧道路之端》，载《曹禺自传》，江苏文艺出版社，1996，第61页。

京人》中的袁氏父女以及瑞贞的出走，恰好是在思清走出去又回来之时，而花金子走出来的代价是仇虎的死，这种情况下出现的出走，早已经不会是轻巧的浪漫情怀，只是沉闷中透出的一丝清新空气，就像鲁迅作品的结尾那样，添上一丝光亮，只是为了不给人一种悲观绝望的感觉。曹禺对于这一点自然比鲁迅看得更重，这从他对于《雷雨》的序幕以及尾声的设计上也可以看得出来。但是，曹禺自己非常珍视的序幕和尾声并没有得到人们的注意，隔开距离的审美要求并不能通过这种方式来达到，非常重视自己作品接受情况的曹禺自然不允许人们这样随意肢解自己的作品，在保持自己作品的完整性和考虑人们的审美习惯的基础上，我们可以看到，自从《雷雨》之后，在情节结构以及人物的具体处理方面有了许多变化，他所有的剧作都不再有序幕和尾声，相应的，作品的结尾都不同程度地出现了一个透着些许亮色的情节设计，这其实同他为《雷雨》设置序幕和尾声的原意是一致的。曹禺追求的是诗意而不是引导读者（观众）走入沉重的悲惨情绪中去，"我写的是一首诗，一首叙事诗，这诗不一定是美丽的，但是必须给读诗的人一个不断的新的感觉。这固然有些实际的东西在内（如罢工等），但绝非一个社会问题剧。"① 《雷雨》之后的剧作没有了序幕和尾声，但是周冲似的人物却占据了愈来愈重的分量，与作家的这种审美追求不无关系。也就是说，本是内在的审美平衡的设置逐渐被安放到前台，给黑暗的王国里透进一丝光明。因此，出走情节在曹禺的一些作品中，是起到了《雷雨》的序幕和尾声那样的净化悲剧所引起的人们心中的情感作用的。从情感色调的设计上来说，出走情节也是完成曹禺"抛物线"式的戏剧结构的必然要求。

从曹禺戏剧的具体创作情况来看，作家为出走所蓄的"势"是充分的，人物出走最终的发生是自然的。在曹禺的戏剧当中，"出走"引发了戏剧的矛盾冲突并且推动着矛盾冲突向着更深、更尖锐

---

① 曹禺：《〈雷雨〉的写作》，《杂文》1935年第2期。

的方向发展，同时，我们也看到这种矛盾一旦产生，就已经不再为人所能轻易控制，出走反过来又为种种矛盾向前不停地推动。以《雷雨》为例，戏剧起始就点出周萍要离开家庭到矿上去，以此为中心，发动了周萍与自己的后母兼情人繁漪、弟弟兼情敌周冲之间的矛盾，并由此而将相关联的人都牵扯进来，像飓风一样迅速地形成一个大气旋。

中国现代文学作家喜欢模仿易卜生，采用离家出走的象征场面结束全文，借此暗示反抗的成功和新生的开始，用并非具体的离去的模糊性处理给人留下广阔的自由想象填充的美好未来空间。只是执着于出走实现的现实可能性而不是从审美上感受出走发生的必然性，实际上是颠倒了提出问题和解决问题对于文学的不同意义。除了追求这种富有象征意味的结尾之外，作家将笔墨重点放在出走前的那一刻上，恰好是因为这是内涵最丰富的"有包孕性"[1]的时刻，这一时刻承前启后，是所蓄力量已经到达顶点而还没有最终爆发的剑拔弩张因而最富戏剧性的时候，如此安排自己戏剧的情节结构，足见作为戏剧大师的曹禺敏锐的审美直觉。

曹禺在《曹禺自传》中谈到《雷雨》时曾经这样说，"《雷雨》所显示的，并不是因果报应，而是我所觉得的天地间的残忍"，"宇宙正像一口残酷的井，落在里面，怎样呼号也难逃脱这黑暗的坑"，在坑里面挣扎的人们"盲目地争执着，泥鳅似的在情感的火坑里打着昏迷的滚，用尽心力拯救自己，而不知千万仞的深渊在眼前张着巨大的口"。[2]像《雷雨》里的周萍和四凤就是这样的挣扎者。他们始终谋划的出走，在实质上与繁漪和周冲的梦想一样，向往的就是要走向外面光明的世界，渴望着能够到一个陌生的境地里面，使自己厌倦了的心情松弛一下，自由地喘口憋闷已久

---

① [德]莱辛著，朱光潜译：《拉奥孔——论诗与画的界限》，商务印书馆，1981，第78页。

② 曹禺：《曹禺自传》，江苏文艺出版社，1996，第83页。

的气息。所有的这些都表现了人物的一种理想，也是作家深切的人生关怀的具体体现。哪里有压迫哪里就有反抗，周朴园要将繁漪变成石头样的人，对自己的孩子也是如此，而繁漪又要将周萍变作自己性爱的捕获物，在这样的情况下，人与人之间已经像萨特所说的"他人即地狱"，这是正常发展的人性所不能够容忍的。

周公馆这口"残酷的井"带给人束缚、压制乃至于恐惧，形成一种无所不在的生存重压，走出周公馆、摆脱掉这种梦魇已经成为迟早必然要发生的事情。《北京人》里面愫方的出走，同《雷雨》中的繁漪相去不远，"北京人"的出现作为一种过于幻化的象征手法表现出太多的理想色彩，但是这并没有影响到愫方出走的可能与可信。如果说繁漪是被狂虐的暴风雨追逐而折断了翅膀的鸟，愫方就像她自己所说的，是关在笼中的鸟，她所经受的是"风霜刀剑严相逼"的那种对于生命的无形消磨，虽然不如面对面的激烈冲突那么能够促人迅速行动起来，可是一旦觉醒，环境带给人的那种不堪忍受的绝望同样强烈。愫方能够忍受王熙凤式的曾思懿和高老太爷式的曾皓，是因为爱的理想使得苦难失去了原有的锋芒，而当曾思清又从外面走回来时，愫方看清了自己爱的寄托实际是虚无的，爱的失望带来了整个认识的转变，没有了那种非理性情感的围护，所有的一切都现出本来的面目而自然变得难以忍受，从这样的环境中得到解脱也就成了亟待解决的问题。可以说，在曹禺的剧作里，聚焦的重心是人性而不是外在的社会斗争，虽然在书写人性的时候必然会涉及社会问题和阶级斗争，但那只是背景，或者说是人性挣扎的催化剂。曹禺剧作的这种审美追求，直接影响到他笔下出走话语的书写。

在曹禺的创作里，光明的彼岸并不是保证出走话语审美内涵的重要因素，恰恰相反，曹禺摒弃了对光明前途的奢望，这并不是由于外在社会环境太黑暗，使得彼岸世界的实现基本成为不可能，亦非因为作家已看破了希望之为绝望的本质，社会环境与阶级斗争等都不是曹禺关注的重心，他关注的是人性，出走话语叙述出来的亦是人性的纠缠。在曹禺书写的出走话语里，到处洋溢着的恰是走不出的人性纠葛的陷阱。

在《雷雨》里，除了蘩漪、周萍和周冲这些梦想到光明的彼岸世界去的人物之外，还有一个非常典型而又蕴涵深刻的出走者的形象，她就是侍萍。三十年前，周朴园要娶一位阔家小姐，侍萍被逼离开周家；三十年后，侍萍与周朴园又在周公馆不期而遇。侍萍与周朴园的一段对话，既是复杂人性最丰富的展示，又表现了作家对出走话语的一番反思和人性深层次的透视。从出走的现实性角度而言，侍萍是《雷雨》中唯一的一个成功的出走者。当然，这种论断需要一番论证。文本中没有明确地点出侍萍是一个出走者。如果将侍萍视为出走者，侍萍的出走指的只能是离开周公馆那次行动。可是，从剧本的描写中我们知道，谈及侍萍离开周公馆的时候，侍萍用的词多是逼、赶等等，既然是被逼或赶出来的，那么出走这一弱势的反抗便与之不相吻合。因此，将侍萍归入出走者的行列，尤其是现实中的成功的出走者行列，首先要解决的问题就是，侍萍走出周公馆的"主体"能动性，确认其中体现出来的弱势的反抗因素。但是，在剧本中，侍萍离开周公馆的一幕是作为三十年前的背景在当事人的回忆中出现的，在回忆时都满带着愤激之词，且语焉不详，无法从中获取较为准确的信息。为了解决这个问题，我们需要从剧本对周朴园和侍萍两个人物形象的整体表现上入手，从两个人对话言词中显露出的蛛丝马迹进行一番回溯式的探索。

三十年前，侍萍就成了一个勇敢的出走者。之所以加上"勇敢的"的修饰语，是因为虽然侍萍是出于被"逼"无奈离开周家，而文本中许多地方透露出来的信息表明，她并非是被强行赶出周家，实际情况可能像陈思和教授说的那样："她不忍做妾，或者不想做妾，一定想做太太，这样才会被人赶出去。如果梅侍萍仅仅满足于做一个有钱人家少爷的妾，这个悲剧是不会发生的。"①梅侍萍是

① 陈思和：《中国现当代文学名篇十五讲（第三版）》，北京大学出版社，2003，第182页。

一个勇敢的出走者，可是走出来之后又怎样呢？她没有寻找到那个光明的彼岸世界，反而感到愈加不如意，而这种不如意反过来又使她对于使自己离去的那股力量更加愤恨。在剧中，侍萍不止一次地喊出了"命"，这正是一个反抗者对自身不幸遭际的最大控诉。她没有做错什么，她始终都在为美好的明天而奋争，可惜的是她走出的每一步收获的只有更大的悲哀。人所追求的欲望和理想，似乎总是与现实的可能性隔着一道看不见却又跨不过去的天堑，使挣扎的人最终只能眼睁睁地困死于命运的陷阱之中。

《雷雨》一剧里，除了侍萍，还存在两种类型的出走，即周冲向往的出走，还有周萍所渴望的出走，其实两者也可以归为同一类型：未曾实现的出走。虽然在对于此岸彼岸怀抱的情感观点上有相似之处，但实质上却完全两样。周萍和繁漪的悲剧是时代社会的悲剧，他们的出走具有强烈的现实指向和斗争性；而周冲则更像《浮士德》里面的欧福良，代表的是人类对于自身能力局限怀抱的永恒的遗憾与伤痛，他超越了具体的时代社会背景，是人向往与追求美好与和谐而不得的寓言或象征。在《雷雨》里面，我们很难寻找到这个人物的当下现实指向，但是其中洋溢着的永恒的诗意，却是每个人都能够感觉得到的。周冲所代表的这种永恒的诗意，是潜藏在人性深处对于奇迹梦幻的向往，实际是构成周萍和繁漪那种压抑—反抗（或刺激—反应）式出走的根柢，没有了这种对于奇迹梦幻的向往，对于出走所带有的那种辉煌是难以看得到的。

《日出》里面的陈白露看透了社会人生，她从自身的实际经验知道："习惯，自己所习惯的种种生活的方式，是最狠心的桎梏，使你即使怎样羡慕着自由，怎样憧憬着在情爱里伟大的牺牲（如小说电影中时常夸张地来叙述的），也难以飞出自己的生活的狭之笼。"[1]陈白露好意地嘲弄方达生提出的结婚的建议，正是因为她

① 曹禺：《日出》，载《曹禺全集》第2卷，北京十月文艺出版社，2023，第11页。

看到方达生的想法实际是既庸俗又不清醒的打算，建立在为陈白露并不喜欢的社会藩篱之上，没有现实的可能性，也没有奇迹梦幻能给人带来的美丽沉迷。陈白露也想出走，她出走的理想与周冲一样，建立在自己人性中对于奇迹梦幻的向往的基础上。

陈白露一出场，剧本中她的出场介绍便点出："也许有一天她所等待的叩门声突然在深夜响了，她走去打开门，发现那来客，是那穿着黑衣服的，不作一声地走进来。她也会毫无留恋地和他同去，为着她知道生活中意外的幸福或快乐毕竟总是意外，而平庸，痛苦，死亡永不会放开人的。"[①]方达生来了，陈白露却没有走，只能说明陈白露认为方达生在她面前展示的生活图景只是目前生活的另一翻版而已。他们之间的这种差别，可以从后文中的几次对话中看出来。第一次是发生在方达生和陈白露中间的对话，陈白露为窗子上面结出的霜花而惊讶；第二次是陈白露和潘月亭的对话，陈白露为太阳出来了而欢呼。陈白露这两次的表现固然有些孩子气，而且有意思的是在方达生和潘月亭那里都被视为无聊的举动而不能获得理解，却表明在人性的具体看法和追求上虽然相左，但方达生并不比潘月亭更进步。陈白露在有些孩子气的行为当中显露出来的，正是那种未泯的对于美好梦想的向往，只有充满新奇、有着敏锐眼睛的人才有发现新生活的可能，才会充满了对于自由和无拘无束生活的渴望。方达生缺少这些，总是不能与陈白露想到一起，他说的"自由自在的生活"只是他的那个阶层对于人生的看法，在陈白露眼中，却恰好是为了将她纳入传统妇女的老路上去。此外，方达生对陈白露说的结婚、跟他走之类话语，说好听点就是直肠男，本质上也还是流露出男权主义的思想。方达生虽然在语言表达和思想境界方面比阿Q要高明许多，但是只要想一想涓生，就能明白比阿Q高明并不就意味着幸福。如果世界上只剩下两个男人：阿Q和

---

① 曹禺：《日出》，载《曹禺全集》第2卷，北京十月文艺出版社，2023，第11—12页。

方达生，而陈白露必须选择一个，陈白露就会选择方达生。现实生活中，男女皆如过江之鲫，许多女性像子君一样以为遇到了真命天子，于是嫁给了涓生，结果就成了铁屋子里醒来的人，成了悲剧的牺牲品。然而，并不能就此认为子君是不幸的。见过自由阳光模样的悲剧人物，实在比从来没有醒过的人要幸福。问题在于，如果一个女性足够聪明，即便是没有涓生那样的人生导师，自己便醒悟到了自己是自己的，其他人都没有支配自己的权力，那么，她如何选择自己的生活道路，如何选择自己的男朋友？我觉得陈白露这个人物就是《雷雨》中三个挣扎的女性的命运合体，一个自我照亮的女性的世界，这个世界依然是女性依附于男性的世界，可是陈白露却不会再像繁漪那样去哀求周萍，也不会像侍萍那样委身于鲁贵，她便是浴火的凤凰，宁可死，也不会嫁给喝脏水的人。在陈白露所向往的富有奇迹色彩的"出走"里面，这样平板而消磨人性的道路恰好是她想要避免的生活方式之一，也是她想要出走的原因。

曹禺曾经说过，《雷雨》中的诸多人物，他最喜欢的是周冲，而周冲最大的特征就是性格单纯而具有那种来自未被污染的人之天性的平等博爱的胸怀，并因此而有着似乎透明般的对于未来的美好梦想，所有的这些都通过他的出走观念以及对于出走所怀抱的白日梦似的幻想表现出来，如同前面我们所说的，周冲所代表的出走是最弱的一环，就像鲁迅《野草》当中描绘的开在秋夜里的小粉红花的梦。与周萍和繁漪现实沉重的肉身相比，周冲就是未吃智慧果时的亚当，即便是他的烦恼也是透明的，所以当他听到周萍和四凤是情人的时候，他才不是去怨恨别人，而是反思自身的情感实质。子曰："年四十而见恶焉，其终也已。"中国文化一方面推崇少年老成，养成一批又一批的老少年，直到老了才重新焕发青春，聊发少年狂；另一方面，似乎又很肯定青少年的任侠使气，认为小的时候就应该是狗都嫌弃的模样，长大后就应知礼，不能再讨人厌，"如果四十岁以后还遭人骂，这一辈子就完蛋了"[①]。《雷雨》中人物

---

① 李零：《丧家狗：我读〈论语〉》，山西人民出版社，2007，第309页。

形象的表现，似乎年轻的都可爱，年纪大的都让人讨厌，侍萍的人缘似乎好些，但鲁贵就觉得她假。总之，让人觉得可爱的都是年轻人，让人厌恶遭人骂的都是四十岁以上的人，这种人物形象设置也正是现代文学中出走者形象塑造的基本模式。两代人的冲突导致的出走，可恶的都是长辈，无辜无奈出走的都是青年人。

《雷雨》里，周冲是一个最自然的存在，而自然正是所有的出走者向往的生存境地。当然，我们所说的"自然"不是指那种纯粹的地理环境意义上的自然，而是指那种没有羁绊和封建宗法压抑的生存状态，而这种状态又往往是与自然地理意义上的"自然"纠缠在一起。于是，我们看到，周萍想要去的地方是乡下，与城里的周公馆相比，乡下是一块净土，而将乡下作为逃避城里生活的净土，是近代以来的一个传统，在潜意识里，曹禺无疑也是将文明与自然相对立起来。联系到周萍在几年前到周公馆之前，所待的地方就是"乡下"，他给蘩漪带来了生机和希望，这无疑与他的乡村背景所特有的气息有关，淳朴自然的乡野已经构成了对于灰色萎靡的城市生活的有益补充。在《原野》当中，花金子幻想中要去的那个地方什么都有，就是没有社会中的各种人群。仇虎和花金子逃进黑树林这个同样是远离人群的所在之后，才恢复了他作为人的美与真。

在《原野》第三幕第一景中，曹禺这样描述仇虎："在黑的原野里，我们寻不出他一丝的'丑'，反之，逐渐发现他是美的，值得人的高贵的同情的。他代表一种被重重压迫的真人，在林中重演他所遭受的不公。"①剧作序幕中，仇虎出场时带有的狡恶与机诈等特质逐渐消退了，在自然里面，仇虎脱去了重重累赘与伪装，成为了一个"真人"；在《日出》里面，方达生要陈白露和他一起去的地方也正是乡下。虽然陈白露没有跟随方达生一起走，但陈白露对于自然的爱恋，从她对于霜花和新升太阳的欣喜而表露的言行中

① 曹禺：《原野》，载《曹禺全集》第3卷，北京十月文艺出版社，2023，第180页。

也可以看得出来。同样，《北京人》当中由袁任敢叙述出来的"北京人"的那种生存状态，也恰好是人类生存"没有礼教束缚，没有文明捆绑"的"自然"生存状态。因此，曹禺笔下的出走人物所向往的无不是离开喧嚣的人群，或者带给他们苦痛的人们，而走向自然——就是那种不让人感到别扭和压抑的生存境地，在原先的环境里人性本身的欲望总是相互构成牵制，而人所向往的新境地则是随心所欲的，这种差异和对比自然就成为曹禺戏剧人物出走的动力，这也是《雷雨》当中所有出走者的心愿，这一点在周萍那里表现得尤为突出，他痛恨自己和繁漪之间不自然的关系，而出走就是想要结束这种扭曲的人际关系、为重新建构人生走向自然和谐而做的一次努力，从某种意义上来说，所有的出走者出走的目的也都是想要重新建构自身周围的环境和关系。

　　曹禺是一个真正的诗人，在他年纪轻轻的时候，便如歌德所说："真正的诗人生来就对世界有认识，无须有很多经验和大量由经验得来的认识就可以进行描绘。"曹禺的生命三部曲都是这样的产物。"爱与憎，希望与绝望，不管你把这些内心的情况和激情叫作什么，这整个领域是诗人生来就有的，他可以成功地把它描绘出来。"①曹禺的成功之处，就在于他牢牢地抓住了这些生来就有的东西，而不是在他不熟悉的人物身上花费太多精力，比如鲁大海代表的工人斗争等。此外，他的头脑中总是充满了美好的幻想，并通过出走主体将梦幻般美好的世界描写出来。周冲对四凤说："现在的世界是不该存在的。我从来没有把你当作我的底下人，你是我的凤姐姐，你是我引路的人，我们的真世界不在这儿。"这句台词中的"引路的人"，落脚点在"人"，而不是像后来的剧本一样说"你是我的引路人"。至于用"这儿"，而不用"这里"，其实也只一个字，即是"这"，"儿"是北京话里的儿化音。"人"与

---

　　① [德]艾克曼著，洪天富译：《歌德谈话录》，译林出版社，2002，第58页、第360页。

"这"，都是单音字，单音字结尾，干净利落，与周冲的单纯相匹配。周冲所说的"真世界"到底是什么模样，是否存在以及到底在哪里，这是读者或观众不能也不应该追问的事情，文学中的人物对于理想世界的设想不能从现实的可能性角度去解读。周冲所向往的理想世界，是"一个真真干净、快乐的地方"，那个地方拥有的一切全都是对丑陋的现实世界的否定，"那里没有争执，没有虚伪，没有不平等的，没有……"①连续的否定构成的排比句式，表明所谓未来的美好世界只不过是当下现实世界的一个对立面，如何才能不虚伪，如何才能实现真的平等，不可能详细地叙述出来。《原野》中的花金子向往的理想的世界是："金子铺的地，房子都会飞，张口就有人往嘴里送饭，睁眼坐着路会往后飞，那地方天天过年，吃好的，穿好的，喝好的。"②理想世界即乌托邦，异于现实世界的异托邦，一个永远在别处的彼岸世界。

出走者，在本质上其实都是浪漫主义者。对于真正的出走者来说，关键的是心中有梦想，至于黄金世界的有无，自己能否到达黄金世界，又或者到了黄金世界之后自己的生活如何，这些并不是出走者们关注的话题。因此，当仇虎对花金子说：黄金世界是自己瞎编的，并不存在。花金子并不在意，也不怪罪仇虎欺骗了她，而是坚持说她梦到过那个美好的世界。花金子也知道自己说的是梦话，但是那个美丽的梦能够让她感受到自由与幸福，她情愿沉迷其中。梦若在，心就在。出走者对于梦的执着，其实就是对真心的维系。就此而言，他们也就是真的人。

沉迷于美梦中的花金子，并非自欺欺人。在与仇虎离开焦家之前，她是精神上的出走者；仇虎到来之后，他们便一起成为现实生

---

① 曹禺：《雷雨》，载《曹禺全集》第1卷，北京十月文艺出版社，2023，第200页。

② 曹禺：《原野》，载《曹禺全集》第3卷，北京十月文艺出版社，2023，第37页。

活中的出走者。花金子对美好世界的向往，一个重要的审美意义便是与阎王殿一般的焦家构成鲜明的审美对照。焦家挂在堂屋正中的冷森森的焦阎王画像，就是地狱般生活环境的象征。花金子的痛苦，很难说是在焦家受到了虐待。焦大星对花金子几乎是唯命是从，焦母虽然厌恶花金子，叫嚣着要如何惩罚她，但是焦母在《原野》中并没有真正对花金子采取惩罚措施，至于针扎小人，这种画圈圈诅咒人的方式往往都是弱势地位的人才会采取的行动。花金子是一个有自我主体意识的女性，与祥林嫂那种只要有活干有饭吃就满足起来的女性截然不同。焦大星不在意花金子与仇虎发生关系，只要花金子留下来。花金子对他说："可是你要我干什么，我在这儿苦，我苦你不也苦，你苦，我不是也苦么？"花金子的心里并非没有焦大星的位置，但是与焦大星待在一起，花金子感受到的只是苦，这苦却不是因为虐待。仇虎要带花金子走，花金子也心甘情愿。但仇虎许诺的黄金世界是假的，而仇虎也正如焦大星所说："那个丑——丑八怪，活妖精，脑袋像个大冬瓜，人像个长癞的活蛤蟆，腿又瘸，身子又——"焦大星是个老实人，即便是喝了酒，听到仇虎和花金子通奸，他还是不太愿意称呼仇虎为"丑八怪"，虽然这是事实。"丑"字后面的破折号，就是老实人潜意识里不愿意言人不好的心理表现。"丑八怪"三个字一旦完整地说出了口，后面的字眼就顺畅地倾泻而出。这是人的常态，正所谓万事开头难。花金子喜欢焦大星，更喜欢丑陋的仇虎，这两个男性，恰似《莎菲女士的日记》中的苇弟和凌吉士，好人苇弟只在莎菲那里得到了一张好人卡，从没能让莎菲动情。唯有在仇虎面前，花金子感觉到自己"活"了，而在焦家，花金子却觉得自己是"死了的"。[①]作为出走者的花金子，追求的不是肉体的生存权，而是精神上的"活"。

---

① 曹禺：《原野》，载《曹禺全集》第3卷，北京十月文艺出版社，2023，第156—157页。

在《北京人》里面，曹禺借袁任敢之口说出了生活在曾家大院里的人们对另一种生存方式的理解和向往。"那时候的人要爱就爱，要恨就恨，要哭就哭，要喊就喊，不怕死，也不怕生。他们整年尽着自己的性情，自由地活着，没有礼教来拘束，没有文明来捆绑，没有虚伪，没有欺诈，没有阴险，没有陷害，没有矛盾，也没有苦恼；吃生肉，喝鲜血，太阳晒着，风吹着，雨淋着，没有现在这么多人吃人的文明，而他们是非常快活的。"①与周冲一样，这理想也是以否定性的面孔出现的，同样表明了它的出现源于现实给人造成的不满。讨论所谓"北京人"的这种生存方式好不好是没有意义的，关键是其指向的对象，是对于曾文清父子以及愫方他们这些醉虾似的生活在沉寂却又充满了鸡鸣狗斗的倾轧的"文明"社会中的人们来说所具有的理想功能。有意思的是对于那种理想的生存的描述是由破落无能的江泰和袁任敢教授共同来完成的，而且文本中还点明了两人之间颇有共同语言，这多少在实际上已经对所谓的理想构成了解构或者说反讽。

《雷雨》中，周冲跑到鲁贵家，对四凤说出自己对理想世界的憧憬。曹禺在《雷雨·序》里说："其实，在生前他未始不隐隐觉得他是追求着一个不可及的理想。"对周冲在鲁贵家门前和四凤说的那些话，曹禺用括号里的一段话进行了诠释："那也许是个无心的讽刺，他偏偏在那样地方津津地说着他最超脱的梦，那地方四周永远蒸发着腐秽的气息，瞎子们唱着唱不尽的春调，鲁贵如淤水塘边的癞蛤蟆哓哓地噪着他的丑恶的生意经。"②最美丽的梦往往滋生在那些深受损害和侮辱的人身上，而最美丽无辜的人也往往与罪恶同归于毁灭；对于出走的主体来说，提出虚幻梦想的环境与理想

---

① 曹禺：《北京人》，载《曹禺全集》第4卷，北京十月文艺出版社，2023，第123页。

② 曹禺：《雷雨·序》，载《曹禺全集》第1卷，北京十月文艺出版社，2023，第12页。

之间的落差愈大，那种想脱离的人性中"飞扬"的一面就会愈强烈地呈现出来，从而不断地推动人物向着出走的具体实现迈进。这些因素对于审美接受和剧中人物的行动所起的功能作用是大不相同的，这对于理想本身来说是一种解构的力量，同时也是美好的梦幻产生的温床。

陈思和教授谈到周冲时，特地指出如果从文本的情节结构上考虑，周冲这个人物完全可以不要，但是从整个作品的情调来说，如果没有了周冲的出现，整部作品的色调就会偏于阴暗。在《雷雨》中，周冲就像是一个纯洁的小天使，他的存在与最终的毁灭使得整个"蒸发着丑恶"的环境透出一丝亮色，以这样的人生见证了周围所有的人都需要拯救的现实。因此，这个最为曹禺喜爱的人物角色虽然和《北京人》里面的"北京人"一样，同时也是作品中最苍白无力的人物，但是他们却显示了人性当中最美好的一角，是构成作品诗意不可或缺的重要因素。浮士德说："哎呀，纯洁与幼稚，/从来不知道自己的神圣价值！"人们都觉得周冲没有长大，四凤也觉得同龄的周冲像个孩子，只有读者（观众）才知道周冲的价值！这也正是剧作家曹禺想要营造的戏剧效果。侍萍的"高贵"，仿佛大家户里出来的落魄的妇人，原因何在？就是修养！这修养的获得，正是以自身纯洁与幼稚的丧失为代价。"人们所谓的修养，/其实，更多的时候是浅薄的假象。"[1]侍萍的修养表现出了对自我价值的坚持，但是这坚持不也正是遵循了抛弃她的那个社会的游戏规则吗？"假象"不是说个体的虚伪，而是指自己不知道的反抗与努力，其实结果也还是奔向自己所反对的东西。如果说出走是人物所能寻找得到的可能的拯救方式或途径的话，那么这些有点超现实犹如肥皂泡的理想与人物的出现与存在，就是谱写人类拯救乐章必不可少的音符，他们与最沉郁黯淡的音符一起才奏出最具诗意的灵魂

____

① [德]歌德著，姜铮译解：《浮士德：新译新解》，中国文联出版社，2019，第122页。

的交响乐。

在曹禺的剧作中，"出走"不仅写出了人与社会的斗争，更表现了人对命运的抗争。在巴金的《家》中，作为"男性娜拉"的觉慧是绝对的中心人物，是反抗的出走者的典型代表，可是在他笔下走出了那么多的出走人物的曹禺反而说他不理解觉慧这个人物，而在曹禺改编的过程中，觉慧的形象淡化了，觉慧的反抗行动让位给了觉新、梅与瑞珏等的爱情，这种关注重心的转移说明了作家审美思想的不同，同时也使得人物出走所具有的内涵有了相当大的变化。曹禺虽然表现了为数众多的"出走"，但是除了《北京人》以外，并没有采取像易卜生的《娜拉》那样以主人公"砰"地关门而去的结构方式。不管是周萍还是花金子，甚至愫方等也算在内，所有的出走者都是将自身的梦想与出走的前途寄托在一个同自己一样不可靠的脆弱的人身上。周冲、周萍兄弟都眼巴巴地想着四凤做自己前行的领路人，可是四凤并不是但丁的贝阿特丽采，她激发起周氏兄弟的热情，却并没有引导他们前行的能力，做了救命稻草的四凤最终只能像肥皂泡一样在周围人的追逐当中同归于毁灭。周萍的行为实际就是当初繁漪想抓住周萍那一幕的复演。出走的人最终都像钻进了一个连环套，将自己的命运拴在别人的身上，结果全都像仇虎，走出了焦家之后却只能在"黑树林"里面打转而总是走不出去。"黑树林"在某种程度上就是象征了"出走"永远走不出去的怪圈，是出走情节实际上归于走投无路的象征。现在我们都知道《原野》受到了美国剧作家奥尼尔的影响，很多地方都运用了象征主义的创作手法。

如果我们将曹禺作品中人物出走的表现称为"反出走"，那么就应该看到，同鲁迅反思当时文坛上风行的出走情节模式的创作后有意识创作的《伤逝》不同，曹禺完全是从表现自己对于人生和生命的理解出发的，被走不出去的"黑树林"拘围而失败了的出走与他内心深处对于人性与命运的把握有关。在曹禺看来，宇宙里的"斗争的背后或有一个主宰来管辖。这主宰，希伯来的先知们赞它为'上帝'，希腊的戏剧家们称它为'命运'，近代的人撒弃了这些迷离恍惚的观念，直截了当地叫它为'自然的法则'。而我始终不能给它以适当的命名，也没有能力来形容它的真实相。因为它太大，太复杂。我的情感强要我表现的，只是对宇宙这一方面的憧憬"。在这种对于人生命运的关照下，人物就像是"可怜的动物，带着踌躇满志的心情，仿佛自己来主宰自己的命运，而时常不能自己来主宰着。受着自己——情感的或理解的——的捉弄，一种不可知的力量的——机遇的，或者环境的——捉弄"①。我们看到，在最具文学生命力的人物形象如繁漪、花金子和陈白露身上，她们的出走或对于周围环境的抗争都是来自人性本能的冲动，与性爱和物欲紧密连接在一起，显然同当时文坛流行的阶级斗争话语不相吻合。因此，虽然都表现人物的斗争和出走，但是在情节中蕴藉的审美意识却可能完全是两样，因此当表现出走的作品在当时的文坛上风行并受到广大读者欢迎的时候，曹禺的作品却独独波折甚多。《雷雨》在发表后很长一段时间里没有得到应有的关注；当《雷雨》真正掀起了一场暴风骤雨的时候，左派文论家们又忙着将《雷雨》的主题向着主流方向归拢，这种力量之巨大，使得曹禺自己很快也不得不追认作品的反封建主题，而对于他作品中的出走，合乎主流需要的部分得到了关注，相左的就被有意识地淡忘了。

除了《北京人》，《雷雨》《原野》和《日出》这几部代表作里的出走人物皆没有走成。描写那些带有出走的强烈愿望却终究不能实现的人物形象，似乎是曹禺独特的嗜好，这从他改编的《家》里也可以看得出来。从巴金的小说到曹禺改编的话剧，觉新、瑞珏和梅表姐三个角色被特别地突出了，真的出走者觉慧所占分量被极度弱化了。在曹禺笔下，最美好的出走，就是周冲想象中的那种听起来绚丽无比而实际却模糊一片的行为，或者说只是作为一种

---

① 曹禺：《我与〈雷雨〉》，载《曹禺自传》，江苏文艺出版社，1996，第77页、第78页、第82页。

象征而非实际行动出现在文本之中，一旦像《北京人》中的愫方和瑞贞那样，将他们处理成最后真的跟随"北京人"出走，并且获得了圆满的成功，就不免显得有些突兀，以至于给人勉强和不真实的感觉。或许正如胡风所说："在作者的心境上，他非常同情这个人物，他想要肯定这个人物，肯定她为爱牺牲的精神，为人服务的精神，或者在作者看来这是封建道德里面的最好的成分，可以转变成为理想牺牲，为广大人民服务的精神的，所以非让她出走，给她一个光明的前途不可。另一方面，在作者的结构企图上，他想说明连愫方这样的人物也非出走不可，而且竟能够走向新的道路，可见得那个家庭怎样地不适宜于活人居住，那些人物怎样地不可救药。这是作者的愿望，但可惜没有得到有机的完成。"[1]曹禺从以写"诗"自居逐渐进步到想要在创作中表现某种"光明的前途"时，残酷得像一口深井般的宇宙与人世，使天才的曹禺亦难免笔下有所涩滞。

当曹禺在试图给出走者"光明的前途"时，总有一个始终没有得到解决的难题，就是那光明的前途的模糊性。在曹禺那里，光明前途的模糊性不是因为具体目标和方向的不确定，也并非根源于曹禺自身认识的模糊，综观曹禺的创作，这方面"没有得到有机的完成"，原因似乎恰恰在于曹禺自己对于所谓"光明的前途"的认识。在曹禺的创作里，似乎并不存在一个从此在的黑暗世界到彼岸黄金世界的线性进程。《北京人》里的愫方终于要走了，但她是带着新生的感觉奔向一个更好的未来世界吗？她的出走，恰恰是心中的梦破碎之时。在新的世界里，有她曾经那么衷情地深爱着的对象么？在始终关注着人性和命运问题的曹禺那里，这似乎永远是个纠缠不清的症结。

---

[1] 胡风：《论〈北京人〉》，载《胡风选集》第 1 卷，四川人民出版社，1995，第 180 页。

主要参考书目

1. 曹禺：《曹禺全集》，花山文艺出版社，1996。

2. 曹树钧、俞健萌：《摄魂——戏剧大师曹禺》，中国青年出版社，1990。

3. 曹树钧：《曹禺经典的新解读与多样化演绎》，上海远东出版社，2013。

4. 陈军：《戏剧文学与剧院剧场——以"郭、老、曹"与北京人艺为例》，社会科学文献出版社，2011。

5. 崔国良编：《曹禺早期改译剧本及创作》，辽宁大学出版社，1993。

6. 董健、马俊山：《戏剧艺术十五讲》，北京大学出版社，2004。

7. 傅光明选编：《曹禺剧作》，浙江文艺出版社，2001。

8. 华忱之：《曹禺剧作艺术探索》，四川文艺出版社，1988。

9. 焦菊隐：《焦菊隐戏剧论文集》，上海文艺出版社，1979。

10. 焦菊隐：《焦菊隐文集》，文化艺术出版社，1988。

11. 柯可：《曹禺戏剧人物的美学意义》，花城出版社，1989。

12. 孙庆升：《曹禺论》，北京大学出版社，1986。

13. 李玉茹、钱亦蕉编：《倾听雷雨：曹禺纪念集》，上海文艺出版社，2000。

14. 李杨：《现代性视野中的曹禺》，人民文学出版社，2004。

15. 李援华：《曹禺与中国：三幕舞台剧》，中天制作有限公司，1991。

16. 梁秉堃：《在曹禺身边》，中国戏剧出版社，1999。

17. 刘绍铭：《曹禺论》，文艺书屋，1970。

18. 刘勇、李春雨编：《曹禺评说七十年》，文化艺术出版社，2007。

19. 陆葆泰：《曹禺剧作魅力探缘》，华东师范大学出版社，2000。

20. 马俊山：《曹禺：历史的突进与回旋》，中国工人出版社，1992。

21. 潘克明：《曹禺研究五十年》，天津教育出版社，1987。

22. 钱谷融：《〈雷雨〉人物谈》，上海文艺出版社，1980。

23. 钱理群：《大小舞台之间——曹禺戏剧新论》，浙江文艺出版社，1994。

24. 司建国：《认知隐喻、转喻视角下的曹禺戏剧研究》，中山大学出版社，2014。

25. 田本相：《曹禺剧作论》，中国戏剧出版社，1981。

26. 田本相：《曹禺传》，北京十月文艺出版社，1988。

27. 田本相、刘一军：《苦闷的灵魂——曹禺访谈录》，江苏教育出版社，2001。

28. 田本相、胡叔和编：《曹禺研究资料》，中国戏剧出版社，1991。

29. 田本相、邹红主编：《海外学者论曹禺》，广西师范大学出版社，2014。

30. 童伟民：《曹禺与〈雷雨〉》，西南师范大学出版社，1997。

31. 王晓华：《压抑与憧憬——曹禺戏剧的深层结构》，中国社会科学出版社，2001。

32. 王兴平、刘思久、陆文璧编：《中国当代文学研究资料·曹禺研究专集》，海峡文艺出版社，1985。

33. 吴雪、李汉飞主编，中国话剧艺术研究会编：《曹禺戏剧研究论文集》，中国戏剧出版社，1997。

34. 吴家珍：《曹禺戏剧语言艺术》，大连出版社，1989。

35. 辛宪锡：《曹禺的戏剧艺术》，上海文艺出版社，1984。

36. 杨海根：《曹禺的剧作道路》，上海文艺出版社，1988。

37. 张慧珠：《曹禺剧评》，北京十月文艺出版社，1995。

38. 朱栋霖：《论曹禺的戏剧创作》，人民文学出版社，1987。

39. 朱栋霖：《曹禺：心灵的艺术》，北京大学出版社，2010。

40. 邹红：《曹禺剧作散论》，吉林文史出版社，2010。

41. 邹红主编：《曹禺研究：1979—2009》，吉林文史出版社，2010。

42. 于是之：《于是之论表演艺术》，中国戏剧出版社，1987。

43. [古希腊]亚里士多德、[古罗马]贺拉斯著，罗念生、杨周翰译：《诗学·诗艺》，人民文学出版社，1997。

44. [德]尼采著，周国平译：《悲剧的诞生》，译林出版社，2014。

从剧本到舞台

后 记

从教以来，每年都会在课堂上讲曹禺的《雷雨》。愈讲愈能感觉到《雷雨》的魅力，每年都有新的感悟，有些心得写成了文章，如《一个被误读的女性：侍萍形象新解》（《贵州大学学报》2009年第3期）、《论〈雷雨〉中"病"的戏剧审美蕴涵》（《华南师范大学学报》2008年第4期）等，有些体会依然在不停地酝酿完善中。曾经的想法是学习钱谷融先生，给剧中每个角色写一篇解析文章，将其作为《雷雨》研究专著的上编，下编是艺术论，从剧本到舞台，从语言、舞美、音响、灯光等不同角度进行探析。时光如水，思想无痕，那么多的感悟，那么多的心得体会，终究都没有能"凝结成屹然不动的形体"。无数的念头总是随风而逝，每每念头初生，总是自觉处处精妙，时过境迁，仔细回想来，知道大半不过如此而已，有些却还是觉得着实不错。去年再讲《雷雨》时，有同学录了音，音频转成文字，同以前写的一些文字，一起连缀成了眼前的这本小书。课堂讲授时，并无预备好的文稿，大都是照着《雷雨》文本，依同学们的反应，随一时兴趣讲下去，有时与同学们讨论起来，讲授的思路往往完全变了模样。文本细读，随心所欲，得意就好，各种条条框框，尽可不必理会。经典文本应该能涵纳丰富的阐释的可能性，这本小书就是探索《雷雨》阅读和阐释之可能性的一个试验。与这本小书同时完成的，是一本辑录起来的学生们撰写的《雷雨》阅读笔记，那本集子也颇为精彩，希望以后有机会能够出版，以飨同好。是为记。（作者）